카산드라의
낙인

카산드라의
20세기의이단중에서
낙인

칭기스 아이뜨마또프 지음 | 손명곤 옮김

올력

Тавро кассандры by Chingiz Aitmatov
ⓒ Chingiz Aitmatov 1994
Korean translation ⓒ Son Myung Gon, 2001

이 책의 한국어판 저작권은 칭기스 아이뜨마또프와
직접 계약한 옮긴이에게 있습니다.
저작권법에 의해 한국 내에서 보호를 받는 저작물이므로
무단 전재와 무단 복제를 금합니다.

카산드라의 낙인

지은이 / 칭기스 아이뜨마또프
옮긴이 / 손명곤
펴낸이 / 강동호
펴낸곳 / 도서출판 울력
펴낸날 / 2001년 6월 30일
등록번호 / 제10-1949호(2000. 4. 10)
주소 / 서울시 마포구 합정동 427-5호(2층) ㉾121-886
전화 / 02-2614-4054
팩스 / 02-2614-4055
전자우편 / ulyuck@netsgo.com
값 / 9,000원

ISBN 89-89485-01-0 03890

* 저작권법에 의해 보호를 받는 책입니다. 무단 전재와 복제를 금합니다.
* 잘못된 책은 바꾸어 드립니다.
* 번역자와 협의하여 인지는 생략합니다.

카산드라가 아폴로의 사랑을 거절하자
그는 아무도 그녀의 현명한 예언을 안 믿게 하여
그녀를 벌주었다.
— 고대 그리스 신화에서

그들 두 사람보다 더 행복한 자는
아직 존재한 적이 없는 자,
태양 아래서 행해지는 악행을
본 적이 없는 자일지니.
— 에스겔서

1

 이번에도 시초에는 '말씀'이 있었다. 그 언젠가처럼. 그 영원한 '주제'에서처럼.
 그리고 그 후에 일어난 모든 일도 바로 그 '말씀'의 결과였다.
 그러나 너무나도 예기치 못한 그 사건을 가장 먼저 조우하도록 운명 지워졌던 많은 사람들은 시간이 지남에 따라 이 이야기를 자기 인생의 가장 놀라운 사건으로서 앞다투어 회고록에 기록하게 될 줄은 전혀 예상도 하지 못했다. 더욱이 증인이었던 그들 모두는 한결같이 자신의 회상을 다음과 같은 문구로 시작하였다. "그날 믿을 수 없는 사건들이 마치 추리 소설처럼 전개되었다."
 그러나 그것은 사실 그대로였다. <트리뷴>지의 직원들은 중역실에서 긴급 소집된 비상 편집 회의가 계속되는 동안 전화나 팩스를 이용해 외부와 연락하는 것을 금하며, 특히 편집국에 방문객을 들여보내는 것을 엄격히 금지한다는 편집 국장의 지시를 받았다. 모든 일은 바로 그 비상 편집 회의에서 시작되었다.

신문 지상에 그런 성명을 발표하는 것은 꿈에서나 상상할 수 있는 일이었다. 그러나 결정을 내리고 행동으로 옮겨야 했다. 질문은 완강했다. '할 것인가 아니면 그만둘 것인가'를 선택하라는 것이었다. '모든 대륙의 사고의 지배자'라는 이미지를 매우 적극적으로, 열성적으로 지켜온 <트리뷴>지는 결국 유혹을 견디지 못했다(물론, 그것은 나중에 반대자들이 단언한 것처럼 악마의 유혹이었다). 세계적 센세이션이라는 판돈이 너무나 컸기 때문이었다. 편집국은 그 자료에 대한 독점권을 얻었고, 큰 모험을 감행하기로 결정했다. 그리고는 모든 것을 걸고 인류 역사상 전대미문의 문서를 전격적으로 발표하기로 하였다.

사건이 시작되던 당시 편집 위원 중 한 사람은 많은 사람들의 기억에 남은 말을 하였다: "이제 끝났소, 여러분," 그는 방금 나온 가판을 양손에 쥐고 말했다. "역사의 저울은 이제 사고의 한계치를 넘었소! 그건 바로 우리들, 우리의 <트리뷴>지 덕분이란 말이오! 이제 누구도 이 도약대를 넘을 수 없고, 더 높이 뛸 수도 없을 거요. 이제 남은 일은 어떻게 되는지 지켜보는 것뿐이오. 이 모든 일의 결말이 어떻게 날 것인지, 두고 봅시다!" 그는 고개를 흔들며 의미심장하게 덧붙였다. "동료 여러분, 용서하시오, 경고해 두지만 이제 각자 자신의 신변에 대해서 생각해야 할 겁니다. 한 시간 뒤에 무슨 일이 벌어질지 모르니까 말이지요."

솔직히 말해 걱정거리가 많았고 모두들 그것을 알고 있었다. 그날 편집부의 분위기는 시시각각으로 바뀌었다. 편집국장부터 시작하여 장차 기자가 되기 위해 이곳에서 수련 중인 언론학부 출신의 인턴 직원에 이르기까지 모두가 완전히 절망에 빠져 자기 방에서 나오지도 않고 서로 이야기하는 것조차 피하는가 하면, 반대로 한꺼번에 열광하며 뛰쳐나와 복도로, 사무실로 바쁘게 돌아다니며 들뜬 표정으로 떠들기도 하였다. 그리고 동시에 다른 일, 즉 분노한 군중들이 난입해 올 경우를 대비하여 출입문과 창문을 서둘러 봉쇄해야 한다는 것도 생각해야 했다. 그들은 오래 기다리지 못할 것이 틀림없었다. 왜냐하면 거리의 군중들이 몰려와 (아마 어떤 경찰도 그들을 제지하지 못할 것이다) 창문을 깨부수고, 전화기를 바닥에 내던져 박살내고, 가구와 사무기기를 부수고, 이 소동을 취재하기 위해 황급히 달려온 TV기자의 카메라 렌즈 앞에서, 감히 순식간에 전세계를 혼란에 빠뜨리고 인간을 그야말로 하느님과 직접 충돌하도록 만든 신문사 직원들의 멱살을 잡고 난폭하게 흔들어 댈 모든 이유가 바로 눈앞에 있었기 때문이다….

그러나 군중들은 아직 아무것도 모른 채 평상시처럼 떠들며 고층건물이 늘어선 이 거대한 미국 도시의 거리를 살아 있는 강물처럼 빠르게 흘러가고 있었다. 그 옆에는 반짝이는 자동차의 물결이 역시 거리를 따라 쉴새없이 움직이고 있었고, 머리 위에는 눈부시게 반짝이는 헬리콥터들이 날고 있었다. 광장에서는 공포에 사로잡혀 이전에 그 어떤 의혹도 불러일으킨 적이 없는 세계 질서의 비밀에 감히 모독적으로 침투한 그 반역의 신문을 흔들어대며 목청껏 소리치는 사람은 아직까지 아무도 없었고, 주위의 모든 사람을 부추기며 악마의 자식이 되도록 선동하는 사람도 없었다….

<트리뷴>지는 경쟁을 걱정하며 일을 서두르고 있었다. 말 그대로 허둥지둥 조판된 신문이 30분이라도 늦게 발행되었다면 필경 이 세상 어느 곳의 다른 신문이 우주로부터 도착한 이 자료를 나중에 어찌되건 상관없이 먼저 발표해 버렸을 것이다. <트리뷴>지는 자신의 기

회를 놓칠 수가 없었다. 비록 그것이 지상의 모든 생명체를 말끔히 쓸어버려 이후 신문이 그 누구에게도, 그 어떤 곳에서도 전혀 필요 없게 되는 세계적인 대홍수를 일으킨다 하더라도….

아마도 오고야 말, 피치 못할 이 세계적 대홍수의 저장고인 대양은 그 산더미 같은 몸뚱이로 아무도 느끼지 못할 정도로 지구를 흔들어 대며 대륙 사이를 힘차게 요동치고 있었고, 거대한 흐름을 일으키며 장난치고, 저 혼자 흥분하여 치솟아 순식간에 파도의 이랑을 만들며 끝없이 넓게 가물대며 반짝거렸다.

미래학자는 하늘 높은 곳에서, 대서양 위를 날아가는 비행기 창을 통해 용암처럼 솟구쳐 오르는 대양을 바라보며 감탄하고 있었다. 청명한 그날 그가 바라보고 있던 것은 저 밑의 대양, 물, 파도, 단조로운 모습, 황량한 지평선 등과 같이 아무런 특별한 것도 없고, 차라리 수백 명의 승객들에게는 강요된 광경이었지만, 그를 매료시켰다. 그는 인간의 작은 눈이 이 끝없는 세계 공간을 조망할 수 있다는 것은 얼마나 멋진 일인가 하고 생각했다. 게다가 그것은 우연만도 아니었다. 누구에게도, 심지어 구름 밑을 나는 독수리도 그렇게 전체를 굽어볼 수 있는 능력은 없었기 때문이었다. 그렇다, 제2의 인공 현실이 되어 버린 기술 진보 덕분에 인간은 자신 속에서 새로운 우주적 적응 자원을 발견하였고 이제 하느님의 능력에 도달하려 하고 있었다. 그러나 이 세상 위를 보이지 않는 높이에서 보이지 않는 회오리바람을 일으키며 질주하면서 지구 전체를 조망하는 것은 하느님만이 가능했다. 끊임없이 울리는 단조로운 비행기 소음을 들으며 한가한 미래학자가 생각한 것은 바로 그런 것이었다. 혼자 있다는 것은 얼마나 좋은 일인가… 얼음이 든 큰 잔 황금빛 위스키를 마시며 약간 취기를 느끼기 시작한 그는 핏속이 기분 좋게 흥분되어 가는 것을 그냥 내버려두고 있었다. 그는 정말 오랜만에 느껴보는 자기만의 자유로운 기분을 좀 더 오래 유지하고 싶었다. 또한 옆 좌석이 비어 있어서 이야기를 걸어와 그의 생각을 딴 데로 돌리게 만드는 승객이 없다는 것도 역시 드문 행운이었다.

미래학자는 정례적인 유럽 여행을 마치고 돌아가는 중이었다. 줄줄이 개최되는 국제 회의와 지성인 모임, 세계화 시대의 생활 양식이 되어버린 끝없는 토론들, 의견과 예언이 쳇바퀴처럼 도는 가운데 연달아 계속되는 토론들… 세계 문명의 전망, 단일중심적 발전이 지니는 위험성 등, 이 하버드 대학 출신의 학자가 온 생애를 그 이해를 위해 바쳤다고 할 수 있는 실제적인 문제들이 또다시 주제가 되었다. 연륜이 쌓여 이 신탁의 학문에 대한 그의 이해가 깊어지면 질수록, 그 동안 꾸준히 해온, 하루하루를 살아가는 인간의 미래에 대한 연구가 결국은 아무것도 아니라는 시지프스적인 느낌이 더욱 강해졌다. 더욱이 운명을 예고하기 위해 끝없이 온힘을 기울이고, 오늘도, 내일도, 천 년 후에도 결코 누구에게도 열리지 않을 삶의 의미를 찾아 영원히 괴로워하는 것이 얼마나 지겨운가 하는 생각이 가끔 들기도 했다. 그러나 자신의 생각이 참다못해 혼자서 미래를 향해 달려가는 것을 거부하더라도, 그 자신, 결국은 기진맥진한 채 절망의 구렁텅이에 빠져 이제 겨우 수평선 저멀리 또렷하게 보이기 시작한 것을 다시 바라보려고 할 것이다. 미래에 대한 전망이 없는 운명은 무익하다. 학문적 냉철함과 '논쟁을 초월한 조정자적' 입장을 유지하면서 소위 역사의 수레바퀴가 어디로, 어느 절벽으로 굴러가려고 하는지를 객관적으로 예측하고 예언하기란 때때로 얼마나 어려운 일인가. 더구나 이 수레바퀴는 굴러갈 능력도 없고, 무서운 충격을 받아 바퀴살이 이리저리 날아가버린 상태이기 때문에 과학에는 이런 형태의 운동을 수용할 수 있는 정의가 결코 없었다. 근사성, 간결성, 홍보성은 한편으로 경험적이고 극적이기는 하지만 어쨌든 모든 것을 해석하고 예측하여 '경종을 울려주려는' 미래학의 영원한 특징이다. 그는 마치 검은 비구름을 피하고 싶듯이, 높기는 해도 흔들거리는 그 종탑에서 행해진 예언으로부터, 또한 역사는 숙명적으로 돌고돈다는 느낌으로부터, 그리고 무엇보다 가는 곳마다 구악에 대신해 신악을 발생시키고 공공연히 권력, 오로지 권력만을 요구하며 창궐하고 있는 불순 세력들로부터 도망치고 싶을 뿐이었다. 모든 권력은 자신의 목적을 어떻게 발표하건 간에 체질상 항상 지배하려 들기 때문이었다. 그런 의미에서 오로지 진리와 도달할 수 없는 이상에 굶주려 있는 정신에 대해 미래학이 고난이요, 고통이라는 것은 의심의 여지가 없었다. 그러나 말을 가지지 못했던 태초의 인간들도 시도한 바 있는, 미래를 예측하려는 그 오랜 시도를 거부하는 것은, 또한 메시아적인 충동에서 불안한 인간의 자손들에게 예상되는 발전의 길을 미리 말해 주려는, 전혀 사심 없는 이 일을 거부하는 것은 미래학자에게는 자기 자신을 거부하는 것과 마찬가지로 어려운 일이었다. 얼마나 긴 세월을 이 일에 바쳤던가! 현대와 같은 실용적 사회에서 '예언자'들이 존경받는 것은 그렇게 간단한 일이 아니다. 델포이의 무녀들이 신의 이름으로 멸망도, 승리도 예언하던 그 옛날의 영광스런 시대는 지나가 버렸다. 아아 20세기에 신탁에 대한 태도는 얼마나 거만하고 비방적인가.

그러나 그것은 별로 두렵지 않았다. 미래학자와 그의 동료들은 자신들의 동아리 속에서 자신들만의 직업적 흥미를 추구하며 살고 있었기 때문이다. 예를 들어 그의 이번 유럽 여행은 심포지움뿐만 아니라 프랑크푸르트 암 마인에서 출판된 자신의 새 저서 출판 기념회와도 관련되어 있었다. 리셉션장에서 누군가가 독일어 '마인'을 이용하여 반쯤 농담조로, 마인의 위대한 도시가 작가 자신을 제외하면 누구도 반박하지 못할 위대한 저서 <마이네 헤로스폴드룽(자신에 대한 나의 도전)>을 출판했다고 말했다. 그 책을 통해 그는 밤송이처럼 귀찮게 붙어다니던 좌익 기회주의를 떨쳐버릴 수 있었다. 그것은 사실상 자기 자신에 대한 도전이자, 더 정확하게는 과거 젊은 시절의 여흥에 대한 도전이었다. 극단적인 시대 풍조의 극복은 바로 자기 자신에서부터 시작해야만 했다.

  기념회가 끝난 뒤 그는 기자 회견을 하고 책을 배부했다. 그 다음에는 짧은 라인강 여행이 있었다. 그때 유람선에서 그는 <슈피겔>지와 인터뷰를 하였다. 천천히 흘러가는 라인강 기슭의 절벽을 배경으로 이제 나이가 들어가는 미래학의 사도를 촬영했다. 또 정겨운 농담도 있었다. 오랜 절벽들이 그의 외모에 무척 잘 어울리며 그 자신 마치 오랜 절벽처럼 중후하게 보인다는 것이었다. 그는 멋쩍게 웃으며 대답했다. "그렇다면 인터뷰 제목을 '오랜 절벽의 생각'이라고 붙여도 되겠군요." 이윽고 '오랜 절벽'은 자신의 생각을 소리 내어 말해야 했다. 질문은 다양했다. 학문에 있어서, 또한 삶에 있어서 자신에게 도전장을 던진다는 것은 무슨 의미입니까? 그것은 자신의 경험과 신념의 수정이 아닙니까? 사도께서는 어떻게 생각하십니까? 염세주의는 항상 삶의 숙명적 결산일까요? 그리고 마지막으로 요즘 건강은 어떻습니까? 이 라인산 포도주는 어떻습니까? 글쎄, 아주 괜찮군요! 미국인들은 항상 그렇지요, 특히 독일계 미국인은 말이지요!

  로버트 보오크는, 팽팽한 경기를 치른 후 모든 것에서 벗어나 또 쌓인 긴장을 풀기 위해 서둘러 탈의장으로 가는 운동 선수처럼, 이제 비행기 안에서 생각을 다른 데로 돌려 평소 깊이 사색하던 것을 생각하지 않으려고 애썼다. 그러나 또 생각이 나고 말았다. 그것은 지금까지의 연구를 결산하는 새 논문에 관한 생각이었다. 완성되지 않는 것, 즉 자신의 노래중의 노래를 완성할 일이 눈앞에 있었다. 물론 성공한다면, 오랜 세월 동안의 연구를 바탕으로 자신의 생각을 새로운 과학적 전망의 문턱으로 이끌어 가는 데 성공한다면 말이다. 로버트 보오크의 의견으로는, 현대 인류는 곧 완전히 새로운 문제에 직면하게 되며, 이전에 전혀 몰랐지만 모든 사람에게 공통적인 시련, 예를 들어 태양이 갑자기 식어버리거나, 반대로 더 뜨거워지는 것처럼 누구든, 어디에서든 피할 수 없는 시련을 겪게 될 것이다. 이런 새로운 문제들을 생각할 때 인류는 자신의 비극적 파멸의 가능성을 인식할 수 있는 능력을 자신 속에서 발견해야 할 뿐만 아니라, 극히 중요한 일이지만, 이러한 인식이 새로운 생존 방법을 발견하고 미래의 발전 노선과 형태를 모색하는 데 새로운 자극이 되어, 이것이 이번에는 새로운 삶의 양식과 새로운 사고 방식으로 이끌어 가야 할 것이었다. 이것에 관해 쓰고, 앞으로의 발전 노선을 예언하는 것이 바로 로버트 보오크의 '노래중의 노래'가 될 것이다… 그러나 성공할 수 있을까? 작업이 엄청난데… 시간은 완고하기만 하니….

날개 밑의 대양은 여전히 끝없이 요동치고, 파도를 연주하며 반짝이고 있었다. 태양, 구름 한점 없는 광막한 창공, 움직이고 있지만 마치 대양 위에 영원히 얼어붙은 것 같은 줄기찬 비행… 약 30분 후에는 대륙의 해안선이 보일 것이고 착륙하게 될 것이고 그러면 이 천상의 휴식도 끝날 것이다. 왁자지껄한 공항에 몇 발자국 들여놓기가 무섭게 그는 다시 사람들의 소용돌이 속에 잠겨버릴 것이다.

아직 비행이 계속되고 있을 때 뜻하지 않은 어떤 이상한 일이 미래학자를 기다리고 있었다. 그는 대단한 사진 애호가는 아니지만 항상 사진기를 가지고 다녔고 언제나 생각나는 모든 것을 무심코 찍어대 곤 했다. 그는 특히 온갖 하늘 풍경을 지나칠 정도로 많이 찍었다. 그의 아내 제시는 그들의 집을 가득 채운 엄청난 양의 아무 쓸모 없 는 사진 때문에 절망에 빠지곤 했다. 그녀는 흥분하면 그를 사진 닝 마주이로 불렀고 근사한 모닥불을 피워 태워버리겠다고 위협도 했지 만 그의 불 같은 열정을 식히지는 못했다. 그는 스스로를 조롱하면서 말하곤 했다. "나는 학문에서도 성층권을 거니는 사람이오. 추상 세 계에 빠져 있지. 그래서 사진기 렌즈에도 구름을 담고 있소!" 그는 이번에도 뭔가 찍을 만한 것이 없을까, 자유롭게 하늘을 떠다니는 이 상한 구름 사진으로 자신의 콜렉션을 보충할 만한 것이 없을까 생각 하며 마치 날씨 좋은 날에 밖에 나온 어린애처럼 카메라를 가지고 창 쪽으로 몸을 기대었다. 그러나 유감스럽게도 사진을 찍을 만한 것은 전혀 없었다. 주위의 하늘은 청명했고 멀리 저 밑에 약간의 엷은 구 름이 층을 이루고 있을 뿐이었다.

2

　로마 교황께 올립니다!
　성하, 우선 우주의 먼 곳에서 — 저는 벌써 3년째 지구 궤도를 도는 우주 과학 연구 기지에서 탐사 활동을 하고 있습니다 — 성하의 심려를 끼쳐드리게 된 것을 사과드리기 전에 마음속으로 성하 앞에 무릎꿇고 성하의 손에 경건히 입맞추는 바입니다. 부디 저의 죄많은 영혼을 용서해 주시고, 만약 가능하다면, 처음에는 전혀 터무니없는 것으로, 더욱이 도덕적·역사적 경험의 관점에서 해악을 가져오는 것으로 보여질 수 있는 저의 결론을, 실제 관찰과 사유에서 얻어진, 저는 감히 그렇게 전제합니다만, 아마도 신의 섭리와 충고에 따라 천신만고 끝에 저에 의해 얻어진 이 결론을 부디 들어주시기 바랍니다. 그렇지 않다면 저는 성하를 불안하게 해드리지 않았을 것입니다. 성하에 대한 저의 호소가 얼마나 큰 불손으로 보일지 잘 알고 있으니까요. 그러나 저의 서신을 읽어보시면 저의 호소 동기를 이해하실 것으로 기대합니다.

곧장 본론부터 말씀 드리겠습니다. 운명의 뜻에 따라 비천한 저는 태어나는 영혼이 가지는 전에는 몰랐던 특성, 즉 태아의 내적 성찰을 이해하는 데 동참하게 되었습니다. 그러한 특성의 발견과 인식은 아마도 우리들을 신의 섭리에 접근시킬 것이 틀림없습니다. 저는 실험을 통해 지금까지 감추어져온 이 내적 성찰을 밝혀내는 데 성공하였고 저는 이것을 인류의 진화를 완성하는 새로운 기회로 간주하고 있습니다.

때문에 저는 성하게 저의 호소를 들어주십사고 경건히 부탁드리는 바입니다.

다시 말씀 드립니다만 저는 위대한 발견을 하는 데 성공하였고 그 결과는 인류의 미래 생활에 지대한 영향을 미칠 것이 틀림없습니다. 제가 이런 식으로 말씀을 올리는 것은 아직 누구도 유례없는 이 발견의 성격을 모르고 있고 따라서 이 발견의 성과를 평가할 상태에 있지 않기 때문입니다.

저는 태아가 모태 속에서 생장하는 최초의 몇 주 동안 다가올 인생에서 무엇이 자신을 기다리고 있는지 이를 직관적으로 예견하고 미래의 운명에 대한 자신의 태도를 표명할 능력이 있음을 확인하였습니다. 만약 이 태도가 부정적이면 태아는 이 세상에 태어나는 것에 대해 저항하게 됩니다.

저는 태아가 탄생에 대해 부정적 태도를 표현하는 신호를 밝혀냈습니다. 이 신호는 태아를 잉태한 여인의 이마 위에 작은 색소 반점 형태로 나타납니다. 저는 이 반점을 카산드라의 낙인으로, 또 부정적인 신호를 발하는 태아는 카산드라 태아로 명명하였지요.

다가오는 생에 대해 자신의 태도를 표명하고 불행의 신호를 보내는 이 경이로운 능력은 태아에게 수태 후 최초의 몇 주 동안만 나타납니다. 그 다음에 이 능력은 태아가 자신을 기다리는 숙명과 점차 화해함에 따라 사라져 버립니다.

  카산드라 태아에 의한 자기 앞의 생의 거부는 인간이 존재한 이래 계속 있어온 일일 것입니다. 그러나 누구도 잉태한 여인의 이마에 나타나는 색소 반점에 의미를 부여한 적이 없고 지금도 부여하지 않고 있습니다. 저는 이러한 반점의 의미를 풀어냈을 뿐만 아니라 그것을 더 뚜렷하게 나타내고 눈에 띄게 만들 수 있는 방법을 발견하였습니다. 이를 위해 저는 광선 쇼를 하고자 합니다. 우주에서 지구로 시험 광선을 발사하는 것입니다. 궤도 우주선에서 발사되면 그것은 모태 속의 태아의 반응을 증폭시키게 됩니다. 그러면 전에는 사람들이 부스럼처럼 여겼던 작은 색소 반점이 시험 광선의 작용으로 맥동하고 점멸하기 시작합니다. 시험 광선은 대기권에서는 보이지 않고 인체에도 전혀 무해합니다. 그것들은 저에 의해 우주에서 사실상 전 대륙에, 전 지구에 발사됩니다. 이번 광선 발사의 목적은 카산드라 태아를 통틀어 밝혀내는 데 있습니다. 태아에 대한 '우주 여론 조사'가 실시되는 거지요. 카산드라 태아가 전하려는 것의 핵심은 대개 다음과 같을 것입니다: '만약 나의 의지가 반영될 수 있다면 나는 차라리 태어나지 않는 쪽을 더 좋아할 것입니다. 당신의 질문에 대해 나는 자신을 기다리고 있는 숙명이나 불행의 예감이라고 (당신이) 풀이할 수 있는 신호를 보냅니다. 만약 당신이 이 신호를 이해한다면 나, 카산드라 태아는 태어나지 않고, 또 누구에게도 쓸데없는 부담을 끼치지 않고 사라지는 것을 더 좋아하고 있다고 알아주십시오. 당신이 물으니 나는 대답하겠습니다. 나는 살고 싶지 않습니다. 그러나 만약 나의 의사를 무시하고 나로 하여금 이 세상에 태어나도록 강요한다면 나는 나에게 떨어진 운명을 받아들이겠습니다. 모든 시대에 모든 사람들이 그랬던 것처럼 말입니다. 어떻게 할지는 당신 자신이, 무엇보다도 나를 잉태한 어머니가 결정하세요. 그러나 먼저 나의 말을 듣고 이해하려고 노력해 주세요. 나는 카산드라 태아랍니다! 아직 안 늦었을 때 나와 이별해야 합니다. 나는 그럴 준비가 되어 있습니다. 나, 카산드라 태아는 수많은 나날 동안 나 자신에 대해 알도록 할 것입니다. 나, 카산드라 태아는 당신들에게 나의 신호를 보낼 것입니다. 나, 카산드라 태아는 태어나고 싶지 않답니다. 절대로, 절대로 원치 않습니다…. 나는 카산드라 태아니까요!'

  물론 개개의 경우 카산드라 태아의 신호를 그렇게 해석하도록 누구에게도 결코 강요하지 않습니다. 임산부의 이마에 점멸하는 카산드라의 낙인은 곧 희미해지고 흔적도 없이 사라지고 맙니다. 그러면 모든 것이 잊혀져 버리겠지요. 만약 잊고 싶다면, 또한 대수롭지 않은 듯 어깨를 으쓱거리고 아무 생각도 않으면 말입니다….

  그러나 과학은 어깨를 으쓱거릴 수 없습니다. 우주 컴퓨터로 얻은 통계 자료는 매년 카산드라 태아의 숫자가 늘어나고 있다는 것을 보여 주고 있습니다.

  태아가 생의 흐름에서 벗어나 사라져 버리고, 존재를 위한 투쟁에 나서지 않겠다는, 이러한 눈에 보이지도 않는 재앙이 증대되고 있는 원인은 무엇이며 또 그것은 무엇을 예고하고 있는 것일까요? 우리의 일상적 경험의 테두리 밖에 놓여 있는 신비로운 자연에서 교훈을 얻는 것이 과연 의미가 있을까요? 만약 있다면 방금 잉태된 유기체가 현실 생활에 대해 느끼는 공포의 원인은 외부에서 추정하는 것이 타당하지 않을까요? 바로 이 생활이 모태 내의 태아가 경험하는 묵시론적 자기 느낌의 첫 번째 원인이 아닐까요? 어머니는 이 세상의 복제

품이라고 할 수 있습니다만 바로 이 어머니가 본의 아니게 태아에 대한 주위 현실의 파멸적 영향의 통로가 되고 있는 것은 아닐까요?

이 모든 질문은 이제 회답을 기다리고 있습니다.

그러나 이야기를 계속하기 전에 제가 왜 이러한 상황에서 다름 아닌 로마 가톨릭 교회의 수장이신 교황 성하께 호소하는가를 설명해 올리도록 하겠습니다.

제가 신의 사도이신 성하께 호소하는 것은 성하께서 예수 그리스도의 대리인이요, 성 베드로의 후계자이시며 그로 인해 당연한 일이지만 세계적 권위를 가지고 계실 뿐만 아니라 지상에 거주하는 수많은 사람들의 도덕적 신념과 정신적 가치를 한 몸에 집중시키고 계시기 때문입니다. 그래서 저는 성하께 호소하고, 저의 모든 동시대인들에게, 또한 우리의 후손들에게도 호소하고 있습니다.

물론 성하께서는 저의 호소를 적절치 않다고, 불손하다고 간주하실 수도 있습니다. 하지만 그 어떤 경우에도 위에서 언급한 '태아의 염세주의' 문제에 대한 검토는 어쩔 수 없이 신의 섭리의 기적적 구현인 탄생의 신비에 대한 가톨릭 교회의 견해라는 민감한 문제를 건드리게 될 것입니다…

저는 가톨릭 교도가 아닙니다. 그렇다고 해서 가톨릭 신앙에 대한 저의 진실된 존경심이 조금이라도 줄어들거나 하지는 않습니다. 저의 소견으로는 어떠한 종교도 자기들만은 예외라는 도취감에 빠지지 않는 한, 다수의 목소리를 위한 공명 상자로서 봉사할 수 있다고 생각합니다. 마치 하늘이 온갖 새들의 비행을 위한 공간으로서 봉사하듯이 말입니다…. 그런 의미에서 제가 만약 가톨릭 신앙의 지평선 위를 나는 철새와 같다면 행복할 것입니다…

그렇습니다. 저는 항상 마음속으로 가톨릭의 도덕 윤리관에 동조해 왔습니다. 거기서 저는 모두가 공감할 수 있는 최선의 형태로, 생의 논리에 부합하며 그로 인해 보편적 중요성을 가지는 규범을 그 속에서 발견했지요. 우리의 마음을 의혹과 고통으로 항상 괴롭히는 낙태 문제에 대해서는 특히 그러합니다. 통조림 깡통을 따는 것처럼 너무나 진부한 일이 되어버린 이 과격한 행위는 매번 확연히 고통스러운 운명의 얼굴로 변해 우리를 바라봅니다. 정말 사람의 존재 여부가 얼마나 간단하게, 얼마나 단순하게 결정되는지 모른답니다! 사람이 태어나야 하는지 태어나지 말아야 하는지, 살아야 하는지 살지 말아야 하는지가 말입니다! 모든 것이 온갖 자질구레한 원인들에 기인하며, 가끔은 특히 생활의 변화에 기인하기도 하지요. 많은 사람들이 말합니다. 신께서 이러한 상황과 무슨 관련이 있겠느냐고요. 신께서는 무관하십니다. 신께서는 축복된 생활의 토대를 마련해 주셨으니까요. 그러나 앞으로는 이 결실을 보존하거나 혹은 반대로 근절시킬 힘이 있는 우리들 인간 자신이 모든 것을 결정하게 됩니다. 수그러들지 않는 논쟁 속에서 수많은 사람들이 저마다 정의를 내리는 가운데도 가톨릭 교회가 무조건 낙태 금지를 고수해 온 것은 가장 진실하며, 천지창조 이래 그래왔던 원초적 생의 구조에 부합한다고 저는 생각합니다. 왜냐하면 모든 조그만 생명의 싹과 온갖 부활의 형태 속에는 영원한 운동의 고유 암호가 포함되어 있고, 각각의 태아에게는 시간 행렬 속에서 자신과 비슷한 존재를 계속 재생산하도록 코드가 입력되어 있으며, 이 모든 것은 태초부터 창조주에 의해 우주의 구조에 깔려 있는 것이기 때문입니다.

때문에 저도 가톨릭 교도의 뒤를 이어 낙태는 신의 의도를 정면으로 파괴하는 행위를 의미한다는 점을 상기시키고 싶습니다. 낙태는 의도적 살인과 똑같은 폭력 행위라고, 또한 낙태는 '살생을 하지 말래'는 최초의 설교나 '생명을 잉태해서 번식하여라!'는 성경의 축복에 모순된다고 수없이 언급되어 왔습니다.

물론 이 모든 것은 사실입니다. 하지만 전혀 다른 입장도 있습니다. 잉태한 여성의 결정에 간섭하지 말라고, 더욱이 단도직입적으로 마치 개인과 사회를 위한 것인 양 아무런 거리낌없이 낙태하라고 선동하는 목소리들이 도처에 울려 퍼지고 있습니다. 방금 잉태된 태아의 미래의 운명이 벌써부터 이 세상에서 그를 기다리는 온갖 불행들 — 막막한 빈곤과 질병, 폭력, 죄악과 멸시 등으로 정해져 있다면 어떻게 반박하기도 어려울 것입니다. 때문에 여성 시위 참가자들의 머리 위에서 흔들리는 플래카드는 '나의 배는 나의 것이다!'는 식으로 단호합니다. 이것이 의미하는 것은 단순합니다. 모두들 나에게서 멀리 사라지라는 것이지요. 또한 그에 못지 않게 충격적이고 혐오스러운 것은 술에 만취한 만삭의 여성들의 자조적 변명입니다. 요컨대 또 퍼마실 거라고, 그리고 내일이면 자신의 배 속에서 이 혐오스러운 것을, 이 기생충을 내던질 것이고 그러면 또 놀아나고, 멋을 부리고 하겠다는 거지요. 아무 문제도 없다는 겁니다… 당신의 신이 내게 무슨 상관이며, 당신의 원죄는 또 뭐냐는 겁니다. 모두들 나에게 침을 뱉는다면 나도 모두에게 침을 뱉겠다는 거지요… 미래의 인간을 마치 쓰레기처럼 순식간에 내버리고 있습니다… 하지만 그런 짓에도 잔인하기 이를 데 없는 논리성을 가진 수많은 변명들이 있답니다.

출산에 반대하는 대중 운동은 가장 도전적인 형태로 자신의 의사를 표명하면서, 의회 선언을 통해 압력을 가하기도 하고 페미니스트 운동으로 떠들어대기도 하면서, 광장에서, 거리에서, 군중 속에서 가는 곳마다 증대되고 있습니다… 많은 국가에서 종족 유지로부터의 자유가 요구되고 있을 뿐 아니라 강제적으로 획득되고 있습니다. 이것이 생의 막다른 골목은 아닐까요?

　그와 동시에 운명의 횡포에 내던져지는 임산부들의 끔찍한 운명도 도처에서 확연히 보입니다. 누구에게 필요하겠습니까? 그들에 의해 길러지는 아이들이 말입니다. 수많은 사람들이, 심지어는 아프리카의 사막에서도, 휘황찬란한 도시의 거리에서도 그렇게 생각하고 있습니다. 필요성과 가능성 사이의 골이 점점 깊어지고 있습니다. 그와 동시에… 그와 동시에 우리들 속에는 의혹과 고통이 수그러들지 않고 있습니다. 과연 우리는 인류가 단절되지 않도록 살아야 하고 또 모든 것을 해야 하는 것일까요?

　그러나 아무리 자학적 생각 속에서 슬퍼하며, 절망적으로 이제 지구상에서 행복을 찾을 수 없으니 우리는 자손의 번식을 중단해야 하지 않을까 하고, 혹은 마땅한 피난처가 발견된다면 다른 별로 이주해야 하지 않을까 하고 되물어보더라도 여전히 해결책은 없을 뿐입니다.

　이 모든 문제에 대해서는 많은 해석이 내려졌고 정열적으로 논쟁해 왔지만 모든 사람들은 이미 마조히즘에 차 있습니다. 그런데 저는 마치 달나라에서 온 사람처럼 새삼 이 문제를 이야기하지 않을 수 없습니다. 저는 성하를 통해 인류에게 호소하지 않을 수 없습니다. 왜냐하면 이전에 몰랐던 새로운 재앙이 모든 인간에게 밀어 닥쳤기 때문입니다. 우리는 태아들이 우리에게 호소하고 있는 것을 알게 되었으며, 이제 이것을 생각하지 않을 수 없습니다!

　아마 이것은 재앙일 뿐만 아니라 인류가 나아가야 할 미래의 길을 예견한 신께서 우리에게 내려보내신 새로운 정신적 시련일 것입니다. 그러나 우리가 이 미지의 길을 통해 어디로 나가게 될까요? 장차 어떤 일이 인간을 기다리고 있을까요. 우리들 속에서 우리의 일을 이야기하는 카산드라 태아들의 목소리를 피해 우리는 어디로 가야 할까요?

우리가 생각도 해본 적이 없는 끝없는 심연이 열려 있습니다. 세계의 종말이 다가온 것입니다… 진실이 이런데도 우리는 살아야 할까요?

바로 이러한 연유 때문에 저는 성하께 이 서한을 올리며, 성하께서 필요하다고 생각하시면 제가 발견한, 인류에게 마치 저 먼 우주에서 두 번째 태양이 첫 번째 태양과 함께 갑자기 하늘에 나타난 것처럼 너무나 뜻밖인 이러한 현상을 평가해 주실 것을 호소하는 바입니다.

저는 매우 혼란스런 상태에 있습니다. 우주 기지의 광학 장비는 지상의 현실을 지각하는 데 거리가 거의 아무런 문제가 안될 정도로 저를 지구와 가까이 연결시켜 주고 있습니다. 그러나 물리적으로 저는 우주에 있습니다. 인류가 처해 있는 실제 상황을 갑자기 인식하게 된 이 순간 저는 죄악에 빠진 지구의 인간들 속에 함께 있기를 얼마나 바랐는지 모릅니다. 저의 의무는 책임을 다하는 것입니다. 저는 궤도를 도는 과학 기지에 있어야 할 의무가 있습니다. 왜냐하면 저 우주의 수도사 필로페이는 자신의 행위에 대해, 즉 카산드라 태아의 영기를 밝혀내기 위해 과감히 조직적으로 이루어질 시험 광선의 발사 행위에 대해 전적으로 책임질 것이기 때문입니다. 제가 개발한, 카산드라의 낙인을 유발할 이러한 시험 광선 발사 방법은 전적으로 저의 양심에 입각하고 있습니다.

저는 지구인들이 보일지도 모를 반응에 매우 불안해 하고 있습니다. 사람들은 아직 한번도 이런 종류의 단호한 도전에 직면해 본 적이 없습니다. 사람들은 자신의 내부에서 자신과 충돌하게 될 것이기 때문입니다…

저는 인간들의 심리 상태를 두려워하고 있습니다. 인간들이 미래의 어머니들의 이마 위에서 명멸하는 이 작은 점의 의미를 알게 될 때 모든 사람들이 크나큰 충격을 받지는 않을까 두렵습니다.

자신이 약해질 때 저는 마음속으로 신에게 호소합니다. 제가 종말론적 태아의 비밀을 깨닫고 유전자의 지하실 속에 감추어져 있다가 이제서야 모습을 드러낸 카산드라의 신호를, 이 저주받을 재앙의 신호를 처음으로 인식하는 인간이 되도록 운명 지워진 것을 울며 슬퍼하고 있습니다. 파우스트도 미세하고 사소한 일만 엿보았을 뿐이며, 아마 저를 부러워하진 않을 것입니다. 저는 주님께 부디 저를 가엾게 여기사, 연약한 인간인 저를 감당할 수 없는 이 일에서 해방시켜 주시기를 간절히 애원하고 있습니다. 여지껏 누구에게도 이런 부담이 지워진 적이 없었습니다. 그런데 하필이면 왜 저여야 합니까?…

그 누구도, 그 무엇도 제가 지금 성하게 호소하며 하고자 하는 일을 강요하지 않았습니다. 그렇다면 저는 침묵을 지키고 제가 발견한 이 비밀을 무덤으로 함께 가져가야만 할까요? 제가 그렇게 한다면 누가 이 비밀을 알 것이며 누가 저에게 비난과 비방을 퍼부을 수 있겠습니까?…

그렇다면 저는 무엇을 위해 사람들에게 이 전대미문의 이단설을 퍼뜨려야 하는 것일까요?

인간의 지성에 무의미한 대변화와 정신적 공황, 불안을 일으키기 위해서, 또 가족 관계를 왜곡시키고 각자의 마음속에 괴로운 의혹의 씨앗을 뿌려 '이 험한 세상에 자손을 퍼뜨려 존재를 존속시키는 것이 과연 의미가 있을까'라는 생각에 두려움에 떨도록 하려는 것은 아닐까요? 앞으로 어떻게 될까요? 이미 아담과 이브 때부터 전해 내려온 생의 구조가 그 견고함을 상실하게 되면 무엇으로 보상해야 할까요?

저는 저 자신에게 수없이 물어보았고 저 자신에게 수없이 대답하였습니다…. 어떤 상황에서도 어떤 근거에서도 저는 감추어진 태아의 본성 속에서 제가 발견한 것에 관해 입을 다물고 있을 권리를 가지고 있지 않습니다. 더구나 다시 한번 말씀 드립니다만 카산드라 태아의 숫자는 계속 늘어나고 있습니다. 그 이유는 세계를 인식하는 대뇌 중추신경 속에 극단적인 인간 존재에 대한 죄악감, 파멸감이 증가되는 데 있을 것입니다. 카산드라의 낙인은 이미 모태 속에서 긴장한 채 절망적으로 이 세상의 종말이 다가오는 것을 기다리는 태아 종말론자의 얼굴없는 목소리입니다. 이것은 태아의 생에 대한 자연스런 애착을 죽여 버립니다.

그런데 오늘날 후기 산업 사회의 조건하에서 이러한 상황을 세상에 숨기는 것이 가능할까요? 물론 그렇지 않습니다. 그러한 숨김은 인류에 대한, 또 자기 자신에 대한 범죄입니다.

우리는 자기 인식의 새로운 도약의 문턱에 서 있습니다. 왜냐하면 지금부터는 우리가 아무리 원한다 해도 태아가 모태 속에서 그 자신 미래의 인격체로서, 즉 우리와 같은 생의 형성 토대로서, 당대의 인격체로서, 태어날 것인가에 대해 전혀 방관하고만 있지 않다는 사실에 대해 눈을 가리고 있을 수는 없기 때문입니다. 태아는 거울 저편의 미래의 삶의 바다를 떠다니는 잠수함에서 잠망경을 통해 자신의 운명을 불안하게 들여다볼 것입니다. 그런데 우리들 자신은 카산드라 태아의 이 잠망경을 들여다볼 필요가 없을까요? 우리들 자신이 바로 우리를 파멸시키는 폭풍의 원인인 것은 아닐까요?

카산드라 태아가 나타난 것은 바로 우리들 자신이 이 세상에서의 숙명을 스스로 거부하기 때문이 아닌지 생각하면 저는 두렵기만 합니다. 대체 우리는 어떻게 해서, 이런 상황까지 굴러오게 된 것일요. 혹시 인간은 신과 유사한 존재라는 생각 때문이 아닐까요? 태아의 단계에서 이러한 종말론적 방향으로 진화를 유도하기 위해서 사람들은 온갖 짓거리와 생각을 해야만 했을 겁니다?

컴퓨터 기억 장치처럼, 수년간, 수세기 동안 유전자 속에 쌓여온 모든 것이 이러한 사실을 알려주고 있습니다. 오늘날 우리는 태아의 이러한 내부 성찰의 반영인 카산드라의 낙인을 밝혀내도록 되어 있습니다. 그리고 운명의 지시에 따라 바로 제가 우주에서 이 낙인을 밝혀낼 시험 광선을 발사하게 됩니다. 그러니 오늘은 제가 말씀 드릴 차례라고 할 수 있겠지요. 저 우주의 수도사 필로페이는 끝까지 말씀 드리고 싶습니다. 이것은 저의 의무이기도 합니다.

성하, 성하의 귀중한 시간을 남용하는 데 대해 용서를 비오니 부디 저의 쓸데없이 길기만 한 이 편지를 계속하도록 허락해 주소서.

카산드라의 낙인이 나타나는 것을 안 이상 우리는 앞으로 어떻게 해야 되겠습니까? 이것을 이해하기 위해서는 결국 한 주체가 행한 악은 물리적으로 그와 함께, 즉 그의 생의 종말과 함께 사라져 버리는 것이 아니라 파멸의 씨앗이 되어, 지연 작동하는 지뢰처럼 언젠가 자신의 존재를 알게 될 X시간을 기다리며 유전자의 숲 속에 남아 있다는 사실을 공개적으로 인정해야만 할 것입니다.

말이 나온 김에 지연 작동 지뢰에 대해서 말씀 드리면 이것은 실제로 존재하는 것으로 결코 비유가 아닙니다. 소련군의 소위 제한된 병력이 아프가니스탄에 파견되었을 때 그곳에서 이런 일이 일어났습니다. 얼마전 사건의 정치적 내막은 충분히 잘 알려졌으므로 저는 전투 요원들에 의해 설치된 소위 '시신 올가미'에 대해 구체적으로 이야기 하고자 합니다. 적의 시신은 그가 살던 마을 밖 어딘가 눈에 잘 뜨이는 길가에 버려집니다. 시신 밑에는 언제라도 터질 수 있게 장치된 특수 지뢰가 설치됩니다. '정규군'들은 발생할 상황을 찍기 위해 무비카메라를 들고 매복해 있었습니다. 마을 사람들이 매장을 위해 시신을 옮기려고 피살자에게 달려가는 순간 폭발음이 들리면서 사람들은 그 자리에서 즉사하고 말았습니다. 고감도 필름에는 마지막 순간이 생생하게 낱낱이 찍혀 있었습니다… 이제 살해된 아프간인에게 아내가 달려옵니다. 이웃들이 그녀를 붙잡으려 하지만 그녀는 울부짖으며 남편의 시신을 향해 달려옵니다. 그러자 강력한 폭발이 그녀를, 그녀와 함께 온 사람들을 뒤덮어 버립니다. 사람들은 흔적도 없이 사라졌고 모든 것이 똑똑히 촬영되었습니다. 다른 필름에는 놀란 아이들이 찍혀 있습니다. 그들은 울면서 땅위에 늘려 있는 아버지 쪽으로 달려옵니다. 또다시 폭발이 일어나면서 피투성이의 몸뚱이가 사방으로 흩어집니다. 우연히 그곳을 지나던 사람은 길가에서 살해된 사람 옆을 무심히 지나갈 수가 없었습니다. 말에서 내려 몸을 숙이며 대체 누구인지 살펴보기 위해 죽은 자의 어깨를 뒤집자 다시 눈이 멀 듯한 섬광이 일어나고 주검이 보태어집니다. 두개골이 날아간 말이 버둥대며 저만치 뛰어가다가 주저앉더니 발작하며 콧김을 내뿜고 있습니다. 이 모든 것이 찍혔습니다… '시신 올가미' 설치 작전의 가장 생생한 장면은 그런 식으로 기록되었습니다. 또한 그런 식으로 찍힌 것은 전투 과제의 이행으로 간주되었고 참모본부 어딘가에서 합당한 평가를 받았다고 합니다. 이 필름을 본 어떤 사람들은 각 장면에서 자신의 지시와 목적이 실현된 것을 보았습니다. 그러나 화면에 비치는 사건들을 직업상 만족스럽게 바라보는 그들은 과연 누구일까요? 또한 그러한 범죄적인 죽음의 덫을 설치하고 자신의 활동 결과를 면밀하게 영화 필름에 기록한 자들, 그들은 대체 누구이며 어디서 온 것일까요? 그들의 혈통은 알 수 없으며 그 조상도 찾을 수 없습니다. 남은 것은 안개 속에 지워져 사라져버린 과거의 흔적을 따라 추측해 보는 것뿐입니다.

이제 다음과 같은 질문을 할 수 있을 겁니다 — 영원히 살아남아, 우리가 그 끝없는 자비로움을 악용하면서 마음속으로 희망의 기도를 올리고 변함없이 지고의 보장으로써 의지하는 하느님에게 항상 대항하는 그들은 도대체 어디서 오는 것일까요? 그리고 우리 내부에서 시작되는 온갖 악행의 뿌리깊은 유전적 근원인 그들은 대체 어디에서 오는 것일까요? 그들 자신은 대체 누구에게서 태어나는 것일까요? 물론 수사학적 질문이기는 합니다만… 때문에 어렵기는 마찬가지입니다. 이 모든 것은 대체 어디에서 뻗어 나오고 있을까요? 동굴 속에서 돌에 파묻힌 자들을 산 채로 태워버리던 태초의 먼 조상들에게서 일까요? 혹은 목 졸려 죽은 희생자들의 고통을 보며 자신의 새디즘적 이상증세를 풀던 호색편집광 환자들에게서 일까요? 혹은 수천 년 동안 축적된, 깊이를 알 수 없을 정도로 어둡고 악마와도 같은 잔혹함에 물든 사람들에게서 일까요? 그 오래된 명부 속에서 권좌에 높이 앉은 똑같은 형리의 발치에서 역시 형리 노릇을 한 자들이나 혹은 경험을 통해 우리가 이미 알고 있는, 공산당 무리들 속의 그 혼이 나간 듯한, 열화 같은 선동자들을 어떻게 돌이켜 생각하지 않을 수 있겠습니까? 발코니와 연단에서 혁명과 전쟁의 불길을 드높이 일으키며, 색정광처럼 탐했던 권력의 감미로움을 맛보면 맛볼수록 더욱 광폭해지고 짐승처럼 울부짖던 자들을 말입니다.

피와 권력은 악의 씨앗이 영원히 솟아나는 부식토입니다… 악은 뒤에 오는 악을 위해 자신의 씨앗을 남겨두고 다른 악으로 교체됩니다. 이러한 의미에서 아직 우리들에게 적지 않은 것을 말해 줄 수 있는 시대, 즉 스탈린 히틀러 시대 혹은 반대로 히틀러 스탈린 시대가 아직 많은 사람들의 기억 속에 살아 있을 때 우리는 등불을 들고 죽은 자들의 얼굴을 비추어보면서 과거의 파편을 따라 걸어갈 필요가 있는 것입니다. 이들의 이원 일체적 본질은 인류에게 엄청난 피를 흘리도록 하였습니다. 몸뚱이가 하나인 이 괴물의 두 머리가 서로 뒤엉켜 죽자고 싸우던, 그 피투성이의 세계대전에 휘말려 희생된 자의 진정한 숫자는 수십 년이 지난 지금도 세계적 통계가 집계하지 못할 정도이지요. 하지만 볼셰비즘 없이 파시즘이 있을 수 있었을까요? 20세기를 살고 있는 사람들은 출생은 서로 다르지만 함께 지옥의 세례를 받은 스탈린-히틀러나 히틀러-스탈린에 대해 생각만 해도 피가 얼어붙습니다.

이 세상에 히틀러나 스탈린으로 태어나야 할 불행한 카산드라 태아가, 장차 시체 애호가가 되어야 할 그 불쌍한 태아가 외부 세계에, 무엇보다도 자신을 잉태한 어머니에게 카산드라 낙인을 통해 미래에 대한 자신의 예감을 알리려고 시도하는 것은 아닌지, 또한 그가 당면한 악역에 본능적으로 전율하며 이를 피하고 싶다고 갈망하는 것은 아닌지 누구도 알 수 없습니다.

그들이 태어나지 않는다고 세상이 어떻게 될지 말하기는 어렵습니다… 그런 경우 보통 다음과 같이 말하지요. 역사를 바꿀 수는 없다고. 그렇다고 해서 역사가 항상 히틀러와 스탈린이 그어놓은, 피투성이 곡선을 따라 전대미문의 잔혹하고도 반인류적인 정점을 향해 올라가도록 운명 지워져 있을까요? 이 두 명의 악의 형제는 수백만 명의 인간을 서로 싸우도록 만들었고, 종국에는 인류가 자기 자신과도 싸우도록 만들었습니다. 마치 당시의 인간들이 인간 증오 행위를 끝없이 계속하여 자신을 스스로 청산하고 근절시켜, 이 세상에서 영원히 사라져 버리도록 말이지요. 역사를 그런 참담한 지경으로 이끌어 간 모든 원인을 일일이 열거할 필요는 없겠지만, 스탈린주의와 히틀러주의를 바로 자신의 재난이 되도록 키우고 돌본 당시의 인간들, 당시의 세계 인식이 아마도 이 두 사람에게 유전된 그 불길한 악을 성공적으로 일깨우는 데 얼마나 적합했는지 생각해 볼 필요는 있을 것입니다.

이제 그 물결은 멀리 흘러갔습니다. 역사가 어떤 돌이킬 수 없는 진보와 행복의 기회를 놓쳐버렸는지, 또 인간이 미래를 예견할 수 있는 과학적 수단을 가지고 있다고 해서, 특히 그들이 카산드라의 낙인을 통해 신호를 보내는 카산드라 태아의 존재에 대해 알고 있다고 해서 얼마나 많은 인간의 슬픔을, 얼마나 많은 불행을 피할 수 있을지는 누구도 말할 수 없을 것입니다. 아아 인류는 본디부터 유전자 구조 속에 감추어져 있던 것을 너무 늦게 알게 되었습니다….

그러나 이제 태아의 선험적 능력에 대한 인식 과정에서 새로운 말씀이 이루어졌습니다. 이 발견 다음에 우리를 기다리는 것은 기적일까요? 아닙니다. 태초부터 인류에게 주어진 선의 에너지와, 동시에 그에 대항하는 악의 에너지를 바꿀 수는 없습니다. 이것들은 크기가 같습니다. 그러나 인간에게는 그 속에 끝없는 영원의 운동을 품고 있는 우월한 이성이 주어져 있습니다. 그러므로 인간이 생존하기를 원한다면, 또한 문명의 정점에 도달하기를 원한다면 인간은 자신 속의 악을 이기지 않으면 안 됩니다. 인간의 모든 생애는 바로 이를 위한 부단한 노력 속에서 흘러가고 바로 그곳에 우리의 주요 사명이 있는 것입니다.

이제 우리들 자신 속에 있었지만 이전에는 몰랐던 비밀이 밝혀졌습니다. 혹자는 말할 것입니다. 이로써 전에는 살아 있는 영혼과 무관했던 영역으로의 거대한 돌파구가 마련된 것은 아닐까? 내면 세계의 새로운 양자가 발견된 것은 아닐까 하고 말이지요.

그것이 과연 그런지, 아닌지는 말하기 어렵습니다. 그러나 저는 카산드라 태아의 발견이 우리 생활에 가져올, 우리가 한번도 부딪쳐본 적 없는 일련의 새로운 문제에 다시 한번 사회의 주의를 돌리고 싶습니다.

카산드라 태아의 신호에 어떤 태도를 취해야 하는지 누가 말할 수 있겠습니까? 부모가 어떻게 처신해야 하는지도 마찬가지입니다. 카산드라의 낙인에 숙명이란 의미를 부여해야 할까요? 혹은 반대로 머리 속에서 이러한 생각을 없애버려야 할까요? 산모가 잠드는 밤마다 눈에 띄게 조용히 명멸하는 이 이상한 점은 2주일 정도 지나면 저절로 사라져버릴 것이고 그러면 다행스럽게도 모든 것이 잊혀져 버릴 테니 그저 손이나 한번 내저으면 그만일까요.

그렇습니다. 어쩌면 그렇게 할 수도 있을 것입니다. 그러나 어쨌든 태어날 아기가 예정된 시기에 이 세상에 나오면 부모는 본의 아니게 그 일을 다시 생각해내고 되새기게 될 것입니다. 그리고 먼 훗날에도 그 일이 생각날 것입니다. 어린 시절이나 어머니의 운명, 가족 생활에는 온갖 위기 상황이 가능하고, 그때마다 마음은 청하지도 않은 기억 때문에 고통스럽게 죄여들고, 잠시 나타났다가 사라져버린 그 반점에 대해 의문이 꼬리에 꼬리를 물며 온갖 상념에 사로잡힐 것입니다. 말하자면 그 표식은 왜 그들의 자식에게만 관련되었을까, 그 표식은 다른 어머니들에게도 있었는지, 만약 있었다면 그들도 역시 이 일을 모든 사람에게, 자신에게 감추고 있으며, 이 일을 두 번 다시 생각하지 않으려고, 마치 어떤 신비로운 일처럼 잊으려 애쓰는 것은 아닐까? 만약 어떻게 해서 아이도 그 사실을 의심하게 되면, 그것이 마치 희미한 꿈처럼 아이의 잠재의식 속에만 숨어 있다고 하더라도 결국은 그의 심리에 어떤 식으로 반영되는 것은 아닐까? 등등 이상한 생각이 들 것입니다.

그러나 이것은 단지 질문과 의혹의 첫 번째 파도에 지나지 않습니다. 머나먼 지평선 위에서 그것들은 훨씬 더 많아지고 더 복잡해질 것입니다. 이때 부모들은 과연 자신에 대해서, 자신이 지은 직접적인 혹은 간접적인 죄에 대해 생각하지 않을 수 있을까요? 아마도 이 모든 일에 죄가 있는 사람은 바로 그들, 즉 아버지나 어머니가 아닐까요? 자기 비판은 항상 과장되기 때문에 이것은 매우 괴로운 일입니다. 그리고 이 경우에는 반드시 무엇이 영향을 미쳐 이렇게 되었는가, 무엇으로 설명해야 하는가, 왜 다름 아닌 자신들의 태아가 재난의 신호를 보내었는가 같은 고통스런 질문이 발생하게 될 것입니다. 이것이 바로 부모가 생각하는 것일 겁니다. 그들이 태아에 대해 어떤 식으로든 영향을 미칠 수 있는 모든 요소의 범위 속에 생물학적 발아자인 자신은 물론이요, 또한 그들의 존재나 사회 생활과 관련된 모든 것도, 즉 그들의 사회적 지위나 주의 주장, 야망, 신념 등 인간의 생활을 제한하고 형성하고 뒤흔드는 모든 것과 거기에서 나오는, 무엇이 옳고, 그른지, 무엇이 좋고 나쁜지에 관한 생활 신조도 필연적으로 포함시킬 것은 쉽게 상상할 수 있습니다.

이러한 온갖 생활상의 상호 연관성은 태아의 탄생이 시공간에서의 가장 중심적인 사건이라는 점에서 유래하며 이것은 자연의 원형에서 볼 수 있는 역사적 결실이기도 합니다.

카산드라 태아는 특별히 예리한 직관과 특별한 시대 예감 능력을 가지고 있습니다. 따라서 그들의 신호 해석은 무엇보다도 우리의 내,

외부에서 극도로 혼란하게 건설되고 있는 세계의 해석을 위한 동기가 될 수 있습니다. 이러한 의미에서 카산드라의 낙인은 아마도 전지전능하신 신의 의지에 따라 현실의 본질에 새롭게 침투하고 이전에 우리가 접근하지 못했던 것을 분석하는 동기로써 발견되었을 것입니다. 모든 사람은 자신이 이해하는 대로 마음이 내키는 대로 결론을 내릴 자유가 있습니다.

우주 정거장에서 관찰을 수행하는 저, 우주의 수도사 필로페이도 지금 이러한 권리를 이용하여 이야기를 하고 있는 것입니다. 저는 지구에 살고 있는 인간들에게 호소하는 바입니다. 창조주께서 우리에게 내리신 생명의 미지의 의미를 위해서라도 카산드라 태아가 우리가 사는 이 세상에 최초로 다가올 때 무엇이 그에게 종말론적 콤플렉스를 불러일으키는지를 생각해 봅시다.

이것에 관해서는 어떤 전제도 가능합니다. 저에게도 그것이 있습니다. 우주 정거장의 첨단 장비로 저는 여러 시간에, 여러 대륙에서 보내는 텔레비전 방송을 수신할 수 있습니다. 광학 기구로 여러 지점과 여러 각도에서 지구의 표면을 볼 수 있습니다. 저의 시선 앞에는 제가 지구에 있을 때보다 더 광범위한 지구인의 일상 생활 정경이 펼쳐져 있습니다. 저는 한가한 관찰자가 아닙니다. 저의 프로그램은 우주적이자 지구적인 것이며, 저는 감히 말씀 드리면 현재와 미래의 인류 앞에 크나큰 책임을 지고 있는 실험자입니다. 이것은 허풍이 아닙니다. 사실이 그렇습니다. 따라서 제가 얼마만큼 판단할 수 있을지 모르지만, 완벽한 진실에 부합하지 않는 말은 한마디도 저 자신에게 허용할 수 없습니다. 저는 저의 연구가 인간의 손에 의해, 바로 우리 자신에 의해 우리의 정신 속에서 만들어진 이 세상의 종말을 경고하는 것이라고 믿고 있습니다. 저는 우리를 영원히 지배하는 이기주의와 위선이 우리들 자신에게 말하도록 허용하지 않는 것을 모든 사람들에게 들리도록 말하고자 합니다.

저는 카산드라의 낙인을 체계적으로 밝혀내기 위해 아무런 의심도 하지 않는 여인들에게 이를 알리지 않고 실험을 수행하고 있습니다. 그것은 가문비나무가 한 차례 비를 맞는 것과 같을 것입니다. 그러나 눈에 보이지 않는 이 시험 광선이 전혀 건강에 해롭지 않더라도 매번 제가 사람들에게 정신적 고통을 가한다고 생각할 때마다 저는 제정신이 아니게 됩니다.

그러나 우주 설문에 대한 대답으로 카산드라 태아의 신호 반응이 명확하게 나타날 경우 저는 사람들을 고통에서 벗어나게 할 수 없습니다. 그것은 숙명이며 그로부터 벗어날 곳은 어디에도 없습니다. 중요한 것은 이 숙명이 구체적인 개인의 것이며, 동시에 이러한 불행의 원인이 전세계적인 것이므로 모든 사람, 모든 사회도 포괄하고 있다는 사실을 이해하는 것입니다.

우리가 원하건, 원하지 않건 카산드라 태아와 카산드라의 낙인은 현실입니다. 따라서 저는 자신의 실험을 계속 수행할 것이며 이를 공개적으로 선언하는 바입니다. 이 실험에 앞으로 관련되거나 혹은 이미 관련된 사람들에 대해서는 동정해마지 않습니다. 사람들은 자신에 관한 진실을 알아야만 합니다. 신에 대한 저의 의무는 여기에 있습니다. 그러나 여기에서 지옥과도 같은 저의 불안이 시작되기도 합니다. 성하, 저는 이러한 불안에 대해 입을 다물고 있을 수 없어 이를 여론 재판에 넘길까 합니다.

저는, 다시 말씀 드립니다만, 제가 그 비밀을 발견하여 세상에 널리 알리는 카산드라 태아에 대해서 뿐만 아니라 그를 잉태한 산모에 대해서도 책임을 져야 한다는 사실을 잘 이해하고 있습니다. 왜냐하면 산모가 카산드라의 낙인의 의미를 모르면 평안히 살 수 있기 때문입니다.

그러나 컴퓨터 자판으로 이 글을 두드리는 지금도 저는 괴롭습니다. 저에게 이렇게 행동할 권리가 있는가라는 생각이 저를 괴롭히고 있습니다.

저는 궤도 우주선의 벽을 둘러보고 무중력 상태에서 컴퓨터로부터 떨어져 멀리 날아갑니다. 그리곤 멍하니 마치 저의 생각을 다른 것으로 돌리게 하고 저의 발견을 세상에 알리는 것이 옳다는 제 마음속의 신념을 지켜줄 그 어떤 것을 찾는 것처럼 시선을 이리저리 돌립니다. 저의 시선은 우주 정거장 동체의 양 측면에 설치된 텔레비전 화면에 떨어집니다.

모든 화면이 빛나며 각국의 방송을 각 나라 언어로 보여 주고 있습니다. 자 여기에 광고에서 스포츠에 이르기까지, 법정 리포트에서 공항에서의 공식적인 영접 행사 장면에 이르기까지 모든 분야의 온갖 다양한 지상의 현실이 있습니다.

이 지구의 풍경 가운데서 저의 주의를 끄는 것은 소란스럽지만 차분한 어떤 가두 시위 광경의 화면입니다. 웬일인지 경찰들이, 숫자는 적습니다만, 항의 시위대와 함께 걸어가고 있습니다. 모든 거리가 사람으로 가득 메워져 있습니다. 촬영은 공중을 포함한 여러 각도에서 이루어지고 있으며 흥분한 목소리들이 울려 퍼지고 있습니다. 사건 현장에서 전하는 리포터의 목소리, 스튜디오의 아나운서 목소리가 거리의 소음과 고함 소리에 휩쓸려 잠겨버립니다. 어디에서 일어나고 있는 사건일까요? 아마도 이탈리아인 것 같습니다. 멀기도 하고 가깝기도 하지요. 눈의 광채, 몸짓, 신경질적인 얼굴 표정 등 모든 것이 바로 옆에 있으니까요. 그렇습니다. 이것은 시실리입니다. 서둘러

쓴 플래카드를 머리 위에 들고 있습니다. 아 역시 그렇군요. 또 마피아입니다! 또 테러분자들입니다! 이번에는 검사에 이어서 주임 판사가 살해되었습니다! 교활하게, 공공연히, 무자비하게 말입니다. 자동차가 달리는 거리에서 원격 조정 폭발로 모든 것이 산산조각나 날아가 버리고 불타버렸습니다. 판사와 그 경호원들이 탄 자동차가 지나가던 그 운명의 순간에 옆에 있었던 모든 사물과 사람들이 말이지요. 모두가 보는 앞에서 모든 것이 "흠잡을 데 없이" 이루어졌습니다.

시위대들은 비탄에 잠겨 있습니다…. 그들은 강물처럼 몰려가고 있습니다. 그러나 그들은 누구에 반대해서 나선 것일까요? 이 군중들이 무엇을 할 수 있을까요? 시위대 속에는 마피아들도 있는 것이 아닐까요? 속으로 군중들을 비웃으며 말입니다. 한두 시간 지나면 시위는 흐지부지될 것이고, 그들은 크게 마피아니, 카르텔이니, 신디케이트니, 심지어는 제국으로까지 불리우면서 여전히 이익을 누리며 남아 있을 것입니다. 이미 멀쩡한 몇 개의 국가가 그들의 보이지 않는 독재하에 있습니다. 마피아의 식민지이지요!

시위대들이 가고 있습니다… 그런데 그들 위로 갑자기 헬리콥터 한 대가 나타나서는 전단을 빽빽이 뿌리고는 곧바로 지붕 너머로 사라져 버립니다. 이 모든 일이 실제로 저의 눈앞에서 일어나고 있습니다. 사람들이 머리 위로 떨어지는 전단을 잡아 펼쳐보고 있습니다. 전단에는 죽음의 묘사, 즉 해골과 뼈가 그려져 있습니다… 마피아가 노골적으로 죽음을 통고하고 있는 것입니다. 마피아에 대항하는 자는 모두 죽을 거라는 거죠! 울부짖는 듯한 분노의 폭발이 사람들을 동요시킵니다. 많은 사람들의 눈에 눈물이 흐르고 있습니다. 저는 베레모를 비스듬히 눌러쓰고 넥타이를 풀어헤친 경찰관 복장의 젊은 여인에게 시선을 멈춥니다. 비디오 카메라를 가진 이 여자 경찰관은,

보아하니, 현장을 촬영하고 있는 것 같습니다. 그녀는 그 헬리콥터를 촬영한 것 같습니다. 그러나 그것이 무슨 소용일까요? 마피아들은 그렇게 우둔하지 않습니다. 헬리콥터를 다시 색칠하거나 혹은 가루로 만들거나 편한 대로 할 것입니다. 저기 마이크를 든 그녀의 조수들도 있습니다. 그들은 뭔가를 빠르게, 흥분하여 말하고 있습니다. 저는 그들을 이해합니다. 매일 얼마나 많은 경찰들이 이 세상에서 마피아의 손에 죽어가고 있습니까? 바로 그 점이 그들을 위협하고 있습니다. 그녀에게도 마찬가지입니다. 그러나 제가 보고 있는 것은 그녀의 이마 위에 드러난 특징적인 반점, 카산드라의 낙인입니다! 네, 그런 것 같습니다. 저는 이 장면을 포착, 확대하여 틀리지 않았음을 확인합니다. 아아 경찰관인 그녀는 지금 그럴 형편이 아니겠지만, 시위 군중들과 함께 그녀가 반대하며 항의하고 있는 이 세상에 대한 그녀의 깊은 거부감이 이미 미래의 아기에게도 전해진 사실을 모를 것입니다. 이제 그 불행의 신호가 그녀의 이마 위에 있습니다. 그렇습니다. 이것은 시험 광선에 대한 카산드라 태아의 반응을 밝혀내기 위한 저의 일련의 궤도 실험중 하나의 실제적 결과입니다.

   만약 저 아이나 혹은 어떤 다른 카산드라 태아가 이 세상에 태어난다면 세월이 흐르면서 바로 그 남자(혹은 그 여자)가 가장 흉악한 범죄자의 한 명이 될 수 있다고 생각합니다. 그는 많은 사람들과 전체 사회에 고통과 불행을 가져올 수도 있을 것이고, 형사 범죄로 치닫게 될 수도 있을 것입니다. 무엇보다 그를 이 세상에 태어나도록, 이 세상을 받아들이도록 강요한 것만으로도 그에게는 복잡하고 비밀스런, 타고난 복수심이 나타날 것이기 때문입니다. 그 자신은 나중에 모태속에서의 자기 인생의 극적인 시초에 관해 아무런 기억도 하지 못할 것이지만 응어리진 복수심만은 위험한 싹을 내밀 것입니다. 만약 운이 좋아 카산드라 태아인 그가 나중에 그의 부정적인 유전인자를 집중적으로 중화시킬 수 있는 환경에 처하게 되면 다행이겠지요. 다른 상황이라면 악을 키우는 데 아무런 노력도 필요하지 않을 것입니다. 산밑으로 굴러 떨어지는 돌이 굴러갈수록 더 가속되는 것과 마찬가지입니다. 운명이 이렇게 풀리면 모든 것이 저절로 굴러가게 될 것입니다.

카산드라 태아의 신호에 귀를 기울이면서 저는 그들의 미래를 생각하고 그들을 동정해마지 않습니다. 그들의 신호는 부메랑과도 같습니다. 그것은 끊임없이 죄악의 구렁텅이에 빠져 있는 우리들 자신에게 이제 공포의 신호로 바뀌고 그 신호는 계속 증폭될 것입니다. 따라서 지구에서는 이 신호, 즉 카산드라 태아들의 목소리를 들어야 하며 그들의 호소가 가지는 의미를 이해하고 받아들여야 합니다.

아니, 이것은 일시적인 것이 아닙니다. 제가 말씀 드리고자 하는 것은 영원에 관한 것입니다. 영원성은 그 자체로 영원합니다만 인간은 유일한 방법인 '도덕적 자기 완성'을 통해 대대로 영원성에 대해 진 빚을 연장하며 그것을 누리도록 되어 있습니다. 진보는 단지 이상에 대한 기술적 부속물에 지나지 않습니다. 필요하다면 전 세계도 멸망시킬 준비가 되어 있는 광신적 독재자의 핵무기가 그 명확한 실례입니다.

지구의 인간들은 카산드라 태아의 신호를 걱정하며 그것을 유전적 종말이나 인류 문명의 종언에 대한 전조로서 받아들일까요?

저는 미리 말씀 드리는 것이 두렵습니다. 각 경우마다 얼마나 많은 의혹과 고통이 감추어져 있을지, 또한 각각의 카산드라 신호가 어떤 결말과 해결을 가져올지 두렵습니다….

저는 대부분의 여성들이 — 남편들은 그들을 방해하려고도 하지 않을 것입니다만 — 한시라도 빨리 이런 비정상적인 태아로부터 벗어나려고 애쓸까 두렵습니다. 그들의 머릿속에 떠오르는 첫 번째 생각은 가장 과격한 방법인 낙태일 것입니다. 더구나 그것에 대한 도덕적 변명도 논란의 여지가 없습니다. 불행한 인간이라는 것을 미리 아는데 무엇 때문에 그를 낳아야 하느냐는 거죠. 그렇지 않아도 이 세상에 불행한 사람이 많은데 말입니다. 누가 낙태에 매달리는 그들을 감히 비난할 수 있을까요? 누구일까요? 사회일까요? 역사일까요? 도덕일까요? 역사적으로 볼 때 사회는 유전적 공포가 쌓이고 쌓인 악의 원천이요, 도덕도 현실의 냉소적 강압에 굴복하는 경우가 자주 있었습니다.

성하 이제 저는 저의 입장을 확실히 하는 것이 저의 의무라고 생각합니다. 저는 가톨릭 교회의 낙태 금지에 대한 확고한 지지자이지만 그럼에도 불구하고 저는 카산드라의 낙인을 확인하고 차라리 낙태에 매달리는 사람들을 단호하게 비난할 수 없을 것 같습니다. 오히려 그러한 해결책이 카산드라 태아들의 열망에 부응할지도 모르니까요.

그런데 결과적으로 우리는 극도로 복잡한 모순에 봉착하고 있습니다. 이 과격한 행위(낙태)가 세계적으로 인식되어야 할 중대한 문제들을 해결하지 못하고 있을 뿐만 아니라 오히려 이를 더욱 증대시키고 있으며, 태아에게 종말론 콤플렉스를 불러일으키는 온갖 원인들도 여전히 그대로 남아 있기 때문입니다.

이제 미래의 어머니가 생각하지 않을 수 없는 불행을 차례로 들어 보기로 하겠습니다.

- 기아
- 빈민굴

- 질병 그리고 특히 에이즈
- 전쟁
- 경제 위기
- 사회적 대공황
- 범죄
- 매춘
- 마약 중독 및 마약 매매
- 민족 분쟁
- 인종주의
- 환경, 에너지 재난
- 블랙홀 등등

이 모든 것은 인위적인 것이며 바로 인간에 의해 생겨난 것입니다. 이러한 인간의 대규모 재난은 시간이 지날수록 커져만 갑니다. 우리 모두도 그에 공감하고 있습니다. 그런데 이제 신의 섭리가 드디어 우리를 끝없는 심연의 가장자리에 세워 놓고 카산드라의 낙인을 통해 자신을 알도록 하고 있습니다.

저는 다시 한번 카산드라 태아의 신호를 밝히기 위한 저의 우주 연구가 사람들이 앞으로는 그렇게 살아서는 안된다는 것을, 앞으로 퇴화가 다가올 것이라는 사실을 인간이 이해하도록 도와주겠다는 것 외에는 다른 어떠한 목적도 없다는 것을 밝히는 바입니다.

각 개인이 솔선 수범하여, 또 모든 인류가 다 함께 불행과 죄악의 뿌리를 뽑아버리는 것만이 인간의 미래를 쇄신할 수 있습니다. 유토피아론이냐구요? 또다시 유토피아론이냐구요? 아닙니다. 이것은 진부한 유토피아론이 아닙니다. 이것은 살아 있는 자의 영혼이 생존할 수 있는 길이며, 다른 길은 없습니다….

저는 물러서지 않고 한시바삐 카산드라 태아로부터 벗어나려고 애쓰지 않는 용감한 사람들이 있을 것으로 믿습니다. 이런 사람들에게 이 숙명적 신호는 생의 양태와 자손의 운명에 대한 모두 사람과 개개인의 책임에 관해서, 또 이제 인간은 자기 자신과 지금까지 본 적도 없는 투쟁을 해야 한다는 사실에 관해서 많은 것을 이야기해 줄 것입니다. 그런 사람들은 보다 나은 생을 얻을 수 있을 것입니다.

저는 그것을 믿고 있습니다.

이제 제 자신의 신상을 간단히 말씀 드리겠습니다.

물론 누구도 저를 삭발하여 수도사가 되도록 하지 않았습니다. 저 스스로 그렇게 부르고 있으며, 달리 말해 자칭 우주 수도사일 뿐입니다. 저의 이름도 자신이 선택한 것으로, 스스로 필로페이란 이름을 붙였습니다. 루시에는 그런 이름을 가진 수도사들이 있었지요. 저는 자신을 위해 스스로 이 우주의 은둔지에서 고립된 생활을 선택하였습니다. 미국인, 일본인, 저(얼마 전까지 소련 학자로 우주 실험실의 과학 부장이었습니다만)로 구성된 승무원들은 자신의 계획을 완수한 뒤 지구로 귀환하여야 했습니다. 그러나 저는 우주 정거장을 떠나 우리를 데리러 온 우주왕복선에 옮겨 타는 것을 거부하였지요. 저는 이를 위해 성명을 발표하고 개인적 선택의 자유를 주장하였지요. 저는 면도날을 목에 대고 동료들이 저를 가만히 내버려두도록 하였습니다. 그리하여 저는 소기의 목적을 달성하였습니다….

벌써 5개월째, 정확히 말하면 저는 완전히 궤도에 고립된 채 실험을 수행하고 있습니다. 정거장에 비축된 생활 물자만으로도 저는 아주 오랫동안 이곳에 머물 수 있을 것입니다. 그리고 좋은 일은 나쁜 일과 함께 온다는 말이 있듯이 그것은 저의 경우도 마찬가지였습니다. 소련 제국의 붕괴는, 그로 인해 온 세계가 고통스런 전율을 겪었지만, 저로서는 오히려 좋은 기회가 되었습니다. 극도의 혼란 속에서 구 소련의 지상 관제소는 저와 이전에 보스톡 27호로 명명되었던 우주 정거장에 관해 잊어 버렸던 것입니다. 저는 당분간 그들이 저에 대해 신경 쓸 상황이 아닐 것으로 생각합니다. 아마 그들은 앞으로도 오랫동안 새로운 독립 국가들 간의 그 바보 같은 우주 재산 분배 문제로 인해 바쁠 것으로 생각합니다. 어쩌면 제가 지금 근거지로 삼고 있는 이 우주 정거장도 분배하려고 할지, 또한 우주 자체도 분할하려고 할지 모르지요. … 그러나 이것은 그들의 일입니다. 저는 스스로 선택하였고, 자신의 의무를 이행하고 있습니다. 저는 인류에게 질문을 던질 것이고, 카산드라 태아의 신호를 밝혀낼 것입니다. 저의 마지막 순간까지 말입니다….

지구에는 저를 기다리는 사람이 아무도 없습니다. 제게는 이 세상에 아무도 없습니다. 저 자신 버림받은 아이이며 고아원에서 자랐습니다. 모든 점에서 볼 때, 어떤 극한적 상황이 저의 어머니로 하여금 갓난 아기를 고아원 현관에 버리게 한 것 같습니다. 저의 인생이 어떠했는지, 제가 우주로 나간 동기가 무엇인지에 관해서는 지금 말씀드리지 않겠습니다. 이것은 특별한 화제이고, 특별한 이야기이기 때문입니다.

성하, 다시 한번 성하의 성안 앞에 깊이 머리 숙입니다. 이런 일로 심려를 끼쳐드려 죄송합니다. 성하를 통해 사람들에게 호소하면서 제가 원하는 단 하나는 그들이 진실을 알도록 하는 것입니다.

우주의 수도사 필로페이 올림.
세속명 안드레이 끄릴로프

우주 컴퓨터에서 전달된, 로마 교황께 보내는 서신에는 <트리뷴>지 편집국에 대한 메모도 첨부되어 있었다.

편집장 귀하!
우리의 합의에 따라 <트리뷴>지 편집국에 본 서한의 공개 독점권을 부여합니다. 저는 <트리뷴>지가 이러한 조치를 결의함으로써 얼마나 힘든 부담을 안게 될지 잘 이해하고 있습니다. 귀측의 용단을 높이 평가하는 바입니다.

만약 귀 편집국이 저의 호소문에 대한 매우 흥미로운 반응을 전해 주시면 감사 드리겠습니다. 저는 지구인들의 반응에 관해 알 필요가 있습니다.

감사의 뜻을 표하며.
우주 정거장 RX 탑승원
우주의 수도사 필로페이 올림

3

 그는 다시 꿈속에서 고래를 보았다. 그는 그 고래들 사이에서 오랫동안 대양을 헤엄쳤다. 그는 파도에 부딪혀 물이 뚝뚝 떨어지는 그들의 눈을 바라보았고 고래 눈의 표현을 이해했다. 그 자신 고래이기도 하였다. 그들은 그가 비행기에서 보았을 때처럼 쐐기 모양으로 헤엄쳤다. 어떤 설명할 수 없는 힘이 그들을 앞으로, 마치 그곳에 뭔가가 그들을 기다리고 있는 듯 수평선상의 한 점으로 끌어들였다. 수평선은 멀어져 갔지만 그들은 굳센 몸뚱이로 파도를 가르며 계속 헤엄쳤다. 대양의 물은 점점 뜨거워졌다. 끓임없이 밀려오는 파도가 물을 끓어 오르게 하고 있었다. 멀리 가면 갈수록 뜨거운 파도 속을 헤엄치는 것이 더 어렵고 무서워졌다. 그는 갑자기 왜 대양이 이렇게 견디기 어려울 정도로 끓기 시작했는지 깨달았다. 대양 위로 한꺼번에 2개의 태양이 나타난 것이다. 화염에 쌓인 2개의 적갈색 구체가 마치 한 쌍의 서치라이트처럼 하늘에서 뜨겁게 달아올랐다. 어느 것이 영원한 진짜 태양인지, 어느 것이 어딘가에서 굴러 들어와 진짜와 경쟁하고 있는지 알기 어려웠다. 그는 무척 놀랐다. 그는 나란히 헤엄치던 고래들에게 소리치기 시작했다: "저걸 봐, 저걸, 내 형제 고래들이여! 하늘에 태양이 2개라네! 태양이 2개야! 자네들 들리는가?! 이건 불길해! 바다가 끓어 오를 것이고 우리는 죽고 말 거야! 태양이 2개라니 무서워!"

로버트 보오크는 미친 듯이 날뛰는 대양 속에서 몸부림치는 고래들 틈에 끼여 오랫동안 소리지르다가 뜨거운 땀에 흠뻑 젖은 채 잠에서 깨어났다. 귓속이 울려 멍멍할 정도로 심장이 두근거렸다. 제정신으로 돌아온 후에도 그것이 꿈이었다는 것이 좀처럼 믿어지지 않았다. 대양 위에서 눈이 멀 정도로 달아오르던 2개의 태양이 마치 생시에 본 것처럼 뇌리에 박혀 있었다. 그가 고래 꿈을 꾼 것은 한두번이 아니었지만, 그러나 2개의 태양이 하늘에 타오르다니! 기분 나쁜 일이야, 정말 기분 나빠!…

그 순간 그는 꿈속에서 본 두 번째 태양이 어디에서 나타났는지를 깨달았다. 불안하지만 명확하게 깨달았다. 심지어 곧장 생각이 미치지 않은 것에 자신도 놀라고 말았다. "이럴 수가" 하며 미래학자는 웃음을 터뜨리고 거울 옆의 시계를 보았다. 이미 아침 6시를 지난 시각이었다. 아내는 아직 옆방에서 자고 있었다.

보오크는 보통 아침 체조를 하는 베란다로 나갔다. 하지만 그날은 생각이 다른 일에 가 있었다. 교외에 있는 그들의 집을 둘러싸고 있는 모든 것이 그에게 평상시와 같은 흥미를 불러일으키지 못했다. 심지어 수영장 옆 평지에 별모양으로 잘 꾸며놓은, 일본식 돌 정원도 오늘은 완전히 잊고 있었다. 제시가 우스꽝스런 공포에 찬 속삭임으로 퍼뜨린 소문에 의하면, 미래학자는 매일 아침 정원에서 마술하기를 좋아했다. 그러나 미래학자의 말로는 그것은 모래 위에 마술 기호를 그리는 것뿐이었고, 그나마 오늘은 그런 장난을 할 겨를도 없었다. 우선 쏟아지는 언론 보도를 모두 훑어보고 여러 사람에게 전화로 질문하여 상황을 빨리 파악하는 것이 급선무였다.

카산드라 태아에 관한 관심은 이미 도처에서 고조되고 있었다. 로버트 보오크는 일이 이렇게 될 것이라는 것을 조금도 의심하지 않았다. 왠지 지나간 젊은 시절, 대학 서클에서 현대 문명의 제 문제에 대해 열띤 토론을 벌이고, 인류의 미래는 당시 존경받던 현자들로 구성된 '로마 클럽'을 모델로 건설할 수 있으며, 보수적인 반대자들만 차례로 설득하면 된다고 생각했던 때처럼, 그는 뭔가 불안한 힘이 밀물처럼 밀려오는 것을 느꼈다. 카산드라의 낙인을 둘러싼 사건은 보오크에게 이미 잊혀진, 이상을 위해 위험을 무릅쓰고 공개적 충돌도 불사하겠다는 열렬한 각오를 부추겼다.

그러나 사건은 이미 공항에서부터 그를 사로잡았다. 손에 묵직한 신문 뭉치를 든 제시가 사람들 틈에 끼여 출구 옆에서 그를 맞이했고, 그녀는 뭔가 어색하기도 하고, 장난스럽기도 하며, 또 불만스러운 표정으로 머리 위로 신문을 꽃다발처럼 흔들었다. 그러나 그녀는 마치 갑자기 소나기를 만나 흠뻑 젖은 것처럼, 심지어 약간 젊어진 것처럼 보이기도 하였다. 보오크보다 9살 연하인 제시는 가끔 병을 앓았고 혈압 때문에 고생하며 생기를 잃은 적도 자주 있었지만 공항에서 본 그녀는 이미 멀어진 젊은 시절처럼 남편에게 매우 열광적이고 활발하게 보였다. 당시 그는 그녀가 성공하여 위대한 음악가가 되는 것을 얼마나 방해하였던가! 더욱이 그녀는 유명한 첼리스트였다. 그녀를 죽자살자 따라다니던 머리가 이상한 남자, 로버트 보오크가 없었더라면 제시의 경력은 오케스트라라는 우물 안에 머물지 않았을 것이다.

그러나 누구에게나 자신의 운명이 있는 법이다.

공항의 혼잡스런 회전문 옆에서 그녀가 말한 최초의 몇 마디 말은 밑도 끝도 없고, 절망에 차 있었지만, 그 속에는 동시에 재회의 기쁨을 표현하는 말도 있었다.

"모르겠어요, 로버트, 혹시 당신 떠나기 전에 그 바보 같은 돌덩이에 어떤 부적을 그려놓은 것 아니에요? 아니면 이 사건을 달리 어떻게 설명하겠어요? 절대로 할 수 없어요. 로버트, 아무리 해도 안 된다고요! 설명할 길이 없거든요. 이런 일은 정말 처음이에요. 절 믿으세요. 이번 일로 아마 온 세상이 들끓을 거예요!"

"그건 내가 써놓은 한자들이 뭔가 효과가 있다는 이야기인데?!" 하고 미래학자는 점잖게 그녀에게 대답했다.

"글쎄요. 전반적으로 너무 지나쳤어요. 친애하는 나의 미래학자님. 너무 지나쳐 마법이 되었다고요… 이제 곧 영문을 알게 되겠지요."

보오크는 자동차 안에서 ─ 차는 제시가 운전하고 있었다 ─ 신문을 뒤적거리다가 몇 줄 훑어본 뒤 밀어놓고 말았다.

"아니. 이건 집에서 조용히 주의 깊게 읽어야겠소" 하고 그는 안경을 접어 넣었다.

"당신 생각이나 해봤어요!" 제시가 짐작하겠다는 듯 미소를 지으며 말했다. "만약 우주가 아닌 길모퉁이에서 누군가가 그런 것을 방송했다면 아마 그는 얼굴을 된통 얻어 맞았을 거예요! 생각해 보세요, 태아가, 그 조그만 씨앗이 생각을 가지고 있다니, 뭔가를 예상하고 이 세상에 태어나고 싶지 않다고 알린다니! 그것도 심각하게 말이에요! 어떻게 그런 일이 있을 수 있을까요?!"

"글쎄, 전혀 안 그럴 수도 있겠지." 보오크가 곤란한 듯 어깨를 으

쑥거렸다. 그는 아내가 여느 때와 달리 너무 즉석에서 판단하는 것처럼 보였고 왠지 이번에는 그녀가 옳지 않기를 바랐다. "아마 태아의 내부 성찰이 존재한다는 사실을 염두에 둔 것일 거요. 그러나 어쨌든 생각해 볼 만한 동기는 있소. 예를 들어 우리들의 이 죄 많은 세상에 대한 순수한 인식 형태가 발견된다면… 계산의 기준점으로서 말이오… 지금 갑자기 그런 생각이 드는구려. 그런 것이 실제로 있다면 그건 단지 태아의 수준에서나 가능할 거요. 그것도 환상적 관념으로 말이오. 말하자면 그렇소. 그러나 지금은 이런 이야기를 하지 맙시다. 집에 도착해서 전부 읽어본 다음에 이야기합시다. 만약에 진지한 것이라면 말이오…. 자, 이제 당신에게 우스운 이야기를 하나 해주겠소."

미래학자는 독일 사람들의 강한 호기심과 주도면밀함에 관해서, 또한 미국 사람들에게 친근하게 느껴지는 그들의 내적 평안함에 대해서 이야기하기 시작했다. 한번은 아침 일찍 뒤셀도르프의 텅 빈 강변로에서 자전거를 타고 강을 따라가며 아무런 거리낌없이 목이 터져라 유명한 아리아를 불러대는 사람을 본 적이 있었다. 자전거를 타고 가던 사람은 오페라 무대에서 방금 내려온 것처럼 넥타이에, 목에는 흰 칼라를 하고, 에나멜 구두를 신었으며 실크 모자 같은 것을 쓰고 있었다. 그때 강변로에는 그의 노래를 평가할 수 있는 사람이 아무도 없었다. 그러나 자전거를 탄 사람은 누구도 필요로 하지 않았다. 그는 오로지 자신을 위해 존재했으며 그의 앞에는 이른 아침부터 화물선과 기선이 움직이는, 넘실대는 라인강이 있었다… 여름의 태양이 떠올랐다. 보오크는 그 광경에 매혹되어 그 별난 성악가 뒤를 쫓아가고 싶은 생각이 들었다. 그 정도로 그것은 돌출적이고 우습고 장엄하기까지 하였다. 완전한 해방이요, 완전한 자유였다. 라인강으로 뛰어들어, 주위에 아랑곳하지 않고 끝없는 강변로를 따라 자전거를 타고 가는 성악가를 향해 헤엄치며 그에게 손을 흔들고 물 속에서 뭔가 즐거운 소리를 외치고 싶었다. 그와 나란히 달리며 이 세상의 모든 시름을 잊고 싶은 생각이 들었다.

   그들은 고속도로를 질주하며 그 별난 사람을 생각하고는 웃음을 지었다.

   "이제 집에 가면 또 일 속에 파묻혀 지내야 하겠지, 제기랄." 보오크는 곧 집에 도착해 서재의 책상에 앉아 있을 자신의 모습을 생각하면서 속으로 이렇게 말했다. 그가 이렇게 생각할 때면 어떤 이중적인 감정을 맛보기 일쑤였다. 하나는 돌아와 공항에서 제시를 만날 때 느끼는 안도감이요, 또 하나는 일 주일간 집을 비운 데 대한, 허비한 나날에 대한 마음속의 어떤 가책이었다. 그렇게 허비한 날이 얼마이건 그 가치를 인간이 알게 될 때는 이미 너무 늦은 경우가 많다.

   그러나 이번에는 그런 익숙한 기분 외에도 그가 비행기를 타고 있을 때 알게 된 사실에서 비롯된 어떤 다른 기분도 섞여 있었다. 이 이상한 뉴스는 보통 센세이션을 불러일으킨 사건의 운명이 그런 것처럼 확 타올랐다가 금방 꺼질 것 같았다. 그러나 보오크는 지금까지 이야기 들은 것을 생각하면 할수록, 자신과 전혀 무관한 이 이야기를 머리 속에서 지우고 떨쳐 버릴 수 없을 정도로 이미 이 사건에 깊숙이 관련되어 있다는 이상한 느낌을 받으며 더욱 놀랄 뿐이었다. 마치 피고는 물론 방청객까지도 단지 재판 과정에 참석했다는 이유만으로 모두 유죄로 인정된 뜻밖의, 전대미문의 판결이 공포된 재판정에 그가 우연히 나타난 것 같았다. 이 판결은 이미 그에게 공포되었다는 이유만으로도 취소가 불가능하였다….

   우주로부터의 소식을 접한 후 정말 이상한 상황이 벌어지고 있었다. 그것은 정말 이상하고도 설명하기 어려운 상황이었다. 운전을 하고 있는 제시도 보아하니 우주로부터의 소식이 가져온 충격에서 벗어나지 못한 것 같았다. 그는 그녀의 얼굴과 눈을 통해 그것을 볼 수 있었다. 제시는 천부적으로 반짝이는 두 눈을 가지고 태어났고, 그 시선에서 미묘하게 변하는 색채와 음영은 로버트 보오크에게 많은 것을 이야기하였다. 어떤 자선 음악회에서 그들이 처음 만났던 날, 그는 젊은 음악가들 사이에서 그녀를 발견했고 그녀도 무대 가까이 청중 사이에 앉아 있는 그를 눈여겨 보았다. 그후 그들은 만나기 시작했다. 그는 그 첫날부터 그녀의 눈을 통해 '인생의 겨울과 여름'을 읽는 법을 배웠고 그녀의 마음속에 있는 모든 것을 알게 되었다. 그리고 그녀도 그에 관해 모든 것을 알게 되었다. 한두 마디에, 눈빛만으로 서로를 이해하는 그들의 이러한 능력은 그들의 화합과 가족의 행복을 보장하였다.

그는 괜한 수다를 떨어 평소와 달리 생각에 잠겨 침묵을 지키고 있는 아내의 마음을 딴 데로 돌리지 않기로 작정하였다. 그녀에게는 특별히 근심에 잠길 이유가 없었다. 그들의 나이가 되면 자주 그런 것처럼 그들의 생활 방식은 언제나 흔들림이 없었다. 그들이 계산하지 못하고 예측하지 못하는 것이 있다면 그것은 신으로부터 그들 각자에게 할당된 기한, 일생뿐이었다. 그들은 주어진 시간과 건강이 허락하는 범위 내에서 자신의 창조적 가능성을 실현하기 위해 힘껏 노력해 왔다. 보오크는 제시가 지금 자기 때문이 아니라면 우주의 수도사 필로페이가 보낸 편지 때문에 망연자실해 있다고 이해했다.

'집에서 이야기를 좀 해야겠군' 로버트 보오크는 생각했다. '하지만 지금이라도 대학 친구 중 누군가에게 전화를 걸어 상황이 어떻게 돌아가는지 알아봐야 하지 않을까?' 그는 수화기를 들려다 생각을 바꾸

었다. '지금은 좋지 않아. 먼저 이 우주의 신탁이라는 것을 주의 깊게 읽어보고 그 다음에 하지….'

"라디오를 틀까요?" 남편의 생각을 알아차리곤 제시가 물었다.

"괜찮소. 시끄럽게 떠들어댈 라디오가 내게 무슨 소용이 있겠소? 나와 당신은 이대로가 좋아요."

"기꺼이 믿을게요. 정말 기꺼이," 제시가 솜씨 좋게 앞차를 추월하며 약간 우울하게 조소하듯 대답했다.

"그곳에서 우리에게 알려온 것 말이오." 보오크는 눈을 들었다. "만약 그것이 실제로 존재한다면 그땐 물론 누구도 방관만 할 수는 없을 거요."

"당신 혹시 그런 일이 정말로 가능하다고 생각하는 것 아니에요?"

"모르겠소. 만약 그렇다면 아마 세상이 무너지는 듯한 반응이 뒤따를 수도 있겠지."

"쓸데없는 소리 하지 마세요, 미래학자씨!" 제시는 정말로 심각하게 불안해 했다. "대중이 그런 반응을 보인다면, 그건 정말 무서운 일이에요!"

"만약 사람들이 자신을 그 무자비한 광선에 비쳐본다면 유전학은 이제 생물학적 신비에서 벗어나 정치학으로 바뀔지도 모르오."

"어쨌든 당신은 너무 지나쳐요, 로버트," 제시는 어떻게든 커져만 가는 불안을 억누르려고 애썼다. "그러나 누가 알겠어요," 그녀는 신중하게 생각하기 시작하였다. "참, 내가 슈네어 공항으로 출발하기 전에 아더와 엘리자베스가 전화를 했었어요. 그들도 매우 불안해 하고 있어요. 그리고 우리의 존, 코슈트도 애틀란타에서 전화를 했더군요. 그곳에 공연이 있는데 갑자기 기억이 나더래요. 후쿠야마의 역사 종언론에 관한 토론에서 당신이 인류의 앞날에 새로운 비극이, 새로운 시련이 있을 거라고 예언한 것 말예요. 그 애가 말하길, 당신의 미래학자는 불길한 예언을 했다는 거예요. 마치 고물, 잡동사니가 든 자루 속에서처럼 당신은 이 세상에서 자행되는 온갖 악 속에서 세계 대전 대신 인간 자신의 내부 전쟁, 즉 인간이 과연 태어날 가치가 있는가라는 문제를 끄집어내었다는 거죠. 그 애는 또 이렇게도 말했어요. 당신의 미래학자는 잠자코 있을 거라고, 또한 일도 그런 식으로 전개되지 않을 거라고요. 만약 그렇지 않다면 당신은 맹목적으로 문을 열 것이고, 그러면 '그것'이 나타날 거라고요. 내가 그에게 말했지요. 그것이 뭐냐고. 그러자 그 애는 '그것'은 '그것'이라는 거예요. 그것은 이름도 없다나요."

"그래 알겠소, 코슈트의 속뜻을 알겠소," 보오크는 조롱하듯 어깨를 으쓱하였다. "언제나 그런 것처럼 재미있는 농담을 하는군. 자기는 극장에서 셰익스피어니, 에스킬이니 비극을 공연하며 세상을 완전히 뒤집어버리면서 나는 담장 위에서 울어대는 까마귀라 이거지. 고맙군. 나의 대머리 아들은 정말 훌륭해…."

"이제, 더 이상 말하지 마세요. 그 애는 괴짜예요. 언젠가 갑자기 이렇게 말한 것 기억나세요? 당신이 부럽다고요. '당신의 아내는 정말 매혹적이고 머리카락도 저렇게 풍성한데 나는 이게 뭐야'라고 한 것 말예요. 그때 당신은 그에게 말했지요. 너는 아직 아내를 고를 수 있지만 아마도 이런 풍성한 머릿결은, 비록 하얗게 세고 헝클어져 있지만, 결코 구할 수 없을 거라고요. 그러자 그 애는 눈에 눈물을 글썽이며 마치 웃는 듯, 우는 듯했어요. 정말 배우다웠어요!"

보오크는 생각에 잠겨 머리를 끄덕이며 대답했다. 여느 때와 달리 그는 이상한, 더 정확하게는 전에 느껴본 적이 없는 부담감을 마음속에 품고 집으로 돌아오고 있었다. 그 부담감은 외부에서 밀어닥친 것으로써, 보이지도 않고 그 무엇으로 표시할 수도 없지만 그럼에도 불구하고 끈질기게 떠나지 않고 붙어다니는 그런 것이었다.

"봅, 당신 정말 바다에서 고래를 봤어요?" 제시가 그의 생각을 가로막았다.

"물론이오! 그래서 당신에게 전화를 했었지." 그는 다시 활기를 띠면서 이야기를 시작하였다. "당신 상상할 수 있겠소? 그 광경은 말로 전달할 수 없소. 생각해봐요 저 넓은 바다에 배처럼 거대한 짐승들이 움직이고 있소. 마치 하늘의 백학들처럼 삼각형을 이루며 헤엄치고 있는 거요. 정말 볼만한 광경이었소! 그런데 당신이 옆에 없지 뭐요. 하지만 통화가 되어 다행이었소." 보오크는 잠시 침묵을 지키다가 이윽고 홀린 듯 이야기를 계속하였다. "당신에게 어떻게 설명을 해야 할지 모르겠지만, 나는 지금 이것이 전혀 우연은 아니라는 생각이 드오. 들어봐요. 이번에 프랑크푸르트에는 평소의 아는 친구들 외에도 호주에서 온 새로운 참석자가 있었소. 멜보른 대학에서 왔지. 어쨌든 호주 사람들에게는 우리 모두와 다른 어떤 특별한 점이 있소. 이유는 모르겠지만, 아마 그들이 세계의 변두리에 살고 있어서 그런지? 아니면 단지 그 사람만이 그런지? 그는 돌고래에 온통 정신이 팔려 있었기 때문에 나는 속으로 그를 돌고래 학자라 불렀소. 그게 그의 취미였소. 그는 활기찬 사람으로 탐구적 지성을 가지고 있었고 재미있게 이야기했소. 우리는 물론 우연이지만 고래 이야기를 하게 되었소. 돌고래부터 이야기를 시작했지. 그런데 이 고래 이야기가, 당신에게는 우습게 보이겠지만 우리를 매우 가깝게 만들었소. 나는 정말 흥미로웠소! 지금까지 과학은 고래의 집단 자살 현상이 무엇을 의미하는가 하는 질문에 대답을 못하고 있거든."

"고래들이 바닷가 모래톱에 몸을 던지고 올라오는 것 말인가요?

당신 그 이야기에요?"

"그렇소. 바로 그것 말이오. 그런데 도대체 무엇 때문에 활력 있고 지적인 고래들이 갑자기 아무 이유도 없이, 마치 입을 맞춘 것처럼 밤중에 바닷가로 헤엄쳐와 물이 발목까지밖에 안 차는 곳에 와서 몸을 던져 죽는 것일까? 그곳에서 고래들은 바다로 되돌아가려는 시도도 하지 않고 그냥 죽어 가지. 무엇을 위해 그들은 그렇게 하겠소. 왜, 무엇 때문에?"

"잠깐 멈춰봐요," 제시가 홀린 듯 두 눈을 반짝이며 그의 말을 중단시켰다. "신문에도 여러 번 그것에 대해 썼어요. 그런데 당신의 그 호주 사람은 무엇을 알고 있던가요? 왜 그런 일이 일어나지요?"

"문제는 바로 거기에 있소. 나와 그가 어떻게 판단했는가 하면, 이 현상, 즉 고래의 자살은 종족의 자기 보존이라는 생물학적 법칙에 모순된다는 것이오. 다시 말해 자연에 위배된다는 거지. 동물 세계에는 그런 것이 없거든."

"대신 사람들 사이에는 얼마든지 있어요."

"그건 전혀 달라요. 단연코 다르지. 또한 지금 이야기도 그것에 관한 것이 아니오. 이곳은 상황이 전혀 다르오 제시."

로버트 보오크는 침묵을 지키기 시작했다. 그리곤 숲을 지나 작은 언덕을 향해 힘차게 뻗어 있는 고속도로와 눈에 금방 들어오는 도로 표지판, 신호등에 시선을 던지며, 수없이 보아온 이 낯익은 경치에 자기도 모르게 본능적으로 감탄하고 있었다. 그는 운전대를 잡은 제시와 함께 집으로 돌아가면서 잠시 매우 행복하다는 느낌이 들었다. 그는 그녀에게 고래에 관한 자기 나름의 큰 비밀을 밝힐 준비가 되어 있었고, 그녀가 그 비밀을 듣고 얼마나 놀랄지, 또한 이 발견에 매료된 그들이 나중에도 이 테마를 반복해서 이야기하며 이를 여러 측면에서 토의할 것이라는 사실을 예감하고 있었다. 그것은 곧 행복일 것이다. 모든 행복은 정신이 하나로 되는 데 있기 때문이다. 그는 집에 도착한 후 둘이서 베란다에 앉아 제시가 틀어주는 음악을 듣고(그녀는 고집스러웠다 — 고전 음악은 그녀에게 그 무엇보다 소중했다) 좋아하는 백포도주를 즐기고 싶었다… 그러나 우주의 수도사에 관한 생각이 머릿속에 번득이자 그는 오늘은 그러한 목가적 분위기에 젖을 수 없을 것이라는 생각이 들었다.

"당신 왜 아무 말도 않고 있어요, 봅, 기다리고 있잖아요. 당신 내게 뭔가 꿍꿍이속이 있는 것 아니에요?"

"물론 그렇지 않소, 그저 생각을 정리하고 있었소. 당신은 호주에서 온 그 키퍼라는 자가 고래의 자살 원인을 알고 있었느냐고 묻지만, 당신에게 어떻게 말해야 할지…, 그는 다른 사람들은 상상도 못할 가설을 내놓고 있소, 알겠소? 그것은 어떤 논리적 추론이 아니란 말이오. 나는 그것을 특별한 도덕적·철학적 성찰이라고 말하고 싶소. 그래. 그래. 그렇게 미소를 짓거나 놀라지 말아요. 사실이 그러하니까. 이 호주 사람은 세계적 차원의 가설을 내놓고 있소. 알겠지만 모든 포유류 중에서 고래는 돌고래와 함께 가장 지능이 발달한 존재라오. 유감스럽게도 그것들은 선천적으로 말하는 재능을 가지지 못해 그것들과 우리 사이에는 아직 극복하지 못한 장벽이 있지."

"맙소사. 당신은 보고하는 데 완전히 익숙해진 것 같군요. 로버트. 그러나 나는 전혀 이해하지 못하겠어요. 당신이 말하는 도덕적·철학적 성찰이라는 것이 뭔지 말이에요."

"그 어떤 학자도 그 이상한 현상의 성질을 설명하지 못했소. 그런데 키퍼가 갑자기 내 앞에 나타나 그것의 우주적 성격에 관한 인식들을 열어준 거요."

"그렇다면 그의 가설의 핵심은 대체 어디에 있죠?"

"그는 멋진 결론에 도달하였소. 고래들의 집단 자살 행위 속에서 그는 지상의 여러 사건에 대한 세계 이성의 반발을 보고 있소."

"그것은 완전히 환상이에요. 로버트!"

"아무 말하지 말고 잠자코 있어요, 여보. 나는 이 가설에 완전히 마음이 사로잡혀 있소. 사실 인간에게는 이성을 소유하고 우주적 임무를 수행하기 위한 절대적 특권이 주어져 있지만 만약 우리가 완전해질 수 있는 상태에 있지 않다면, 이 우주를 적극적으로 개발할 수 있는 상태에 있지 않다면, 그렇다면 우리는 아마도 자신의 사명을 정당화하지 못하는 기생충이나 아무런 쓸모 없는 짐승에 불과할 거요. 용서하구려. 내가 좀 열을 낸 것 같소. 나는 단지 우리 인류에게는 주어진 특권만큼 책임도 부과되어 있다는 것을 말하고 싶었소. 그런데 가장 우선적인 책임은 존재를 화합하고 완성하는 것인데 여기에는 우리에게서 비롯되는 모든 것, 즉 생각이나 실천을 통해 비롯되는 모든 것이 포함되어 있지. 존재의 화합! 그러나 그것에 대해 얼마나 많은 위대한 생각과, 하찮은 생각들이 생겨나고 있고, 또 우리들 마음 속에는 남의 재난을 기뻐하는 저속한 생각이 얼마나 많이 생겨나고 있는지. 게다가 화합은 자기 구속이자 정신적 타락과의 투쟁이기도 하지. 여기에서 당연히 '양심이란 무엇인가'라는 문제가 생겨나게 되오. 모든 시대에 모든 사람들이 저마다 편리한 때에 편리한 식으로 교활하게 정의해 온 그 양심 말이오. 자연과 역사, 미래의 세계, 그리고 궁극적으로는 우리를 창조하셨지만 이제 우리가 창조하고 있는 신에 대해 양심이란 무엇이겠소?"

"로버트," 아내는 참지 못했다. "마치 당신 속에서 불 같은 전도사가 나타난 것 같군요. 당신은 차라리 중세에 태어나는 것이 나을 뻔

했어요. 하지만 종교 재판관들은 이단죄로 당신을 아주 만족스럽게 화형에 처했을 게 틀림없어요. 어떻게 신을 창조할 수 있단 말이에요?"

"아아 그것 말이오? 제시, 이제 당신도 따지기를 좋아하는 독단론자가 되어가는구려. 어떻게? 어떻게라니? 나를 태워버리지는 못했을 거요. 창조는 말로도 가능한 법이라오. 그럼, 그렇고 말고. 우리가 신에게서 말을 부여받은 것은 바로 그 때문이라오. 우리 마음속에, 또 우리에게 일어나는 모든 일은 말을 통해 완성되지. 그리고 사람의 손으로 만들어진 모든 것은 결국 말을 구현한 것이오. 강을 건너는 다리도 처음에는 말이었소. 더 나아가 말은 우리들 속에 있는 영원한 잠재력이라오. 우리는 죽어가지만 말은 남아 있소. 때문에 그것은 신이기도 하오. 그래서 우리는 말 속에서, 수많은 말 속에서 몸부림치는 거요. 때로는 말의 날개를 타고 무한 속으로 날아가기도 하고, 때로는 마치 노새처럼 불가피성의 재갈에 물린 채 말이 시키는 대로 하기도 하지… 그러나 내가 얘기하고 싶은 것은 다른 거요. 완전히 극단적으로 대립된 위치에 있는 존재, 바로 원초적인 말의 부재에 관한 것인데 그것은 다름 아닌 모든 자연을 말하오. 예를 들어 이들 고래도 마찬가지요. 이런 의미에서 그들은 비극적인 창조물이지. 말하는 재능은 없지만 그들에게는 독특한 직관력이 부여되어 있소. 오직 그들에게만 특유의 사고와 정신, 그리고 에너지 정보에 민감한 고유의 생태계가 주어져 있는 것이오. 이 사실은 그들의 작은 형제인 돌고래를 통해서도 확인할 수 있소."

"어쨌든 로버트, 그렇다면 대체 당신에게 무슨 사실이 밝혀졌다는 거예요?"

로버트 보오크는 자신에게 매우 중요한 사실을 이야기하기에 앞서 잠시 생각을 가다듬으며 침묵을 지켰다. 그리고는 속으로 매번 공항으로 가거나 혹은 공항에서 올 때마다 왠지 이유는 알 수 없지만 평소 집에서는 잘 하지 않는 특별한 이야기를 하고 싶은 욕구가 생긴다는 생각이 들었다.

"그건 말이오," 그는 이야기를 계속하였다. "키퍼가 확신하는 바로는, 나도 그것이 전혀 근거가 없다고는 생각되지 않지만, 고래는 대양의 살아 있는 레이더요, 잊혀진 우주 신호의 수신기라는 거지. 아마 그 고래들은 화산의 분화가 곧 시작된다는 것을 맨 먼저 감지하고는, 땅 속 에너지의 압력에 울부짖을 것이오. 그러나 그들에게 가장 무서운 것은, 아마도 우리가 이해할 수 없지만 이 세계의 호흡 상태에 불균형을 초래하는 인위적 자연, 인간의 온갖 악행에서 발생하는 신호가 그들에게 쏟아져 내릴 때일 것이오. 그 신호가 마치 알프스 산 위에서 불어오는 '펜 바람'처럼 그들에게 쏟아져 내릴 때가 가장 고통스러울 것이오. 당신도 내가 이야기하는 것을 알고 있겠지. 그것에 관해서는 많은 문헌이 있소. 산악 주민의 정신 상태를 무기력하게 만드는 그 바람 말이오. 화산이 아무리 무섭다고 해도 그것은 용암을 분출해 내면 잠잠해지고 꺼져버리지만 인간의 악행 때문에 발생하는 바람은 잠잠해지지 않는 법이오. 핵심은 바로 거기에 있지. 우리의 인생은 원래 그렇게 되어 있어요. 선행은 항상 적자고 악행은 언제나 남아돌아 한계를 초과하도록 말이오. 생각해 봐요. 지상에 우리의 힘으로는 도저히 중지시킬 수 없는, 심지어 어두운 마음과 망가진 의식의 한 구석에서 자기 자신을 죽이고 괴롭히고 억누르고 기만하고 또 이를 정당화하려고 하는 어떤 일이 이루어지고 있을 때 고래들은 절망과 공포에 싸여 우리를 향해 헤엄쳐 온단 말이오. 왜냐하면 세계 이성이 무너져 내려 스스로 소멸할 거라고, 흔적도 없이 사라져버릴 거라고 그것들에게 위협을 가하기 때문이지. 이것은 또한 세계의 종말을 암시하며 말없는 모든 짐승들을 공포의 도가니로 몰아넣고 있소. 살아 있는 존재들은 직관적으로 이를 두려워하고 있소. 생각해 보시오. 왜 쥐들이 침몰하는 배를 떠나 도망가겠소? 바로 그 때문이오. 말하는 능력이 없기 때문에 고래들은 표현할 수가 없지. 그들이 우리들 때문에 얼마나 고통을 받고 있는지, 그것이 그들의 소멸을 요구하며 그들을 어떻게 억누르고, 목을 죄고, 몸 속을 갈기갈기 찢고 있는지를 말이오. 당신도 생각해 보시오. 얼마나 고통스런 일이겠소! 누군가가 거리에서 본 벙어리 처녀에 대해 우리에게 이야기해 준 것을 기억하고 있을 거요. 그녀의 모친은 비열한 아버지에게 살해당했고, 그 불행한 처녀는 이리저리 뛰어다녔지만 사람들에게 무슨 일이 일어났는지 설명할 길이 없었지. 그래서 그녀는 전차에 몸을 던지려 했소. 뭔가 비슷한 일이 고래에게도 일어나고 있는 것 같소. 단지 규모가 우주적이라는 점에서 다를 뿐이지만. 분명히 그것들은 밀림의 화재에 대한 불안감을 대양에서도 느끼고 있으며, 빙하가 이동하면서 도중의 모든 것을 쓸어버릴 때 발생하는 산사태에 대해서도 전율하고 있을 거요. 그러나 그것들은 갈수록 심해지는 인간들의 끝없는 가학적 악행을 극복할 능력이 없소. 세계 이성의 소유자인 인간의 파멸적 정열 때문에 발생하는 압박을 이겨낼 수 있는 능력 말이오. 우리는 과연 우리에게 세계 이성이, 실체가, 더 정확하게는 영원한 위상이 맡겨져 있다는 것을 생각이나 하고 있을까? 나는 의심스럽소. 우리가 살고 있는 지구 어딘가에서, 우리의 자연 속에서 도덕성의 좌절과 붕괴, 왜곡이 일어나고 있고, 이 붕괴로 인해 발생하는 악과 공포가 눈에 보이지 않게 전세계로 확대되고 있으며 우주의 정의가 파괴되고 있소. 나는 그러한 정의가 존재한다고 생각하오. 존재의 화합 또한 왜곡되고 있소. 고래들은 이를 견디지 못하고 역시 시름에서 벗어나려 하고 있소. 그래서 해안으로 헤엄쳐와서는 한꺼번에 몸을 던지지, 죽음을 위해 몸을 던져서는 자살을 감행하는 거요. 생각해 봐요. 대서양 상공을 날면서 날개 밑으로 펼쳐지는 정경을 바라보니 갑자기 저 넓은 바다 위에 고래 떼가 있는 것이 아니겠소. 그것들이 백학처럼 쐐기 대형을 만들고 파도 사이를 헤치고 나아가는 것을 보았을 때 나는 머릿속이 멍해지고 숨이 막혔소. 그리고 동시에 나는 왠지 다음과 같은 생각이 들었다오. 그들은 어디로 가고 있는 것일까? 대체 무슨 힘이 그들을 내몰고 있는 것일까? 어디로, 무엇 때문일까? 하는 생각 말이오."

"당신이 왜 갑자기 비행기에서 전화했는지 이제야 알겠어요. 저는 고래가 뭔지, 무슨 일이 일어났는지 영문을 알 수 없었거든요. 물론 그런 상상을 한 후이니 어떻게 전화를 안할 수 있겠어요?"

"내가 단지 상상만 했다고는 생각하지 않소."

"아 그래요, 사랑하는 나의 미래학자님." 아내는 관대하게 미소를 짓고 약간 조롱하듯 그를 바라보았다. "당신에겐 그런 일이 자주 일어나죠. 하지만 재미있어요. 아무 말 하지 마세요. 무척 재미있어요. 그런데 만약 이것이 실제로 특이한 항의 형태라면 어떻게 하지요? 알 수 없잖아요. 아 로버트, 기름을 넣어야겠어요. 보세요. 거의 바닥이 났어요. 우리가 고래 이야기를 하며 달리는 동안에 말이에요…."

그들은 주유소로 차를 돌렸고 곧 모든 것이 통상적인 일상 생활의 궤도로 돌아갔다. 우주의 수도사도, 고래도, 온갖 종류의 형이상학적 생각도 일시에 뒷전으로 물러났다. 이윽고 그들은 교외로 이어진 길을 따라 달렸고 이제 집까지는 얼마 남지 않은 터였다.

보오크는 갑자기 피로감이 밀려오는 것을 느끼면서 말했다.

"제시, 오늘은 전화가 와도 받지 맙시다. 자동 응답기만 켜 놓도록 합시다. 지쳤소. 여독을 좀 풀어야겠소…."

"한 통화는 이미 허락을 해놓았어요. 용서하세요. 오늘 저녁에 올리버 오오독이 당신에게 전화할 거예요. 당신이 도착할 거라고 그에게 말했거든요. 안 그랬다면 그는 유럽으로 전화를 걸었을 거예요."

"올리버 오오독이라구?"

"그래요. 그는 대통령 선거에 출마했지요. 당신 알고 있어요?"

"알기는 알지. 지금 그들은 예비 선거를 위해 뛰고 있지. 정말 그를 벗어날 수가 없군. 집요한 인간이야. 끈질기게 전화해대겠군."

"미안해요, 봅. 거절할 수가 없었어요."

"전화할 테면 하라지 뭐. 얼마든지. 올리버 오오독. 그와 통화한지도 꽤 오래되었으니까. 기억나오. 그가 부지사였을 때 주의 과학, 교육, 주민 고용을 맡고 있었지. 우리의 국제 학술 대회 조직을 지원하기도 했고, 기억나겠지만, 고르바쵸프의 개혁 초기에는 함께 모스크바를 다녀오기도 했지. 당시 그곳에는 전세계에서 정치학자들과 미래학자들이 모였고, 오오독은 정치학자로서, 주정부 대표로서 참가했소. 아아 페레스트로이카, 페레스트로이카! 우리는 양 진영 모두에서 활개를 쳤지. 정말 낭만적인 시대였소. 그는 이미 꽤 나이가 들었지만 나보다는 약간 어리다오."

"쉰여섯이에요." 제시가 토를 달았다. "신문에서 그렇게 쓰더군요. 쉰여섯 살의 올리버 오오독이라고요."

"아아. 나도 대충 그 정도라고 생각했었소. 우리의 올리버 오오독이 운명을 시험해 보겠다고 결연히 작정한 모양이지. 오 최고 권력의 마술이여! 하지만 혹시 당선되기라도 한다면?… 선거 운동은 드넓은 바다와 같아서 파도처럼 밀려와 순식간에 해안을 덮쳐버린다오. 만약 할 수만 있다면 사회적 밀물을 일으켜야 하오. 또 센스도 보여 주어야 하고 말이오. 오오독은 그런 의미에서 완전히 물 만난 고기 같은 기분이겠지. 그는 깊이는 없지만 기민한 인간이오. 또 우둔하지도 않고."

"맞아요, 나도 그때가 기억나요. 잘 기억나요. 우리가 86년 모스크바에 갔을 때, 당신이 크렘린의 그 오래된 거대한 홀에서 개최된 포름에서 연설했을 때 고르바쵸프가 우리를 직접 맞이했었지요. 오오독도 우리와 함께 갔었잖아요. 기억하세요? 연설이 꽤 좋았어요. 성공적인 것 같았어요."

"좋았지, 그것도 아주. 그에게는 웅변가로서의 힘과 열정이 있소. 거듭 말하지만, 그는 이렇다할 지식이 없지만 항상 화제의 인물이라오. 아마 지식 같은 것은 그걸 위해서는 필요치 않은 것 같소. 대중의 인식에 중요한 것은 무엇보다도 후보의 강령의 실제성이오. 또 개인의 카리스마도 있지."

"이봐요, 로버트, 이제 그만둬요. 고래 이야기를 하다가 지금은 또 올리버 오오독의 이야기를 끝없이 늘어놓고 있어요. 우리에게 다른 근심거리는 없는 것 같군요. 이제 곧 집에 도착해요. 수다 많이 떨었어요. 오오독이라 오오독…."

"현대의 대중주의의 핵심은 여기에 있다오. 제시. 모두들 어떤 인물에게 정신이 나가버리고 또 그 인물은 마치 모두를 위해 정신이 나간 듯하지. 미국에 있는 나와 당신도 예외가 아니오."

"그건 분명해요. 그런데 그는 왜 갑자기 유럽에 있는 당신에게 곧장 전화를 걸려고 했을까요? 무슨 이유일까요?"

"그건 생각해 볼 필요도 없소. 내 생각으론 이 우주의 수도사가 벌써 많은 사람들의 골치를 아프게 한 것 같소. 말하자면 일시에 당혹스럽게 만든 거지. 분명히 거기에 이유가 있을 거요. 단정하긴 어렵지만."

"당신이 그것과 무슨 관계가 있죠? 봐, 당신도 이 우주 현상에 대해 오오독에게 똑같이 전화할 수 있잖아요. 이렇게 말이에요, '안녕, 여보게, 우주에서 로마 교황에게 보낸 편지에 대해 어떻게 생각하나?' 기억하세요. 모스크바의 러시아인들이라면 이렇게 말했을 거예요. '당신, 이 질문에 무엇을 곁들여 먹어야 하는지 압니까?' 하고요. 당신도 그렇게 할 수 있을 거예요. '친애하는 오오독, 우리 무엇을 곁들여 이 센세이션을 먹어 버릴까?'라고 못할 이유가 없잖아요?"

"물론이지. 하지만 당신 자신도 말했지 않소, 벌써 많은 사람들이 나에게 전화했다고. 왜 사람들은 다름 아닌 내가 이 우주의 미치광이에 관해 해명을 해야 한다고 생각했을까? 어쨌든 나는 어찌된 영문인지 빨리 알아보아야겠소. 그렇지만 이것이 단순한 불꽃놀이라면 어떻게 해야 하지?"

"만약 불꽃놀이에 불과하다면 장난이나 치고 즐겁게 떠들지요 뭐."

"당신, 그런 말하지 말아요. 제시, 그런 불꽃놀이는 끝이 안 좋아."

"그 봐요. 당신에겐 무슨 말을 못해요. 낙천적인 프랑스 사람들이 당신에게 공연히 지구적 염세주의자란 별명을 붙인 게 아니라고요. 이제 집에 다 왔어요. 잠시라도 모든 것을 다 잊어버립시다. 한번에 너무 많은 것이 밀어닥쳤어요. 우주 궤도에 있는 수도사 필로페이에, 대양에 있는 당신의 그 고래들 하며… 나는 또 내일 오케스트라와 중요한 연습이 있어요… 오 맙소사…."

"나는 오늘 당신과 조용히 함께 있고 싶소, 제시… 자 이제 도착했군."

4

 편안한 휴식은 이루어지지 않았다. 저녁 7시가 지나자마자 전화벨이 울렸다. 활발한 여자 목소리가 편안한 저녁을 방해한 데 대해 사과하면서 대통령 후보인 오오독씨가 보오크씨와 이야기를 나눌 수 있는지 알고 싶어했다. 이어 오오독이 직접 대화에 끼여들었다. 원래부터 그는 이야기하는 것을 즐기고, 개방적인 것을 강조하였지만 그때는 거기에 덧붙여 흥분까지 하고 있는 것이 분명했다. 친구 같은 허물없는 대화가 40여분 동안 계속되었다. 로버트 보오크는 그 과정에서 자신에게 필요한 이야기, 필요도 없는 이야기를 많이 들어야만 했고 그 자신도 몇 마디 하지 않을 수 없었다.
 처음에는 모든 것이 농담조로 시작되었다.
 "여보게, 로버트, 돌아온 것을 축하하네. 자네에게 말해 두지만 이번에 자네의 귀환을 미국 대륙에서 나처럼 목 빠지게 기다린 사람은 아마도 없을 거야. 물론 자네의 훌륭한 부인은 제외하고 말일세. 나는 유럽으로 직접 날아갈 참이었네. 라인강 기슭 어딘 가에서 멋진 프랑크푸르트 여자들 틈에 끼여 있을 자네를 찾겠다고 기대하면서 말이지!"

"고맙네, 올리버! 프랑크푸르트의 여자들은 정말 근사해. 그러나 자네가 나를 찾은 것이 단지 그 때문만은 아니라고 생각하네. 무슨 일이라도 생겼나? 꽤 오래 못 만났군."

"정말 그래. 일이 너무 많아. 기대 이상으로 말일세. 자네는 이해하겠지. 악마가 나를 못살게 구는 것 같아. 말이 나온 김에, 이 악마란 놈에 대해서 자네에게 들려줄 깜짝 놀랄 이야기가 있다네. 며칠 전 내게 일어난 일인데, 그러니까 자네가 유럽을 돌아다니고 있을 때 나는 선거 운동에 들어가 악전고투하고 있었지."

"그래, 잘 알고 있네. 이제 본격적으로 시작할 거라고 예상했지."

"실은 너무 본격적이었네. 선거 자금 후원자들도 대동했었지. 그들은 상당한 유력자들이고 또 중요한 것은, 매우 관심을 가지고 있다는 걸세. 하지만 그런 이야기를 하자는 것은 아닐세. 아무튼 오케스트라가 있으니 아리아를 불러야 하고, 그건 자네의 지나치게 자신만만한 친구인 바로 내가 할 일이란 말일세! 그게 무슨 뜻인지 자네에게 얘기할 필요도 없겠지만. 그렇다고 무슨 소득이 있겠나? 이건 심각한 문제일세. 그러나 나는 그만둘 생각은 없네. 긴 이야기하지 않겠네. 자네도 잘 알겠지만 나는 대중들과 폭넓게 만나면서 지지율을 올리고 있지(군중으로 부르고 싶은 마음은 없네. 절대로, 어떤 경우에도 그렇다네. 그들은 집단 지식층일세. 나는 집회 때마다 이 점을 강조하지. 나는 모든 레벨의 집단 지식층의 발전을 위해 뛴다고 말일세). 하지만 어쨌든 나는 내 식으로 자네에게 이야기하겠네. 언젠가 자네의 논문 속에서 이분론적 자연에 관해 읽은 적이 있었지. 그런데 대중주의는 지뢰밭에 들어가는 것과 같다네. 다시 말해 그렇게 공격해서는 안돼, 그렇게 대답해서도 안돼, 그렇게 반응해서도 안돼 이런 식이지. 어떤 사람들은 만족시킬 수 있지만, 또 어떤 사람들은 그렇게 할 수 없다네. 모두들 당신에게서 뭔가를 기다리고 있으니 모든 것에 준비가 되어 있어야 한다 이 말이지. 그런데 중요한 것은 문제에 대한 자신의 견해를 대중들에게 명확하게 진술하는 것일세. 그들, 유권자들이 기다리는 것은 다름 아닌 문제의 해결이니까. 그렇지, 그렇지, 바로 문제의 해결이지. 로버트, 학자인 자네에게 이런 이야기를 해서 미안하네. 나도 편치는 않아. 하지만 지금 내 신세가 그렇다네. 나는 길을 지나가는 모든 사람들에게 이해되어야 한단 말일세. 여보게, 자네 내 이야기 듣고 있나?"

"걱정 말게, 올리버, 자네 이야기를 듣고 있으니까."

"고맙네, 요점을 말하면, 나는 소위 미국의 장래를 위한 전략적 계획을 내 유권자들에게 이해시키려 하고 있네. 지금처럼 세계가 위기 상황에 처해 있을 때 내가 그것에 대해 어떻게 생각하는지를 말일세. 나는 위기 상황이라고 강조하지! 하지만 내 자신에겐 인생 자체가 위기라고 말한다네. 언제, 어느 시대나 그랬지 않았는가. 그래서 항상 누군가가 다른 사람들을 자기 뒤에 끌고 가려는 모험을 해야 했었지. 그런 의미에서 위기는 사람들이 자네 뒤를 따르고, 자네를 믿게 만드는 데 없어서는 안될 조건일세. 기존의 헌법이나 법률이 굳건해야 하지만, 만약 지상이 평온 무사하다면 누가 다른 누구의 이야기를 들으려 하겠는가? 위기가 없다면 누가 다른 누구의 뒤를 따르려 하겠는가? 나는 그렇게 이해한다네. 그런데 나의 주된 관념, 사상은 모든 사람을 위해, 또 각 개인을 위해 내일의 생활을 어떻게 건설할 것인가 하는 영원한 문제에서 출발하고 있다네. 물론 분명한 것은 각자가 자신을 위해 보다 나은 것으로의 변화를 갈망하고 있지만, 정작 어떤 식으로 할 것인가에 대해서는 그 정도로 생각하지 않는다는 걸세. 마치 하늘의 복이 당장 내리기를 기다리고 있는 것과 같지. 자네에겐 우습게 보일지 모르지만 사람들은 이해하는 듯하면서도 실은 이해하지 못한다네. 그들은 설득하고 또 설득해야 하지. 그들도 그것을 갈구하고 있다네."

오오독이 그것에 대한 자신의 판단과 경험을 늘어놓는 동안 보오크는 육감적으로 그의 말 속에서 대통령 자리를 노리는 자가 선거를 앞두고 겪는 고충과 같은 낯익은 동기뿐만 아니라, 아직 행간 속에 감추어져 있지만, 마치 뗏목이 해안에 접근하듯 그가 조심스레 그쪽을 향해 접근하는 그 어떤 목적이 있다는 것을 느꼈다.

모든 점에서 판단할 때 오오독은 상대방에게 유쾌한 인상을 불러일으키고, 또 자신이 시민의 이익과 민주주의 원칙을 위해 감히 모험에 나섰다는 점을 강조하면서 너스레를 떨고 연막을 치는 가운데 자신을 불안하게 만드는 것을 밝혀 보려고 전력을 기울이고 있었다. 그가 전화한 것도 그 때문이었고 또 그렇게 이해해야만 했다.

보오크는 전화선의 다른 한쪽 끝에 있는 그를 활발히 그려보았다. 그는 아마도 최근 당사로부터 당 지부장의 자격으로 빌린 커다란 타원형 창문들이 있는 넓은 서재에서, 전화기들과 근사한 사무 기기들이 놓인 책상 뒤의 검은 색 가죽 회전 의자에 날갯짓을 하는 새처럼 몸을 뒤로 약간 젖히고 앉아 15층 창문을 통해 맞은편 고층 건물들의 같은 층을 공허한 시선으로 바라보고 있을 것이었다. 올리버 오오독은 매우 사교적이고 개방적이었지만 그에 대한 의견은 찬반으로 나뉘어 매우 분분했고, 또 극도로 인색한 그의 행태 등에 관한 뒷얘기가 반드시 따라다녔다. 반면 그는 대중 정치인다운 예민한 후각을 가졌다는 의견도 있었다. 그러나 그런 이야기가 따라다니지 않는 사람이 과연 있을까? 더욱이 변호사 조수에서 시작한 사람이 번개처럼 사회의 관심을 자기 쪽으로 끌고, 다른 사람들이 시기할 정도로 점수를 따면서, 그를 잘 알고 있는 사람들의 비판적 생각과 달리 마치 하늘에서 내려온 것처럼 승승장구 출세를 하고 있을 때는 더욱 그럴 것이다.

오오독은 처음에 노조 활동을 통해, 나중에는 환경 운동을 통해 두각을 나타냈고, 텔레비전 화면과 신문 지상에 등장하면서 초미의 시대적 요구 혹은, 그 자신 즐겨 강조하는 것처럼, 거리의 사람들의 요구에 완전히 부응하는 상당한 능력을 과시했다. 그는 정말 짐승의 흔적을 쫓아서 달리는 개처럼 대중의 사회적 요구를 정확히 직시하고, 엘리트의 비난에 단호히 대처하면서 대중에게 영향을 끼치고 있었다. 그리고 거기서도 승리했다. 이러한 성공은 결정적으로 그의 원기를 북돋우고 확신을 불어넣고 또 그의 모습도 바꾸어 버렸다. 심지어 오오독의 외모는 언제부턴가 쉽게 알아보지 못할 정도로 변해 있었다. 새처럼 생긴 그의 얼굴과 강인한 목을 뒤덮고 있던 이상한 회백색 반점들도 어디론가 사라지고 없었다. 또 얼마 전까지만 해도 그의 눈 밑에 있던 그만의 둥근 어두운 그림자 때문에 왠지 열광하는 괴벨스의 얼굴을 연상시켰던 그의 얼굴은 뜻하지 않게 수프를 덮어쓴 듯한 인상을 주기도 했다. 그런데 그를 싫어하는 어떤 의사는 한때 오오독의 얼굴에 있는 점들이 그의 명예욕과 권력에 대한 갈망의 심리적 표시라고 주장하기도 했다. 또한 그는, 만약 운명이 끝내 오오독에게 미소를 보내지 않는다면 머리에서 발끝까지 허욕으로 가득 찬 그의 온몸은 '절규하는 듯한' 반점으로 뒤덮일 것이며 그는 그런 모습으로 무덤에 가야 할지 모른다고도 했다. 악의에 찬 혀들은 그런 독설을 퍼부어 대었다. 그러나 그를 이해하는 사람들은 이 반점이 백반이라 불리는 신경 계통의 희귀한 병의 증세였기 때문에 반대로 오오독을 동정하기도 했다. 오오독의 얼굴에서 그 수프 같은 반점이 기적적으로 사라진 것은 오래 기다려온 목적이 마침내 충족되고 달성된 덕분에 그가 내적으로 급격히 변모했기 때문이라고 설명되었다. 우스운 일이지만, 정치 무대에서의 성공 덕분에 얼굴 화장의 어려움에서도 벗어나게 되었고 더욱이 그런 자질구레한 것은 실생활에서 이미 잊혀진 상태였다. 이제 올리버 오오독은 화면에서는 완전히 정상으로 보였으며, 과거의 반점을 암시하는 것은 전혀 없었다. 그는 정력적이었고 기민한 검은 두 눈은 항상 어떤 것을 찾고 있는 듯 언제나 긴장하고 있었다. 오오독 자신도 인정하는 것처럼 그는 언제나 자신에게 대항하는 사람을 만나기를 원했다. 그리고 일단 그런 사람을 만나면 그는 곧장 뛰어나가 그 사람과 한판 붙곤 했다. 오오독은 화술 또한 훌륭했다. 잘 다듬어진 목소리에 명확한 발음, 효과적인 제스처 등 다시 말해 대중의 관심에 굶주린 웅변가에게 요구되는 모든 것을 그는 갖추고 있었다.

 그러나 보오크가 오오독에게 흥미를 가지게 된 것은 무엇보다 그의 믿기 어려울 정도로 놀랍고, 탁월하고, 또 매우 희귀한 능력 때문이었다. 실제로 누구에게 이것을 얘기한다고 해도 결코 믿으려 하지 않고 그런 일은 있을 수 없다고 말할 것이다. 보오크도 소문이 아닌 개인적 경험을 통해서 이 사실을 알게 되었다. 그와 올리버 오오독은 비록 연도는 다르지만 같은 대학교 출신이었다. 보오크가 약간 더 빨랐으며, 보오크는 역사학부를 오오독은 법학부를 다녔다. 그때 이후 오랜 세월이 흘렀지만 대학 동창이라는 낭만적 소속감이 언제나 그들을 가깝게 만들었다. 오오독의 희귀한 능력은 말 그대로 자신이 살아오면서 행한 모든 전화 통화를 기억하는 데 있었다! 전화 통화, 단지 전화 통화만 그랬다! 그는 날짜와 시간까지도, 10-15년 전에 언제, 누구와 통화했는지, 심지어 중요하지 않은 통화 내용까지도 정확하게 말할 수 있었다. 예를 들어 1971년 8월 12일 수요일에 그가 공항 안내에 전화했다든가 혹은 갑자기 주유소에서 그에게 전화했다든가 그런 식이었다. 그 누구도 이 특별한 기억력에 대해서, 머리 속에 그처럼 상상도 못할 정도의 온갖 잡동사니들이 쌓일 수 있는 데 대해 설명할 수 없었다. 보오크 자신도 오오독의 그 이상한 능력을 부러워하기도 하고 또 그로 인해 공포를 느끼기도 한다는 것을 감추려 하지 않았다. 그는 그것을 매우 심각하게 생각하기도 하고 또 우습게, 무섭게 생각하기도 하였다. 무엇 때문에 그런 얼토당토 않은 능력이 인간에게 주어졌을까, 무엇 때문일까? 하늘에서 상으로 내려진 것일까 아니면 반대로 지옥의 벌로써 내려진 것일까? 누가 알겠는가?

로버트 보오크는 이번에도 전화를 통해 동창생이 늘어놓는 장황한 말들을 듣고 있다가 갑자기 그의 이러한 능력이 머리 속에 떠올랐다. 그는 갑자기 이런 생각이 들었다. '아마 십 년쯤 지난 후에도 우리가 살아 있다면 그는 우리의 이 대화를 기억할 거야. 나는 물론 그것을 전혀 기억하지 못할 것이고. 하지만 방심해선 안돼. 그런데 왜 갑자기 이런 생각이 드는 거지… 이유가 뭘까?…'

그사이 오오독은 자신이 전화를 건 목적으로 넘어가고 있었다.

"그런데, 로버트, 내가 의논하고 싶은 것은 말일세, 이야기를 먼데서부터 시작해야 하는 것을 용서해 주게, 실은 내가 극도로 중요하게, 말하자면 아주 갑자기 다루어야 할 사건이 발생했다네. 물론 자네도 이미 알고 있겠지만 이 사건으로 벌써 미국 전체가 들끓고 있네. 그 우주의 수도사 말일세, 이름이 아마 필로베이라고 했지? 필로베이지?"

"필로페이," 보오크가 정정했다. "그의 이름은 필로페이라네. 한 시간 전에 그의 편지를 읽었지."

"나도 그렇게 짐작했지, 로버트. 그런데 개인적으로 이 카산드라 태아의 문제는 내게로 갑자기 무너져 내린 벽돌과 같네. 차라리 지진이 일어난 게 더 좋았을 걸세. 모르는 편이 더 좋았을 거란 말이지… 난 지금 완전히 허탈한 기분일세. 날 용서해 주게. 사실 내겐 이런 적이 한번도 없었거든. 나는 지금까지 절망의 구렁텅이란 것이 뭔지 몰랐는데 지금 그 가장자리에 서 있는 기분일세. 나는 반대자를 찾아내 모든 사람들이 보는 데서 그와 싸우는 데 익숙해져 있지만, 지금은 어떻게 처신해야 할지, 누구를 상대해야 할지, 필요할 경우 누구와 창을 겨루어야 할지 모르겠네. 다시 말해 나는 이것이 뭔가 추상적이라고 말하고 싶어. 동시에 그것은 실제로 모든 사람, 개개인과 관련되어 있고, 우리 모두 불시에 한방 먹은 것 같아. 아마 자네나 자네 같은 사람들, 즉 슈퍼 인텔리들은 생각이 흔들리지 않을 거라고 생각하네만."

"미안하네, 올리버," 보오크가 그의 말을 중단시켰다. "나도 자네나 다른 모든 사람들과 똑같은 상태라네. 솔직히 말해, 자네는 왜 이 일에 대해 내게서 도움을 구하려고 작정했나? 나와 자네는 같은 대학 출신이고, 그래서 나는 자네의 말을 얼마든지 들을 준비가 되어 있지만, 왜인가?"

"나도 솔직하게 말하지. 이것은 내가 생각한 것이 아니라네. 자네한테서 해명과 충고를 구해 보자는 아이디어를 맨 먼저 내놓은 친구는 내 보좌관 앤토니 융거일세. 그는 젊은 친구로 유능할 뿐만 아니라 독서량도 풍부하고 철학에도 관심이 많지. 나는 그를 높이 평가하고 있어. 그런데 내 보좌관들 모두 하나같이 <트리뷴>지를 들고 눈이 휘둥그레져 뛰어와서는 넋을 놓고 있으니 나도 제정신이 아니었다네. 내일 우리 지역 유권자들과의 대규모 집회가 있는데 말이지. 자네도 알겠지만 민주주의와 유권자는 본질상 똑같은 걸세. 나는 어떤 일에도, 어떤 질문에도 준비가 되어 있지만, 내게 카산드라 태아에 관해 질문할 것을 생각하니까, 알겠나, 마치 호랑이가 저 모퉁이 뒤에 있는 것처럼 마음이 초조해지지 뭔가.

우주에서 갑자기 그런 천둥이 울리리라고 누가 예상할 수 있었겠나?! 앞으로 유권자와의 집회가 줄줄이 계획되어 있는 판국에 말일세. 나도 계산해 보고 있지만, 어떻게 될 것 같나? 우리 미국의 유권자들은 알다시피 지나치게 호기심이 많지, 아니면 쉴새없이 소동을 일으킨다고 할까. 모두들 그것을 알고 있지. 온 세계가 우리를 주시하며 미국의 그 어울리지 않는 일 때문에 포복절도하고 있지. 민주주의는 마치 목적 그 자체와 같아! 바로 그렇지. 부디 용서해 주게, 이야기가 또 빗나갔군. 그런데 내가 무슨 이야기를 했었지? 그렇지, 내일 나의 유권자들은 반드시 내 이빨이 모두 제자리에 뿌리를 내리고 있는지 치과 의사의 확인을 얻으려 할 뿐만 아니라 이 우주의 수도사가 보낸 편지에 대한 나의 생각도 알려고 할걸세. 그런데 내가 무슨 말을 해야 하지, 그냥 두 팔을 벌려 버릴까? 예스도 아니고 노도 아니라며. 이건 정치가에게는 전혀 어울리지 않아!"

"자네는 이것에 관해 반드시 질문이 있을 것이라고 확신하나?"

"의심의 여지가 없네! 그럴지 어떨지 점쳐볼 필요도 없네!"

"그렇다면 질문은 단 하나, 즉 필로페이의 발견을 우리의 자기 인식이 나타내는 일종의 발작 증세로서, 또한 우주에서 밝혀낸 자기 자신을 바로잡는 수정으로서 이해해야 하는가 그것이겠지. 우주 실험을 통해 발견된 내적 시각의 새로운 원근법으로서 말일세. 그렇지 않은가?"

"아마 그럴지도 모르지. 그러나 나는 모르겠네. 나는 아직 그것에 대해 성명을 발표할 준비가 되어 있지 않거든. 자네와 이야기하는 것은 좋지만 사람들에게 그런 수정, 추가, 발작이 전제된다는 것을 어떻게 설명해야 할지. 무슨 차이가 있겠나? 이 수도사가 하늘에서 이야기하는 것들, 뭔지 모르지만 카산드라 태아나, 그들의 탄생 거부 등은 한마디로 들어본 적도 없고, 우리의 경험 밖에 있는 이야기일세. 만약 그것이 단지 학문의 영역과 연관된다면 그래도 재난이 덜할 걸세. 그러나 필로페이는 지금 로마 교황에게 묻고 있지 않는가. 그건 사실 인류 전체에게 묻는 것과 같다네. 그런데 교황이 무슨 말을 할까? 정말 대답을 할까? 나는 교황이 부럽지 않네, 나 자신은 더욱 부럽지 않고. 교황은 바티칸에, 수도사는 우주에 있지만, 나는 군중 앞에 있으니까 말일세!"

"잠깐만, 잠깐만 기다리게, 올리버, 무엇보다도 자네는 혼자가 아닐세," 보오크는 상황을 정확히 파악하려고 시도했다. "모두들 여기 있지 않는가…."

"알고 있네, 알고 있어, 그러나 용서해 주게, 이야기를 끝까지 해야겠네. 나는 자네가 말하고자 하는 것을 알고 있지. 그것은 매우 개인적 성격의 문제이며, 따라서 그 발작을 받아들일 것인가 아닌가는 각자 자신이, 오로지 자기 자신이 해결해야 된다는 것이겠지. 그래, 로버트, 한편으로 그것은 그렇게 보이기도 하네. 그러나 우리는 우리가 살고 있는 이 시대가 군중들의 가두 시위, 요구, 정부에 대한 개인적 걱정으로 가득 찬 시대임을 잊어서는 안 되네. 에이즈조차 정부의 책임이라고 우기는 판일세. 오늘날의 인간은 좀 이상한 존재들이지. 무슨 일이건 자신보다는 먼저 체제의 탓으로 돌려버리거든. 자 그런 판국에 이런 뉴스가 우주의 수도사에게서 굴러 들어왔네. 사람들이 그 책임을 어디로 전가하고, 누구를 비난할 것 같은가? 어떨 것 같나? 이건 좀 생각해 볼 문제일세. 하지만 이번에도 많은 사람들은 이것을 교묘히 이용하려 들겠지, 나의 동료들, 바로 정치인들 말일세, 그들은 이 일을 예비 선거에 도움이 되도록 교묘히 이용할 걸세. 그들은 심지어 피투성이 전쟁도 자기에게 이익이 되도록 돌릴 수 있으니까. 내가 이야기하고자 한 것은 바로 이것이네."

"여보게, 자네 오늘 큰 충격을 받은 모양이군. 올리버, 나도 자네를 이해할 수 있네. 그러나 필로페이의 편지가 내게는 수수께끼가 아닐 거라고 생각하진 말게. 나 역시 충격을 받았네. 그러나 미리 말해 두지만, 만약 반대자들이 필로페이의 주장을 반박하거나 허위임을 밝혀내지 못한다면, 만약 이 모든 것이 정말로 사실이고, 또 실제로 발아 상태에 있는 영혼의 생태 심리학적 요소나 태아의 직관력, 특히 내가 '필로페이 콤플렉스'라고 부르고 싶은 종말론 콤플렉스와 관련된 보기 드문 발견이라면, 그것은 지금부터 인간의 생활에 있어 자유와 공포, 탄생과 죽음이 차지한 것과 똑같은 위치를 차지하게 될 걸세."

"아니 그 정도란 말인가? 그렇다면 나쁠 것 없군, 할말도 없고! 과격한 접근이군 그래!" 오오독의 목소리에서 가식 없는 경악과 슬픔이 느껴졌다. "그러면 앞으로 어떤 일이 생길까?"

"자네가 생각하는 것은 뭔가?"

"내가 생각하는 것이 뭐냐고? 나와 자네가 이야기하는 이 고상한 화제는 그렇다고 하더라도, 나는 유권자들의 질문에 매우 구체적으로 대답하고 '필로페이 콤플렉스'에 대한 나의 입장을 밝히지 않으면 안 된단 말일세. 이것에 관한 오해는 원치 않아.

"물론 그렇겠지, 나도 자네를 이해하네." 보오크가 동의했다. "좀 생각해 봐야겠군…."

"어떤가, 내가 그냥 한 시간 뒤에 자네에게 다시 전화할까? 사실, 로버트, 난 제정신이 아니라네. 자네를 귀찮게 하고 싶지 않지만, 내 야심만으론, 부정하지 않겠네, 나는 야심이 큰 사람일세. 그리고 내가 청중 앞에서 견지하는 신념만으론 분명히 부족할 걸세. 자네의 이야기를 듣고 생각해 보니 이건 인간의 실체에 대한 완전히 새로운 가정이군 그래. 자네도 알겠지만 우리 미국인들은 모든 분야에서 개척자여야 하고, 또 모든 것에 대해 독자적이고 다른 모든 사람들에게 지표가 될 의견을 가지고 있어야 하지. 만약 오늘 은하계에서, 물론 그런 일이 있어선 안되겠지만, 외계인들이 몰려온다면, 내일 우리는 그들과 포옹하며 찍은 사진을 공개해야 할 걸세. 그렇지 않다면 우린 미국인이 아니지."

"그래, 그건 사실일세." 보오크는 웃으며 다음과 같이 덧붙였다. "그러나 지금 필요한 것은 전화 통화가 아니라, 뭔가 더 큰, 포름 같은 것이네. 어쨌든 특별 회의를 개최할 필요가 있겠지. 그것도 미국에서만 한 차례 할 것이 아니라, 다른 나라에서도 개최해야 할 걸세. 특히 인구가 밀집된 지역, 무엇보다도 러시아, 중국, 인도, 일본 등은 호응이 클 걸세. 필로페이가 던진 돌로 인해 그곳에서 어떤 파문이 일지 상상할 수 있네. 하지만 우리 이야기로 돌아가세. 내일 무엇을 해야 할까, 어떻게 될까? 올리버, 자네 예비 선거 강령을 연설할 거라고 했지? 정말인가? 자네는 이미 유권자들과 집회를 여러 번 가졌고, 나름대로의 우선권과 논거, 영향력 행사 방법 등도 가지고 있지 않는가. 그런 것은 모든 후보들이 다 가지고 있어야 하니까. 언론에 각 후보의 지지율 자료가 힐끗힐끗 보이기도 하더군. 추정이니, 예측이니 하면서 말일세. 자네는 아주 좋은 것 같더군. 나는 자네의 경쟁자들도 알고 있다네."

"그게 문제일세. 모두들 매우 강하고 정력적인 인물이지. 더구나 게임에 이처럼 예기치 못한 요소가 포함된 지금은 아무리 해도 그들을 잊고 있을 수는 없네. 이건 완전히 필로페이 콤플렉스일세!"

보오크는 그를 진정시키려고 애썼다.

"하지만 내 생각으로는 상황 파악도 안된 지금 그것에 관해 직설적으로 말하기는 약간 이른 것 같네. 사실 이 주제는 대선 후보인 자네와 직접 관련도 없지 않는가."

올리버 오오독이 괴롭게 숨을 몰아쉬었다.

"자네 말은 전혀 옳지 않네, 로버트." 그가 반박했다. "물론 나는 이 모든 이야기에 아무런 책임도 없지. 그러나 이 상황이 나의 예비 선거 운동에 어떻게 반영될지가 나를 불안하게 만들고 있네. 이제 내 말 좀 들어보게, 로버트. 내가 자네의 도움을 청하는 것은 이미 말한 것처럼 나의 젊은 보좌관인 앤토니 웅거의 제안에 따른 것일세. 이것은, 말하자면, 오늘날의 젊은이들이 자네를 잘 알고 있고 정신적으로 자네를 지향하고 있다는 것을 증명하네. 내가 자네의 시간을 많이 빼앗았지만, 자네에게 그냥 전화를 건 것은 아닐세. 자네는 유명한 미래학자이고, 더구나 자네 같은 지성인이 아니면 누가 정치판에서 잔뼈가 굵은 우리 같은 실천가와 상담을 해줄 수 있겠나. 나의 경쟁자들은 노련한 정치가이고 나는 그들 사이에서 신참에 불과하다네. 자네도 알다시피 지금은 1차 예비 선거 중이지. 만약 정치 과정을 정확히 예측하지 못한다면 나는 게임에서 탈락하고 말 걸세. 이런 상황에서 유권자들이 누구를 더 좋아할까? 처음부터 어떤 입장을 취해야 할까? 솔직히 말해 나는 보수주의자로 알려지는 것이 싫네. 아무런 도움도 안 되지. 그러나 혁명 성향 역시 극도로 위험하다네. 어떤 터무니없는 일로 인해, 오해로 인해, 예를 들어 이 우주 이야기 때문에 맨 먼저 경주에서 탈락해 버리는 것은 정말 치욕적인 일일세. 나는 만반의 준비를 했다고 생각하네. 예비 선거 운동이 어떤 식으로 전개되건, 올림푸스로 가는 길이 아무리 복잡하더라도 모두 대비해 놓았지. 그런데 이런 좋은 소식이 내게 날아온 걸세, 우주의 수도사가 보낸 바로 그 인사 말일세! 무슨 말을 해야 할지, 그를 해치우겠다고 해야 할지 아니면 우주의 악마들에게 그를 보내 버리겠다고 해야 할지? 솔직히 말해 제발 꿈에 안 나타났으면 좋겠네! 하지만 숨을 곳도 없네. 그래서 나는 자네의 의견을 알고 싶은 걸세. 자네도 알겠지만 쓸데없는 호기심이 아닌, 필요에 근거한 의견을 말일세. 나는 그냥 표를 잃고 싶지 않네. 그게 문제라네."

"좋아, 올리버, 나도 전부 이해한 것 같네." 로버트 보오크는 오오독의 힘과 고집에 놀라며 대답했다. (하지만 정치적 생존 투쟁이 대체 무슨 가치가 있단 말인가?!)

보오크는 혜성처럼 불시에 우주에서 나타난 수도사 필로페이로 인해 이 세상이 얼마나 심각하게 고뇌할지, 또 사람들의 마음이 얼마나 타격을 입을지를 생각하자 순간적으로 머리에 피가 몰리고 귓속이 멍해졌다. 이 모든 일이 좋은 쪽으로 전개될까 아니면 나쁜 쪽으로 전개될까? 우선 직접 던져진 질문에 대답할 필요가 있었다.

"올리버, 자네가 예비 선거전에 나서지 않았다 하더라도," 보오크는 마치 전화선 저 끝에 있는 상대방이 자기를 볼 수 있다는 듯 기계적으로 머리를 흔들며 말했다. "어쨌든 이런 상황에서는 심사숙고할 필요가 있네. 더욱이 문제는 내가 필로페이의 편지에 감화되었을 뿐만 아니라, 내가 아무리 마음속으로 의혹의 목소리를 일깨우려고 노력해도 그의 결론을 반박할 근거를 아직 찾지 못하고 있다는 걸세. 오히려 나는 그를 믿기 시작했네."

"믿는다구?… 아니 그럼 어떻게 되는 건가, 로버트?"

"때가 되면 알게 될 걸세. 이제 문제는 필로페이의 발견을 우리가 받아들일 것인가, 아니면 확실한 사실을 가지고 이를 반박할 것인가, 그것도 아니면 전혀 특별한 일이 일어나지 않은 것처럼 가장하고 필로페이를 마치 귀찮은 파리처럼 쫓아버릴 것인가에 있겠지. 첫 번째도, 두 번째도, 세 번째도 아직은 우리의 권한 밖에 있네. 만약 필로페이가 제기한 문제를 회피하더라도 삶은 결국 지금까지 면면히 흘러온 것처럼 앞으로도 똑같이 흘러갈 걸세. 그러나 우리가 카산드라의 낙인에 대해, 카산드라 태아의 유전적 비극에 대해 모르는 것과 우리가 그것을 알고 있고 또 그것에 대해 확신할 수 있다는 것은 전혀 다르다네. 어떻게 해야 할까? 아예 무시해 버리고 우리에게 그로부터의 위협이 전혀 없는 것처럼 가장해야 할까 혹은 진실의 눈을 들여다보며 묵시론적 결말을 예감하고 카산드라 태아의 목소리에 귀를 기울여야 할까? 어떻게 해야 할까? 불과 어제까지만 해도 인류는 그것에 관해 전혀 의심도 하지 않았는데 오늘은 모두들 알고 있네. 다시 말해 진단이 내려진 거지. 그 결과 인간은 아마 자기 속에서 새로운 자신을 발견하게 될 걸세. 자라나는 자신의 씨앗 속에서, 싹트는 정신 속에서 그 자신이 누구인지, 유산으로 전해진 지난 세대의 결함이 그를 어디로 끌어들일지, 어떤 유전자의 암흑 속으로 끌어들일지를 새로 알게 될 거란 말일세. 우리는 그 무서운 거울에 비친 자신의 모습을 볼 것인가? 아니면 눈을 감고 자신을 더욱더 구석으로 몰아낼 것인가? 나는 필로페이의 글을 그렇게 이해했네."

"음, 그런가." 올리버 오오독은 전화 수화기에 대고 겨우 이렇게 말하고는 괴로운 듯 침묵을 지켰다.

"나는 자네를 이해하네. 자네가 왜 잠자코 있는지도 이해하고. 그러나 나의 의견은 자네에게 아무런 구속력이 없네. 자네 듣고 있나?"

"그래. 어쨌든 나는 자네의 의견을 아는 것이 중요하네. 로버트, 숨을 데가 없거든. 내가 얼마나 중요한 위치를 차지할 수 있는가에 따라 이길 수도, 질 수도 있네. 알겠나? 나는 지는 것은 결코 원치 않네. 왜냐고 묻겠지? 나도 이해하네. 예를 들어 내가 파업 근로자들 편에 섰다고 하세. 아니면 인종 분리 반대 시위대에 앞장섰다고 하세. 아니면 반대로 그렇게 해야 할 필요성을 발견하지 못했다고 하세. 이런 경우라면 내가 열을 내는 이유는 분명하지. 제기랄 바로 대통령 선거 때문이 아닌가. 그런데 지금 내가 열을 내는 이유는 뭘까? 우주 정거장의 어떤 미친 작자가 아마도 미래의 자기 나라 대통령과 같은 출세를 꿈꾸며 지어낸 바로 그 허무맹랑한 가설 때문일세. 정말 터무니없는 이야기지! 어떻게 그런 일이 이전도, 이후도 아닌 바로 지금 일어나야 한다는 말인가! 미안하네, 나의 의혹과 고뇌를 마구 늘어놓아서."

"자네 말은 잘 알겠네, 올리버. 그러나 내 생각으론, 자네가 필로페이의 발견에 대해 허무맹랑한 가설이라는 입장을 취하는 것은 헛된 일일세. 물론 자네 일이긴 하지만. 나는 오히려 그것이 이미 가설이 아닌 현실일까봐 두렵다네. 그럴 경우 이것은 문자 그대로 지구상의 모든 사람들과 관련된 현상이지. 어디에서 어떤 파업이 일어나건, 또 여러 나라 여러 도시에서 어떤 시위나 정치적인 사건이 발생하건, 필로페이의 발견 때문에 일어나게 될 것과는 비교가 안될 걸세. 그러니 우리는 이 일의 본질을 확실히 이해할 의무가 있다네."

그들은 둘 다 동시에 생각에 잠긴 채 침묵을 지키기 시작했다. 이

읔고 올리버 오오독이 다시 말하기 시작했다.

"로버트, 아무래도 자네는 필로페이의 편지를 지지하자고 제안하는 것 같은데, 그런가?"

"여보게, 올리버, 자네는 순수한 정치적 접근에만 길들여져 있군 그래. 이해할 수 있네. 그러나 나는 지금 주관적 충동 때문에 이런 말을 하는 것이 아닐세. 필로페이의 주장과 논리를 고려하지 않을 수 없네. 우주의 수도사의 발견은 인류가 새로운 시련에 직면해 있다고 말해 주고 있네. 그러니 날 정확하게 이해해 주게나. 자네는 정치가이고 자네의 목적은 문제의 실제성을 파악하는 것이네. 시대 풍조 말일세. 그리고 나는 학자, 미래학자일세. 자네가 나의 의견에 관심을 가져주었지만 조금이라도 도움이 되었다면 기쁘겠네."

"고맙네, 로버트. 언론 보도를 지켜보겠네. 자네도 틀림없이 이 문제 때문에 신문이나 TV에 나가야 할 걸세."

"다행스럽게도, 제시가 미리 눈치 채고 나의 도착을 기자들에게 아직 알리지 않았다네."

"그렇다면 제시가 이 귀찮은 오오독으로부터는 자네를 보호하지 못한 셈이군. 그러나 화내지 말게. 나는 친구의 권한으로 뚫고 들어왔으니까. 좀 뻔뻔스럽지만 어쨌든 나는 괜찮은 타입의 수다쟁이가 아닌가. 그런데, 내가 자네에게 악마 이야기를 해준다고 약속했었지."

"악마 이야기? 그래, 기억나는군. 무슨 이야기인가?"

"재미있는 이야기일세. 생각해 보게, 얼마 전 첫 번째 예비 선거 집회가 있었네. 거대한 홀이 사람들로 꽉 메워졌지. 오 천명 가량 되었을까! 흥분했네. 연설문을 읽었고, 질문들이 쏟아져 들어왔네, 여기 저기서. 온갖 질문을 다 하더군, 자네에게 말하지만 어디에서 어디까지 안 하는 질문이 없었네. 질문의 범위도 동성애 문제에서 국제 문제에 이르기까지 다양했었지. 스포츠를 좋아하느냐, 가족은 어떻게 되느냐, 취미는 뭐냐 등등. 그런데 갑자기 어떤 작자가 마이크를 잡더니 나에게 이런 질문을 던지는 거야. "미스터 오오독, 당신은 악마에 대해 어떤 입장인지 말씀해 주지 않겠소?"라고. 나는 당황했네. 온 홀이 갑자기 얼어붙었지. "악마 말이요? 어떤 악마 말입니까?" "당신 말이요, 미스터 오오독. 당신은 악마요!" "그게 무슨 말입니까?" "미스터 오오독, 당신은 헝가리계지요. 헝가리어로 오오독은 악마를 의미한답니다! 당신은 그것을 잊어서는 안 될거요, 미스터 오오독!" 홀에 웃음소리가 진동했지. 내게선 식은땀이 흘러내렸고. 그런데 이 작자가 다음과 같이 덧붙이는 걸세. "용서하시오, 미스터 오오독. 내가 그냥 한 말은 아니오. 나는 당신이 미국에서 가장 인기 있는 악마가 될 것을 진정 원하고 있소!" 또다시 홀 안에 웃음소리가 천장까지 울려 퍼졌다네. "마음에 드나, 로버트?"

"정말 기발하군! 제시에게도 이야기하겠네."

"그렇게 하게나, 이야기해서 한바탕 웃게 해주게."

"오케이! 그럼 무슨 일이 있으면 전화하게."

"그렇게 하지." 오오독은 활기있게 대답했다. 그는 작별하려는 듯 보였지만 여기서 이야기가 전혀 뜻밖의 방향으로 전개되었다. "여보게, 로버트, 지금 나의 이 순진한 머릿속에 아주 대담한 생각이 떠올랐는데 말일세," 오오독은 수화기에 흠하고 소리내고는 말했다. "만약에 예를 들어, 만약에 그런 일이 있다면 이야기인데, 그렇지, 지금 우리의 길 앞에 이 우주의 수도사가 난데없이 나타났고 누구도 그를 어떻게 해야 할지 모르는 판국이니 말일세, 그러니 혹시 자네가 이 부분에 대한 우리 팀의 주 상담역이 되어줄 수는 없겠나? 물론 선거 운동 기간 중에만 말이지. 그에 대해선 합당한 보수를 지급하겠네. 사실 그게 중요한 것은 아니지. 부디 용서해 주게, 여부가 있겠나."

"고맙네, 올리버, 제안에 감사하네." 보오크는 쓸데없는 주제에 말려들지 않으려고 서둘렀다. "하지만 미리 말하겠네. 지금은 내 일도 감당을 못할 정도라네. 자네에게는 젊고 민첩한 친구들이 아침부터 저녁까지 옆에서 함께 뛰어야 하네. 이건 선거 운동이고 표를 좇아 다녀야 하니까. 나는 그런 일을 하기에는 너무 늙었네."

"괜찮네, 로버트, 괜찮아. 자네는 생각처럼 그렇게 늙지 않았네. 자네는 자신을 너무 일찍 늙게 하는 것 같군. 날 믿게나. 나는 진심으로 말하고 있네. 자, 생각 좀 해보게. 우주에 필로페이가 있다면 지상에도 필로페이가 필요하지 않겠나! 그렇지 않은가?"

"같이, 힘을 합쳐 생각해 보세." 보오크가 당혹스러운 듯 말했다. "원칙적으로, 필요할 때 우리가 서로 전화하는 것은 괜찮겠지."

"오케이, 자네 말이 옳군. 잘 자게. 제시에게도 안부 전해 주게."

"그녀는 지금 TV를 보고 있네."

"알겠네. 지금 모두들 TV 화면 앞에 모여 있겠지. 해설가의 이야기를 들으며 말일세. 그러나 내일 또 무슨 일이 일어날지, 어떤 바람이 불지 누가 알겠나. 그럼 잘 있게, 로버트."

5

 마침내 수화기를 놓고 로버트 보오크는 고개를 절레절레 흔들었다. 필로페이의 편지는 급속도로 선풍을 일으키며 사실상 모든 사람들을 그 속에 끌어들이고 있었다. 지상에는 영원히 떠나지 않는 어려운 문제들이 얼마나 많은가. 그런데 지금 카산드라 태아의 수수께끼가 마치 눈처럼 머리 위로 쏟아지고 있다! 전세계가 발작을 일으키며 뜨겁게 달아오를 것이다. 얼마나 많은 사람들이 영문도 모른 채 혼란에 빠질까! 심판의 시간이 온 것이다. 벗어날 수도, 피할 수도 없다! 뭔가가 닥쳐올 것이다! 그것은 이미 하늘에 걸려 있다! 무르익어 가는 사건들의 굶주린 주둥이가 불을 내뿜는다! 마치 사람들이 우글대는 시장에서 누군가를 종교적 감정에서 비방하고 모욕함으로써 순식간에 상상할 수도 없는 큰 소란이 발생한 것처럼 필로페이가 우주에서 보낸 편지에 대한 반응이 지체없이, 맹렬하게 뒤따를 것이다. 필로페이의 사상도 필경 세찬 방해에 부딪혀 조롱 당하고 중상과 저주를 받게 될 것이다. 광란의 시대에 크거나 작은 규모의 수많은 순례자들이 새로운 신과 구원의 진리, 이상적 삶이 있는 머나먼 유토피아를 찾아 헤맬 때면 언제나 그랬지 않았던가. 그래, 언제나 그랬었지. 그러나 과연 이번에도 역사가 또다시, 또다시 맹목적으로 반복될까? 언제나 그랬던 것처럼 지금 당장은 물론, 앞날을 위한 아무런 발견도 하지 못하고, 이해조차 못한 채 그냥 숨만 헐떡거리는 것이 아닐까? 삶을 거부하는 카산드라 태아는 대대로 계속 증대되는, 수백 년 동안 축적된 악의 결과로써 앞으로도 사라지지 않을 것이고, 필로페이의 발견에 따라 그들에 관한 지식은 인류의 고통스런 운명을 예정할 것이다. 인류에게 남은 것은 세상의 종말을 기다리는 것뿐, 지평선에는 다른 탈출구가 보이지 않는다.

로버트 보오크는 그런 생각을 하며 자신도 모르게 질문을 던지고 있었다. 대체 어디서 그런 정열이 자신에게 생겨났을까, 왜 그는 머나먼 공간에 있는 우주 수도사 필로페이의 행위를 마음속으로 그렇게 가까이 받아들이고 있는 걸까, 왜 그로 인해 흥분하고, 왜 그 카산드라 태아의 연구자의 열렬한 지지자, 동조자가 되었을까?

그는 그때 인생에는 최고의 존재 순간이 있다는 생각이 들었다. 오랜 세월 축적되고 또 매일 매일 풍부해지다가 갑자기 섬광과도 같은 통찰력을 나타내는 그런 순간 말이다. 이런 것을 가능하게 만드는 것은 물론 가족의 화합이나 자신이 속해 있는 학계의 인정 등, 다시 말해 인간의 상태나 능력에 대해 일상적으로 언급되는 모든 것들, 만약 아무런 꾸밈없이, 극히 평범하게 말한다면, 우리가 보통 행복이라고 부르는 그런 것일 것이다. 평범하지만 그로 인해 결코 가치가 줄어들지 않는 행복 말이다.

이미 밤이 깊어 있었다. 피곤했지만 로버트 보오크는 서재의 컴퓨터를 켰다. 그때 머릿속에 떠오른 생각을 놓칠 수 없었기 때문이다. 모든 것이 종이 위에 말로써 표현되어야만 했다.

서재의 열린 문을 통해 거실 벽난로의 타오르는 불빛이 보였다. 일년 내내 어떤 계절에도 제시는 벽난로에 불을 잘 피웠다. 그녀는 불의 음악 소리를 좋아했다.

처음 몇 구절은 쉽게 나왔다. 선명하게 빛나는 컴퓨터 화면에 글자의 행렬이 마치 쟁기로 파헤쳐지는 들판처럼 차례로 일목요연하게 자리를 잡았다. 비스듬한 조명으로 절반쯤 밝혀진 서재 창문을 통해 어두운 가을밤이 짙은 푸른빛을 띠고 있었다. 정원수의 낯익은 실루엣만이 희미하게 보였다. 달이 가끔 커다란 구름 뒤로 숨었다가 다시 나오며 하늘가를 떠가고 있었다.

일하기 좋은 바로 그 시각 로버트 보오크의 생각에 잠긴 시선 앞에 마치 높은 산 위에서 내려다보는 것 같은, 컴퓨터 화면 너머의 환상 속에 감추어져 있는 듯한 또 하나의 완전한 세계가 떠올랐다. 그때 보오크는 인간은 인간들 사이에 있다는, 탄생부터 죽음에 이르기까지 인간의 존재를 완전히 삼켜 버리는 그 견디기 어려운 문제성에 관해, 또한 존재의 주요 본질을 이해하려는 시도에 관해 쓰고 있었다. 인간은 결코 처음부터 선한 존재로서 창조된 것이 아니며 따라서 도달하지 못할 이상에 도달하기 위해서는 끊임없이 정신적 노력을 기울여야 하며, 새로이 태어날 때마다 이 문제에 새롭게 접근하는 노력이 필요하다. 인간 속의 모든 것은 이를 위해 집중되어야 하며 그럴 경우에만 비로소 인간이라고 할 수 있는 것이다.

인간의 삶에 대해 온갖 궁리를 하면서도 로버트 보오크는 필로페이의 편지의 영향을 받아 그와 비슷한 의미를 부여하고자 시도한 삶 그 자체가 실은 얼마나 설명할 수 없고 예견할 수 없는 것들로 가득 차 있는지, 또한 그것이 얼마나 모순적이고 교활하고 험한 것인지를 예측하려 하지 않았다. 특히 그는 대통령 자리를 차지하기 위해 투쟁 중인 올리버 오오독과의 대화에서 수도사 필로페이의 발견에 대한 자신의 입장을 밝힌 그 순간에 이미 자신의 운명이 정해졌다는 것을 전혀 예상하지 못했다. 또한 바로 그 순간 머나먼 우주 궤도에 머물고 있는 필로페이의 운명 역시 자신의 운명과 전혀 생각지도 못한 방식으로 얽혀져 버렸다. 비록 그가 꿈이나 어떤 교감을 통해서도 보오크에 대해 아는 바가 전혀 없었지만….

그러나 어쨌든 일어나야 할 일이 일어났다. 운명의 매듭은 이미 끊기 어렵게 되어 있었다. 달빛이 환한 그날 밤 그 사실을 안 사람은 아직 아무도 없었다. 사건의 관련자 중 어느 누구도, 이 사람도, 저 사람도, 또 제3자도 몰랐다… 그러나 운명의 매듭은 이미 가혹하게 조여져 있었다… 달은 자신에게 할당된 그 절대적인 시간 동안 시커먼 밤의 뱃속을 굴러가고 있었다. 지구 위로 자신의 영원한 길을 열어 가면서….

그날 밤에 만들어진 수많은 생명의 싹들은 즉시 달의 인력을 통해 우주의 실체 속으로, 영원히 계속되는 삶과 죽음의 윤회 속으로 빨려 들어갔다. 삶의 영원성은 자궁 속에서, 새로운 수태 속에서 재현되고 있었다. 그리고 그날 저녁 모든 생명의 싹에는 태어날 인간의 미래가 이미 표시되어 있었다. 또한 잉태된 그들 모두에게 자유의 문이, 탄생의 문이 열려져 있었다. 그날 밤 잉태된 모든 싹은 시간이 지나면 원하는 대로, 즉 형리로도, 사형수로도, 결혼하지 않는 순결한 성직자로도, 혹은 기타 여러 가지 부류의 인간으로 태어날 수 있었다. 그러나 그날 저녁에 잉태된 싹 중에는 이런 영원성의 법칙에 위배되게, 삶의 부름을 거부하는 유전적 니힐리스트들, 즉 카산드라의 태아도 있었다. 잉태한 여인의 이마 위에서 빛을 내는 카산드라의 표식을 통해 자신의 존재를 알리기 위해 갑자기 나타난 것이다. 그들은 또한 이미 준비된 계모와도 같은 운명에 도전하기 위해, 필로페이의 시험 광선의 도움을 빌어 자신의 말없는 부탁, 즉 자신들이 삶으로부터 멀어질 수 있도록 허락해 달라는 부탁을 어머니 뱃속에서 전달하기 위해 갑자기 모습을 나타낸 것이다.

그날 밤 대양의 고래들은 머나먼 곳 가파른 절벽 해안선을 따라 어둠 속에서 반짝이는 멀고 가파른 절벽 위 등대 옆을 헤엄치고 있었다. 흔들리는 달빛을 받아 진주조개처럼 윤이 나는 고래 떼는 어둠 속을 줄기차게 쉬지도 않고 헤엄치고 있었다. 그들은 어디로 헤엄쳐 가고 있던 것일까? 무엇이 그들을 끌어당기고 있었을까? 무엇이 그들을 내몰고 있었을까? 또 바닷물에, 고래의 눈에 반사되는 절벽 위의 등대는 그들에게 무슨 이야기를 하고 싶었던 것일까?

그날 밤 로버트 보오크는 불안감과 기대감을 교대로 느끼면서 컴퓨터 앞에 앉아 있었다. 그는 대양의 고래들 틈에 끼여 헤엄치고 있었고, 고래들도 그가 함께 헤엄치는 것을 알고 있었다… 고래들이 거친 파도 속을 헤엄치는 것처럼, 그도 대양을 헤엄치고 있었고, 그의 눈동자에도 고래들처럼 머나먼 등댓불이 반사되고 있었다.

* * *

모스크바 시간으로 밤 3시 정각, 유명한 크렘린 벽시계의 종소리가 천둥처럼 울리며 대국의 위대함을 천지사방에 일깨우자 그곳에 사는 부엉이가 쏜살같이 밑으로 날며 스빠스 탑(구세주탑 — 옮긴이)의 둥지에서 내려왔다. 그리고는 큰 날개를 소리 없이 흔들어 대며, 자석처럼 빛나는 주의 깊은 둥근 눈을 가진 거대한 머리를 순간적으로 돌리며 마치 그림자처럼 크렘린의 성벽을 따라 날아갔다. 매일 밤 같은 시각 레닌 묘를 경비하는 초병 근무조가 보무도 당당히, 정확하게 210보의 의장 행진을 하며 구세주 문에서 나가면 부엉이는 그렇게 날곤 했다. 레닌 묘가 이미 부엉이의 망막에 들어와 있었다. 매초, 24시간, 일년 내내 항상 경비되는 레닌 묘는 그 입구에 목석처럼 서서 군복무 기간을 마친 수많은 젊은 병사들을 겪어왔을 터였다.

 부엉이는 광장 주변을 한 바퀴 돌고, 달빛을 받아 화강암 면이 희미하게 빛나는 레닌 묘 위를 몇 차례 선회하고, 또 묘 뒤쪽에 위치한 국가 성역 묘지도 함께 선회했다. 그리고는 자신이 기다리던, 둘 다 땅딸막하고, 머리통이 커서 보기에 똑같이 생긴, 보통 한밤중에 나타나던 유령들이 모든 정황으로 볼 때 안 나타날 것 같다는 사실을 확신한 후(대체 그들은 어디로 사라져버린 것일까, 또 싸움을 한 것일까?!) 부엉이는 초소 경비병들의 돌처럼 얼어붙은 얼굴 앞을 날아올라 벌써 저편으로 향하고 있었다. 부엉이는 실망한 채 날아갔다. 이미 오랫동안 늘 같이 있어온, 둘 다 똑같이 땅딸막하고 머리통이 크며 항상 귀엣말을 주고받는 유령들이 왠지 그날은 붉은 광장을 찾아와 돌아다니며 삶을 논하거나 수다떨지 않았다. 저 세상 것인 그들에게 아직도 뭔가 할 일이 남아 있는 것일까?

 그들은 정말 여러 가지 일에 관해, 무엇보다도 정치에 관해 이야기하고 생각하기를 좋아했다. 그 유령들은 이야기에 몰두하다 흥분하면 소동을 일으킬 정도로 논쟁했고, 종종 심한 욕설을 주고받는 일도 일어났다. 한 유령은 속으로 다른 유령을 다시는 만나지 않겠다고, 그를 증오하고 경멸하며 옆에 있는 것도 싫다고 마음속으로 천명했다. 그러면 다른 유령은 그에게 아무데도 갈곳이 없다고, 역사는 이제 그들의 지배하에 있지 않으며 전과 다르다고, 따라서 그들은 죽은 뒤 바람이 부는 데로 이리저리 굴러다니는 낙엽과 같은 신세이기 때문에 그가 그렇게 흥분해도 전혀 쓸데없는 일이라고 대답하곤 했다. 덧없고 무상한 저 세상 것들인 이들 유령은 친해지기도 어렵고 끝없이 지껄여대기만 했지만 신의 섭리에 따라 부엉이는 그들을 보고 들을 수가 있었다. 부엉이는 이미 오랜 세월 동안 그들에게 익숙해져 있었고 이제 그들이 없으면 뭔가 부족하고 심심할 정도였다. 그러나 부엉이는 그들이 아무데도 안갈 것이고, 조만간 나타날 것을 알고 있었다. 왜냐하면 광장에는 곧 대규모 행진이 있을 것이고, 그 뒤 밤이 찾아오면 유령들은 필경 그들이 본 광경에 도취되어 열기 띤 상기된 표정으로 두 눈을 반짝이며 나타날 것이기 때문이었다. 마치 심장 박동에 맞추듯 연병장에 울려 퍼지는 우레 같은 북소리와 군악, 병사들의 행진은 그들을 흥분시킬 것이다. 군사 장비의 금속음도 마찬가지일 것이다! 그리고 수많은 사람들이 온갖 슬로건과 레닌묘 위에 서 있는 자들의 초상화를 들고 우레 같은 소리를 내며 미쳐 날뛰는 끝없는 시위 행진, 그 시위 행진도 그들의 피를 끓어오르게 만들 것이다. 군중들은 산란하러 가는 고기떼처럼 모두들 한쪽 방향으로 머리에 머리를 향한 채, '만~세'라고 외치며 지나갈 것이다.

그러나 유령들이 환한 낮 시간에 나타나는 것은 허용되지 않았다. 그렇지 않다면 그들은 시간의 경과를 위반하며 무에서 눈앞의 현실로 돌아와 직접 행위에 가담하고 직접 묘의 가장 높은 연단 위에 서서 그 밑을 강물처럼 흘러가며 열광하는 사람들 위에 다시 군림하고 싶었을 것이다… 이 모든 것이 정지 화면처럼 갑자기 움직임을 멈추어 버린다면, 벙어리가 된 무대 위에서 형용할 수 없이 감미로운 역사적 열광 속에 휩싸인 채 영원히, 영원히 얼어붙을 수 있다면… 크렘린 위를 지나가는 비행기들도, 하늘로 날려진 비둘기 떼도 공중에 얼어붙어 버리고, 타오르는 눈빛도, 소리치는 입들도, 심지어 가장 충실하고 순수한 생각도 주름진 뇌 속에서 얼어붙어 버린다면… 태양도 멈춰 영원히 한 곳에만 머문다면….

　날씨가 궂은 평일, 특히 비가 지루하게 계속 오거나 눈보라가 몰아쳐 바람에 쓸린 눈이 땅바닥 위를 날아다니고, 광장 그 어디에도 바람 피할 곳이 없으며, 또 장화 위에 덧신을 신고 귀마개에 장갑까지 낀 레닌 묘 초병들이 선 채 차가운 입김을 내뿜으면 순식간에 하얀 서리가 되어 옷깃과 의장용 소총의 총구 위에 내려앉아 버리는 그런 날, 머리통이 크고 땅딸막한 유령들은 아마 그런 악천후 때문인지 더욱 수다스럽고 괴팍해졌으며 광장 구석에 달라붙어선 달을 흘겨보며 사사건건 서로를 반대하였다. 그럴 때면 부엉이의 귀에 다음과 같은 격앙된 목소리들이 자주 들리곤 하였다. "설명할 수 없다고 나를 설득하려 들지 말세! 죽음에 반대하는 논증은 존재하지 않아. 그런 것은 있을 수 없지. 죽음은 자연스런 것이니까. 그리고 나는 죽었으면서도 불사의 존재가 되고 싶지 않네. 그런 엉터리 같은 삶은 원하지 않는단 말일세. 언제까지 이런 식으로 계속될까?! 내게는 탈출구가 없어, 내게는 평안도 참회도 없어! 전에는 생각한 적도 없지만 지금은 머릿속에서 떠나질 않아. 내가 무엇 때문에 태어났는지, 어머니가 무엇 때문에 나를 낳았는지?! 나는 정말 태어나고 싶지 않았어, 정말 그러고 싶지 않았어. 더구나 나는 지금 이 무덤의 인질이야! 이 모든 게 자네가 꾸민 일이야! 이것은 자네의 가장 악마적이고 가장 교활한 생각이었어! 나는 결코 이를 용납하지 않을 거야, 결코, 결코, 기억해 두라구!" 그러면 친구 유령은 영원히 꺼져버린 자신의 파이프를 태연히 빨아대며 그에게 거친 목소리로 대답하곤 했다. "여보게, 나는 자네에게 수없이 설명했네. 그것은 당의 뜻이었지. 자네에게 설명했잖아. 자네는 당에 필요했어, 눈에 보이는 모습으로, 실체로서 말일세. 알겠는가, 세계 혁명을 위해, 계급 투쟁의 서약을 위해 필요했지. 자네는 죽은 뒤에도, 죽었음에도 불구하고 당에 필요했어. 자네는 혁명의 파라오지, 그래서 자네를 소중히 하고, 석관 속에 있는 자네에게 서약을 하지 않는가." "나는 결단코 그것을 원치 않아! 나는 단호히 항의해! 그 누구도, 단연코 그 누구도 죽음을 무시할 수 없어. 이건 모순이야!"

부엉이는 그들 위를 날았다. 그리고 그들이 이 세계 어디서도 들어본 적이 없는 것에 관해 그토록 격노하며 싸우는 것에 놀라곤 했다….

그러나 오늘 그들, 한밤중의 유령 논쟁자들은 없었다… 광장은 텅 비어 있었다….

부엉이는 이빨처럼 울퉁불퉁한 크렘린의 성벽 위를 날아올랐다. 그리곤 깜빡이지도 않는 두 눈으로 주위의 모든 것을 시야에 붙잡아 두곤 궁전 공원의 넓고 황량한 지붕 위로 멀리 날아갔다. 부엉이는 언덕 정도의 높이에서 달빛에 반짝이는 저 밑의 강물과 잠든 집들의 어두운 지붕을 꼼짝 않고 둘러보며 가을의 빽빽한 나뭇가지 사이로 조용히 우~하며 소리를 내었다. 다리 밑에서 떠돌이 개가 구성지게 짖고 있었다. 아마도 심하게 추위를 타는 것 같았다….

부엉이는 엄청나게 먼 곳에서, 세상의 다른 끝 어딘 가에서 고래들이 한밤의 대양을 헤엄치는 소리가, 밀려오는 파도를 산더미 같은 몸뚱이로 헤치며 떼지어 움직이는 소리가 들리는 것처럼 생각되었다. 바닷물이 고래들 주위에서 거칠게 일렁이며 굉음을 내고 있었다. 바닷물이 그들의 움직임에 저항했지만 고래들은 어딘가로 서둘러 헤엄쳐 가고 있었다. 화산처럼 뜨거운 그들의 숨결에서 불안감이 풍기고 있었다.

부엉이는 크렘린 언덕 위에서 지상에 뭔가 일어날 것을 예감했다. 언제나 그랬다. 이 세상에 큰 재앙이 밀어닥치기 전에 고래들은 절망에 빠지곤 했다. 부엉이는 무거운 마음으로 크렘린 공원을 떠났다. 이미 새벽이 다가오고 있었다….

* * *

다음날 일어난 일은 로버트 보오크에게 전혀 뜻밖의 일은 아니었다. 사건의 그러한 전개는 예상할 수 있었다. 그러나 그처럼 급격한 전개는 그도 예상하지 못했다….

아침에 그가 대학 강의를 위해 출발했을 때는 아직 제정신이었다. 그러나 나중에는….

오후에 보오크는 집으로 돌아오고 있었다. 힘들게 운전에 정신을 집중하면서 돌아오고 있었다. 그는 한시바삐 집으로 가, 제시에게 혈압 측정기를 찾아 달라고 하고 싶었다… 그녀는 가끔 자기 혈압을 재었고 그의 혈압을 함께 재어주기도 했다. 보통 그의 혈압은 정상이었고 건강에 대해 호소하는 것이 아직 껄끄러웠지만 그는 사랑하는 아내의 별난 행동을 관대하게 받아들이며 웃으면서 혈압을 재는 데 동의하곤 했다. 그런데 지금 그는 스스로 모든 게 정상인지 확인하고 싶었다. 뭔가가 평소와 달랐다. 주위 세계에 대한 이상하고 전에 알지 못했던 불안정한 느낌이 그를 사로잡았다. 왠지 생활이 뭔가 변한 것 같았고 바람에 흩날리는 것처럼 안정을 잃고 있었다. 심지어 그가 오랫동안 사귀어온 사람들의 눈빛이나 목소리에도 뭔가 변해 있었다. 아마 그에게도 이런 일이 발생한 것은 아닐까?

고속 주행을 위해 훌륭히 설계되고 극도로 꼼꼼하게 시공된 고속도로도 역시 낯설게만 보였다. 왠지 조심스럽게 운전해야만 했다. 주위의 모든 것이 갑자기 전과는 다르게, 전혀 다르게 변한 것 같았다… 모든 것이 원래 자리에 그대로 있었지만 주위의 모든 것이 마치 이전의 의미를 상실한 것 같았다… 이 모든 것이 무엇을 의미하는지 자신에게 설명하기가 어려웠다….

제시의 자동차가 집 앞에 서 있었다. 마음이 약간 편안해졌다. 아내는 아직 연습을 하러 떠나지 않은 것 같았다.

"그래, 어땠어요?" 제시가 그를 맞으러 올라왔다. 언제나 그랬던 것처럼 그녀의 얼굴은 미소로 화사하게 빛나고 있었다. "또 무슨 일이 일어난 거예요? 왠지 당신 뭔가 이상해요." 제시가 남편의 얼굴을 바라보았다. 처음에는 우스운 듯 미소를 머금었던 그녀의 얼굴이 자신도 모르게 변했다. "당신, 기분이 안 좋아요?"

"아니, 대체로 괜찮소. 제시, 사람들이 미쳤다고는 생각하지 말아요!" 보오크는 그렇게 말하곤 서류 가방을 소파에 던지고 상의를 벗어 던졌다.

"커피 드릴까요?"

"그러지. 좋아요. 전화 온 것 있소?"

"네. 그건 나중에 이야기해요. 시내에 무슨 일이 일어나고 있는지 이야기해줘요."

"무슨 일이냐고? 물론 예상했던 일들이 일어나고 있소. 큰 소동 말이오. 모두들 필로페이 이야기뿐이오. 이게 지금 일어나고 있는 일이지. 나는 신문이나 라디오, TV에 대해서는 아예 이야기를 하지 않겠소. 그곳도 지금 난장판이라오. 상황을 알아보려고 헛되이 노력하고 있을 뿐이오."

"CNN과 '미국의 소리,' 라디오 '자유'가 이미 전화를 걸어왔어요. 당신이 저녁 늦게나 돌아온다고 했지요. 그러나 계속 전화를 걸어올 거예요."

"대학에서는 한 발자국도 걸을 수가 없었소. 모두들 극도로 불안해 하고 있소. 얼굴이 벌겋게 달아올라들 있었지. 모두 똑같은 이야기만 하고 있다오. 모든 사람들이 그야말로 모두를 동시에 불안하게 하는 것에 집요하게 매달려 있다면 무서운 일이지. 온갖 미치광이 같은 생각이 여기저기로 퍼져 나갈 거요. 히틀러가 광장에서 어떤 일을 할 수 있었는지, 또 어떤 힘을 불러일으켰는지 나는 이제야 이해하겠소."

"아마 당신이 옳을지도 몰라요. 하지만 로버트, 당신이 뭘 바랄 수 있겠어요. 그들은 학생이잖아요. 그들은 아직 젊고, 혈기 왕성하고 끝없는 정열을 가지고 있어요. 그런데 여기에는 필로페이가 있어요!"

"아마 그렇겠지. 케네디가 살해된 날도, 기억이 나지만, 뭔가 비슷했소. 그때처럼 오늘도 모두들 의견이 분분하고 혼란과 소동이 일어났소. 예를 들어 어떤 사람들은 필로페이가 자연의 법칙에 도전하는 용서받을 수 없는 죄를 범했다고 단언하면서도, 과연 그런 도전이 용납되지 않는 비밀이 있을 수 있느냐고 곧 자신의 말을 뒤집고 있소. 또 다른 사람들은 괴로워할 이유가 없다고 말하고 있소. 우주의 수도사가 궤도를 돌며 도덕론을 펴더라도 우리는 침이나 뱉으면 된다는 거요. 이마에 어떤 발진 같은 것이 났다고 생각하면 그만이라는 거지. 이에 대해 나는 다음과 같이 대답하고 싶소. 만약 남자이니까 침을 뱉으면 그만이라고 한다면, 여자는, 자신의 미래의 자식이 태어나기를 원치 않는 것을 알게 된 여자는 어떻게 해야 하는가? 또 앞으로는 어떻게 될 것인가? 카산드라의 표시는 어떻게 해야 하는가? 어떻게 자신으로 하여금 실제로 존재하는 일을 깨닫지 않게, 망각하게 할 수 있는가?라고 말이오. 또 다른 사람들은 어리석기 짝이 없는 생각을 가지고 있고, 나머지 사람들도 각기 다른 생각을 가지고 있다오. 그리고는 마침내 모두들 비명을 지르겠지, 왜 유전자 코드에 침투하는가, 그것은 간섭해서는 안될 프로그래밍된 운명이 아닌가 하며 말이오. 수천 년 동안 사람들은 운명의 코드에 따라 살아왔는데 이제 와서 갑자기 우리의 의지에 지배되지 않는 것을 감시해야 하다니 등등. 모두 전할 수도 없소. 어떤 사람들에겐 이것이 발진이고 아무 일도 아니었지만 또 어떤 사람들에겐 그야말로 대재난이었오. 일일이 전할 수도 없소. 그러나 가장 무서운 것은 카산드라가 이미 활동하고 있다는 거요. 사람들이 그러는데, 법학부의 한 여학생이 강의 시간에 거울을 보곤 비명을 지르며 강의실을 뛰쳐나갔다는 거요. 그녀의 이마에 바로 그 반점이, 카산드라 태아의 신호가 나타났던 거요. 다른 경우도 그와 마찬가지였지. 교통 사고가 일어났는데, 운전석에 있던 여자가 백미러를 들여다보고는 정신을 잃었다고 인정했소. 자기 이마에 의심스런 징조가 나타난 것처럼 보였다는 거요. 그나마 큰 불행 없이 끝나서 다행이었지만."

"맙소사!" 제시가 의자 위로 무너져 내렸다. "모두들 청천벽력 같았겠지요! 대체 앞으로 어떻게 될까요? 탈출구가 있을까요?"

"모르겠소, 제시, 모르겠소. 내게서 뭘 바라는 거요? 나중에 이야기합시다. 당신, 지금 연습하러 가야 하지 않소. 돌아오면 이야기합시다. 나도 지금 마음이 괴롭다오."

"연습이 문제예요. 지금 영문을 알 수 없는 일이 일어나고 있는데 무슨 연습을 한다는 말인가요!"

"드디어, 시작하는군. 당신 역시! 온 오케스트라가 당신을 기다릴 건데 당신은 집에서 필로페이에 대한 생각으로 괴로워하겠다는 거요."

"전화하고 병이 났다고 말하겠어요. 어쨌든 나는 그들 중에서 가장 연장자예요. 더구나 나는 곧 할머니가 되잖아요. 당신도 잘 알면서."

"나도 똑같은 운명이 기다리고 있지, 단 남자 할머니지만." 남편이 그녀를 웃기려고 하였다. "우리가 할머니, 할아버지가 되어 시카고의 에리카의 집에 가게 된다면, 매우 기쁠 거요. 그러나 지금은 날 믿어요. 그럴 필요없소. 제시, 연습 빼먹지 말아요. 쓸데없는 일이오."

제시는 망설이기 시작했다.

"좋아요. 아직 30분 정도 더 남아 있으니까요. 그런데 이제 사람들에게 어떤 일이 일어날까요? 에리카는 벌써 임신 7개월 째예요. 혹시 그녀의 이마에도 카산드라의 표시가 있었던 것이 아닐까요? 그때는 아무도 그것을 몰랐으니까요. 만약 에리카가 얼마 전에 임신했다면 어떻게 되었을까요?! 나는 밤에 잠도 못 잘 거예요." 제시는 잠시 침묵을 지키다가 약간 진정한 뒤 다음과 같이 덧붙였다. "지금 당신에게 커피를 끓여 줄게요, 로버트, 그리고 나서 갈게요."

"나도 할 수 있소. 걱정 말아요."

"아니에요, 내가 지금 끓일게요. 참, 그건 그렇고, 엔토니 웅거라는, 오오독 밑에 있다는 사람이 전화했었어요."

"웅거라구? 아, 알겠소. 그런데 그가 무슨 이야기를 했소?"

"지금 가서 이야기할게요."

증기를 이용하기 때문에 '기관차'라는 별명이 붙은 낡은 커피 기구로 아내가 부엌에서 커피를 끓이는 동안, 로버트 보오크는 피곤한 듯

두 팔을 늘어뜨리고 흔들의자에 앉아 있었다. 그는 여기서도 자신이 마치 국외자인 듯한 이상한 느낌이 들었다. 그는 심지어 사방을 둘러보기도 했다. 큰 가구와, 언젠가 제시가 베니스에서 구입한 똑같은 스타일의 샹들리에, 그리고 벽난로 위에 대형 거울이 비치된 넓은 거실을 마치 처음 보는 것처럼 둘러보고 있었다. 그랜드 피아노, 첼로, 장식장 속의 금빛 장정본들(대부분의 책은 2층의 서재 옆 서가에 있었다) 그리고 이 집도, 오래된 베니스 거울에 비친, 늙은 말처럼 뼈가 튀어나오고 하얗게 머리가 세어버린, 한때는 거대한 체구로 인해 사람들 눈에 잘 띄었던 자신의 모습조차 왠지 낯설다는 느낌이 들었다. 그는 지나온 자신의 삶과 그와 관련된 물건들, 그리고 이상한 생각에 잠겨 있는 낯설기만한 자기 자신을 마치 멀리 떨어진 곳에서 보고 있는 것 같았다. 그는 심지어 이런 생각도 했다. "왜 내가 다른 사람들보다 더 괴로워할 필요가 있단 말인가, 정말 세상의 종말이 온 것일까?! 나의 지나간 모든 삶은 단지 지금의 이 불가사의한 일과 부딪치기 위한 전주곡에 불과했던 것일까? 감추어진 문을 찾아 소경처럼 여기저기 더듬으며 헤매야 할까? 미래학 분야에서 활동하며, 또 크게 성공한 학자 남편으로서 지금까지 대체로 평온하고 절도 있는 삶을 영위해 온 내가 깨달은 것은 무엇인가? 여기 필로페이의 얼굴을 한 인생의 마지막 장이 있다. 이것은 무슨 의미일까? 진리의 순간인가? 앞날을 예견하려고 한 것에 대한 벌인가? 과연 그럴까? 필로페이는 나에게 누구인가? 생각하면 아무것도 아니다. 하지만 나는 왜 가만히 있지 못하는 걸까? 뭔가가 나와 그를 연결하고 있단 말인가? 꿈에 고래가 보이더니, 지금은….

 그는 그런 생각을 벗어날 수 없었고, 의혹을 떨쳐버릴 수도 없었다. 지금은 무슨 생각을 하건 우주의 수도사의 발견에서 출발해야만 했다. 모든 것을, 그 사건 이전과 이후의 모든 것을 대조해 보아야만 했다….

제시가 커피를 가져왔고 이야기는 다시 얼마 전의 주제로 돌아갔다. 대통령 후보 진영에서 전화를 걸어온 앤토니 웅거는 자신을 로버트 보오크의 숭배자라고 소개했고, 대학으로 보오크에게 전화를 했었지만 연결되지 않았다며 오후에 다시 전화하겠으니 이를 전해 달라고 부탁했다는 것이다. 보오크가 직접 그에게 전화하도록 하겠다고 제시가 관심을 보이자, 웅거는 자신은 계속 뛰어다녀야 하기 때문에 통화하기가 어려울 것이라고 대답했다는 것이다. 그는, 오늘은 무척 정신없는 날이라서, 우선 오오독과 유권자들의 회합이, 그 다음에는 기자 회견이 준비되어 있고 전반적으로 신경 써야 할 일이 많지만, 보오크와 무척 이야기를 나누고 싶다면서 다음과 같이 말했다. "오래 전부터 이야기를 해봤으면 하고 꿈꾸어 왔는데 이제야 기회가 왔군요. 저에게 몇 가지 알려드릴 사항과 궁금한 점이 있다고 부디 전해 주십시오. 꼭 통화할 수 있기를 원합니다."

제시가 연습하러 떠나자마자 전화벨이 울렸다. 앤토니 웅거 바로 그였다.

"미스터 보오크, 선생님과 저 사이에 공통의 친구가 있다는 생각은 안 드십니까? 필로페이란 이름의 친구 말입니다. 선생님과 저는 유감스럽게도 아직 전화로만 이야기를 나누고 있을 뿐이지만, 전반적으로 그가 보낸 서한이 그 계기가 되었다고 할 수 있겠지요?"

"동의하오. 이 우주의 수도사는 이제 우리 삶에서 많은 것을 결정하게 될 거요."

"바로 그것을 이야기하고 싶습니다. 미스터 보오크. 선생님께서는 누구보다도 그것을 더 잘 보실 거라고 생각하는데요. 지금 문제는 사건이 어떻게 진행될 것이냐, 혹은 러시아인들이 비유적으로 표현하듯이 역사의 수레바퀴가 어느 쪽으로 굴러갈 것이냐에 있습니다. 선생님께서 아셨으면 하고 자랑하고 싶습니다만, 저는 러시아어를 괜찮게 하지요. 모스크바 대학에서 연수 과정을 거쳤습니다. 혹시나 이런 자격으로 선생님께 쓸모 있는 존재가 될 수 있다면 기쁠 것입니다."

"아, 그거 훌륭하군요." 로버트 보오크는 속으로 앤토니 융거의 낭랑한 말소리 속에 담겨 있는 확신에 주의를 기울이며 꽤 놀란 듯 대꾸했다. '아주 정력적인 인물이군!' 그는 생각했다. '대체 몇 살 정도일까?' "나도 고르바쵸프 시절에 러시아에 몇 번 간 적이 있소." 그는 러시아란 주제에 관심을 보였다. "모스크바, 레닌그라드, 키예프, 그런데, 앤토니, 당신은 나이가 어떻게 되오? 그저 호기심으로 물어보는 거지만."

"아, 괜찮습니다! 저도 말씀 드리고 싶었답니다. 더욱 믿음직스럽게 보이기 위해서 말이죠. 서른입니다. 아니, 정확하게 말씀 드리면 스물여덟 살 반이지요." 그는 대답했다. "이미 철들 때가 되었지요. 또 무엇을 말씀 드릴까요? 모스크바는 저에게 많은 것을 주었습니다. 삶과 지식의 또 하나의 극점 말입니다. 그렇지만 저는 KGB에 소환된 적은 없었습니다. 당장 성명을 발표해 버릴 거니까요."

그들은 둘 다 미국에서 유행하는 이 농담에 웃음을 터뜨렸다.

"용서하오, 앤토니. 당신은 나이로 내 아들 뻘이오. 내가 당신 나이에 관심을 가진 것은 심각한 대화를 나눌 때 상대방의 나이를 아는 것이 중요하기 때문이오."

"저도 그렇게 생각합니다. 그런데 선생님에 관해서는 저도 알고 있고, 아마 모두들 알고 있을 겁니다. 선생님의 저서를 읽었지요. 최근에는 선생님의 논문 <글로벌 하우스의 열두 개의 문>을 아주 주의 깊게 여러 번 읽었습니다."

"아, 그래요. 그건 미래학 분야의 세계적 사상들을 종합하려는 시도였소. 고맙소. 칭찬을 들으니 기분이 매우 좋군요." 보오크가 말했다.

"그렇지만 저 자신은 학구적 의미에서 볼 때 애매한 유형이라고 할 수 있습니다." 앤토니가 웃으며 자기 생각을 말했다. "저는 온갖 잡동사니 지식으로 뭉쳐져 있죠. 철학에서 천문학에 이르기까지 무엇이든 성급하게 시작했답니다. 한때는 우주에 관한 꿈을 꾸기도 했지요. 노동조합 일도, 언론 관계 일도 해봤습니다. 그 때문에 올리버 오오독과도 가까워졌지요. 그는 대중주의에 모든 것을 걸고 있습니다. 그게 그의 강점이지요. 지금 예비 선거에서 그를 도와 주어야 합니다. 우리도 열심히 노력하고 있어요. 저는 그의 진영에서 매스컴 관계 일을 맡고 있습니다. 예를 들어, 오늘은 지금부터 3시간 후에 '알파 야구장'에서 유권자들과의 대중 집회가 열릴 예정입니다. 대규모 군중이 모일 것이고, TV로 직접 중계됩니다. 그 다음에 저녁 늦게 또 기자 회견이 있고요. 역시 몇 개 채널로 TV 중계됩니다. 미스터 보오크, 선생님께 공연히 이런 말씀을 드리는 게 아닙니다. 아마 선생님께서도 흥미로우실 겁니다. 우리들이, 즉 오오독이 무엇을 얻는지, 또 무엇을 얻지 못하는지 보는 것이 말이지요. 죄송합니다. 혹시 선생님께서 바쁘신 것은 아닌지요? 제가 이런 이야기로 방해를 드리는 것은 아닌지요?"

"아니, 조금도 그렇지 않네. 이야기를 계속하게나, 앤토니. 그리고 이제부터 말을 좀 편하게 하겠네."

"그렇게 하십시오, 선생님. 그런데 이번 일과 관련하여 선생님께서 아셨으면 해서 말씀 드리고 싶은 것은 바로 이런 겁니다. 오늘 아침 우리 모두가 오오독의 집무실에 모였는데, 우리는 보좌관, 전문가 등 모두 20명 가량 됩니다만, 그가 전달한 첫 번째 사항은 어제 선생님과 우주의 수도사가 보낸 편지에 대해 전화로 오랫동안 이야기를 나누었다는 것이었습니다."

"음, 그랬었지." 로버트 보오크가 확인했다.

"오오독이 지금 모든 사람들의 머릿속에 있고, 또 TV 화면에서도 떠드는 문제에 관해 선생님의 충고를 구한 것은 아주 잘한 일입니다. 그는 실제로 인기를 모으고 있는 정치가이지만, 결코 예언자는 아니지요. 그래서…."

"여보게, 앤토니," 보오크가 그의 말을 가로막았다. "나는 오오독이 나의 의견을 구하도록 깨우쳐준 사람이 자네란 걸 알고 있네. 그러나 나 역시 결코 예언가는 아닐세. 자넨 내가 순간적인 통찰력을 가지고 있다고 생각하나? 나도 그럴 수만 있다면 누군가에게 매달리고 싶은 심정일세, 내가 이 모든 것을 완전히 이해하도록 도와달라고 말일세. 자네는 마치 내가 이 모든 일에 정통하다고 인정받는 것 같아서 전화를 한 것이겠지. 그러나 나는 내 판단이 절대적이라고 보장할 수 없네. 이 점 고려해야 할걸세."

"그렇다니 기쁩니다!" 앤토니 융거가 대답하며 놀라움을 나타냈다. 그의 목소리가 열띠게 들렸다.

"무엇이 그리 기쁘다는 건가?"

"제 직관이 틀리지 않았다는 것입니다. 사람들이 비록 우리 나라에는 예언자가 없다고 말하지만, 저는 지금 선생님이야말로 대통령 자리를 원하는 정치가가 가장 먼저 상담을 구해야 하는 사상가라는 사실을 다시 한번 확신하게 되었습니다. 오오독은 오늘 경기장을 가득 메운 유권자들에게 연설하고 그들의 질문에 대답해야 합니다. 그런데 문제는 그가 여론을 장악하여 대세를 자기 어깨에 짊어지는 데 성공하느냐가 아닙니다. 중요한 것은, 그렇게 됨으로써 선생님의 견해가 대중의 소유가 된다는 것입니다. 저는 아침에 올리버 오오독이 우리에게 이야기한 것에 의거하여 이런 말씀을 드리는 것입니다."

"그가 자네들에게 무슨 이야기를 하였는데?"

"대체로 제가 이해한 바로는, 그가 선생님의 평가에 의거해서 필로페이의 발견을 모든 사회 계층, 이 세상 모든 국가의 모든 사람들이 중시하지 않으면 안 되는 현실로서 설명하려 하고 있습니다. 그렇지 않습니까? 제 생각으로는 그런데요. 오오독은 대체로 그렇게 말했습니다."

"객관적 현실을 참고하겠다는 것, 그것이 하나의 출발점이겠지. 그래 또 무엇을 이야기하던가? 카산드라 태아가 출현하게 된 원인이 되었고, 앞으로도 계속 그 원인으로서 남아 있을 것들은 어떻게 하겠다든가? 사회적, 역사적, 심리적 측면에서 말일세. 여기에는 문제가 아주 많다네."

"옳은 말씀입니다, 미스터 보오크." 앤토니는 자기 생각을 밝히고 또 뭔가 자신이 이해한 바를 이야기하려고 했지만, 그때 보오크가 다시 말하기 시작했다.

"나는 완전히 이 문제에 몰두하고 있네. 심지어 나 자신이 이미 어제의 나와 다르다는 생각이 들 정도일세. 삶의 의미를 다시 생각해 보아야겠네. 나로선 지금 그 완결을 생각해야 할 때인데 말일세. 필로페이의 발견은 인간의 운명에 대한 우리의 과거의 생각을 완전히 뒤엎고 있네. 우리가 이전에는 스스로 인정하고 싶지 않았던 사실이 그 모습을 적나라하게 드러냈네. 우리가 보기에 진보와 문명이 그에 수반되는 부정적인 것을 정당화하는 것 같네. '숲을 베면 나무 조각이 뛴다'는 식이지. 러시아인에겐 그런 속담이 있다네."

"그렇지요, 널리 알려진 속담이지요. 예를 들어 스탈린은 대중 탄압의 파편을 그런 식으로 변명했답니다. 말씀을 계속하시지요. 경청하고 있습니다."

"그런데, 내가 무슨 이야기를 하려 했나? 필로페이의 발견은 인간들이 그들의 전 역사 과정을 통해 대대로 서로를, 또한 그들이 살고 있는 세계를 조직적으로 학대해 왔으며, 그 때문에 자신의 앞길에서 많은 것을 잃어버린 현재의 상황을 무자비하게 발가벗기고 있네. 인간들은 역사적 자기 완성 과정에서 달성할 수도 있었던 너무나 많은 것을 돌이킬 수 없이 놓치고 말았네. 도식적으로 생각해 보게나. 끝없이 계속되는 이 모든 전쟁들, 소위 성전이라는 것도 포함해서 말일세, 혁명과 소요, 봉기, 범죄, 권력의 잔혹함, 학문과 이념의 전횡 등이 함께 망라된 그 모든 것이, 항상 삶과 운명을 일그러뜨리고 비틀어버리며, 여러 민족을 언제나 서로 증오하게 만들고 사람들을 굶주린 존재로 만드는 그 모든 것이, 필로페이의 주장에 따르면, 점점 그 숫자가 늘어나고 있는 카산드라 태아의 말없는 항변으로 나타나는 것이 아닐까? 그들의 삶의 거부는 세상의 종말에 대한 예감이 아닐까? 여기서 얻어지는 것은, 존재의 타성 때문에 그것을 철저히 믿는 사람은 적지만, 종말론적 신화가 이제 명백한 현실로 되고 있다는 걸세. 오늘 밤 이 모든 것을 이미 작업을 시작한 논문에 쓸 걸세. 물론 올리버 오오독도 필로페이와 그의 발견에 대한 자신의 견해를 가질 수 있지만 어쨌든 우리는 지금 모종의 복잡한 화제에 관련되어 있다는 것을 그도, 그의 팀도, 즉 자네들 모두가 이해해야만 하네. 내가 어제 오오독과 이야기한 것은 대충 그런 것이었네."

"제가 오늘 선생님께 너무 많은 시간을 빼앗은 것 같군요. 그러나 속으로는 기뻐하고 있습니다. 제가 알고 싶었던 것을 알았으니까요. 물론 저도 선생님과 동감입니다. 철학 이론상으론 생각하고 또 생각해야 할 것이 아직도 많지요. 그러나 어쨌든 그는 전대미문의 과제를 우리에게 부과한 셈입니다. 우리 개개인 모두에게, 지상에 살고 있는 모든 인간들에게 말이지요! 정말 대단한 인물입니다! 그는 우주의 열쇠를 돌렸습니다. 만약 우리가 지난 모든 세기에 대해, 또 선생님께서 표현하신 것처럼 굶주린 존재들, 즉 우리들, 우리들 모두와 우리 이전의 모든 사람에 의해 이룩된 모든 것에 대해 책임을 져야 한다면, 대체 우리 자신들이 아닌 누구에게 항의해야 한다는 말입니까?! 악은 그것을 행한 사람과 함께 흔적도 없이, 말없이 사라지는 것이 아니라 유전자의 어딘가에 어느 시기까지 남는다는 것이 분명해졌습니다. 따라서 누군가가 조만간 삶 자체를 거부함으로써 이를 청산해야 한다는 이야기가 아닙니까?!

"그렇지, 그런 셈이지, 앤토니. 문제는 우리가 선과 악의 관계를 그다지 생각하지 않고 언제나 이를 하나의 끈으로 묶어버리는 데 있다네. 문제는 악이 우세한 세력이라는 것을, 악은 항상 우리 내부의 오랜 사명 의식을 파멸시키고, 죽이고, 우리의 우주적 자원을 파멸시킨다는 것을, 또 인간이 다른 존재 방식을 깨달아 지금과 질적으로 다른 삶을 살도록 이성이 고개를 들지 못하게 한다는 것을 우리가 그다지 생각하지 않는 데 있겠지."

"미스터 보오크, 선생님께서는 우리가 육체적으로는 지금과 같으면서 정신적으로는 다른 지성을 가질 수 있다고, 다른 행동 양식을 가진 존재가 될 수 있다고 생각하십니까?"

"완전히 가능하네. 우리는 정말 무엇이든지 마음대로 할 수 있었고, 우주의 유일한 이성적 존재였네. 다른 어떤 창조물과도 경쟁할 필요가 없었지. 과연 우리에게 다른 유형의 정신적 진화나 발전이 가능했을까? 이 점에 대해서는 생각하고, 논의해 볼 여지가 있겠지. 그러나 우리가 과학 기술의 발전으로 어디까지 도달했건 간에 우리는 항상 동족을 잡아먹는 짐승이었고, 유감스럽게도 지금도 그렇다는 점을 사람들은 부정할 수 없을 걸세."

"유감스럽군요, 정말 유감스러워요. 우주의 수도사는 결국 물적 증거를 가지고 우리를 현장에서 체포한 셈이군요?! 그런데 무척 바보같지만, 우리가 현재의 우리와 다를 수도 있었다는 사실이 왠지 저를 초조하게 만듭니다. 미스터 보오크, 이러한 주장에는 우리를 마조히즘적 고뇌로 몰고 가는, 우리에게 익숙한 이념적 멜로디가 있는 게 아닐까요?"

"물론 있겠지. 마조히즘은 사막에 숲이 없다고 불평하는 것과 같으니까."

"만약 그런 숲이 없고 또 앞으로도 없다면 선생님께서는 대체 어떤 제안을 하시겠습니까?"

"아마 한 가지, 자신 속에 새로운 통찰의 숲을 가꾸라고 제안하겠지."

"그건 무슨 의미지요?"

"무슨 의미라니? 자네는 집요한 기자 같군! 철학적 발견에 비추어 볼 때 이것이 의미할 수 있는 것은 단 한 가지뿐일세. 즉 카산드라 태아의 신호에 귀를 기울이고, 카산드라의 낙인을 경고로 받아들여야 한다는 걸세. 그래야만 우리 내부에서 성숙되고 있는, 탄생의 두려움에서 비롯된 역사의 종언을 중단시킬 수 있네. 그야말로 개개인이, 인류 전체가 지금 유전학적 대재난이 닥쳐오고 있다는 사실을 인식해야 하네. 나는 바로 이것을 <트리뷴>지에 실릴 내 논문에 쓸 걸세. 미안하네, 앤토니, 전화로 모든 걸 말할 순 없지. 간단히 말해, 후손에 대한 인류의 책임은 지금부터 새로운 성격을 띠게 되고, 아마도 그것은 새로운 진화의 나선형이 될 걸세. 어제 오오독에게도 대개 그런 이야기를 했지. 그도 염려하더군."

"그렇습니다. 미스터 보오크. 이번에 우리 오오독이 그처럼 굳어 있는 것은 이번 상황이 소위 그의 정치적 예행 연습에 도움이 안 되기 때문이기도 합니다. 오오독과 같은 정치인을 저는 일대일 승부에 능한 타입이라고 부르지요. 오오독은 눈앞에 적이 보일 때는 확신에 찬 행동을 합니다. 그는 공격을 해버리지요. 그것도 대중이 보는 데서 말입니다. 그는 정말 허물없는 동료에 대해서도 '불가피한 적'의 개념을 적용합니다. 그는 지금 말을 타고 공격할 준비가 되어 있는데, 이쪽은 적의 그림자만 보일 뿐입니다…."

"전혀 그렇지 않네, 앤토니. 그 그림자가 곧 실체로 바뀌어 나타날 걸세. 아마 무척 잔혹한 실체로 바뀔 걸세. 인간의 삶과 관련된 문제니까."

"네, 물론 그렇겠지요. 저는 그저 오오독의 심리적 특징을 지적하고 싶었습니다. 그것은 그의 정치적 존재 형태이기도 하지요. 내친김에 말씀 드렸을 뿐입니다. 이만 통화를 끝맺고자 합니다, 미스터 보오크, 죄송합니다. 선생님과는 아무리 이야기를 나누어도 싫증이 안 나는군요. 저에게 전화하라고 하지 마십시오. 안 그러시면 선생님 생활이 없어지게 될 겁니다."

"괜찮네, 괜찮아, 앤토니. 필요한 일이 생기면 왜 이야기를 안 하겠나."

"안녕히 계십시오, 미스터 보오크. 아참, 방송을 보신다면 알파 야구장 집회는 6시에서 8시까지, 쉐라톤 호텔의 기자 회견은 9시에서

10시까지입니다."

"고맙네, 기억해 두겠네…."

6

 그 가을날은 화폭 위에 영원히 남겨 두고 싶을 만큼 아름다웠다. 은처럼 맑고 가슴속까지 시원한 공기, 눈앞에서 소리 없이 떨어지는 온갖 나뭇잎들, 도시 근교의 하늘 위를 작별하듯 맴돌다가 저 멀리 날아가는 철새의 무리들… 옆집 어디선가 아이들이 노는 소리가 들려왔다. 그 청명한 날은 모든 생명체에게 고요함과 평화로움을 선사했고, 자기의 존재를 깊이 되돌아보게 했다….

 그 좋은 날은 그렇게 순조롭게 끝나는 듯했고 아무것도 삶의 흐름을 방해하지 않는 것처럼 보였다. 그러나 아직 눈에 보이지는 않지만 이미 성숙 단계에 있는, 잔뜩 충전되어 곧 모든 사람이 그 존재를 알게 될 어떤 사건이 다가오고 있었다. 그것을 위해서는 사람들이 함께 모여 있어야만 했다. 가능한 한 사람들이 많이 모여야 했고 가능한 한 밀집하여 뜨겁게 숨쉬는 하나의 무리가 되어 있어야 했다.

 로버트 보오크는 설레는 마음으로 자주 시계를 보면서 마치 자신이 대통령 자리를 노리며 연설을 하게 되어 있는 것처럼, 또한 신문의 표현대로, 현 시점을 장악하고 대중의 신뢰와 지지를 얻어야 하는 과제가 자기 앞에 놓여 있는 것처럼 곧 있을 오오독과 유권자의 집회를 기다리고 있었다. 왜, 무엇 때문에 그렇게 흥분하고 있는지 보오크 자신도 이해할 수 없었다. 특별한 일이 없을 것처럼 생각되기도 했다. 그것은 예비 선거 운동의 단골 행사에 불과하기 때문이었다. 도대체 생각할 만한 가치가 있는 것일까? 통상적인 행사에 큰 의미를 부여하고, 자신과 아무 관계도 없는 일에 흥분할 필요가 있을까? 이상한 사람 다 보겠군! 팬이 다 됐어. 그러나 자신을 아무리 비웃어도 그는 마음이 아팠고 자기 자리를 찾지 못했다. 그는 집안에 있으면서도 계속 돌 정원에 마음이 끌렸다. 그는 보통 그 근방을 걸어다니거나 혹은 모래 위에 마술 부호 같은 것을 그리기도 하면서 열려진 창문을 통해 음향 기기에서 들려오는 음악을 듣곤 했다. 지금도 그는 그것을 듣고 있었다. 자주 그랬던 것처럼 그는 음악이 자신의 생각을 다른 데로 돌려, 그 어떤 규칙에도 구속되지 않는 자유로운 생각과 환상으로 가득 찬 색다른 경험의 세계로 이끌어 줄 것을 기대하면서 베토벤 교향곡의 강력한 힘과 광대함 속에서 평안을 찾고 있었다. 그는 음악이 깊은 우주에서 발생하는 태양 에너지의 수많은 변환 중의 하나이며 작곡가는 레이더처럼 우주에서 그것을 포착하여 형상을 부여하고 화음을 곁들여 구체적인 음악으로 만든다고 상상하기를 좋아하였다. 다르게 말하면 음악은 우주 시공간의 음적 변형이었다. 그는 물론 자신의 이러한 '발견'을 누구에게도 털어놓은 적이 없었다. 사람들이 그를 비웃을지도 모르기 때문이었다. 제시도 모르는 것이었다. 그에게는 무척이나 발표하고 싶었지만 그러지 않은 또 하나의 이론이 있었다. 그는 가끔 음악이 인간의 비극적인 짧은 생을 보상하기 위해 사람들에게 주어졌다는 생각을 하곤 했다. 인간이 음악을 들으며 그 속에 빠지게 되면 그는 개인을 초월한 사회적 시간 영역에 진입하게 되고, 영원의 흐름 속에 포함되게 된다. 또한 그의 인생은 영원과 교접하여 아마 수십 년, 수백 년, 아니 그 이상으로 늘어나고 길어지게 되지만, 그것은 직선적 차원이 아니라 아직 그 성질이 밝혀지지 않은 다른 차원에서 늘어나게 된다. 아마 그것은 결코 밝혀지지 않을지도 모른다.

그러나 이번에 보오크는 음악을 그렇게 인식하기 위해서는 일정한 자질이나 기분, 예를 들어 기도하기 전이나, 바다로 출항하기 전과 같은 기분이 필요하다고 확신했다… 오늘 그가 얻지 못한 것은 바로 그것이었다. 음악도 전혀 도움이 되지 않았다. 더욱이 제시는 연습 때문에 늦어지고 있었다. 지체되고 있었다. 러시아워였고, 도로 정체가 불가피했다. 집에 있는 보오크 역시 마치 그 혼잡 속에 있는 것처럼 느껴졌다. 일은 진척되지 않았고 그는 곧 끝내야 할 일을 아직 시작도 못하고 있었다. <트리뷴>지는 그가 약속한 논문을 가능한 한 빨리 받기를 원했다. 그는 신문이 센세이셔널한 사건의 보도를 연기하지 못한다는 사실을 잘 알고 있었지만 오늘은 컴퓨터 앞에 앉아 있을 수가 없었다. 극단적인 경우 밤에 다시 작업하겠다고, 신문을 곤경에 빠뜨리지는 않겠다고 스스로 다짐하면서 모든 일을 미루고 있었다. 그는 지루해 하고 안절부절못하면서도 동시에 종이 위에 얼마나 훌륭한 텍스트가 나올지를 예감하고 있었다. 그는 거의 육감적으로 그것을 느끼고 있었다. 왜냐하면 텍스트가 그의 내부에서 마치 비가 쏟아진 후의 풀처럼 쑥쑥 자라고 있었기 때문이었다. 말하자면 논문이 스스로 작업해 줄 것을 요청하는 것 같았다.

그러나 그는 아무 일도 하지 않고 잔뜩 긴장한 채 기다리지 않아도 될 것 같은, 자신과는 전혀 무관해 보이는 일을 기다리고 있었다. 시에서 가장 번화한 구역에 위치한 그 유명한 경기장에서 거의 모든 시민이 참가한 가운데 개최될 예정인 대규모 선거 집회가 왠지 그의 집 근처에서도, 테라스나 잔디밭, 그의 돌 정원에서도 보이는 것 같았다. 대규모 군중이 그의 집을 에워싸고 그의 숨을 압박하는 것 같았다… 그는 자신을 편집광 환자라고 부르고 싶었다. 어떻게 그런 환영이 보일 수 있단 말인가?

그는 집안으로, 집밖으로 왔다갔다 하면서 시계를 들여다보았고, 귀청이 떨어져라 음악을 크게 틀어놓고는 전화벨이 울려도 받지 않았다. 그래도 전화벨은 꽤나 끈질기게 울렸다. 거실의 대형 TV는 피해서 걸어다녔다. 미리 켜고 싶지 않았기 때문이다. 그 순간 수많은 채널을 통해 보도되는 것은 안 보고도 말할 수 있었다. 모든 TV가 한결같이 공염불만 하고 있을 것이다… 제시는 늦고 있었다….

그는 일이 손에 잡히지 않았고 정신을 집중할 수가 없었다. 그러나 머릿속에 심각한 생각들이 떠오르기도 했다. 예를 들어 대학에서의 대화나 <트리뷴>지 기자들과의 대화에서는 무슨 이유에선지 필로페이의 편지가 로마 교황에게 개인적으로 보내졌다는 점이 언급되지 않았다. 교황이 그로 인해 매우 복잡한 입장에 처하게 된 것은 쉽게 이해할 수 있는 일이었다. 어떻게 될까. 교황은 자칭 수도사라는 자가 보낸, 비록 증오스럽다고 말할 순 없더라도 그처럼 전통에 어긋나는 편지에 대해 언론에 회답을 할 것인가, 안 할 것인가. 만약 한다면 어떤 대답을 할 것인가?

로버트 보오크는 카산드라 태아의 문제가 도처에서 토론과 논란의 대상이 될 때 각 종교계에서 어떤 믿기 어려운 소동이 일어날까 활발히 생각해 보았다. 필로페이의 발견이 안고 있는 위험 중 하나가 바로 여기에 숨겨져 있었다.

　모든 종교는 도저히 이루어지지 않을 신과의 합치를 갈망하는 인간의 정신적 고뇌와, 영원한 충동적 영감을 그 속에 포함하고 있다. 반면 이성적으로는 신은 신이고 만인에 대해 유일하지만, 자기 것은 자기 것, 남의 것은 남의 것이며 자기 것과 남의 것은 공존할 수 없다는 입장을 취하고 있다. 진리를 소유하는 데는 자기들이 우선적이라고 확신하는 온갖 종교적 가르침의 편견과 야망, 이기심은 바로 여기서 비롯되며 이것이 세계 종교간의 대립과 신자들간의 고립, 상호 몰이해를 발생시키는 주된 원인이 되고 있다. 아마 이 때문에 각 종교계에는, 로버트 보오크의 생각에 따르면, 어떤 몫이 돌아오건 자신의 이익을 위해 필로페이의 발견을 당장 뒤엎으려는 어떤 세력들이 있을 것이다. 그들은 우주의 수도사를 파문에 처함으로써 정치적 점수를 따기도 하고, 혹은 카산드라 낙인의 발견을 자신들의 교리에 적용하여 숭배의 반경을 넓히고 신자들에 대한 영향력의 확대를 꾀하기도 할 것이다.

　그의 머리 속에 처음에는 가끔 스치는 생각처럼 떠올랐으나 시간이 지나면서 점점 더 확고해진 생각이 다시 떠올랐다. 그것은 그가 여러 종류의 국제 학술 회의에 참석하기 위해 여러 나라를 여행하면서 힘들게 궁리해 낸 것으로 아직 감히 입밖에 내지 못하고 있는 생각이었다. 만약 지상의 각 개인이 자기 생각대로 모든 종교를 똑같이 신봉할 수 있다면, 만약 인간이, 물론 그가 신을 믿는 경우의 이야기지만, 가는 곳마다 기존의 모든 종교에 똑같이, 똑같은 '자격'으로 참여할 수 있는, 그 무엇으로도 규정되지 않는 권리를 가질 수 있게 된다면, 그래서 그가 다른 모든 신앙을 배제하는 어떤 개별적 교회나 교파의 신봉자가 아닌, 세계 종교 연합의 회원이 될 수 있고 그들 모두에 의해 아무런 조건없이 인정받을 수 있다면, 그래서 그가 자신을 기독교, 이슬람교, 불교, 힌두교, 기타 모든 종교의 교도라고 생각하고 모든 종교에 사랑과 존경을 보내고, 또 모든 신앙을 인정하며 그들의 사상과 규범, 즉 종파적이고 고립적인 것이 아닌 일반 종교적 사상과 규범을 자유롭게 받아들이게 된다면 과연 어떻게 될 것인가. 또 각 개인의 삶은 어떻게 되고, 인간들의 운명은 어떻게 될 것인가. 그렇게 되면 인간들 사이에는, 특히 대도시나 인구 밀도가 높은 국가의 복잡한 다종교 사회에서 중요한, 종교적 성격을 띠는 공개적·비공개적 장애물이 없어질 것이다. 이러한 상황은 인간의 삶을 현저히 편안하게 하고 조화롭게 하는 것이 아닐까? 모든 종교는 인간을 향해 따로따로, 팔꿈치로 서로 밀치며 오는 것이 아니라 함께 오지 않을까? 20세기말의 인간은 과거 세대와 달리 모든 종교가 나의 종교이고, 나는 모든 종교의 신봉자이며, 나는 온갖 우상을 모신 모든 사원에 자유롭게 출입하고, 나는 모든 사원에서 기다리는 환영받는 순례자라고 천명할 수 있게 되기를… 나는 기독교도로 태어나 세례를 받았지만, 죽을 때는 코란의 구절을 들으며 묻힐 것이라고, 오늘 나는 정교도로서 정교도들과 함께 있지만, 어제는 회교도들 사이에서 회교도였고, 일본에서는 부처님을 경배했으며, 스웨덴에서는 루터교의 교리를 따라 읽었다… 나는 신앙에 관한 한 누구에게도 남이 아니고, 인간이 우리의 창조주에게 온갖 언어와 방언으로 올리는 기도 중 교감하지 못하는 것이 없다. 우리 모두에게 똑같이 귀를 기울이고, 우리의 악행 때문에 똑같이 고통받고, 우리 모두에게 우리의 현명함과 선행의 정도에 따라 똑같이 우주를 열어 주는 창조주에게 말이다….

종교 연합은 기존의 어떤 종교에서도 신의 사상을 약화시키지 않을 것이다. 반대로 이들 종교에 보편성과 개방성, 역동성의 특징을 부여할 것이고, 가장 중요한 것은 종교의 토대를 이루는 인간애를 그 훌륭한 이론에서뿐만 아니라 기본적 본질과 행동에서도 발견하게 될 것이다….

보오크는 물론 이것이 매우 이상하고, 터무니없는 생각이며, 거의 실현 불가능한, 단지 마음속으로 자기만을 위해 할 수 있는 생각이라는 것을, 또한 이러한 종류의 지구적 발언을 할 때는 열성 신자들과 그들의 삶의 규칙을 자극하지 않도록 극도로 조심해야 한다는 것을, 이러한 생각이 큰 충격을 줄 수도 있다는 것을 잘 이해하고 있었다. 바로 이러한 판단이 미래학자 보오크가 두려움과 위험을 무릅쓰고 그 동안 키워온 이 헛된 생각을 발표하고 싶은 희망을 억제시켜 왔다. 심지어 발표하고 싶은 생각이 참을 수 없을 때도, 또한 종교적 사해동포주의가 오랜 진리로서, 인간과 종교의 새로운 정신적 소통을 위해 전적으로 필요한 모델로서 절실하게 요구될 때도 그는 자제하였다. 신을 추구하는 네 타종교에 앞서 '큰 성공'을 거두기 위해 경쟁하는 여러 종교들의 분열된 노력보다 서로 공동보조를 취하는 것이 바람직할 것이다.

그는 이러한 개인적인 복합 종교 사상이 종교계의 얼마나 무서운 분노를 발생시킬 수 있는지, 어떤 소동이 벌어질지, 또 그의 불쌍한 머리를 향해 어떤 돌들이 날아올지, 그가 얼마나 큰 죄를 지었고, 얼마나 종교를 모독하고, 이단적이라고 비난할지 잘 알고 있었다. 이기주의와 이해 타산을 따지는 습성은 원래부터 인간의 본성에 고유한 생물학적 특성이기 때문에 그것을 발표한다면, 그러한 행동들이 당장 따라오리라는 것은 의심의 여지가 없었다. 그런 경우에는 차라리 자신들의 위대한 예언자를 심하게 모욕하였다는 이유로 이슬람 종교계로부터 사형 선고를 받은 불행한 살만 루시디의 운명이 더 부럽게 보일지도 모른다. 왜냐하면 다른 종교들은 이 문제에 관심이 없어 살만 루시디는 어떻게든 자신의 은신처를 성공적으로 발견해 오고 있기 때문이었다. 그러나 신도들의 복합 종교적 통합을 위해 투쟁하는 자에게는 그런 가능성조차 없는 것이 아닐까? 가는 곳마다 분개한 모든 종교로부터 배척당하고 쫓기는 그와 같은 이단자에게는 이 지상에 슬픔으로 가득 찬 자신의 머리조차 누일 곳이 없는 것은 아닐까, 결코 그 어디에도 머물 곳이 없는 것이 아닐까? "이런 상황에서 네가 할 수 있는 것은 바로 우주로, 필로페이에게로 도망가는 것뿐일 것이다." 로버트 보오크는 자신을 조롱하며 그렇게 생각했다. 그러자 갑자기 머릿속에 다음과 같은 생각이 떠올랐다. "사실은 필로페이가 그곳, 사람들의 손이 닿지 않는 높은 곳에서 지구의 인간들에게 진실을 이야기할 수 있도록 운명이 그를 우주 궤도로 피신시킨 것은 아닐까?"

잇달아 밀려드는 그런 생각에 잠겨 보오크는 예비 선거 집회의 중계 방송이 시작되는 것을 거의 잊고 있었다. 시계를 보니 이미 6시였다. 그는 거실의 TV로 달려갔다. 막 시작되고 있었다! 진행자는 시청자들을 알파 야구장에서 직접 중계되는 대선 후보 올리버 오오독과 유권자들의 만남의 장으로 초대하고 있었다.

경기장 돔 밑으로 수많은 사람들의 정경이 펼쳐졌다. 시선을 뗄 수 없을 정도로 엄청난 군중이었다. 벌떼들의 소음과 비슷한, 귀가 멀 것 같은 사람들의 왁자지껄한 소리가 전파를 통해 전해졌다. 보오크 앞으로 사람들의 얼굴과 그들의 표정이, 온갖 모습과 피부색의 얼굴들이 바다처럼 흘러 지나갔다. 유세 장소의 준비 상태를 보니 선거팀이 일을 상당히 잘하고 있음을 알 수 있었다. 경기장의 둥근 지붕 밑에는 미소를 짓고 있는 오오독의 초상화가 그려진 대규모 기구가 걸려 있었다. 저 멀리 곳곳에 선거 구호가 보였다. "그는 사회 하층민을 알고 있다," "오오독은 차기 대통령이다," "오오독은 새로운 환경 프로그램을 제시하고 있다," "실업자들은 오오독을 믿는다," "여성 페미니스트들은 우선권을 요구한다," "우리의 오오독에게 한 표를 던지자" 등등. 카메라 담당들은 플래카드들을 클로즈업시켜 보여 주며 매우 능숙하게 일하고 있었다.

그런 종류의 대중 집회답게 모든 것이 어지러웠다. 소음과 와글와글 떠드는 소리, 악단의 음악, 연사들의 활기찬 목소리, 침착하게 질서를 유지하는 경찰들. 그리고 올리버 오오독 역시 축제의 주인공답게 보였다. 그의 동작은 확신에 차 있었고 거의 중키임에도 불구하고 그는 억센 목덜미를 곧추세워 과시하듯 자신의 머리를 높이 쳐들고 있었다. 핏기없이 시들어버린 듯한 그의 입술은 미소로 생기를 불어넣고 있었고, 바로 그 활달한 미소 뒤에 그의 두 눈에 비치는 조심성과 기민한 대응 능력이 교묘히 감추어져 있었다. 그는 왠지 자신의 크지 않은 키를 왕성한 기력과 활발함, 예상치 못한 음색으로 보완하는 어떤 노련한 사회자를 연상시켰다. 오오독은 양측에 고문, 보좌관들을 대동한 채 장내의 열렬한 박수 갈채를 받으며 연단으로 걸어 나오고 있었다. 대통령 후보가 나타나자 몰려 있던 사진 기자들이 일제히 셔터를 누르고 플래쉬를 터뜨리기 시작했다. 중계 방송이 시작된 지 일 분도 채 안되었지만 집회장 분위기는 잘 운영되는 미국 민주주의와 선거 운동 관계자들의 매끈한 일 처리 능력을 여실히 강조하듯 이미 한껏 고조되어 있었다.

온종일 불안과 긴장감으로 지쳐버린 보오크도 방영되는 광경을 보면서 보통 때와 다름없다는 인상이 들자 조금씩 안정감을 되찾기 시작했고 너무 신경과민이었다는 자책감까지 들었다.

사실 마이크를 통해 증폭된 올리버 오오독의 연설이 장엄하게 경기장의 둥근 지붕 밑을 퍼져 나가고 있을 때 올리버 오오독 그 한 사람에게 주의를 집중하고 있는 이 수많은 사람들에게서 뭔가 정상적 범주를 벗어난 것을 포착하기는 어려웠다. 오오독은 매우 교묘하게 연설하며 실제적 문제들을 언급했고, 또 정곡을 찌르며 절박한 문제에 대해 언급하였을 때는 행복하게도 힘찬 박수 갈채로 여러 번 연설이 중단되기도 하였다. 대통령 후보는 자신에 대한 대중의 정치적 신뢰의 대가로 그들을 만족시키고 끌어들이고 사로잡기 위해 최선을 다하고 있었다. 이를 위해 그는 물러나는 대통령을 신랄하게 비난했고, 하원과 상원, 언론 매체와 몇몇 공사 및 기업, 재정 기관 등 뭔가 일을 마무리짓지 않고, 소득을 숨겼으며, 대중들의 실현 가능한 복지를 빼앗은 자들을 개별적으로 혹은 한꺼번에 비난했다. 그리고 대중들에게 이 모든 것을 되살려 몇 배로 제공하겠다고 약속했다. 이 대목은 특히 매우 성공적이었다. 온 경기장이 홍분으로 들끓었으며, 오오독 자신이 보아도 또한 모인 사람들의 의견으로도, 그의 주가를 한껏 끌어 올리고 있었고, 그를 고무시키기에 충분했다. 그야말로 성공이었다.

로버트 보오크는 오오독이 어제 그들이 나눈 전화 통화를 어느 정도 마음에 두고 있을지 상상해 보며 그를 주의 깊게 쫓고 있었다. 우주의 수도사의 편지에 관해 오오독은 아직 한마디도 입밖에 꺼내지 않고 있었다. 아마 그 편이, 이런 대규모 정치 모임에서는 그런 일을 언급하지 않는 편이 좋지 않을까? 아마 오오독은 대중을 밀림과도 같은 일상 생활의 온갖 실제적 문제의 숲 속으로 끌어들여 이를 이야기함으로써 발언 시간을 소진하려는 속셈은 아닐까?

그러나 어떻든 간에 오오독은 필로페이 현상을 비켜 지나갈 수는 없었다. 경기장 마이크에서 흘러나온 첫 번째 질문이 바로 그것에 관한 것이었다.

"미스터 오오독," 낭랑한 여성의 목소리가 울려 퍼졌다. 저의 이름은 안나 스미스입니다. 학교 교사지요. <트리뷴>지에 보도된 우주의 수도사 필로페이의 편지에 관해 어떻게 생각하는지 말씀해 주시지 않겠습니까?" 여성은 온몸을 꼿꼿이 세우고 흥분한 채 통로의 마이크 옆에 서 있었다.

경기장 내 군중들이 갑자기 세찬 파도가 덮친 배의 갑판 위에 있는 것처럼 일제히 동요하는 모습을 보였다. 그리고는 한차례 웅성대는 소리가 지나가더니 이내 답변을 기다리는 듯 잠잠해졌다. 그것은 보통 고비로 불리는 그런 순간이었다.

"네, 존경하는 안나 스미스" 눈에 띄게 몸이 움츠러들고 얼굴 표정도 변한 올리버 오오독이 잠시 잠자코 있다가 말했다. "나도 그 글을 읽었고 그것에 대해 많은 생각을 하였습니다. 솔직히 말해 오늘 우리 집회에서 그에 대한 질문이 있을 거라고 예상도 하였습니다. 비록 그것이 선거 캠페인과 직접적인 관계가 없다고 하더라도 말이지요. 그러나 존경하는 유권자 여러분, 여러분들을 불안하게 하는 이 문제에 대해 저도 흥미를 느끼고 있습니다. 더욱이 이것은 모든 사람들과 관련된 문제라고 생각합니다. 제가 이 문제와 관련하여 말씀 드리고 싶은 것은 바로 그러한 점입니다." 오오독은 계속 말했다. "물론 저는 정치와는 거리가 먼 이 문제에 관심을 집중하고 있지는 않습니다. 그러나 제 생각으로는 이 수도사, 차라리 현대의 대과학자인 필로페이의 발견은 인류에게 시험의 때가 도래하고 있음을 말해 주고 있습니다. 아아 우리들은 분명히 자신을 지나치게 높이 평가하고 있습니다. 여러분 모두도 신문을 읽고 무슨 이야기인지 이해했을 겁니다. 필로페이의 신호는 다가오는 대재난의 경고로서 받아들여야 합니다. 그런 일입니다!"

그 동안 TV카메라는 경기장을 훑으며 두 눈에 잔뜩 기대감을 담은 채 꼼짝도 않고 있는 군중들의 얼굴을 포착하여 클로즈업시키고 있었다. 로버트 보오크는 화면 앞에서 꼼짝도 하지 않고 이 순간 그가 경기장에 없는 것을 매우 애석해 했다. 오오독이 사람들을 설득할 수 있을까?

"그럼 대체 어떻게 해야 하죠?" 그 동안의 적막을 깨고 여교사가 다시 물었다. 그녀의 목소리가 간절하게, 절망적으로 울렸다.

"제 생각으로는," 올리버 오오독이 대답했다. "각자 스스로 결정해야 합니다." 경기장 안에서 나지막하게 술렁이는 소리가 들렸다. "본격적으로 말씀 드리면," 오오독이 경기장 내의 동요를 가라앉히려고 애쓰며 이유를 말하기 시작했다. "물론 대재난을 예방하기 위한, 그것이 필로페이의 해석처럼 사회적 대재난이건, 아니면 생물학적 대재난이건 그것을 예방하기 위한 계획을 미리 생각해 두어야만 합니다. 카산드라 태아들의 종말론적 반응, 즉 삶을 거부하려는 갈망을 불러 일으키는 여러 현상과 투쟁하기 위한 조치를 취할 필요가 있습니다."

"나도 한마디하게 해주세요!" 또 한 여자의 목소리가 울려 퍼졌다. 반짝이는 금속 귀걸이를 하고 옷깃이 열린 노란 블라우스를 입은 갈색 머리의 흑백 혼혈 여성이 매우 결연히 좌석열 사이의 통로 중 하나에 설치된 마이크 옆에 나타났다. "나는 도저히 가만히 있을 수 없어요. 우리들은 가만히 있으면 안 되요!" 그녀는 양옆을 둘러보며 선언했다. "그래요 우리 구역의 생활은 매우 힘들어요. 그러나 우리는 항상 아이를 가지기를 바라며, 그들의 탄생을 기뻐하며 살아왔어요. 그러니 누구도 이 일에 간섭하지 말라 이거예요! 우주의 수도사란 그 작자가 무슨 상관이냔 말이에요?! 무엇 때문에 그가 나를 괴롭히는 거죠? 왜 나의 개인 생활에 간섭하는 거예요? 나는 단호히 항의해요!"

경기장 안이 또다시 웅성대기 시작했다. 참석자들 다수가 동의한다는 듯 고개를 끄덕이기 시작했고 어떤 사람들은 자리에서 일어나 찬성의 표시로 두 손을 흔들기도 했다.

오오독은 그 흑백 혼혈 여성을 진정시키려고 애썼다.

"네, 나도 당신을 이해합니다. 그러나 카산드라의 낙인이 나타나는 것은 우리에게 달려 있지 않습니다. 우리는 그것이 실제적 현실이라는 사실에 눈을 떠야 합니다."

"미래의 대통령이 연단에서 우주의 수도사에 대해 관대한 태도를 취한다면 이야기가 달라져요! 그렇다면 그가 이곳에 나타나 대체 우리가 어떻게 하늘을 분노하게 했는지 우리들 여자에게 말하게 합시다. 그는 지금 하늘에 올라가 그곳에서 우리를 질책하고 온 세계를 모욕하고 있잖아요." 여인은 프레스로 찍어낸 듯한 귀걸이를 반짝이며, 그녀와 연대하는 항의의 파도를 주위에 불러일으키며 계속 말했다. 그녀는 집에서도 한바탕 벌일 수 있었겠지만 아마 그럴만한 집도 남편도 없는 듯했다. "너무나 불행한 일이군." 로버트 보오크는 속으로 중얼거렸다. "정말 비극적인 오해야. 그녀가 저렇게 괴로워하는 것도 이해할 수 있어."

여인은 더욱 분노하면서 계속 말했다.

"당신은 쉽게 판단하고, 그를 천재적인 학자라고 쉽게 부를 수도 있겠지요. 그가 우리를 눈뜨게 만들었다고 하면서요. 그러나 내게는 우주 궤도에 있다는 그 작자는 정말 쓰레기 같은 인간이에요." 그녀는 분노에 몸을 떨며 소리쳤다.

이 말에 웅성대던 경기장이 일시에 조용해졌다. 그리고는 잠시 동안 완전한 적막감에 휩싸였다. 누구도 그녀를 제지하지 않았고, 누구도 그녀에게 공공 장소에서의 행동 규칙을 지키라고 요구하지 않았다. 어처구니없는 입장에 처하게 된 올리버 오오독조차 그녀에게 감히 그런 것을 일깨워줄 생각을 하지 못했다. 장면은 계속되었고 그것은 그때 TV 옆에 있던 수많은 미국인들을 놀라게 하였다.

"자, 보세요, 나는 숨길 것이 전혀 없어요. 자, 보시라구요. 나는 어떻게 해야 한단 말인가요?!" 여인은 소리를 지르고 신경질적으로 숨쉬며 손가락으로 자신의 이마를 가리켰다. "내 이마에 이런 불행이, 그 우주의 악마가 카산드라의 낙인이라고 부르는 이 흉물스런 반점이 나타난 지 벌써 며칠이 되었다구요." TV 화면에 그녀의 얼굴이 클로즈업되어 나타났다. 그러자 여인의 이마 위에 마치 경보 신호처럼 규칙적으로 점멸하는 불길한 암적색 반점이 뚜렷하게 보였다.

"나는 크림도 분도 바르고 있어요." 그녀는 손바닥으로 가늘게 떨리는 입술을 가리며 말했다. "하지만 아무 소용도 없어요. 사라지지 않아요. 낮에도, 밤에도! 그렇다면 나는 그 우주 악당의 통제하에 있단 말인가요? 그가 나를 비난하고 있는 건가요? '이봐, 너의 태아는 어머니인 바로 너를 반대하고, 생을 반대하고 그래서 자기를 죽여 달라고 신호를 보내고 있는 거야'라고 말이에요! 태아가 태어나기를 원하지 않고, 또 사는 것을 두려워한다는 말인가요? 과연 그런가요? 누가 그에게 삶에 대한 혐오감을 불어넣었고, 누가 아직 태어나지도 않은 그를 죽음으로 밀어 넣고 있으며, 누가 그로 하여금 이 세상을 거부하도록 강요하고 있는 건가요? 누가 나의 개인 생활을 간섭하는 거예요? 무슨 권리로 우주에서 그 무서운 시험 광선인지 뭔지를 내게 쏘는 거죠? 우리는 지금 이곳에 앉아 있는데 그 작자, 그 천재적인 필로페이는 우리에게 일깨워주듯, 자신의 우주 광선으로 여인들 속에 있는 카산드라 태아를 여기저기서 찾고 있어요. 우리를 통제하고 있다구요! 우리가 얼마나 추악한지 비난하고 있단 말이에요! 어떻게 해야 하나요? 나 혼자만 그렇다고 생각하세요? 이 경기장 안에도 분명히 나 같은 사람들이 있을 거예요. 아마 그 여자들은 자신에게 카산드라의 낙인이 있다는 사실을 아직 모를 수도 있겠지요?! 자, 여러분, 이제 어떻게 하라고 할 건가요? 나는 어떻게 해야 하죠? 태아가 삶을 두려워한다고 그를 죽여야 할까요? 나와 나의 운명, 나의 삶이 그에게 맞지 않는다는 말일까요? 혹은 내가 그를 위해 지상낙원을 만들어야 한다는 말일까요?! 하지만 어떻게 말입니까? 그럴 수 있다면 나도 기쁠 겁니다. 그러나 내가 어떻게 세상을 고칠 수 있겠어요? 아니면 스스로 목을 매달아야 할까요?" 그녀는 자신의 머리채를 쥐어뜯으며, 달랠 수 없을 정도로 머리를 흔들며 심하게 울기 시작했다. 가까운 줄에서 어떤 사람들이 달려와 그녀의 어깨를 감싸안고 그녀를 데려 나갔다.

경기장 안에 또다시 죽음 같은 적막이 찾아왔다. 수 천명의 사람들이 시선을 떨군 채 꼼짝 않고 앉아 있었다. 모두들 올리버 오오독에 대해서는 깨끗이 잊어버린 듯했다. 바로 그를 위해 이 자리에 모인 것이지만. TV카메라도 이미 연단의 그를 피해 가며 앉아 있는 사람들의 얼굴을 자세하게 비추기도 하고 전체적 정경을 보여 주기도 하였다.

오오독이 뭔가 말하기 위해 목소리를 내자 그제서야 화면에 그의 얼굴이 나타났다.

"나는 우리들이 여기서 이 모든 문제에 대답할 수 있다고 생각하지 않습니다. 아마 특별한 주의가 필요할 것입니다…" 그가 이야기를 시작했지만 경기장의 어떤 목소리가 다시 그의 말을 가로막았다.

"미안합니다, 미스터 오오독." 먼 구석에서 어떤 남자가 마이크로 말했다. "나는 우선 당신의 생각이 전혀 나쁘지 않다는 것을 말해야겠군요. 우리는 당신을 지지합니다. 그러나, 보십시오, 모두들 무척이나 괴로워하고 있습니다. 나 자신 의사이지만 역시 놀란 상태입니다. 나는 이 여인을 이해합니다. 그녀는 스트레스 상태에 있고 저런 사람들이 훨씬 많아질 겁니다! 그 우주의 뭔가라는 사람이, 그가 그곳에서 뭔지는 그만두고라도, 어떻게 우리의 생활을 침범할 수 있단 말입니까?! 먼저 이것은 우리 헌법에 위배됩니다. 과연 우리가 민주주의 국가에 살고 있는지 혹은 아닌지 문제가 발생합니다. 우리는 자신의 주인일까요, 아닐까요? 대체 인권 준수는 어디에 있는 겁니까? 누가 감히 개인의 권리를 짓밟을 수 있습니까? 누가 우리로 하여금 어떤 이론에 따라 살고 행동하도록 강요할 수 있습니까? 비록 그것이 매우 과학적인 개념이라 하더라도 말이지요. 만약 내가 그것을, 그 개념을 받아들이지 않는다면, 그것이 나의 이익을 위한 것이 아니라면 그 누구도 나에게 이런 저런 생활을 강요할 권리는 없을 것입니다. 나는 필로페이의 편지를 주의 깊게 검토해 보았습니다. 과학적 관점에서는 그가 옳을지도 모르고 나도 이를 전적으로 인정하는 바입니다. 그러나 실생활에서는 그는 옳지 않습니다. 우리는 실험용 쥐가 아닙니다!"

"옳소! 브라보! 말 잘했소!" 좌석에서 여러 목소리가 터져 나왔다. 그리고 경기장이 끓어오르기 시작했다.

TV카메라가 소리지르는 유권자들의 얼굴을 이 사람, 저 사람 포착하며 미끄러지듯 지나갔다. 어느 순간 카메라 담당이 오오독을 클로즈업시켜 보여 주었다. 그는 바라보기 두렵고 애처로웠다. 그는 완전히 당황한 채 그 자신 어떻게 해야 할지, 경기장 속의 들끓는 거친 열기를 어떻게 제지해야 될지 몰라 연단에 그냥 서 있었다. 그 순간 보오크는 오오독의 얼굴에 수프 같은 반점이 또다시 그의 속 어딘가에서 갑자기 나타난 것을 알아차렸다. 분노에 찬 그의 얼굴에 온통 퍼져 있는 이 반점들은 뜨겁게 달아올라 불그스름한 회청색을 띠고 있었고 축축하게 보였다. 멀리 화면을 통해서도 그런 느낌을 받았다. 보오크는 눈앞에서 벌어지고 있는 이 모든 일, 또 자신 속에 있는 지상의 악의 근원을 보지 않으려는 사람들의 끝없는 욕구로 인해 매우 불쾌해졌다. 필로페이를 이해하려고 하지 않는 바로 그 끈질긴, 근절되지 않는 욕구 말이다. 보오크는 그런 모욕적 상황에 처한 오오독이 정말로 가여워졌다. "운이 없군, 정말 운이 없어." 보오크는 자기 동창생으로 인해 마음이 괴로웠다. "중요한 건 그가 완전히 낙담하지 않아야 하는데. 그가 군중을 설득하고 자신의 견해를 고수할 수만 있다면 그러면 이전의 지위를 되찾을 수 있을 텐데. 그러나 과연 그렇게 할 수 있을까? 오 하느님, 이 무슨 터무니없는 일입니까! 우리의 운명은 이미 정해져 있고 그건 우리 탓이 아닙니다. 그러나 일이 우리들 자신과 결부될 때 우리는 언제나 맹목적으로 되어 버립니다! 불행한 필로페이 그가 지금 이 경기장에 있었더라면!"

"나는 내 자신의 이름으로, 또 만약 내 편이 되어 준다면 유권자의 이름으로 당신에게 부탁하는 바입니다. 미스터 오오독. 이 일을 그대로 내버려두어서는 안됩니다!" 자신을 의사라고 소개한 그 사람이 마이크에 대고 크게 소리질렀다. "누구도 미국 시민을 상대로 어떤 실험을 할 권리가 없습'니다! 이 우주의 수도사는 인류 전체를 염두에 두고 있지만 이건 그의 일이지 우리의 일이 아닙니다. 우리는 미국인입니다. 우리는 주권을 가진 개체입니다! 미합중국 영토에 대한 그런 도발적인 광선 발사를 금지시켜야 합니다. 의회가 실력 발휘를 하도록 합시다. 우리의 연방 정부가 실력 발휘를 하도록 합시다!"

"맞아요, 옳습니다! 금지시켜야 해요!" 도처에서 고함소리가 들려왔다. "금지시켜야 해요!"

"정숙해 주십시오, 신사 여러분! 부탁합니다. 숙녀 여러분!" 사회자가 무대에서 자신의 마이크로 질서를 잡으려 애썼다. 그는 값비싼 큰 안경을 끼고 있었고 포마드를 바른 머리에 가르마를 뚜렷이 탄, 정장을 갖춰 입은 당당한 체구의 사람이었다. 모든 정황을 볼 때 사태의 이러한 반전은 그에게도 전혀 예기치 못한 일임에 틀림없었다. 그는 흥분하고 있었고 계속 자신의 넥타이를 당기고 있었다. "순서를 지켜주시기 바랍니다!" 그는 호소하였다. "여러분께 발언 기회를 드릴 테니 제발 순서를 지켜주시기 바랍니다. 여러분, 제발 순서를 지켜주십시오."

그러나 이미 늦었다. 통로에 설치된 마이크들 옆에는 앞의 사람들이 이미 말한 것을 뒤쫓아 계속해서 뭔가 자기 생각을 즉각 표명하고 아무런 생각도 없이 뭔가 떠들어대려는 사람들이 무리를 지어 서 있었다.

사회자에게 남은 일은 단지 발언을 순번대로 조정하는 것뿐이었다.

"1번 마이크! 2번 마이크 발언하시죠! 자, 어서! 3번 마이크! 5번, 7번, 10번 마이크…"

마이크에서 마이크로 보이지 않는 불길처럼 발언이 이어지면서 내용도 단호한 성격을 더해갔다. 연설의 핵심은 필로페이의 발견과 그의 사상의 단호한 거부, 우주 궤도에서 그를 난폭하게 쫓아내 버리자는 과격한 호소로 귀결되었다. 우주에 세계적 도발자, 악의에 찬 우주의 선동자가 나타났다고들 말했고 러시아 이민자로 보이는 어떤 사람은 심지어 필로페이를 KGB의 밀고자에 비유하여 임신한 여성을 고발하는 우주의 밀고자로 부르기도 했다. 다른 사람은 필로페이가 우주에 던져진 러시아 세력의 앞잡이로 그의 임무는 미국을 내부로부터 파멸시키고 사회에 유전자 폭탄의 폭발을 일으키는 것이라고 말하기도 했다. 또 한 사람은 이 일이 현대 사회를 통제하기 위해 모종의 세계적 조치를 취하기로 한 국제 마피아들의 소행이라는 설을 내놓기도 했다. 운집한 군중들은 머리 속에 떠오른 온갖 무서운 설을 계속 제시했고, 결국은 오래 전부터 내려온 상투적인 악과 간교함에 우주가 추가되어 우주의 사탄, 우주의 악마, 우주의 무정부주의자, 그리고 심지어 우주의 파우스트와 같은 강제된 수사가 사용되기도 하였다….

모두가 한결같이 필로페이에 반대했고, 다수가 진정으로 불안해했고, 대부분이 어떻게 되던 머리와 마음속에서 그의 사회적·생물학적 발견이 가져올 무서운 결과에 관한 생각을 몰아내기를 원했으며, 또 '카산드라의 낙인'이라는 것을 모르고도 대대로 번성하고 진보해 온 인류의 역사를 인용하곤 했기 때문에 이 모든 것은 정말로 강렬한 인상을 남겼다. 여인들이 눈에 눈물을 글썽이며 자신을 구해달라고, 시험 광선으로부터 자신들의 사생활을 막아달라고 부탁할 때는 특히 그러했다. 발언이 진행되는 가운데 마침내 인류를 보호하기 위한 조치를 취하기 위해 이 우주의 수도사를 UN이 직접 맡도록 제안하자는 요구가 터져 나왔다.

로버트 보오크는 괴롭고 슬픈 마음으로 그런 장면을 보면서, 다가오는 묵시록의 진정한 본질을 밝히려는 필로페이의 시도가 대부분의 사람들에게 이해되지 못하는 것을 비통하게 확인하였다. 다가오는 묵시록은 창조의 그날부터 예상되어 온, 세계적인 대재난에 의해서가 아니라, 끝없이 계속되고, 더욱 교활해지고 더욱 잔혹해지는 온갖 악행에서 비롯된 유전자의 붕괴에 의해 예정되어 있는 것이다. 영원히 자행되는 죄악과, 신에게서 부여받은 생에 대한 죄가를 지불해야 한다는 떨쳐버릴 수 없는 본능적 공포심이 사람들을 괴롭히고 있었다. 언젠가 각자에게 일정 기간 동안 부여된, 단 한번만의, 처음부터 시공간적 한계가 지워지고 제한된 바로 그 생 말이다.

올리버 오오독을 편안히 바라보고 있을 수 없었다. 보오크는 오오독이 자기 눈앞에서 파멸하는 모습을 상상하고는, 비록 오오독이 나름대로 경고하기는 했지만, 사태의 이러한 반전을 예견하지 못한 자신을 책망했다.

오오독은 사실상 백치 상태에 처해 있었다. 마치 이 집회가 그와 아무런 관계가 없는 것처럼 그는 망각된 채 연단 위에 버려져 있었다. 모든 연설과 고함소리는 단지 필로페이, 우주 공간 저 어느 곳에 있는 필로페이에 관한 것이었고 관심의 중심에 있는 것은 오늘 이 회합의 주인공인 오오독 그가 아니었다. 통로의 마이크들은 대통령 후보인 그에게가 아니라 수도사 필로페이에게 뭔가 한마디하려고 돌진하는 사람들로 에워싸여 있었다. 그는 그럼에도 왠지 연단에 계속 남아 있었다. 그가 보고 있는 가운데 모든 것이 난장판으로 변해 가고 있었다. 유권자와 TV시청자들에게 오오독의 사명이 매우 중요하다는 생각을 불어넣기 위해 준비되고 고안된 모든 것이 공허하게 보였다. 경기장 돔 밑에 걸려 있는 미소짓는 오오독의 얼굴이 그려진 기구가 지금은 뭔가 비누거품처럼 우스꽝스럽게 보였다. 그 자신도 무력하고 모욕당한 채 완전히 의기소침해 있었다. 그에게 고문들과 보좌관이 달려와 뭔가 소근거렸지만 그는 무의미한 기대 속에서 연단 위에 계속 서 있었다. 그의 눈은 분노를 띠고 있었고, 얼굴에는 수프 같은 반점이 타오르고 있었다. 그것은 전국의 유권자들이 보고 있는 가운데서의 완전한 패배, 좌절이었다.

집회의 흐름이 완전히 다른 방향으로 흘러갔다. 만약 물에 빠진 사람에게 지푸라기라도 던져 주는 심정으로 누군가 갑자기 개입하지 않았다면, 이 모든 것이 어떻게 끝났을지 아무도 알 수 없었다. 그때 간편한 차림의 젊은이 하나가 무대로 뛰어나왔다. 젊은이는 계속 넥타이를 당기며 쓸데없이 어떻게든 발언의 순번을 통제하려고 애쓰는 사회자 쪽으로 결연히 다가가 그에게 뭔가 말하고는 거의 뺏다시피 마이크를 넘겨 받았다. 그리고는 경기장을 향해 큰 소리로 말했다.

"이렇게 예기치 않게 개입하게 된 나를 용서해 주시기 바랍니다. 나는 성명을 발표하고자 합니다. 이것은 매우 중요합니다!"

소음이 약간 가라앉았다. 경기장 안에 짧으나마 정적이 찾아들었다. 1초도 허비할 수가 없었다.

"나의 이름은 앤토니 융거입니다." 갑자기 무대 위에 나타난 젊은이가 자신을 소개했다.

'누군가 했더니 바로 저 친구가 앤토니 융거로군. 훌륭한 젊은이야'라고 로버트 보오크는 생각했다.

"여러분들에게 이렇다 내세울 만한 이름도 아니죠." 융거가 말했다. "그러나 나는 여러분과 똑같은 선거구의 유권자입니다. 그리고 한마디할 수 있는 자신의 권리를 행사하고 싶습니다. 더욱이 나는 미스터 오오독의 선거팀에서 일하며 그의 상담역중 한 명입니다. 주의를 부탁 드립니다. 우리의 집회는 대통령 후보와의 만남을 위한 것이지 우주에서 우리에게 던져진 이 문제에 대한 논쟁을 위한 것이 아닙니다. 따라서 우리의 예비 선거 집회를 계속하고, 필로페이는 다음 번에 다루는 것이 합당할 것입니다. 모든 것을 판단해 볼 때 이 보기 드문 소식은 앞으로 적지 않게 생각하고 추정할 필요가 있기 때문입니다. 그러니 미스터 오오독에게 자신의 결론을 말하도록 부탁합시다. 그의 생각을 필로페이 문제에 돌리지 말고 말이지요."

그것은 정말 시의 적절했다. 소동은 중단되었다. 보오크는 앤토니 웅거의 출현을 기뻐했다. 그는 자신이 생각했던 그대로의 젊은이였다. 그러나 그후에 일어난 일은 보오크를 포함해 어느 누구도 예상치 못한 것이었다.

오오독은 자신의 입장을 다시 피력할 수 있게 되자, 주도권을 잡을 수 있는 이 기회를 놓치지 않았다.

"그럼 나의 연설을 계속하겠습니다." 그는 즉석에서 준비 태세를 갖추었다. 그의 눈이 번뜩였고 순식간에 변한 그의 얼굴 표정을 보건대 그의 마음속에 무슨 변화가 일어난 것 같았다. "네, 존경하는 유권자 여러분, 내가 이곳에 서 있는 것은 방금 앤토니 웅거가 말한 것처럼 나의 연설을 계속하기 위해서입니다. 하지만 한 가지 약간의 수정을 가하겠습니다." 그는 반응을 살펴보듯 앉아 있는 사람들을 둘러보며 잠시 뜸을 들이더니 다음과 같이 밝혔다. "나는 바로 그 필로페이에 관해 이야기를 하고자 합니다." 그는 강조했다. "나는 여러분이 이 자리에서 마이크를 통해 말씀하신 내용에 관해, 그리고 우주에서 우리에게 가해진 심리 공격과 우리의 유전자 상황에 대한 과격한 비판에 대해 좀더 이야기를 하고자 합니다. 나는 무엇보다 먼저 이 문제에 대해 말하지 않을 수 없습니다. 왜냐하면 나는 유권자의 의견에 따라, 국민의 의견에 따라 살기 때문입니다. 지금 우리 모두는 이곳에 함께 있고 내게 이것보다 더 중요한 문제는 없습니다. 이 자리에서 마이크를 통해 나와 비슷한 수많은 생각을 발언해 주셨습니다. 나 역시 이 문제, 즉 미국 민주주의의 최상의 가치인 우리의 권리와 자유에 대해 우주로부터 감행된 이 전대미문의 공격에 대해 대체로 같은 생각을 가지고 있었습니다. 나도 동의합니다. 필로페이가 우주에서 우리의 생에 대해 간계를 꾸미고 있다는 것은 옳은 말씀입니다. 나는 그것에 한 가지를 더 덧붙이고자 합니다. 그가 그것을 원했건 아니건, 궁극적으로 그는 우리의 민주주의에 대해서도 그렇게 하게 될 것입니다. 믿기 어렵겠지만 사실 그렇습니다. 이것은 반인간적 목적을 가진 악의에 찬 음모입니다. 나와 여러분은 악마의 교활함에는 정말 한계가 없다는 사실을 다시 한번 확인하는 바입니다. 나는 먼저 내가 이야기를 나눈 몇몇 저명하고, 권위 있는 것처럼 보이는 사람들의 의견을 언급한 다음 이것을 이야기하려고 했습니다. 그러나 여러분들도 알다시피 나는 연설의 후반부로 넘어가 필로페이의 편지에 대한 나의 개인적 입장을 밝힐 기회가 없었습니다. 여러분들이 마이크로 언급한 것은 내가 이야기하고 싶었던 것과 완전히 일치합니다. 그것은 훌륭하며 나의 입장을 강화합니다. 나는 우리가 살고 있는 현 사회 위로 전대미문의 위험이 갑자기 드리워져 있다는 의견에 전적으로 찬성합니다. 수도사 필로페이라는 자의 소행은 마치 유전자 연구에 그 목적이 있는 것 같지만 실상은 침략이요, 우리의 정신과 자아, 우리의 문명에 대한 역사적 믿음을 파괴하는 것입니다. 주의를 돌려보십시오. 이 침략은 저 높은 우주에서만 자행되는 것이 아닙니다. 필로페이는 지구에서도 스스로를 학계나 사회의 대단한 권위자인 양 생각하는 사람들 중에서 동조자들을 발견했습니다. 지금 상황이 그렇게 돌아가고 있습니다! 그리고 이들은 필로페이와 한 통속이 되어 자신들의 D-데이를 기다리고 있고, 또 그의 이름으로 지상에 큰 혼란을 야기하고 우리의 완전한 가치관에 의혹의 씨앗을 뿌리고, 또 가장 중요한 것은, 악마의 기호인 카산드라의 낙인을 찍어 우리의 여성들을 모욕하기 위해 우주에서 자신들을 고무하는 그를 지금이라도 극진히 칭송할 준비가 되어 있습니다. 카산드라의 낙인이라니, 생각 좀 해보십시오, 바로 재난과 불행을 예언한 여인이 아닙니까! 이름도 우연한 것이 아닙니다. 얼마나 교활한 암시입니까! 우리 모두 조심해야 합니다! 전 국민이 조심해야 합니다. 과학이란 허울을 덮어쓴 필로페이의 동조자들은 언론 매체를 통해 사람들에게 영향을 미치고 우주에서 날아온 이 거짓 예언을 사람들이 믿도록 강요할 준비가 이미 되어 있습니다. 전혀 과장이 아닙니다. 여러분들에게 단언하지만 이것은 인류에 대한 적대적 음모입니다. 그렇습니다! 유권자 여러분, 내가 걱정하는 것은 바로 이런 것입니다!…"

경기장은 오로지 이것만을 기다린 듯했다. 대통령 후보의 연설에 도취된 사람들은 현혹된 시선을 그에게서 떼지 못하고 앉아 있었다. 올리버 오오독이 이야기한 모든 것은 이제 그들의 마음속에서 뜨거운 반응과 완전한 이해를 구할 수 있었다. 알파 야구장의 돔 밑에 있는 사람들은 그때 한 덩어리가 되어 호흡하고 있었고 하나의 외침, 즉 올리버 오오독의 연설에 귀를 기울이고 있었다. 그것은 틀림없는 승리였다. 오오독의 공개적 몰락 후의 빛나는 승리였다. 그는 승리로의 길을 발견해 낸 것이다. 그는 적절하게 장애물을 피해 우회했고 실수 없이 전략을 바꾸어 지금은 그 과실을 거두고 있었다.

오오독은 이미 다른 사람이 되어 있었다. 전혀 다른 사람이 연단 위에 서 있었다. 오오독은 자신의 연설이 참석자들에게 계속 효과가 있자 한 구절, 한 구절 끝날 때마다 날아갈 듯한 기분이었다. 그것은 보기 드문 무아지경의 상태요, 이루 말할 수 없는 탐욕스런 성공의 체험 상태요, 또 말이 가지는 특별한 호소력이 최고로 발기한 듯한 상태였다. 그는 자신의 말이 퍼지면서 주위 사람들과, 특히 넋이 빠져 바라보는 여성들과 하나로 합쳐지는 것을 보는 듯했다. 성에 관계 없이 남자건 여자건 그들 모두가 그에게 몸을 내밀며 저마다 그를 열렬히 받아들이려 하는 것 같았다. 그 때문에 그는 마치 암말의 무리를 향해 크게 울부짖고는 뜨거운 콧김을 내뿜으며 달려가는 수말과도 같은 힘이 속에서 용솟음치는 것 같았다. 그의 말은 더욱 힘차게 끓어올랐고 그에 따라 그토록 원했지만 아직 달성하지 못한 대권에 한 걸음 더 다가섰다는 예감도 훨씬 더 강렬해졌다. 그의 속에서는 숲 속의 짐승들이 토해 내는, 동족을 지배하기 위한 끝없는 외침이 터져나왔고, 일단 그의 압제 하에 들어온 것은 절대로 놓치지 않고 영원히 밑에 두려는 늑대와 같은 의지가 나타났다. 그러나 그의 말이 줄줄이 하나로 뭉쳐져 적대적 요새, 즉 필로페이와 아직도 건재한 그 동조자들의 사상의 요새를 질풍처럼 공격하고 있는 지금, 달콤한 밀월 같은 권력으로 가는 길 위에는 아직 건너야 할 수많은 강들이 있었다. 그는 참석자들에게 필로페이의 동조자에 관해 암시하면서, 자신과 하나가 되어 자신의 손짓에 따라 일제히 일어나 그들과 투쟁하도록 참석자들을 충동질하고 있었다.

아아, 그것은 올리버 오오독에게 최고의 시간이었다. 모두들 한결같이 그에게 마음이 사로잡혀 있었지만 연단 가까운 곳에서 화면에 몇 번 얼굴이 비친 한 사람은 예외였다. 앤토니 융거는 무대 가장자리에 머리를 숙인 채 비스듬히 앉아 있었고 마치 그에게 돌이 떨어지는 것을 피하려고 애쓰는 것 같았다. 그는 긴장하여 혈관이 불거져 나온 커다란 손을 눈으로 자주 가져갔다. 아마 제정신이 아닌 것이 분명했다.

올리버 오오독은 그 동안에도 공격을 계속 확대하며 경기장 안팎에서 그의 말에 귀를 기울이고 있는, 아픈 곳을 찔린 모든 사람들을 한동아리에 끌어들여 그들에게 자신의 의지를 강요하면서 성공을 공고히 다지고 있었다. 이것은 마치 그를 향해 질주해 오며 그에게 자신을 바칠 준비가 되어 있는 여자를 뜨겁게 힘껏 껴안으며 입맞추고 말로 속이는 것과 같은, 그에게는 매우 특별한 순간이었다. 이를 위해선 재빨리 확실하게 행동할 필요가 있었다.

"내가 나와 여러분들에게 경각심을 가져야 한다고 말할 때," 그는 알파 야구장에 운집한 군중들에게 마음에서 우러나오는 듯한 목소리로 호소하면서 상기시켰다. "그것은 나와 여러분들이 숙명적으로 이 전대미문의 우주 모험의 희생자가 되어서는 안 된다는 사회적 이익을 배려하는 마음에서 비롯된 것입니다. 이 문제는 세계적 규모이며 모든 사람, 특히 여기 예비 선거 집회에 참석한 모든 사람들에게 영향을 미치고 있습니다. 인간의 유전자를 왜곡하고 파괴하기 위한 필로페이의 지구적 실험으로부터, 사회에 대 혼란을 일으킬 목적으로 행해지고 있는 이 실험으로부터 자신을 어떻게 안전하게 보호할 것인가가 바로 문제입니다!"

"그런 일은 없을 겁니다!" 경기장 안에 분노에 찬 목소리가 울려 퍼졌다. "우리는 그것을 허용하지 않을 겁니다!"

"나도 역시 그렇게 생각합니다." 올리버 오오독은 말을 계속했다. "나도 이를 위해 최선을 다할 것입니다. 어떤 일이 있더라도 중단하지 않을 것입니다. 그러나 이 우주의 위험과 또 지상에서 필로페이를 충실하게 지지하며 사태를 확대시키는, 간단히 말해 고의로 혼란을 유발하는 자들에게 어떻게, 어떤 식으로 대처해야 할까요? 나는 사람들, 국민들의 운명에 관한 한 마치 고상한 신사인 양 체면만 차리고 있지는 않을 것입니다. 필로페이주의자들은 알아야 합니다. 우리와 그들 사이에는 화합이란 없고 있을 수도 없으며 또 그들이 아무리 고도로 지적인 결론을 내리더라도 그들의 뒤를 좇아 유전자의 함정에 빠질 생각은 더더욱 없다는 것을 말입니다! 특히 나는 어떤 미래학자와 오랜 시간 대화를 나누었습니다. 그는 학계에서 유명하고 세계적 명성을 얻고 있지만 실제로 알고 보니 우주의 수도사의 가장 중요한 동조자이자, 사상적 보이스카우트라고 해도 좋을 만한 사람이었습니다. 구 소련에서는 지도자에게 충심으로 봉사하고 그를 위해 행복하게 생명을 바치던 젊은이들을, 만약 내가 틀리지 않다면, 콤소몰 활동가로 불렀습니다. 필로페이의 조수인 그 사람은 이미 적지 않은 나이이지만 그들과 매우 비슷하고, 현재 대학에서 일하며 어느 교외에서 살고 있습니다. 그 사람의 이름은 로버트 보오크라고 하지요!"

잠시 정적이 찾아왔고 앉아 있는 사람들의 호흡이 일순간 멎었다. 이윽고 속삭이는 소리가 순식간에 널리 퍼져 나갔다. 로버트 보오크!, 로버트 보오크!, 로버트 보오크라는군!, 로버트 보오크란 사람이래!

"존경하는 유권자 여러분. 나는 로버트 보오크의 과학적 결론에 매우 존경하는 마음으로 귀를 기울이면서도 한편으론 살아 있는 사람들의 운명을 무시하는 것은 누구에게도 허용되지 않으며 또 필로페이가 어떤 과학적 목적을 추구하건 간에 우리의 삶에 파괴적으로 침범하고 있다는 사실에 그가 주의를 기울이도록 애를 써보았습니다만 나는 그가 필로페이보다 오히려 한술 더 뜨는 것을 보았을 뿐입니다. 세계의 악은 바로 이러한 학문의 탈을 쓴 사람들에게 감추어져 있는 것입니다! 로버트 보오크에게는 대화 상대나 반대자의 머리를 혼란하게 만드는 자신의 철학적 잠꼬대나 보편적 사상이 함께 살고 있는 평범한 사람들의 운명보다 훨씬 더 중요한 것입니다. 로버트 보오크는 평범한 사람과 그들이 지닌 모든 문제와 불행을 무시하고 있으며, 필로페이가 제시한 생각이 아무리 과학적 성격을 띤 것이라 하여도 어쨌든 인류의 재생산을 마비시키고 우리의 미래를 빼앗아갈 그의 학설을 위해 평범한 사람을 희생시키려 하고 있습니다. 로버트 보오크는 광신적이며 그는 전적으로 필로페이를 지지하고 마치 악마를 섬기듯 그를 섬기려 하고 있습니다."

"잠깐만요, 미스터 오오독! 그것은 사적인 대화였습니다!" 앤토니 웅거가 참지 못하고 사회자의 마이크 쪽으로 달려나왔다. 그는 완전히 일그러진 창백한 얼굴을 하고 서 있었다. "어떻게 사적인 대화를 공개 재판에 회부할 수 있단 말입니까?!"

"나는 보오크와 나눈 대화를 비밀에 부쳐둘 생각이 없네." 오오독이 태연히 받아넘겼다.

"사적인 대화가 인류의 운명에 영향을 미치고 있고, 로버트 보오크 같은 사람들이 필로페이의 행위를 인정하고 정당화하고 그의 이론을 위해 사람들의 머리 속에 길을 닦으며 그에게 전세계를 통제할 수 있는 길을 열어 주고 있는 판국에 내가 무엇 때문에 이 행사를 웃음거리로 만들어야 한단 말인가?"

우레와 같은 박수소리가 알파 야구장의 둥근 지붕을 진동시켰다. TV카메라들은 올리버 오오독이 또 한번 시합에서 승리를 거두는 이 보기 드문 장면을 분명히 전하기 위해 사람들의 얼굴 표정을 포착하며 경기장을 두루 비추고 있었다.

앤토니 웅거는 뭔가 말하려고 애썼다.

"미스터 오오독, 당신은 그럴 권리가 없습니다…."

그러나 경기장은 그가 말을 끝까지 하도록 내버려두지 않았다. 모두가 한 덩어리가 되어 그의 말이 전혀 들리지 않도록, 그가 한마디도 하지 못하도록 하기 위해, 그를 그 자리에서 아예 제거하기 위해 크게 박수를 치기 시작했다.

그러나 웅거는 계속 뭔가를 말했고, 그의 말문을 막으려는 군중들보다 더 크게 외치려고 두 손을 흔들며 필사적으로 노력했지만 그것은 불길에 기름을 붓는 격이었다. 모두들 웅거를 마지막 코너에 몰아넣기 위해 한꺼번에 연호하기 시작했다: "오-오-독! 오-오-독! 오-오-독! 오-오-독!"

이윽고 마치 지시라도 받은 것처럼 모두 자리에서 일어나 손뼉을 치며 열광적으로 오오독의 이름을 반복해서 외치기 시작했다: "오-오-독! 오-오-독! 오-오-독!"

오오독의 승리는 최고조에 달했다. 그의 경쟁자 중 누구도 이런 정치적 승리를 감히 꿈꾸지 못했을 것이다. 경기장 전체를 달구고 있는 그들의 열광이 초라한 외모와 새처럼 생긴 빈약한 얼굴을 가진 그를, 그리고 괴벨스를 연상시키는 그를 마법처럼 순식간에 머리가 어지러울 정도로 높은 성공권으로 끌어올렸기 때문에 그는 너무도 기쁜 나머지 거의 실신할 지경이었지만 그것을 눈치챈 사람은 소수에 불과했다. 어쨌든 그는 평정을 되찾을 수 있었다. 일은 이루어졌고 이제 남은 것은 그것을 마무리짓고 성공을 확고한 것으로 만드는 것뿐이었다. 경기장은 여전히 귀가 멀도록 오-오-독! 오-오-독을 외치고 있었다. 그는 간신히 자신을 자제하며 감사의 몸짓과 미소로 손뼉과 구호를 멈추게 했다. 모두들 조용해지자 그가 다시 말을 이었다.

"여기에 있는 누군가가 로버트 보오크를 위해 화를 내었습니다만 이게 무슨 영문일까요? 기본적으로 누가 그를 방해한다는 말입니까. 만약 그들의 의도가 우리의 생각과 반대라면 보오크로 하여금 나타나서 그와 필로페이가 사람들에게, 국민들에게, 미래 세대에게 이익을 가져다주려는 열망에 불타고 있다는 것을 대중들에게 확신시키도록 합시다! 그리고 나서 나를 비난하는 것이 마땅할 것입니다! 좋다고요. 우리는 다행스럽게도 민주주의 국가에 살고 있습니다. 나는 보오크가 겸손하게 가만히 있을 것이라고는 생각하지 않습니다. 그는 분명히 나설 것입니다. 만약 그가 갑자기 정신을 차리고 필로페이를 지지한다는 생각을 바꾼다면 아마 자신을 해명하고 또 회개할 것입니다. 어쨌든 원한다면 나와서 말하게 합시다. 그는 미국의 모든 신문과 잡지를 이용할 수 있을 것입니다. 어디 미국뿐이겠습니까. 생각의 불길이 타오르게 합시다. 라디오도, TV도 나도 가만히 있지는 않을 것입니다. 유권자 여러분, 나는 보증합니다. 나도 언론 매체에 나에게 조그만 자리를 마련해 달라고 요청할 것입니다. 그러나 그것은 나의 동시대인들을 미래학 이론으로 놀라게 하기 위한 것이 아닙니다. 나는 불장난을 해서는, 즉 필로페이의 학설을 가지고 놀아서는 안 된다는 것을, 또한 그럼에도 불구하고 보오크와 필로페이가 세계적 화재를 일으키려 한다는 것을 여러분 각자가 깨닫도록 노력할 것입니다. 나는 보오크의 음모를 깊이 생각한 그때부터 가만히 있을 수 없었습니다. 그의 음모가 음험하고 무서웠기 때문입니다. 그는 어디건 가는 곳마다 여성 한 사람, 한 사람에게 시험 광선이 발사되고 있다는 생각을 심어 주고 인류 각자가 소위 자신의 죄악을 참회할 것을 요구하려 하고 있습니다. 이 모든 것은 아마도 전통적 종교를 몰아내고 인간의 정신을 독점적으로 지배하기 위해 필로페이교라는 새로운 종교 형태로 나타날 것입니다. 세계의 종교들이 지금부터 어떻게 할지는 그들의 생각에 맡깁시다! 이것이 바로 앞으로 걱정해야 될 일이요, 내가 쓰고 말하고자 하는 것입니다. 이 두 학자, 즉 우주 궤도의 필로페이와 지상의 보오크를 제때에 그만두게 해야 한다는 것 말입니다. 나는 이 자리에 참석한 모든 기자들에게 공약하는 바입니다. 물론 합법적인 방법으로 그만두게 할 것입니다. 오직 그렇게 할 뿐

결코 다른 방도를 취하지는 않을 것입니다! 이를 위해 나는 여러분들의 지지와 신뢰를 기대하는 바입니다!"

환호성과 우레와 같은 박수소리가 뒤따랐고 모두들 자리에서 일어나 미친 듯이 손뼉을 치며 다시 연호하기 시작했다. "오-오-독! 오-오-독!" 올리버 오오독은 즐거우면서도 당혹스러운 듯 다시 군중들에게 갈채를 중단할 것을 부탁했다.

"나는 여러분들의 시간을 좀더 뺏고자 합니다. 내가 지금까지 이야기한 것을 발전시키기 위해 덧붙이고 싶은 이야기는…"

갑자기 경기장의 중계 방송이 중단되었다. 화면이 꺼졌다. 누군가가 신경질적인 동작으로 TV를 꺼버린 것이다. 제시였다. 그녀가 언제 집에 돌아왔는지, 어떻게 들어왔는지, 그 동안 어디에 있었는지, 옆에 앉아서 그 모든 것을 보며 온몸이 마비되어 꼼짝하지 못했는지, 아니면 방금 도착했는지 보오크는 알 길이 없었다. 그는 자신의 눈앞에서 벌어진 사건에 마음이 짓밟히고 상처를 입은 채 안락의자에 앉아 어딘가를 멍하게 바라보고 있었다.

"얼마나 더 볼려고 그래요?! 어떻게 그런 걸 볼 수 있어요?!" 제시가 남편에게 단호하게 잘라 말했다. "충분해요! 됐어요!"

"서재에서 TV를 켤 생각일랑 절대 하지 마세요!" 그녀는 흥분하여 말했다. "나는 지금 모든 전화선을 끊어 놓겠어요! 전부 완전히 못쓰게 만들어 놓겠어요. 완전히요. 그 누구도, 어느 누구도 전화를 못하도록 하겠어요! 이제 두고 보세요, 올리버 오오독이 저지른 일을 본 사람 중 바지런한 사람이면 누구나 앞다투어 전화를 걸어올 거예요. 정말 어처구니없어요! 정말 비열해요!"

보오크는 잠자코 있었다.

"우린 왜 잠자코 있죠?!" 제시가 절망적으로 소리쳤다. "이런 일은 지금껏 한번도 없었어요!"

"조용히 해줘요, 제발." 로버트 보오크가 부탁했다. "당신이 소리 친다고 해서 아무것도 변하지 않아요."

"당신이 잠자코 있으면, 더더욱 아무것도 변하지 않을 거예요!"

두 사람 다 낙담하고 격분한 채 침묵을 지키기 시작했다. 창 밖은 이미 어두워져 있었다. 한 폭의 그림과도 같던 그 멋진 가을날이 저물어 가고 있었다… 시간의 행렬 속에서 고통과 불안을 뒤에 남긴 채… 무슨 일이 일어날지 모르는 새로운 나날을 예고하며 지나가고 있었다….

"정말, 정말 믿을 수가 없어요." 제시가 떨리는 목소리로 침묵을 깨뜨렸다. "나는 이 믿기 어려운 문제를 둘러싸고 논쟁이 벌어질 수 있다고는 생각했지만 당신을 그처럼 비열하고 저속하게 취급하다니!… 어떻게 자신의 탐욕에 눈이 멀어 사람을 온 세상에 그처럼 모욕을 줄 수 있단 말인가요?! 나는 그 혐오스런 자를 죽여버리고 싶어요. 그런 자가 미국의 대통령이 될 수 있나요?! 신은 대체 어디 있나요?!" 제시가 슬프게 울음을 터뜨렸다.

보오크는 일어나 아내에게 물을 따라 주었다. 그녀는 조급하게 잔 모서리에 이를 부딪히며 마셨다. 입가로 물이 흘러 내렸다.

"진정해요, 제시, 이제 내 말 좀 들어봐요." 그는 그렇게 말하고 아내의 머리를 쓰다듬으려 했다.

그녀는 거부했다.

"나는 안 들을 거예요. 누구의 말도 안 들을 거예요. 내게 아무 말도 하지 마세요, 제발!" 그녀는 눈물을 흘리며 목이 메여 있었다.

"미안하오, 나를 옆에 있게 해주구려… 미안하오…."

아내는 안락의자에 몸을 숙여 조그맣게 웅크리곤 온몸을 떨며 고통스럽게 울었다. 이미 하얗게 센 그녀의 머리를 보자 그녀가 갑자기 늙어 버린 것 같았다. 전에는 그것에 별다른 의미를 부여하지 않았지만 이 무서운 순간에는 그 모든 것이 슬프게 보였다.

로버트 보오크는 마치 안개 속을, 마치 자기 집이 아닌 낯선 장소를 거닐듯 방안을 전후 좌우로 걸어 다녔다. 그는 어떤 심연 속으로 떨어질 것 같아 그 자리에 그냥 있는 것도, 앞으로 나아가는 것도 무서웠다. 모퉁이 뒤에서 날아온 불의의 일격에 너무나 정신이 아찔해졌기 때문이었다. 보오크는 가끔 TV로 링 위의 복서들을 보면서 일격에 다운 당한 복서의 심정을, 바닥에 넘어진 그 순간 마치 다른 별에서 온 것처럼 사방을 둘러보는 복서의 심정은 어떨까 생각하면서 실패자의 입장을 함께 체험해 보곤 했다. 이제 그는 그런 일이 자주 일어난다는 것을 알게 되었다. 언제나 제자리를 지키는 주위의 세상이 인간의 내부에서는, 즉 자신의 길에서 벗어나, 길바닥을 때리는 빗줄기처럼 머리 속을 울리는 혈류 속이나, 그 미친 듯한 흐름이 휩쓸고 지나가는 어두운 생각의 심연, 그리고 집요하게 반복되는 혼잡하고도 무질서한 생각 속에서는 마치 링 위의 복서처럼 그렇게 무너져 버릴 수 있다는 사실을 이제 그는 깨닫게 되었다.

그는 오랫동안 걸어 다녔다. 오랫동안 괴로운 마음으로. 불행한 사건으로 의기소침해진 생각이 어두운 심연 속을, 과거의 폐허 속을 이리저리 헤매 다니고 있었다. 한 시간 전만 해도 그는 아직 자신의 "나"였고, 그의 인격을 규정하던 객관적 사실과 자신은 동등하지 않았던가. 이제 그 모든 것이 올리버 오오독과 그로 인해 혼동을 일으킨 대중들에 의해 일순간에 뒤집히고 짓밟히고 불태워졌다. 그는 육체적으로도 짓밟히고 불태워진 듯한 느낌을 받았다. 온몸이 활활 타오르는 것 같았다. 여지껏 사람들 앞에서 그런 식으로 고통받은 적이 없었다. 앞으로 어떻게 해야 할 것인가라는 문제가 발생했다. 남은 것은 모든 사람들이 보는 가운데 시위하듯 자신의 "나"를 짓밟은 이 세력에 굴복하고 이 상황에서 다른 탈출구를 찾지 못한 채 자기 이마에 총알을 박아 버리든지 — 그는 그때 그런 생각이 들었다 — 혹은 사람들이 모든 시대에 있어서, 특히 패배의 순간에 변함없이 믿는 것, 즉 정의와 진리, 진실의 궁극적 승리를 믿으며 싸움에 대비해 힘을 모으든지 둘 중의 하나였다. 그는 자신에게 죽어야 할 것인가 아니면 살아야 할 것인가, 삶이냐 혹은 죽음이냐를 단호히, 가혹하게 말해야 할 날이, 그런 시간이 다가오고 있는 줄은 결코 예상하지 못했다! 그는 이때 또 하나의 서글픈 사실을 발견하였다. 그것은 자신의 비극이 제시에게는 완전히 개인적 비극, 즉 한 아내의 성실한 남편이 처한 비극이라는 것이었다. 그로 인해 마음속이 한층 더 괴로워졌다. 그러나 그녀의 슬픔을 덜어줄 수 있는 방법이나 말은 없었다. 그녀가 사건의 본질을 너무나 잘 이해하고 있었기 때문이다.

"로버트," 제시가 흐느끼며 말했다.

"응, 제시, 당신 뭔가 할말이 있는 것 같구려?"

"로버트, 내가 지금 생각한 건데요…" 그녀는 말을 꺼내다가 침묵을 지키기 시작했다. 그는 기다렸다. "욕실에서 수건을 갖다 주세요."

보오크는 수건을 가지고 돌아왔다. 얼굴을 닦으며 제시는 눈물을 흘리지 않기 위해 자신과 싸우고 있었다.

"무슨 말을 하려고 했소, 제시."

"로버트, 나는 오늘 당신과, 비록 우주에 있지만, 필로페이에게 닥친 일을 생각했어요. 이것도 이상주의의 비극에 속해요. 나는 당신이 좋아하는 소크라테스를 생각했어요. 그때도 그랬고, 나중에도, 수많은 시간이 지난 후에도 군중은 이상적 낙원에 저항하지요. 누군가의 머리에 자루를 휙 씌우면 모두 한덩어리가 되어 덤벼들어요."

"아마 그럴지도 모르지." 그는 참을성 있게 대꾸했다.

"그래요, 아니면 그렇지 않거나, 그게 아니면 거의 그럴거나. 하지만 로버트, 당신도 보았잖아요, 어땠는지를. 나는 오오독의 이야기를 하는 것이 아니에요. 우린 그가 어떤 사람인지 제대로 몰랐어요. 당신은 그와 이야기를 할 필요가 없었어요. 그는 대통령 자리에 앉고 싶어 안달하는 병적인 인간이에요. 그것을 위해 그는 닥치는 대로, 어떤 거짓말도 중상 모략도 날조도 할 거예요. 나는 그가 저주스럽지만 그의 이야기를 하는 것이 아니에요. 그러나 그 거대한 경기장을 가득 메운 사람들, 얼마나 무서운 광경이에요! 그것은 마음을 완전히 황폐하게 짓밟고 지나간 말발굽과도 같아요. 마치 가시가 잔뜩 돋은 엉겅퀴 같아요. 목을 매고 죽고 싶어요. 될 대로 되라지! 오 로버트, 그 군중들, 마치 노예 같았어요. 정말 야만적인 광경이었어요! 맙소사!" 그녀는 다시 수건에 얼굴을 파묻고 울기 시작했다.

"진정해요, 제시, 이제 그만, 정말 부탁이오, 당신은 이 일을 너무 마음에 두는 것 같구려. 당신을 이해하오, 하지만 좀 떨어져서 생각하고 보도록 합시다." 그는 아내를 설득하려고 했다. 그녀를 달래기 위해 어쩔 수 없이 논리를 펴고 맹목적 분노를 자제해야 했다. 그러자 자신도 약간 진정되었다. "당신이 대부분 옳아요, 틀림없소. 소크라테스의 비극이 시간을 초월한 것이라는 말도 옳아요. 그러나 좀 생각해 봐요. 좋아, 그렇다고 합시다. 대중들은 원래 무리요 자연이며, 당신이 표현한 것처럼 말발굽과도 같소. 그러나 그것은 사회 생활의 보루이기도 하오. 어디를 가건 피할 수 없는 법이지! 삶은 사람들로 이루어지고 유지되고 있소. 삶의 구조에는, 나는 차라리 삶의 변증법이라고 말하고 싶지만, 그 속에는 한 가지 역설적 특징이 있소. 바로 영원한 비극이라는 거요. 다시 말해 사상가가 어떤 사회적 법칙을 발견하면 사회는 그것에 대해 그를 저주하지만 나중에는 그러한 발견으로 자신을 무장한다는 거요. 통찰력은 부정을 통해 커지는 셈이지."

"로버트," 그의 아내가 비난하는 듯한 목소리와 시선으로 말했다. "당신은 마음대로 생각할 수 있지만 내게 통찰력이 어쩌고 하지는 마세요. 나중에 통찰하려고 우선 짓밟는단 말인가요? 그런가요? 아니에요, 가만히 있을 수 없어요. 지금 나와 당신은 철학적 사실에 빠져 있을 때가 아니에요. 오늘은 이미 늦었어요. 내일 아침에, 만약 당신이 그럴 생각이라면, 자기 말을 해야 할 거예요. 결정하세요."

"그래, 나도 그럴 생각이오."

"로버트, 나는 그것이 무엇을 의미하는지 알고 있어요. 오오독은 대중의 지지를 받고 있지만 당신에게는 마이크로 달려간 그 젊은이를 빼고는 아무도 없잖아요."

"앤토니 융거 말이군."

"그에게라도 감사해야겠어요. 그러나 분명한 것은, 로버트, 당신에게 직접 도전장이 던져졌다는 거예요. 당신은 그것을 받지 않을 수 없을 거예요. 보세요, 만약 당신이 확신한다면, 만약 진실이 정말로 당신과 필로페이의 편에 있다면 당신의 권리는 어떻게 되든 이 진실을, 당신의 이해를 모두가 들을 수 있도록 주장하는 거예요."

"당신 말이 절대적으로 옳아요. 제시, 반드시 모두가 들을 수 있도록 해야 하오. 나도 이미 그것을 생각하고 있었소. <트리뷴>지에 논문을 기고한 뒤 곧 기자 회견을 하도록 노력하겠소. 그런 다음에 일이 어떻게 되는지 두고 봅시다. 논문은 이미 준비되었소, 내 컴퓨터에 입력되어 있지. 그러나 집회에서 그런 일이 일어난 후 필로페이의 정당함을 확인해 주는 많은 사례들이 내게 새롭게 밝혀지고 나타났오. 논문을 어떻게든 보충하고 강화해야겠소. 그러니 나는 내 자신의 역할을 다하지 않은 채 무대를 떠날 생각은 없소. 필로페이는 옳아요, 나는 그의 편에 설 거요."

"그렇다면 시간을 놓치지 마세요. 당신도 알고 있겠지요. 우리는 하나로 뭉쳐야 해요. 이건 전쟁이에요. 나는 그렇게 생각해요, 로버트. 진짜 전쟁이라고요!"

"나도 동감이오. 그러나 단 이것은 상대방을 위한, 적을 위한, 나에 대한 그의 궁극적 승리를 위한 전쟁이오. 경기장에서 박수를 치던 사람들을 염두에 두고 하는 말이오. 이 전쟁의 핵심은 바로 여기에 있다오, 제시."

"알고 있어요. 하지만 그것 때문에 마음이 편치 않아요. 나는 그것을 용납하기 싫어요, 아니, 용납할 수가 없어요. 교묘히 이 난관을 벗어날 생각은 없다고요. 날 용서하세요. 적을, 그 살인자와도 같은 인간을 배려하고 구해야 한다는 말인가요? 또다시 기독교적 자세인가요?"

"서둘지 마시오. 이것은 기독교도뿐만 아니라 모든 사람에게 예외 없이 관련된 일이오. 모든 불행은 이성적 존재인 우리 인간들이 주어진 모든 것을 거역하고 또 삶이 영원히 왜곡되는 것에 대한 책임을 회피하고 방탕한 생활을 했기 때문에, 그리고 선과 악을 구분하지 않고 단지 방탕한 생활을 정당화하는 구실만을 찾으려 했기 때문에 발생하오. 그러나 유감스럽게도 이 모든 것을 이해하려는 사람은 소수에 불과하오. 사는 방법은 오직 그것뿐, 다르게 살 방법은 없다고 자기 자신을 확신시키지. 이번 선거 집회도 결국 그렇게 귀착되는 것이 아니겠소?! 지상에 우리 자신들, 즉 인간을 제외하면 다른 어떤 죄악의 전달자도 없으니까. 그러나 모두들 해악의 근원을 자신이 아닌, 자기 그룹이나, 계층, 국민, 국가, 나아가 같은 인종이나 같은 종교, 같은 사상이 아닌 다른 데서 찾고 있소… 그런 가운데 삶은 온갖 악행 속에서 굴러가고. 결국 태아들이 탄생을 반대하고 항의하는 지경에 이르렀소. 중지시켜야 하오. 더 이상 갈 곳이 없다오! 돌연변이의 다음은 퇴화뿐이지! 모든 게 파멸할 것이오! 가면 갈수록 더 심해지고, 우리의 기술력이 강해지면 질수록 우리의 망상과 냉소주의, 제도, 권리의 유린은 점점 그 도가 커질 것이오. 필로페이는 엉망이 된 유전자 오케스트라의 현 하나를 건드렸을 뿐인데 당장 분개해서 용납하지 못한다고 저 야단들이니!…"

"아아, 로버트, 난 이걸로 충분해요!" 제시가 말했다. "당신, 그 생각을 사람들이 알아들을 수 있도록 공개적으로 발표하는 것이 낫겠어요."

그들은 침묵을 지키기 시작했다. 제시는 아무리 참으려고 애써도 눈물이 흐르면서 다시 목이 메이기 시작했다.

"용서하세요, 로버트, 정말, 정말 평정을 되찾을 수가 없어요. 나는 그 모든 광경에 정말 상처를 입었어요." 그녀는 울면서 말했다. "군중들의 그 야만적 행동이 있은 다음 난 마음속으로 나와 당신이 불타버린, 숯 더미밖에 남지 않은 완전히 불타버린 숲 속을 방황하는 듯한 기분이 들었어요. 이미 주위의 모든 것이 다 타버렸어요. 가지도, 나무둥치도, 관목들도, 남은 것은 단지 시커멓게 그을린 땅뿐이고 주위에는 아무것도 없어요. 모든 게 공허하고 시커멓고 죽어 있어요. 앞으로 무슨 일이, 무슨 일이 일어날까요? 뭔가 일어나긴 하겠죠!" 그녀가 중얼거렸다.

보오크는 아내를 진정시키는 것 외에 달리 방도가 없었다. 그는 그녀가 그토록 흥분 상태에 빠진 것을 본 적이 없었다. 여러 가지 일로 늘 분주하면서도 언제나 깔끔하고 자기보다 더 합리적이었던 그녀가 오오독의 그 뻔뻔스런 행동에 완전히 망연자실하고 있었다.

그러나 지체없이 행동해야 하고, 또 시간을 낭비해서는 안 된다는 생각이 그녀를 자제하도록 만들었다.

"난 당신을 이해해요, 로버트," 그녀는 자신을 억누르며 동의했다. "서재에 가서 작업하세요. 논문을 마무리하세요. 커피는 부엌에 있어요. 원하시면 갖다 드릴게요 오로지 작업만 하세요. 행동을 하세요. 거실로 가겠어요. 연주하고 싶어졌어요. 쇼스타코비치를 연주할 거예요. 5번 심포니 말이에요. 당신은 논문을 쓰세요. 나는 당신도 할말이 있다는 것을 알아요. 그리고 어디에도 전화하지 마세요, 부탁이에요. 전화선을 모두 뽑아 놓았어요, 세 대 모두요. 제발 연결하지 마세요. 자, 가세요. 밑에서는 내가 연주하는 소리가 안 들릴 거예요. 방문과 창문을 닫아 놓을 테니까요."

7

 음악 소리가 여전히 거실에서 들려왔다. 그날 밤 보오크는 첼로 소리를 들으며 죽을 때까지도 그와 운명을 함께 할 여인이 이 세상에 있다는 생각을 자신도 모르게 몇 번이나 되새기곤 했다. 아마 나중에도 그들의 영혼은 서로를 알고, 또 지척에서 들리는 오늘밤의 이 잠 못 이루는 첼로 소리를 들을 것이다….
 그날 밤 그는 컴퓨터 모니터 앞에 앉아서 다음날 신문에 실을 기고문을 입력하며 또다시 대양의 고래들이 내뿜는 불안한 숨소리를 들었다. 그들은 또 어디로 가고 있는 것일까? 지상 어딘가에서 무슨 일이 일어났다는 말인가?! 사람들이 또 영원히 돌이키지 못할 일을 저지르고 있는 것일까? 산더미 같은 파도가 그들을 향해 줄줄이 밀려오고 바닷물이 거칠게 날뛰었지만 고래들은 기운을 소모하면서도 동시에 대양의 에너지로 기력을 보충하며 헤엄쳐 갔다. 곧 그 자신도 그들 사이에 있었다. 대양은 명멸하는 컴퓨터 화면의 빛이 되어 어둠

속에서 넘실거렸고, 그때 화면에서는 머나먼 우주도, 모태 속의 태아
도 하나의 영원한 연속체가 되어 보오크의 말을 통해 자신을 표현하
고 있었다. 그는 대양을 헤엄치며, 지상의 모든 것이 아무리 흩어졌
다 뭉쳤다 하여도 인간 모두에게 공통적인, 또한 인간 각자가 자기
나름의 것을 가지고 있는 '세계 정신'이란 형태의 영원성에 대해 설명
하려 하였다… 화면 위로 글줄이 하나, 둘 뒤를 이어 달리며 하나의
텍스트를 형성해 가고 있었다.

"카산드라의 낙인은 자신의 정치적 목적을 추구하는 어떤 연설가
가 우리에게 주장하는 것처럼 모욕과 비하의 표식이 아닙니다. 이것
은 불행의 표식이요, 우리의 크나큰 불행을 알려 주는, 인간들이 전에
는 몰랐던, 뜻밖의 세계적 규모의 미약한 신호입니다. 따라서 이것은
인류에 대한 숙명적인 사회적·생물학적 현상으로서 매우 특별한 접
근을 요구하고 있습니다. 필로페이의 발견은 우리의 자기 인식이 유
전적 수준에서 붕괴되었음을, 대대로 '세계 정신'의 이상을 거역하며
살아온 인간 자신의 책임으로 붕괴되었음을 증명하고 있습니다. 불
행은 과거에도 그랬던 것처럼, 특히 예비 선거 유세에서 이미 나타난
바와 같이, 우리가 카산드라 태아로 하여금 생존 투쟁을 거부하도록
부추기는 여러 원인의 인식을 회피하고 오로지 거기에서 벗어나려는
데 있습니다. 삶의 희망이 사라지는 것은 곧 세계 문명이 사라지는
것입니다. 그것은 세상의 종말이기도 합니다. 달리 말해 이 세상의
종말은 우리들 자신 속에 있는 것입니다. 본능적 감수성을 가진 카산
드라 태아들이 바로 이러한 점을 이해하고 우주의 컴퓨터 화면과도
같은 임신한 여성의 이마에 나타나는 카산드라 반점을 통해 삶에 대
한 자신의 공포를 우리에게 알려 주고 있는 것입니다. 두려워해야 할
것은 카산드라의 낙인 그 자체가 아니라 유전자 저 속 깊은 곳에서

종말론적 변이를 불러일으키는 원인들입니다… 우리는 큰 과오를 범하고 있습니다. 필로페이는 도발자가 아닙니다. 그는 우주의 예언자입니다…."

그때 보오크는 밀려오는 파도를 더욱 힘차게 밀어내며 대양을 헤엄치는 고래들의 소리를 들었고 그들의 앞길에 바닷물이 마치 환한 컴퓨터 화면과 같은 색깔로 불안하게 끓어오르는 것이 보였다…

* * *

자정을 넘긴 그 시각 붉은 광장의 유명한 스빠스탑의 시계 바늘은 부엉이의 시간인 밤 세 시로 다가가고 있었다. 부엉이는 크렘린의 벽시계가 이 세상 방방곡곡을 향해 3차례 종을 치는 그 성스러운 순간을 기다리고 있었다. 종소리와 함께 그 순간 자리를 떠나 그 높은 탑에서 밑으로 급강하하다 광장을 뒤덮은 포장도로에 막 부딪히려는 순간 다시 날아올라 언제나 그랬던 것처럼 크렘린 성벽을 따라 잠시 날다가, 붉은 광장 위를 소리 없이 맴돌고, 레닌묘 위를 맴돈다. 부엉이가 그렇게 하는 것은 세상이 어떻게 돌아가는지 사방을 살펴보기 위해서이다. 부엉이는 이번에도 여느 때와 같이 땅딸막하고 머리만 큰 유령들과의 만남을 기다리며 그들의 이야기를 엿들으려 했다. 그때 그들이 이야기한 것은 바로 예상했던 그대로였다! 왜냐하면 전날 밤 붉은 광장에서는 무서운 사건이 일어났기 때문이었다. 긴 생을 살아오면서 수많은 것을 보아온 부엉이로서도 그런 사건은 처음 보는 것이었고, 또 그런 사건이 가능하리라 예상도 하지 못했다.

한편 유령들과 사귀어온 새이자 영혼이기도 한 스파스탑의 이 이상한 부엉이도 건전한 사고의 인간들조차 납득할 만한 해석을 내리지 못하는 그 사건을 파악하고 이해할 수는 없었다.

　모든 것은 그 멋진 가을날의 정오, 군산 복합체 보호를 위한 시위 운동을 하기 위해 대규모 군중이 크렘린 광장에 모여들면서 시작되었다. 기자들이 쓴 것처럼 이미 오래 전부터 일정 그룹들 사이에는 페레스트로이카에 따른 군수 산업의 전환이 '군수 산업'의 목구멍에 돋은 가시처럼 되었고, 군산 복합체의 복구만이 쇠약해져 가는 대국의 힘을 구할 수 있다는 불평이 쌓이기 시작했다. 그러한 의견은 숲을 타들어가는 불의 연기처럼 급속도로 퍼져 나갔다. 군산 복합체 문제가 이처럼 쟁점이 된 데는 그 동안 민족적 각성을 자극해 온 자들과 또한 무기 거래의 재개와 군사 강국의 근간인 군산 복합체의 부활을 위해 집요하게 여론을 몰고 간 자들, 그 결과 이제 자신들의 수확을 거두기 시작한 세력들의 힘이 적지 않게 작용하였다. 그들에 의하면 군수 산업은 소위 페레스트로이카에 의해, 소위 급진 민주주의자들에 의해 막후에서 그들과 교활하게 손을 맞잡고 있는 서방에 유리하도록 궤멸된 상태에 있었다.

　붉은 광장은 사방에서 모여든 사람들로 가득 차 있었다. 집단 시위에 참가한 사람들 대부분은 이전에는 사서함 혹은 코드 번호가 매겨진 여러 비밀 도시에서 도착한 사람들이었다. 전환 과정에서 비밀이 해제된 이들 '사서함'에서 열차로 떼지어 도착하는 사람들이 모스크바의 모든 역에 쏟아졌고, 그들은 자동차 도로를 점거하며 열을 지어 시 중심가로 이동했다. 모스크바의 '군수 산업 종사자'와 민족 애국주의자, 스탈린을 그리워하는 연금 생활자 등이 그들에게 가담하였다. 시위 참가자들은 마치 심한 충격에서 방금 깨어난, 과거에서 온 이상한 사람들처럼 보였다. 그들은 불과 얼마 전까지만 해도 바로 이 길 위에서 격렬하게 매도되고 저주받던 피투성이 독재자들의 부활한 초상화를 머리 위로 들고 있었다.

　시위 참가자들의 숫자는, 과거 엄격하게 비밀에 부쳐졌던 군수 산업 종사자들의 수가 얼마나 많은가를 증명하듯 계속 늘어만 갔다. 그들은 한때 세계의 절반을 무장시켰지만, 이제는 땅이 무너지는 듯한 느낌이었다. 만약 생산 체계가 재건되지 않으면 산업 전환은 군산 복합체의 노동자들을 실업자 신세로 전락시킬 것이었다. 그래서 그들은 행동에 나선 것이다… 그것은 미친 듯한 물살로 눈앞에서 나무 조각도, 돌덩이도, 떨어져 나온 지붕도 모두 휩쓸어가 버리는 범람하는 물길을 연상시켰지만 누구도 그 움직임을 중지시킬 힘이 없었다. 거리마다 단호하게 외치는 구호와 요구가 범람하는 물길의 '나무 조각, 돌덩이, 떨어져 나온 지붕'처럼 떠내려가고 있었다. "전환을 중지하라!" "군산 복합체를 흔들리게 하지 말라!" "영광스런 군산 복합체 만세!" "강대국은 지고하다!" "반국가적 개혁은 물러가라!" "탱크는 안정을 보장한다!" "무기로 외화를 벌자!" "세계 무기 시장에서의 경쟁을 방해하지 말라!" "군비 경쟁에 관한 헛소리는 그만두라!" 그 중에는 사정을 잘 모르는 사람들에게는 황당무계한 것들도 있었다. "사서함을 돌려달라!" "사서함 속에서 살고 일할 것이다!" 심지어 이런 것도 있었다. "평화주의자들이여, 입을 다물라, 아직 늦지 않았다!" "우리를 제압하기 위해 우리에게서 냉전을 빼앗아갔다!" "탱크가 냄비로 바뀌게 하지 않겠다!" 그리고 종국에는 "힘과 국부의 원천인 무기 생산 만세!" "실업을 허용하지 않겠다. 두뇌 유출을 허용하지 않겠다!" "기술 진보의 원동력인 냉전 만세!" "매수된 휴머니스트들은 물러나라!" 같은 것도 있었다. 그 외 많고도 많은 것이 이런 식이어서 어떤 문구를 쓴 골판지 조각이건 전혀 아무런 가치가 없었지만 그 속에 어떤 힘을 감추고 있었고, 그 때문에 술에 취한 듯 머리가 빙글빙글 돌

앉다.

　강대국의 군사적 우위의 필요성을 위해 분골 쇄신하였고 강대국주의자 국가주의자로 불렸던 정치가들이 그것을 원했건 원치 않았건, 무기 거래에서 1위를 차지하는 것이 국가를 위한 신적 위업에 비교되고 수십억 달러라는 숨막힐 정도의 거액이 순이익으로 보장되며 그 중 1/3은 당장 생산자의 주머니에 직접 들어가게 되어 있는 국제 무기 시장의 공동 설립자들이 그것을 원했건 원치 않았건, 또한 그 영광의 역사 속에서 아직도 빛을 잃지 않고 있는 이 나라의 무기가 다시 원래의 언론 매체를 통해 캠페인을 시작한 사람들이 원했건 원치 않았건 이제 그 누구도 이미 야기되고 발생한 사태를 멈추게 할 힘이 없었다. 모든 것이 마치 소용돌이에 휩쓸린 나무 조각 같았다….

　붉은 광장에 운집한 사람들의 머리가 흔들렸다. 군산 복합체 보호를 위한 시위 운동에 참석하려고 모인, 또 계속 도착하고 있는 수천 명의 사람들이 넓은 광장을 가득 메운 채 함께 외치고 있었다. "군산 복합체!" "외화!" "크렘린은 우리편!" "크렘린은 우리편!"

　헬기에서 사진을 찍고 있었지만 공중에서는 대규모 화산 폭발과도 같은 이 광경을 포착하고 전달하는 것이 불가능하였다. 대대적인 시위가 벌어지고 레닌묘에 설치된 확성기를 통해 연설이 울려 퍼지는 가운데 광장 곳곳에는 또한 자신들만의 슬로건과 초상화, 구호를 동원한 국지적인 미니 시위도 벌어지고 있었다. 붉은 광장의 옛 형장에는 피델 카스트로의 지지자들이 모여 있었다. 그것은 그들 우상의 초상화와 슬로건만 보아도 금방 알 수 있었다. "피델, 우리는 당신과 함께 있다!" "사회주의가 아니면 죽음을 달라!" 군중들은 반복해서 "사회주의가 아니면 죽음을 달라"고 큰 소리로 외치며 손을 잡고 박자에 맞추어 깡충깡충 뛰었다. 역사박물관 옆 통로에는 사담 후세인의 지지자들이 소리 지르고 있었다. 그 혼란 속에서 미친 듯이 열광적으로 소리쳤다: "사담, 당신은 우리의 형제이다!" "사담, 당신은 우리의 형제이다!" 그리고 또 하나 죽 뻗은 주먹을 앞으로 내밀며 외치는 매우 인상적인 고함소리도 있었다: "카다 카다 카다피! 카다 카다 카다피!"

광장에는 장기간 대량의 무기를 공급받아 온 거의 모든 나라가 그런 소란한 지지자를 가지고 있었고, 이들 국가의 추종자들은 중국, 이란, 파키스탄, 인도, 북한과, 특히 아랍, 아프리카의 파트너 구매자에게 경의를 표하며 춤추고 있었다. 당연한 일이지만, 특히 중국은 그 규모나 인구에 걸맞게 엄청난 수의 추종자를 가지고 있었다. 그들은 모택동이 지은 <공작새의 노래>의 천재적인 한 구절을 구호처럼 외치고 있었다: "총구가 권력을 탄생시킨다! 총구가 권력을 탄생시킨다!" 그러자 스탈린주의자들이 그에 가족처럼 가담하며 반복해서 힘차게 외쳤다: "스탈린에게 영광 있기를!" 그리고는 비굴한 모습으로 고쳐진 대원수의 초상화를 머리 위로 흔들었다. 그러나 이 모든 고함소리에 진정 승리를 거둔 것은 칼라쉬니코프 자동소총이었다. "칼라쉬니코프 자동소총은 우리의 크렘린이다!"라는 고함이 모든 함성과 외침을 능가했다.

비슷한 테마 중에는 다음과 같이 이해하기 어려운 작위적인 것들도 있었다: "총탄이 날아가면 하늘은 온통 다이아몬드!" 이것은 "미사일이 날면 하늘에서 다이아몬드가 뿌려진다"는 식으로 이해해야만 할까? 만약 그렇다면, 아아 만약 그런 의미라면!

그 모든 것이 마치 가마솥처럼 한꺼번에 기분 좋게 날뛰며 끓어올랐다. 그 모든 것이 한번 밀어붙여 보자는 각자의 강한 전의와 연대감을 자극하고 있었다…. 이제 금방이라도 뭔가 일어나 불길 같은 열정이 폭죽처럼 터져 하늘을 진동하고 군중의 의지를 실현해 줄 바로 '그'가 나타날 것만 같았다…. 하지만 '그'가 누구지? '그,' 그것 뿐이야! 아아, 그! 그!…

레닌묘의 연단에서 울려 나오는 주요 인사들의 연설은 나름대로 냉정하고 설득력이 있었다. 무기 생산의 축소는 경제에 좋지 않은 영향을 줄 것이며, 단지 세계 시장을 부유한, 아주 부유한 미국의 손에 넘겨줄 뿐이다. 미국은 졸지 않고 1년 내내, 매일매일 판에 찍듯 무기를 생산해 내 모든 사람을 이빨까지 무장시킬 것이고 모든 것을 지배할 것이다. 우리가 그들보다 못한 것이 뭔가? 또 한 가지 이유가 있다. 산업 전환으로 인한 실업은 파멸적인 사회 폭발을 야기할 것이다. 그리고 또 산업 전환은 국가의 강력한 지적 잠재력을 송두리째 파괴할 것이다. 그리고 또 그리고 또… 저격병들의 지원 사격이 계속 뒤를 이었다. 그리고 정곡을 찌를 때마다 군중의 증오심이 유발되었다.

그러나 다른 세력도 있었다. 그때 전환에 반대하는 시위 군중들과 소수의 비교적 냉정한 사람들의 대열을 분리하고 있던 눈 덮인 마네쥬 광장에서는 다른 시위대가 굉음을 내면서 분위기를 고조시키고 있었다.

여기에는 다른 대중, 사회의 다른 부분인 민주주의자, 개혁주의자, 평화주의자, 페레스트로이카의 후예 등 대체로 온갖 종류의 자유 애호가, 자유주의자 들이 시위를 벌이고 있었다. 그들 역시 많았고, 광장은 수많은 사람으로 뒤덮여 있었다. 그들 또한 과격하고 충격적인 자신들의 주장과 호소, 슬로건을 내걸고 있었다. 이곳에도 역시 온갖 피켓과 플래카드가 현란하게 난무하고 있었다. "군산 복합체의 특권을 폐지하라!" "우리는 군산 복합체의 볼모가 될 수 없다!" "군산 복합체는 군국주의에나 적당하다!" "군산 복합체는 예산의 흡혈귀이다!" "스탈린의 망령은 물러나라!" 뿐만 아니라 "군산 복합체는 죽음의 컨베이어다!" "군산 복합체는 당 관료의 쇠사슬에 묶인 맹견이다!" "군산 복합체는 국민의 노예 증서이다!" 등도 있었다.

내용만 반대일 뿐 똑같은 광경이 붉은 광장에서처럼 벌어지고 있었다.

이곳에도 시위대의 머리 위에는 자신들의 우상과 지도자의 초상화로 뒤덮여 있었다. 그것들을 머리 위로 들어올려 사람들과 신들이 볼 수 있도록 하고 있었다. 물론 신에 의미를 부여할 경우의 이야기지만.

장비를 들고 이 시위에서 저 시위로, 붉은 광장으로, 마네쥬 광장으로 분주하게 뛰어다니던 각종 언론의 기자, 리포터들에게 이 사건은 여지껏 보지 못한 풍부한 보도 자료를 제공하고 있었다. 그러나 이때 노련한 기자들은 다른 것들과는 색다르게 눈에 띄는 2개의 플래카드에 주의를 돌리지 않을 수 없었다. 겉으로 보아 대학생인 듯한 2명의 젊은 남녀가 나무 막대에 건 플래카드를 높이 들고 걸어가고 있었다. 나중에 증인들은 그들이 군중 속에 있으면서도 서로 소리를 지를 수 있을 만큼 멀리 떨어져 있지도 않았고, 그 누구와도 특별히 논쟁을 벌이려 하지도 않았으며, 마치 자기 생각에 잠긴 듯 주변과는 약간 무관한 것처럼 보였다고 말했다. 남자가 들고 있던 플래카드에는 검은 물감으로 다음과 같은 글이 휘갈겨져 있었다. "인간은 무기를 만들기 위해 이 세상에 태어나서는 안 된다!" 그리고 여자의 플래카드에는 붉은 글씨로 다음과 같은 파괴적 문구가 쓰여 있었다. "크렘린이 군비 경쟁을 재개한다면 분신하겠다!"

그들은 군중 속을 마치 바다 위를 표류하는 2개의 뗏목처럼 걸어

다녔다. 그들의 모습은 누군가의 눈에는 들어왔지만 누군가의 눈에는 그렇지 않았고, 또 누군가는 그 선언의 의미를 이해했고, 누군가에게는 뭔가 시사하는 것이 있었지만, 누군가에게는 그런 것도 거의 없었다. 그도 그럴 것이 온갖 선언, 슬로건, 항의, 경고, 과격하고 귀가 멀 듯한 연설, 강연들이 이쪽 붉은 광장에서도, 저쪽 마네쥬 광장에서도 빗줄기처럼 시위 군중의 머리 위로 쏟아지고 있었기 때문이다.

그러나 어쨌든 운명적으로 일어나야 할 일이 일어나고야 말았다. 사람들은 보통 들끓는 군중 속에서 우연적이면서도 숙명적인 사건들이 집단 정신병처럼 폭발한다는 사실을 뒤늦게 여러 번 확인하고 나서야 깜짝 놀라곤 한다.

해가 이미 크렘린 성벽 너머로 기울고, 초저녁의 순결한 어둠이 소리치는 군중들 위로 깔리기 시작했지만 인접한 두 광장의 집단 시위는 계속 열기를 띠며 거칠어졌다. 확성기에서 울리는 선동적이고 광신적인 연설은 참가자들의 마음과 머리를 더욱더 불타오르게 했고 절정으로 몰아가고 있었다. 양측은 이 광장 저 광장에서 정의를 부르짖고 당국과 국민에게 호소하고 자신의 정당함만을 자신의 견해만을 주장하고 세상에 자신의 주장과 결론만을 전하고 있었으며, 당장이라도 행동에 들어가 쌓이고 쌓인 에너지를 풀고 싶은 참기 어려운 욕구를 느끼며 자신을 분노로 불태우고 있었다. 격한 감정이 거의 동시에 작렬하며 확성기에서 서로를 비방하고 협박하고 모욕하는 소리가 울렸다. 양측은 서로 적대적인 상대방을 추악한 조국의 적들의 모임으로 불렀다. 이미 최초의 난투극이 불꽃을 뿜었다. 비교적 냉정함을 유지하고 있는 사람들의 대열 사이를 비집고 들어가 '군국주의자'들과 '반군국주의자'들이 플래카드와 나무판에 붙인 초상화로 서로를 구타하기 시작한 것이다. 여자들은 큰 소리로 비명을 질렀고 남자들은 소리치고 서로 욕설을 퍼부었다. 그 과정에 주먹질과 발길질이 오갔다. 냉정함을 유지하던 사람들은 싸움을 벌이는 자들이 서로 밀고 들어오는 것을 억제하고 해산시키려 했지만 그것은 양측을 더욱 분격케 할 뿐이었다. 사람들은 오직 그것만을 기다리고 그것만을 위해 모인 듯 순식간에 전면적인 싸움으로 불붙기 시작했다. 그들이 숭배하던 자의 초상화와 화려한 플래카드들이 큰 도움이 되었다. 그들은 그것을 힘껏 휘두르며 머리를 내리쳤다. 피와 눈물, 신음소리 수백 명의 남녀노소가 싸우는 광경이 가능한 한 자세히, 가까운 곳에서, 멀리서, 헬기로 공중에서, 또 지상의 모든 가능한 지점에서 촬영되어 전 세계 TV 화면에 쏟아졌다.

바로 그때 사건의 한복판에 그 두 사람의 젊은 남녀가 나타났다. 걸어가면서 그들이 자신의 플래카드를 내리지 않은 것이 사건을 그들에게 숙명적인 방향으로 전개되게 하였다. 붉은 광장의 군수 산업 지지자들이 산업 전환 지지자들을 때리고 있을 때 그들은 문득 그 청년이 자신의 머리 위로 플래카드를 곧추 세워들고 마치 포악해진 애국자들을 비난하고 있는 듯한 모습으로 서 있는 것을 보았다.

"넌 뭐야 이놈아, 누구에게 까부는 거야, 누구에게 장난질이야?!" 공격하던 사람 중 한 명이 소리를 질렀다. "뭐라고, 우리가 안 태어나야 했다고?! 너 이 못된 놈!" 그들은 청년을 때리기 시작했고 플래카드를 찢고 짓밟았다. 바로 그 순간 만약 크렘린이 군비 경쟁을 재개한다면 분신자살을 하겠다는, 무척이나 충격적이고 도발적인 문구를 쓴 피켓을 든 여성이 그를 구하기 위해 사람들을 뚫고 나왔다.

그런 구호를 쓴 플래카드를 들고 시위에 나선 여성의 행동에 대해 어떻게 말해야 할까? 무엇이 그녀로 하여금 그런 행동을 하게 만들었을까? 그녀가 왜 그런 행동을 했는지, 젊어서일까, 우둔해서일까 아니면 반대로 신념과 절망이 그녀에게 그런 행동을 하게 했을까? 그리고 마지막으로 그녀가 혼란을 뚫고 군수 산업 지지자들에게 구타당하는 친구에게 다가가기 전에 왜 그 불운한 플래카드를 버리지 않았을까?! 그러나 그녀는 이 플래카드를 손에 든 채 그를 향해 소리치며 달려갔다.

"무슨 짓이에요? 건드리지 마세요! 누가 당신들에게 그런 권리를 주었어요? 그만! 그만둬요!"

헛일이었다. 다섯 명 가량이 청년을 마구 때렸다. 아아 때린 다음 풀어주었더라면, 멍든 채 가도록 해주었더라면. 그러나 그 싸움이 어떻게 끝날지, 자기 자신도 모르고, 제정신이 아닌 군중들이 속에 무슨 생각을 품고 있었는지 누가 알았겠는가?!

군수 산업 지지자들이 분노에 찬 욕설로 처녀를 맞이했다.

"너, 이년, 여기서 꺼져버려, 그렇지 않으면 너도 손봐 줄 거야"

그런데 그때 어떤 중년의 여자가 추하게 소리치며 일을 저지르고야 말았다.

"너 협박꾼이잖아?! 분신하기로 결심했다고?! 이봐요 여러분들, 내 말 좀 들어봐요, 지금 이 암캐 같은 협박꾼년이 분신할 거래요. 그리고 우리의 크렘린이 붕괴할 거래요. 지금 눈앞에서요. 집에 가는 길도 잊어 버리도록 쌍판때기를 때려줍시다!"

그러고 처녀에게 달려들어 그녀의 재킷을 찢어 버렸다. 그녀의 얼굴에 피가 흘렀다.

"이러지 말아요. 놓아줘요!" 그녀가 공포에 질려 얼굴의 피를 문지르며 소리쳤다.

그녀의 플래카드도 순식간에 찢기고 짓밟혔다.

"자, 이제 어떻게 할 거야? 분신할 거야? 아니면 용기가 없어? 그런

헛소리 쓰기 전에 생각을 좀 해야지! 왜 분신을 안 하는 거야!"

모든 것이 순식간에 일어났다.

"내게 성냥불을 던져!" 경련을 일으키는 듯한 처녀의 외침이 악의에 찬 웃음소리를 불러일으켰다.

즉시 누군가가 성냥곽을 꺼내어 성냥을 그었다.

"누구 라이터 없소? 하하하! 당신이 그녀에게 라이터 불을 대는 게 낫겠군!" 누군가가 제안했다.

"안돼! 그러지 마!" 자기를 때리던 자들의 손에서 벗어난 그녀의 친구가 공포에 질린 목소리로 소리쳤다. 그러나 늦었다. 불붙은 성냥이 처녀의 어깨 위로, 그녀의 합섬 재킷 위로 떨어졌고, 그녀는 곧장 불길에 휩싸였다.

모두들 망연자실해 하더니 순식간에 그 자리를 피해 사방으로 흩어졌다.

그녀는 불길에 휩싸인 채 괴로운 비명을 지르며 이리저리로 내달렸다. 붉은 광장의 모든 것이 지옥처럼 뒤엉켰다. 군중 속의 혼란은 그 포악하고 파괴적인 욕망이 끓어오른 만큼이나 무서운 것이었다….

누군가가 던진 폭탄이 폭발했다거나 혹은 누군가가 분신 자살을 시도한 것 같다는 소문이 맹렬한 기세로 번져 나가자 사람들은 서로 밀치고 넘어지고 소리치면서 그 성스러운 초상화와 열화 같은 구호들이 적힌 플래카드를 아무 필요도 없다는 듯 내팽개치면서 황급히 거리로 골목으로 도망쳐 갔다.

크렘린 옆에서 무엇 때문에 그 모든 일이 일어났는지, 무엇을 위해 들끓고 소란을 피웠는지 아무도 자신에게 대답할 수 없었다. 분신을 하겠다고 위협하던 젊은 여성이 불길에 휩싸여 타오르는 순간, 그 상식을 벗어난 행동 때문이었건, 농담으로 그랬건, 심각하게 그랬건 간에 새로운 시간 계산이 시작되었다. 그녀가 불길에 싸여 소리치며 달리는 모습을 가까이 있던 사람들은 모두 보았다. 그녀는 땅에 쓰러졌다. 그 청년과 뒤를 쫓던 몇몇 이성적인 사람들이 그녀에게 달려갔다. 그들은 재킷으로 처녀의 불타는 몸뚱이에서 불길을 털어 내리고 애썼지만 이미 때는 늦었다. 그녀의 친구는 무릎을 꿇고 절망적으로 머리를 쥐어뜯다가 털썩 주저앉았다. 그때 순식간에 텅 빈 광장 옆에 TV 방송을 위해 이 장면을 촬영하려는 듯 헬기가 착륙했다. 굉음을 내며 회전하는 날개 밑에서 바람 때문에 귀를 막고 몸을 숙인 채 뛰어나온 사람들이 땅에서 처녀의 몸뚱이를 들어올렸고 그 청년과 함께 있던 사람 두세 명을 태우고는 이륙하였다. 그러나 누군가가 잊지 않고 그 모든 것을 필름에 담는 데 성공하였다.

헬기는 앞뒤로 흔들리며 붉은 광장 위로 상승하였다가 스빠스땁 꼭대기 부근에서 균형을 바로 잡고는 멀리 까멘 대교 위로, 모스크바 강변 도로를 따라 날아갔고 이윽고 시야에서 사라졌다.

그토록 필사적으로, 그토록 무섭게 물불을 가리지 않고 자신이 옳다고 확신하는 사상을 위해 자기를 희생한, 필경 대학생일 그 젊은이들의 비극도 헬기와 함께 마치 숲 속에서 사라져버린 새처럼 도시의 밀림 속에서 자취를 감추었다…. 아아 낭만이여, 유토피아와 그 필연적 파멸의 영원한 동반자여!

그날 저녁 시내 중심가에는 오랫동안 소요가 가라앉지 않았고, 낮에 있었던 그 사건을 고통스럽게 되새기고 있었다. 많은 사람들이 발작적 흥분 상태에서 거리로 쏟아져 나왔고 그들의 얼굴과 목소리, 걸음걸이는 이상하게 활기를 띠고 있었다. 사람들이 여기저기 무리를 지어 논쟁을 벌이고 추측해 보았지만 모두들 어떻게 해서 그런 일이 일어났는지 설명할 수 없었다. 기껏 불붙은 성냥개비 하나가 던져졌을 뿐이었다. 그것은 날아가는 도중에 꺼질 수도 있었지만 꺼지지 않았고 처녀는 순식간에 불타올랐다. 그것은 마술도 서커스도 아니지 않았는가?! 아마 그녀의 옷에 특별한 발화 성분이 배어 있었던 것은 아니었을까? 하지만 무엇 때문에 그런 행동을 했을까, 단지 죽기 위해서였을까? 만약 아니라면, 만약 뭔가 전혀 다른 것이라면, 인간이 극도의 내적 긴장으로 인해 불처럼 타오르는 어떤 이해할 수 없는 형이상학적 현상이었을까? 심지어 밤에 인광처럼 빛나는 사람들도 있다고 하지 않는가. 어떻게 알 수 있겠는가, 누가 알겠는가?…

그런 가운데 밤은 깊어가고 있었다. 거리의 사람들도 줄어들기 시작했다. 하룻밤을 함께 지낼 여자를 찾던 사람들은 거리의 깡패 호객꾼이나 공갈꾼들에게 흥정한 돈을 그 자리에서 지불하고는, 자동차 문을 쾅 닫고 어디론가 가버렸다. 등불과 은밀한 보조 조명 기구로 불을 밝힌 밤거리 유흥 업소에서는 전자 음악이 흘러나오고 있었다. 앞가슴이 드러나고 추파가 난무했다… 모든 것을 잊기 위해, 아무것도 기억하지 않으려고, 자신에게서 도망치고 신을 피하기 위해….

그날 밤 붉은 광장은 완전히 적막에 싸여 있었다. 인적도 없었다. 어느 누구도 낮에 그 야만스런 감정과 광기, 싸움으로 미쳐 날뛰던 그곳에 나타나기를 원하지 않았던 것이다. 조명이 희미하게 깜빡거리고 있었다. 시위 군중이 싸우며, 도망치며 짓밟은 초상화, 슬로건, 플래카드가 마치 전쟁터의 폐허처럼 가는 곳마다 늘려 있었다. 그러나 누구도 그것에 개의치 않았다.

달이 크렘린 위로 높이 떠 있었다. 부엉이가 자신의 성스러운 시간에 나타나 날고 있었다. 큰 날개를 소리 없이 흔들며, 자석처럼 빛나는, 뚫어지게 바라보는 듯한 동그란 눈의 거대한 머리를 순식간에 돌려가며 여기저기를 마치 그림자처럼 소리 없이 날고 있었다. 부엉이는 괴롭고 무서웠다. 레닌묘 위를 조용히 선회하다, 그 문 옆에 돌처럼 서 있는 초병들의 눈 앞을 신속하게 지나간 뒤 땅딸막하고 머리통이 큰 유령들을 찾아 더 멀리 날아갔다. 이윽고 크렘린 성벽 밑 그늘진 쪽에서 그들을 발견했다. 이번에도 그들에겐 전혀 새로운 것이 없었다. 이번에도 그들은 아무런 표정도 없이 마치 마법에 걸린 듯했다. 머리통만 크고 땅딸막한 그들은 손을 잡고 그 자리에서 춤을 추며 거기에 맞추어 낮에 있었던 시위 구호 중 하나를 단조롭게 중얼거릴 뿐이었다: "사회주의가 아니면 죽음을 달라!" 지치는 법도 없이 들리지 않게, 보이지 않게, 무서울 정도로 그저 반복만 하고 있었다: "사회주의가 아니면 죽음을 달라!"

부엉이는 곧 이 쿠바풍 리듬에 싫증이 났다. 부엉이는 더 멀리 날아가다가 스빠스탑 맞은편에서 마침내 살아 있는 자, 어디에서 길을 헤매다 왔는지 모를 술 취한 아낙의 영혼을 만났다. 누더기를 너덜너덜 걸친 그녀는 술에 취한 채 밤의 붉은 광장을 따라 외로이 걸어가며 서글픈 노래를 길게 뽑고 있었다.

아아 왜, 아아 왜
나는 이 세상에 태어났을까?
아아 왜, 아아 왜
어머니는 나를 낳았을까?

아아 왜, 아아 왜
당신은 나를 잉태했나요?
그걸 원하지 않았는데

당신은 나의 기대를 배반했어요.

아아 왜, 아아 왜
당신은 나를 낳았나요?
그걸 원하지 않았는데
당신은 나의 기대를 배반했어요.

아아 왜, 아아 왜
나는 이 세상에 태어났을까?
아아 왜, 아아 왜
어머니는 나를 낳았을까?…

 그녀는 비틀거리며, 돌뿌리에 걸려 넘어지기도 하면서 광장을 가로질러 걸어가더니 곧 국영 백화점 건물 어딘 가에서 모습을 감추었다. 그녀의 음울한 노래 소리가 얼마 동안 더 들려오더니 이윽고 모든 것이 조용해졌다.
 부엉이는 크렘린 성벽 위로 날아갔고, 다시 정원으로 날아가 무성한 나뭇가지 사이에서 갑자기 그 아낙처럼 오열했다. 눈물을 흘리며 괴롭게 부엉 부엉 울었다.
 달이 하늘 위에서 크렘린 언덕의 양파 모양 지붕과 첨탑 지붕들을 그 영원한 빛으로 비추며 수많은 별 사이에 높이 떠 있었다. 부엉이는 또다시 멀리서 대양을 헤엄치는 고래들의 숨소리가 들려오는 것처럼 생각되었다. 그들은 어디로, 왜 서둘러 가고 있는 것일까? 그들에게는 바람잘 날도, 파도가 잠잠할 때도 없다.

8

　<트리뷴>지에 실을 논문은 대부분 완성되었고 이제 결론을 쓰는 일만 남았다. 그러나 작업이 완성되어 갈수록 보오크는 더욱 강한 불안감에 사로잡혔다. 대부분의 사람들이, 아마 절대적 다수가 아무것도 보지 않고, 아무것도 듣지 않고, 카산드라 태아의 신호를 잊기 위해 어떻게든 필로페이의 우주적 도발 행위로부터 벗어나는 것을 무엇보다도 중요하게 생각하는 이때, 그가 카산드라의 낙인 현상을 과학적으로 해명하는 데 애쓰는 것은 쓸모없는 짓이 아닐까? 뜨거운 맛을 본 정상배 올리버 오오독이 감지한 것도 바로 이것이며, 그에 맞춰 방향을 잡은 결과 성공하고 있었다. 그는 분명히 정치적 승리를 거두고 있었다. 비록 위선적 방법에 의한 승리였지만 말이다. 그러나 어떻게 사람들의 마음을 돌리고, 어떻게 사람들로 하여금 대중적 자기 기만에 넘어간 자신을 깨닫게 할 수 있단 말인가?
　보오크는 오오독에 비해 자신의 정치적 경험과 수완이 부족하다는

것을 알았다. 그렇다. 그들은 서로 적이 된 것이다. 그것은 정말 예상치 못했고, 이제 돌이킬 수 없는 일이었다! 보오크 자신이 원하건 원하지 않건 투쟁이 기다리고 있었다. 오오독이 요구했던 바로 그 공개 시합이 그가 그토록 갈망하던 대통령직으로 가는 길 위에 가로놓여 있었다. 그런 의미에서 운명이 필로페이는 우주에, 보오크는 지상에 두고 그 두 사람을 오오독에게 맡긴 것은 관대하고도 유리한 조치였다. 이런 생각을 하면서도 로버트 보오크는 그 저속한 정치 투쟁에 얼마나 빨리 말려 들어갈 수 있는지, 불타오르는 저항감이 역병처럼 얼마나 끈끈하게 사람의 마음을 사로잡을 수 있는지에 대해서도 생각했다. 오오독과 얼굴을 마주하고 싶은 생각이 들었다. 그에게 몸을 바짝 붙이고 그의 눈을 들여다보면서 차분한 음성으로 그를 꿰뚫을 듯이 말하고 싶었다. "넌 정말 쓰레기 같은 놈이야!" 그리고는 모든 사람에게 오오독이 비천한 악당이고 그런 인간이 권좌에 앉도록 해서는 안 된다고 공언하고 싶었다. 왜냐하면 그것은 악마가 도래하는 것이었고 더구나 더 위험한 것은 누구도 그가 악마라는 사실을 모르기 때문이었다. "안돼, 안돼, 그것만은, 그것만은 절대로 용납할 수 없어." 보오크는 자신의 그런 사고에 혐오감을 느끼며 생각했다. "누구든 좋은 사람이 대통령이 된다고 하지만 그건 오로지 내가 없을 경우의 이야기지! 아니, 그게 아니야, 내가 할 일은 결코 정치 투쟁이 아니라고. 나의 과제는 사람들에게 카산드라 낙인의 진실을 회피하는 것은 결국 그들을 소심하게 만들고 이 문제를 깊이 쳐박아두게 되어 그들의 불행만 더 크게 만든다는 것을 증명하는 것이지. 진실이 무섭다고 해서 눈을 감고만 있으면 안 된다는 것을, 출구를 찾을 필요가 있다는 것을 어떻게, 무슨 방법으로 그들에게 설득한단 말인가?!"

보오크가 바람을 쐬러 나간 발코니는 밤이라 서늘했다. 어둠 속에서 나뭇잎들이 계속 바스락대며 가을인 것을 알려 주고 있었다. 오한이 그를 엄습했다. 달이 고속도로 톨게이트 위쪽 숲이 우거진 언덕에 거의 닿을 듯이 낮게 떠 있었다. 보오크는 숲 너머의 언덕에 있는, 그 느린 경사면이나 여울 때문에 해변가 모래톱을 연상케 하는 골프장을 상상해 보았다. 지난 세월 그는 골프를 치기 위해 자주 그곳에 가곤 했다.

이상하게도 그는 어떤 꿈이 생각났다. 꿈은 종종 회상 속에서 자신도 모르게 현실처럼 되어 버리는 경우가 있다. 그는 얼마 전에 어떤 꿈을 꾼 것 같았다. 주위에는 골프장이 있었고 달빛이 환한 밤이었다. 기분도 좋고 자유로웠지만 한 가지 불행은 벙커에 빠진 공이 골프채에 맞지 않아 날아가지도, 굴러가지도 않는 것이었다. 그가 세게 휘둘러도 보고 툭 쳐보기도 했지만 아무리 노력해도 공은 제자리에 있었다. 그때 하늘 위 어딘가에서 그의 강좌의 동료 교수인, 지금은 작고한 맥스 프라이드가 나타났다. 그는 달로 날아가자고, 그곳에도 골프장이 있으니 달에서 골프를 치자고 말했다. 보오크는 그의 뒤를 따라 들판 위를 날아갔다. 뒤에서 제시가 뛰어오며 그에게 돌아오라고 부르고 있었다. 그러다가 왠지 울음을 터뜨렸다. 왜 그런 꿈을 꾸게 되었을까? 이상했지만 생각해 보면 그렇게 이상한 것도 아니었다. 맥스는 가까운 친구였고 온갖 불가사의한 것과 점성술에 몰두하고 있었다. 별을 보고 그는 어떤 스코어로 골프를 이기고 질지 판단하려고 노력했다. 그의 예언은 가끔 들어맞기도 했지만 그러나 대부분 '마술사'를 조롱하는 계기가 되었다. 그것은 아마도 저 세상에 있는 맥스의 영혼이, 만약 그가 말할 수 있다면 틀림없이 말했겠지만, 점성술상 불길한 뭔가가 접근하고 있다는 것을 나타내려고 한 것은 아닐까? 따라서 그는 친구가 그 충격에서 벗어나도록 데려가기를 원했고 그래서 달로 날아가자고 부른 듯했다. 이를테면 그는 미리 경고하기 위해 꿈속에 나타난 듯했다.

그래, 만약 맥스가 살아 있을 때, 선거 집회에서 그런 일이 일어났다면, 그는 한밤중이라도 곧장 뉴베리의 보오크의 집으로 달려왔을 것이다. 비록 그것이 아무런 도움이 되지 않더라도 말이다. 그는 침착하지 못한 편이었지만 동정심은 매우 많은 사람이었다. 어렵지 않은 곡이면 제시를 위해 간혹 피아노 반주도 해주었다. 제시는 "봅, 당신 친구들은 모두 맥스처럼 고전적으로 재미있는 사람들뿐이에요. 당신들은 수도원의 승단 같은 조직을 결성해야 했어요. 당신이 교리를 주장하는 승단의 우두머리가 되고 잘 생긴 맥스가 당신의 오른팔이 되었다면 어디에서건 성공했을 거예요. 그랬다면 당신들은 학문에서뿐만 아니라 전혀 다른 분야에서도 주가가 올랐을 텐데" 하며 웃곤 했다. 가여운 맥스, 그는 제시에게도 마음을 두고 있었고 때때로 그러한 감정을 자신의 바보 같은 어릿광대 짓으로 나타내기도 했다. 그는 취기가 돌면 자신의 마음을 발산하기를 좋아했다.

"여보게, 로버트 자네에게 단도직입적으로 말하지만 자네는 내 인생을 크게 방해했네."

"무슨 말인가?"

"자네가 아니었다면 나는 제시에게 사랑을 고백했을 걸세."

"그렇다면 지금이라도 늦지 않은 것 아닌가?"

"아닐세, 자네가 주체로서 존재하지 않아야만 내가 그녀에게 그 이야기를 할 수 있을 걸세."

"여보게, 그렇다면 어쩔 도리가 없군. 나는 바로 그 주체로서 존재하고 있거든."

"그것 보라구. 이제 자네가 얼마나 나를 심하게 방해했는지 알겠지."

"이 친구, 맥스 자네는 매우 손쉬운 삶을 원하는 모양이군. 하지만 이 주체가 있는 데서 자신의 기회를 시험해 보게나. 자네가 원하는 그런 편한 조건에서는 재미가 없지 않은가."

"아닐세, 자네를 배경으로 하면 내가 훌륭하게 보일 리가 없지. 전혀 없어."

"무슨 터무니없는 소리, 여자들은 모두 자네에게 연정을 품고 있다네. 자네는 근사하고 미남이라고도 할 수 있지. 언젠가 자네가 오토바이를 몰고 다닐 때 모두들 입을 딱 벌리더군. 게다가 자네는 나보다 젊기도 하고."

"나는 오토바이광이지만 자네는 세계적으로 유명한 학자고, 나는 오토바이뿐이지만 자네는 부자지. 저서에 대해 많은 인세도 받고, 이 우아한 뉴베리에 훌륭한 저택도 가지고 있고, 또 아내는 자네에게 바흐와 베토벤을 첼로로 연주해 주지 않는가. 나는 오토바이를 타고 달리지만 자네는 이 인기 있는 뉴베리에서 골프를 치고 있지 않는가. 나는 오토바이를 타고 달리지만 자네는 크렘린과 백악관에서 연설하지 않는가, 또 나는 오토바이를 타고 달리지만…."

"그만두게, 그만둬, 맥스, 너무 엄살 떨지 말게나. 자네는 결코 단순한 오토바이광만은 아닐세. 물론 과거에도 그랬지. 게다가 자네는 지정학 분야의 권위자가 아닌가. 전 지구가 자네 수중에 있지. 생각해 보게, 지구란 말일세! 자네는 좀더 신중해야 되네. 멋진 폴란드 여자들 중에서도 가장 훌륭한 안나가 갑자기 우리의 대화를 엿듣게 된다면 자네가 어떤 남편으로 보이겠는가?! 큰 소동이 일어날 걸세! 오토바이도 도움이 안될 거야 그녀는 또 그녀대로 망상에 빠지게 될 거고!"

"로버트, 자네 나의 약점을 잡은 것 같군. 안나에 관한 한 자네 말이 옳네. 그러나 지구에 관해서는 전혀 얼토당토 않아. 지정학에서는 모든 것을 알거나 아니면 아예 공부하지 않거나 둘 중에 하나이지. 이것은 특별한 잡식성 학문일세. 차라리 정보 은행이라고 말하고 싶을 정도라네. 그래, 그런 의미에서 나는 세계적인 은행가이지. 20세기의 로스차일드라고나 할까. 나는 모든 것을 알고 모든 것에 정통하지만 별 것 아니라네. 하늘의 신 역시 모든 것을 보고 모든 것을 알고 모든 것에 정통하지만 아무것도 할 수 없지 않는가…."

그런 사람이 이제는 없어졌다. 교통 사고로 죽은 것이다. 하긴 고속 질주를 지나치게 좋아했었다. 안나는 무척 늙어 버렸다. 그들의 아들은 결혼하여 따로 살고 있다. 제시와 안나는 서로 전화하고 가끔 만나기도 한다. 안나가 마지막으로 여기에 온 것은 금년 여름이었다. 그들은 바람도 쐬고 산책도 하고 또 사람들이 경기하는 것을 구경하기 위해 골프장에도 함께 갔었다. 좋은 하루를 보냈고 그곳 클럽 식당에서 식사도 했다. 본의 아니게 또 지난 세월을 회상했고 맥스에 대해서도 많이 이야기했다… 그는 이 장소를 무척이나 좋아했다. 언제라도 달려올 준비가 되어 있었다….

아아 가여운 친구 맥스 프라이드. 머리도, 마음도 완전히 엉망이 되어 버린 지금 이 모든 일에 자네라면 어떤 입장을 취할지 말해 줄 수 있다면. 보이지 않는 유전학 돌풍이 불어와 현기증을 일으켰다. 이제 이 모든 것이 지나가 버리기를 바라는 많은 사람들처럼 타조가 취하는 포즈로 모래 속에 머리를 처박고 있든가 혹은 신의 눈을 바라보면서 그 눈길에 담긴 인간에 대한 그의 경고를 받아들이든가 둘 중에 하나를 선택해야만 한다. 왜냐하면 신은 단지 경고만 할 뿐 해결은 인간 자신이 해야 하기 때문이다. 맥스 프라이드가 옳았다. 그는 우연히 꿈속에 나타난 것이 아니었다. 아마 불안해 하고 예감했을 것이다. 자신을 불러 불행이 닥치기 전에 미리 구하려고 했을 것이다. 그래서 달의 골프장으로 불렀는지도 모른다….

그러나 현재는 오오독이 사실상 문제의 핵심을 슬쩍 바꾸어 버리곤 대중을 마음대로 조정하고 있으며, 더욱이 영웅적 후광을 획득하기 위해 보오크에게 정치적 대결을 공개적으로 제안한 상태이다. 그는 이 도전을 받아들이고 카산드라의 낙인에 관한 자신의 생각을 말해 필로페이를 대중 선동과 정치적 이용으로부터 보호해야만 한다. 오오독이 꾸민 일을 달리 어떻게 부를 수 있겠는가? 맙소사, 벌써 밤 1시가 지났군, 보오크는 제정신이 들었다. 앉아서 작업해야겠어. 꾸물거릴 틈이 없어. 물러설 데도 없고.

서재로 돌아가면서 그는 입구 옆의 거울에 시선이 잠시 머물렀다. 잠을 못 잔 두 눈이 충혈되어 있었다. 두 눈에는 엄청난 고통과 불안이 담겨 있었다. 머리도 완전히 하얗게 변해 버린 듯했다. 다른 사람처럼 대머리가 되지 않은 것이 그나마 다행이었다. 그는 얼마 전 소란스런 독일 기자들과 배를 타고 지나갔던 라인강의 절벽처럼 나이가 들었고 그래서 그들은 그에 관한 기사에 '오랜 절벽과의 인터뷰'란 제목을 달았다. 그로부터 얼마 후 그가 대서양 위를 날고 있었을 때 수도사 필로페이의 번개가 번쩍이고 우레 소리가 멀리 퍼져 나가면서 모든 사람을 총체적 공황 상태로 몰아넣었다. 그리고 그 소란을 틈타 악마 같은 올리버 오오독이 무대 전면에 등장하게 될 줄은 전혀 상상도 하지 못했다. 그러나 어떡하랴, 싸울 수밖에 없지 않는가….

보오크는 컴퓨터 앞에 앉으려다가 발소리를 들었다. 밑에서 제시가 올라왔다.

"당신 왜 여기 있어요?" 그녀가 문턱에서 물었다.

"아무것도 아니오, 작업하고 있소." 그는 그녀에게 꿈 이야기를 하려다가 갑자기 무슨 생각을 떠올리고는 그렇게 대답하고 그만두었다.

제시는 피곤해 보였지만 그녀의 눈은 무엇 때문인지 반짝이고 있었다.

"당신을 방해하고 싶지 않았어요, 봅, 하지만 당신을 놀라게 해주고 싶어요."

"어떻게 날 놀라게 하겠단 말이오?"

"여기 종이 뭉치를 가지고 왔어요. 당신에게 도움이 될 거예요."

"그게 뭐요?"

"팩스예요. 누가 보냈다고 생각해요? 앤토니 융거예요."

"앤토니 융거라구?" 그가 다시 물었다. "뭐라고 했소? 뭐라고 썼던가요?"

"내가 당신에게 말했잖아요. 전화선을 모두 뽑아 놓겠다고. 그가 얼마나 전화 통화를 하려고 애썼을지 상상이 가요. 그런데 누가 알았겠어요? 홀의 팩스는 선 뽑는 걸 잊어 버렸어요. 생각도 못했어요. 그런데 뭔가 계속 짤각거리는 소리가 들렸어요. 보니 종이가 벌써 한 묶음은 되더라고요. 자 읽어 보세요. 각 페이지마다 그는 맨 위에 "제발 팩스만은 끄지 마세요!"라고 쓰고 있어요. 지금도 그의 팩스가 한장 한장 계속해서 들어오고 있어요. 그에게 무슨 일이 일어났을까요. 가엾은 젊은이. 당신 좀 읽어 보세요. 제가 나중에 또 가져올 테니."

전혀 예상치 못한 일이었다. 밤 2시였다. 그런데 누군가가 잠을 이루지 못하고 한 장, 또 한 장 편지를 써서는 팩스로 보내고 있는 것이다. 편지를 쓰는 사람은 어제 그와 전화 통화만 한 적이 있는, 불과 얼마 전에 알게 된 앤토니 융거였다. 예비 선거 집회에서 오오독의 미친 듯한 대중 선동이 한창 바람을 일으킬 때 그는 비록 실패하긴 했지만 용감하게도 오오독에게 대항하려 했고, 원칙을 선택했으며, 오오독 팀의 사람이었지만 모든 사람들이 보는 가운데 자신의 리더와 결별하고 그의 정치적 희생자 편으로 넘어왔었다. 집회가 끝난 뒤 그가 어떻게 되었을지 상상하기는 어렵지 않았다. 오오독 자신은 물론, 그에게 충실한 팀도 틀림없이 융거를 배신자로 낙인 찍었을 것이다. 이제 그는 오오독의 그늘에서 출세한다는 생각은 꿈에도 할 수 없을 것이다. 스스로 출세가도를 거부하다니 그런 일은 아직 한번도 없었다며 친구들도 비웃었을 것이다. 그럼에도 불구하고 그는 오오독에 의해 모욕 당한, 대중 집회에서 낙인 찍힌 사람을 구출하고 도와주기 위해 달려올 여력이 아직 있었던 것이다. 보오크는 앤토니 융거에 대해 부담감을 느꼈지만 동시에 마음이 따뜻해졌다. 그는 언제나 독자적이었고 강했기 때문에 누군가가 옆에서 그를 동정하고 보호해 준 적은 아직 한번도 없었다. 그는 말하자면 강제로 링에 끌려나가 관중들을 재미있게 하기 위해서 흉한 몰골이 되도록 얻어맞고 나가 떨어졌다가 그곳에서 기어 나왔고, 이제 공포와 위험을 무릅쓰고 자신의 의지로 다시 싸우기 위해 재기하기 위해 당분간 세상에서 몸을 숨긴 신세였다. 융거는 그런 사정을 모두 알기 때문에 각 장의 첫줄에 문자 그대로 주문처럼 "제발 팩스만은 끄지 마세요!"라고 쓰고 있었다.

"미스터 보오크, 저는 선생님의 집 전화가 왜 모두 끊겨 있는지 이해합니다 — 융거는 그렇게 쓰고 있었다 — 귀찮게 해드릴 생각은 결코 없습니다. 그러나 저의 입장도 좀 이해해 주십시오. 만약 제가 선생님 앞에 무릎 꿇고 말씀 드려야 할 것을 지금 팩스를 통해서라도 전해 드리지 못한다면 그것은 저에게 죽음과 같습니다. 예비 선거 집회에서 그 모든 일이 있은 후 저는 제자리를 찾지 못하고 무슨 일이든, 만약 의미만 있다면 심지어 자살까지도 할 각오가 되어 있었습니다. 이런 무서운 고백을 드려 죄송합니다. 그러나 오오독과의 그 추악한 이야기에 선생님을 끌어들이고 다분히 대중주의적인 노선에서 부도덕한 정치적 화살의 적중률을 과시하기 위해 선생님을 그 난장판의 표적으로 내세운 것이 결국 저이기 때문입니다. 용서해 주십시오. 저는 울지 않을 겁니다. 그러나 제가 어떤 인간을 위해 일했는지, 어떤 인간을 위해 그 고생을 했는지를 생각하면 정말 후회막급입니다. 저의 무분별함이나 한때나마 그런 자를 신뢰했다고 생각하면 당연한 일이겠지요! 그러나 저는 지금 제 얘기를 하려는 것이 아닙니다. 부디 용서해 주십시오. 문제는 앞으로 어떻게 될 것인지, 카산드라의 낙인에 관한 문제를 어떻게 다루어야 할 것인지입니다?! 저는 원합니다…."

첫 장은 거기서 끊어져 있었고 다음 장도 역시 똑같은 주문으로 시작되고 있었다. "제발 팩스만은 *끄*지 마세요!"

"미스터 보오크, 앞으로 어떻게 될까요?

이번 일에서 저는 비록 바보 같은 역할만 했지만, 어쨌든 저의 판단을 말씀 드릴 수 있도록 허락해 주십시오. 아마 도움이 될지도 모르겠습니다.

미스터 보오크, 이런 말씀 드리기가 괴롭습니다만 말씀을 드려야만 할 것 같습니다. 선생님께 감히 이런 제안을 하는 것이 너무 이르다고 생각합니다만 저는 더 이상 잃을 것이 없습니다. 저는 이미 선생님께 너무 큰 죄를 지은지라 지금 제게 이런 일쯤은 아무 일도 아니라는 생각이 듭니다.

제가 생각하는 것은 오오독이 선생님과의 사적인 대화를 언급한 이상 그를 무고죄로 고소하는 것도 한 방법이라는 것입니다. 이 대화의 증인은 아무도 없었고 있을 수도 없습니다. 선생님께서는 그와 전화로 통화했으니까요. 아마 통화를 안 하셨을 수도 있고, 하셨다고 해도 뭔가 다른 것에 관한 통화였습니다. 이것은 바로 그 오오독이 잘 써먹는 수법이죠. 모욕에는 모욕으로 상대하자는 겁니다. 대화는 기록이 안 됩니다. 제가 잘 알지요. 보증합니다. 선생님께서 결정하십시오. 만약 그런 방법이 괜찮다고 생각하시면 제가 센세이셔널한 반박문을 작성하겠습니다. 언론이 곧바로 미끼를 낚아챌 것입니다.

물론 전혀 다른 투쟁 방법도 있습니다. 미스터 보오크, 만약 선생님께서 필로페이의 정당함을 확신하고 진실을 위해 자기 주장을 하실 요량이라면 저는, 물론 저의 역할은 순전히 보조적인 것이겠지만, 선생님과 끝까지 같이 행동할 각오가 되어 있습니다. 저는 선생님의 무기를 휴대한 종자가 될 수도 있을 것입니다. 선생님께서 물러나지 않으실 생각이라면 선생님 앞에는 틀림없이 전투가 기다리고 있을 것입니다.

상황은 현재 그렇게 되어 있습니다. 지금 이 순간 선생님께서는 전장에 홀로 계시고 아마 공개적으로 우주의 수도사 측에 가담하여 그의 종말론적 개념을 옹호하는 이 세상의 유일한 분이실 겁니다. 예비선거 집회에서 그런 일이 벌어진 후 오오독을 확고하게 지지하는 "공동전선"이 결성되었고, 그로 인해 필로페이의 발견을 옹호하기 위해 뭔가 할말이 있던 소수의 사람들도 아마 이를 억제하고 침묵을 지킬 것입니다. 그러나 대부분의 대중은…"

"제발 팩스만은 끄지 마세요!!!
그런데 미스터 보오크, 집회에서의 유권자들 반응으로 판단해 볼 때 유감스럽게도 유권자의 대다수가, 아마도 전국민이 실제로 카산드라의 낙인을 드러내는 이 우주 실험에 반대하는 경향을 보이고 있음을 확인할 수 있습니다. 사람들은 카산드라 태아에 관해 듣는 것도, 아는 것도 원치 않으며 여자들은 시험 광선에 의해 통제되기를 바라지 않고 있습니다. 알파 경기장의 집회에서 발생한 사건에 대해서는 모든 통신사가 보도한 바 있습니다. 그로 인해 오오독의 지지율이 모든 주에서 급속도로 치솟았습니다. 이제 그는 그때 얻은 교훈에 따라 앞으로도 확고하게 인권 보호를 고수할 것이고 또 아기를 가진 여성들의 영원한 신성함을 지키고 그의 말처럼 온갖 종류의 필로페이주의자들이 책동을 해와도, 그들이 지구에 있건 우주에 있건 투쟁할 것이라고 공표하고 있습니다. 미스터 보오크, 지금 TV 화면에는 선생님의 사진이 해설과 함께 계속 보도되고 있습니다. 모스크바에는 필로페이의 사진을 계속해서 보여 주고 있습니다.

제가 이것을 쓰는 것은 선생님께서 전화를 끊어 놓았을 뿐만 아니라 TV도 켜놓지 않았을 거라고 예상하기 때문입니다. 선생님께서는 그 집회의 결과에 관해, 또 사건이 그후 어떻게 발전하고 있는지 알고 계셔야 합니다. 저는 이러한 과정이 더욱 힘을 얻어 통제 불능이 되지 않을까 두렵습니다…"

"제발 팩스만은 끄지 마세요!!!
미스터 보오크, 이제 이 과정은 통제 불능이므로 선생님께서는 이런 상황에서 무엇보다 자신을 위해 어떤 입장을, 어떤 행동 노선을 선택할 것인지 결정을 내려야 한다고 생각됩니다. 이미 그런 이름이 붙어 버렸지만 '유전자 통제'에 반대하는 대규모 시위가 일어날 수 있다는 것도 배제할 수 없습니다. 만약 선생님께서 <트리뷴>지에 낼 글을 준비하고 계시다면, 선생님께서 직접 편집국으로 가실지 아니면 팩스나 텔렉스 혹은 다른 인편으로 보내는 것이 더 좋을지 생각하셔야 할 것입니다. 왜냐하면 편집국 입구에는, 제가 전해들은 바에 의하면, 이미 플래카드와 피켓을 든 사람들이 우글대고 있으며 자신들의 요구와 구호들을 외치고 있답니다. 그들은 신문사 건물을 불철주야 포위하겠다고 선언했답니다. 이 경우 경찰조차 그런 흥분한 군중들을 제대로 통제할 수 없을 것입니다. 죄송합니다. 정보가 유쾌한 것이 아니어서.

 그러나 다시 한번 말씀 드립니다만 선생님께서는 전장에 홀로 계십니다. 필로페이는 우주에 있기 때문에 적들의 사정권 밖에 있지만 동맹자들과 함께 적극적으로 활동할 가능성도 없습니다. 그러니 어떤 노선을 선택할지 선생님께서 결정하십시오.

 선생님께서는, 다른 사람들 같으면 이해하지도 못하거니와 즉흥적인 판단으로 이해하려고도 하지 않는 것을 이해하고 지지하셨습니다. 그들은 마치 이 세상에 잠시 살다가 갈 뿐인 것처럼 미래에 대해 침이나 뱉어 버리지요. 선생님께서는 혼자뿐입니다. 사명 또한 선생님 한 분의 것이고요. 그렇게 큰 일이 어떻게 해서 선생님 한 분의 사명으로 되었는지 저도 모르겠습니다. 어떤 경우이건 저는 선생님과 함께 있으며 선생님께 협조하기 위해 최선을 다할 각오가 되어 있습니다. 제가 이미 쓴 것처럼 필로페이의 발견에 관해 오오독이 선생님과 이야기하도록 한 것이 저였기 때문에 선생님께 죄책감을 느껴서 이러는 것은 아닙니다. 그것은 저 역시 필로페이의 사상과 인류의 미래에 대한 그와 선생님의 염려에 감화하였기 때문입니다. 인간은 지금까지 길을 찾아 헤맸지만 이제 자신에게 말해야 할 때가 온 것 같습니다. 인간답게 더 잘 살아보자든지 혹은 멸종한 매머드처럼 고생물학의 지층 속에 들어갈 준비를 하라든지 말입니다. 죄송합니다. 또 종이가 끝났군요!"

"제발 팩스만은 끄지 마세요. 저는 아직 말씀을 다 드리지 못했습니다… 미스터 보오크, 죄송합니다. 이제 본론에 들어가겠습니다. 제가 보기에 내일, 아니 날짜가 지났으니 이미 오늘입니다만 많은 것이 밝혀질 것입니다. 센세이션과 소문은 이미 잠잠해지고 있습니다. 이 소동 중에 한 가지 부조화를 이루는 것은 선생님의 연설, 선생님의 견해, 선생님의 신념과 판단의 근거입니다. 선생님께서는 어떻게 행동하기로 결정하셨습니까? 기자 회견을 하시겠습니까? 만약 그렇다면 저는 기자 회견을 주선하는 데 참여해 선생님의 수족이 되어 무슨 일이든 할 준비가 되어 있습니다.

다음으로, 아마 뉴베리의 선생님 댁으로 기자들이 아무 예고 없이 아침부터 밀어닥칠 것이 틀림없습니다. 만약 그들과 만나고 싶지 않으시면 어딘가 잘 보이는 곳에 선생님께서는 누구와도 만나고 싶지 않으며 선생님을 불안하게 하지 말라고 부탁하는 글을 잊지 말고 붙여두십시오.

저는 뉴베리의 골프장과 교외 공원에 몇 번 간 적이 있습니다. 제가 사는 리딩에서 자동차로 약 30분 걸리지요. 만약 원하신다면 선생님과 일을 협의하러 찾아뵐 수도 있습니다. 그런 경우에 대비해 저의 연락처를 알려 드립니다.

미스터 보오크, 벌써 밤 3시가 지났군요. 저는 그래도 선생님께서 저의 팩스를 발견하시면 읽어 주실 걸로 기대하고 이렇게 쓰고 또 쓰고 있습니다. 저는 정말 선생님께 말씀 드리고 싶었습니다! 세상의 온갖 사건이, 심지어 언론이 매일 보도하는 것도 문명의 위기를 증명하고 있지 않습니까. 이런 조건하에서라면 이 세상에 새로 태어나는 것 자체가 지뢰밭으로 나가는 것과 같다는 생각이 듭니다. 이 지뢰밭이 어디에 있는지, 생의 어느 영역에 감추어져 있는지, 사람의 생각 속인지, 행동 속인지, 세계적 교훈 속인지, 혹은 일상 속인지 지적할 수 없습니다만.

방금 TV를 통해 보여 주었습니다. 제가 무척 좋아했던 모스크바의 붉은 광장에서 무서운 일이 일어났더군요. 군산 복합체의 지지자들과 전환 지지자들로 구성된 양측 시위대가 서로 충돌하였습니다. 그 결과 한 젊은 여성이 모든 사람들이 보는 가운데 몸을 불살라 스스로 목숨을 끊었습니다. 그 장면은 바라볼 수가 없었습니다. 기자들이 보도하기로는 분신한 그 처녀의 대학생 친구가 시위에 들고 나온 플래카드가 격한 감정을 폭발시켰다고 합니다. 그 플래카드에는… 종이가 끝나가는군요, 곧 계속하겠습니다."

"제발 팩스만은 끄지 마세요, 저는 붉은 광장에서 일어난 일을 말씀 드려야겠습니다…

미스터 보오크, 문제는 이 플래카드에 "인간은 무기를 만들기 위해 이 세상에 태어나서는 안 된다!"라고 쓰여 있었다는 겁니다. 당연히 그러한 성명은 러시아에서 "군수 산업주의자"로 불리우는 사람들, 국가와 사회에 의해, 한마디로 운명에 의해 납 콩알탄부터(군수 산업주의자들은 이런 탄환을 세계의 모든 사람들 각자에게 수백 발씩 공급

할 수 있습니다) 초음속 전투기와 밤낮으로 해저에서 경계를 펴며 명령 하나에 대륙간 탄도탄을 발사할 준비가 되어 있는 핵 잠수함에 이르기까지 인간을 살상하는 온갖 수단을 생산하는 군수 산업에서 일하고 있는 사람들에게 걷잡을 수 없는 오해를 불러일으켰습니다. 건전한 생각을 가진 그 대학생은 이것이 돈과 노력의 헛된 낭비라고 생각했던 것입니다. 우리 미국의 군산 복합체 역시 그런 관계에 공헌하고 있습니다. 그들 또한 '자기와 비슷하게 생긴 것'들을 제거하는 도구를 만들고 있지만 국방상의 이익을 들먹이며 이를 정당화하고 있지요.

그러나 다른 한편으로는 이들 '자기와 비슷하게 생긴 것'들 역시 천사가 아니며, 이빨까지 무장한 채 자기들의 고귀한 이념을 위해(지금 가장 효과 있는 호소는 '국가적'인 것이겠지요), 정의를 위해, 또한 결코 그에 못지 않은 자신의 경제적 이익을 위해 살상을 갈망하고 있습니다.

원은 닫혀 있습니다. 그것은 결코 열리지 않으며 그곳에서 빠져 나오는 출구도 없습니다. 이 대학생은 소리 치고 또 플래카드에 자신의 손으로 쓰지 않을 수 없었겠지요. 아마도 사람들이 말을 갖게 된 이래 줄곧 생각해 왔고, 전쟁과 무기가 이성에 승리를 거둔 모든 시대에 인간 정신이 모두에게 들리도록 말하고자 했던 것을 말입니다. 수소 폭탄을 만든 후 러시아의 사하로프는 비로소 그것의 의미를 이해하고 연구 작업을 중단한 뒤 운명에 역행하는 길로 나아갔지요.

지상의 무기는 점점 더 많아지고 모두들 도처에서 무장하기를 원하고 있습니다. 잉태한 여인들의 얼굴에 나타나는 카산드라의 낙인은 이를 경고하는 신호가 아닐까요. 또 카산드라 태아들이 모태 속에서 소리 없는 비명을 지르는 것은 이 세상에 새로 태어나는 사람들 각자를 위해 최소한 수백 발의 납콩알탄이 마련되어 있어 어차피 태어나기 전부터 사람을 죽이거나 혹은 죽도록 운명 지워져 있기 때문이 아닐까요?! 그 대학생이 어떻게 그것을 말하지 않을 수 있었겠습니까?! 그리고 붉은 광장에서 자기 몸을 불사른 그 불쌍한 여성의 경우도, 그 동안 들리지 않았던 또 들리지 않도록 억눌러온 것들이 카산드라 콤플렉스로 표현된 뱃속의 태아를 통해 그녀 속에서 눈을 뜬 것이 아닐까요?! 하지만 그녀의 종말론적 불안에 누가 신경이라도 썼겠습니까?

이런 말을 하면 쓸데없다고 할지 모르겠지만, 만약 인류가 무기를 발명하지 않고 전쟁도 모른 채 발전해 왔으면 어떻게 되었을까 하는 생각이 드는군요. 그랬다면 과연 인간은 지금과 같은 존재이고, 우리의 문명도 지금과 같은 것일까요. 아니면 지상에는 전혀 다른 문명이 지배하고 인간도 질적으로 달라져 있을까요? 과연 이러한 발전 노선은 처음부터 배제되어 있었을까요? 만약 그렇다면 어떤 불가피한 원인 때문일까요? 더욱이 인간은 하늘로부터 이성을 부여받았고 그 이성은 생물학적 현상을 초월한 것인데도 말입니다!

이제 우주 저 먼 곳에 있는 필로페이는 세계의 장막을 약간 열었지만 사람들은 그 비밀스런 저주에 관해 알려고 하지 않는다는 것이 밝혀졌습니다.

미스터 보오크, 만약 필로페이의 발견이 오로지 항의만을 불러일으킨다고 해도 저는 어쨌든 그것을 믿을 것입니다. 저는 그 속에서 도덕 정신의 끝없는 붕괴로 인해 더욱 심해져만 가는 영혼의 묵시론적 고뇌에 관한 설명을 발견하고 있습니다.

아르메니야인과 아제르바이쟌인들 사이에 오랫동안 범죄적으로 자행되어 온 카라바흐 분쟁에서 소위 야전 지휘관들이 사망자의 시신을 사고 판다는 것을 알았을 때 저는 자신도 모르게 신이 무엇을 위해 우리를 창조하였는가 하는 생각이 들더군요. 가족과 친지들은 매장을 위해 전사한 사람을 사야만 한다더군요. 이제 모든 것이 비즈니스로 변한 것입니다! 심지어 전우의 시신으로 돈을 벌기 위해 그의 등에 총을 쏘는 경우도 있다고 합니다. 신문에서 그런 것을 읽었을 때 저는 몹시 불쾌해졌습니다. 과연 그러한 악행이 인간의 영육에 영향을 미치지 않고, 유전 구조를 바꾸지도 않고, 후손에게 전해지지 않을 수도 있을까요?!

여기 또 하나 상상할 수 없을 정도로 잔혹한 예가 있습니다. 터키의 어느 도시에서 살만 루쉬디를 지지하는 문학자들의 회의가 열린 호텔에서 불이 났습니다. 그곳에서는 회의 참가자뿐만 아니라 일반 투숙객들도 산 채로 불탔습니다. TV기자들이 불길이 미친 듯이 치솟는 건물과 산 채로 불타는 사람들, 뭔가 해보려고 애쓰는 소방관들과 그 옆의 광장에서 환호하며 날뛰는 수많은 청년 원리주의자들의 무리 등 그 모든 광경을 촬영했더군요. 그들은 화재를 일으킨 자들을 찬양하고 껑충껑충 춤추고 주먹을 치켜든 채 환호하더군요. 그 무서운 광경을 보면서 그들은 그야말로 성적인 쾌감을 느끼는 듯 했습니다. 흥분한, 복수심에 불타는 광기 어린 환호를 연발하는 젊은이들을 날름대는 죽음의 불길이 비쳐주고 있었습니다. TV 촬영이 계속되었습니다. 그러나 이것은 결코 오락 영화가 아닙니다!

지금 우리는 어디에 있고 우리에게 무슨 일이 일어나고 있는 걸까요? 우리는 독일에서 산 채로 불에 타 죽은 터키인 가족을 보고 이러한 질문을 스스로 던졌어야 하지 않을까요?… 선생님께서도 신문에서 읽으셨겠지요?

이러한 악행의 목록은 한없이 계속되며 그 하나 하나가 다른 것에 못지 않습니다만, 분명한 것은 여러 나라에서의 악행이 갈수록 엽기적 성향을 띤다는 점입니다. 필로페이는 이 모든 것이 축적된 결과가 유전자에 나타난다는 것을 증명하였습니다.

　전에 저는 세계의 지고한 기능으로서 이성을 믿었습니다. 그러나 이성은 악의 영원한 인질임이 밝혀졌습니다. 이성이 자유로워질 때가 있을까요? 카산드라의 낙인은 우리에게 울부짖으며 바로 이것을 호소하고 있는 것이 아닐까요?!

　용서하십시오, 미스터 보오크, 팩스에 끼인 용지를 빨리 갈아야겠군요…"

"미스터 보오크, 제발 화내지 마십시오, 저의 생각이 너무 길어 선생님께 그다지 흥미가 없지 않을까 두렵습니다. 그러나 오늘 밤 제 마음의 자물쇠가 열렸는가 봅니다. 저는 선생님께 일어나고 있는 일을 이해합니다. 저는 선생님을 염려하고 있으며 선생님의 용기를 기대하고 있습니다.

　현재의 상황을 생각할 때 저는 우주 궤도에 있는 필로페이도 지금 지구에서 일어나고 있는 일 때문에 방관만 할 수 없을 것이라는 결론에 도달했습니다. 만약 선생님께서 반대하지 않으신다면 그와 조속히 연락할 수 있는 수단을 찾아보겠습니다. 기술적으로 이것은 극히 복잡하지만 TV 방송국이나 우주 연구소에 있는 제 친구를 통해 시도해 볼까 합니다. 이것에 대한 선생님의 생각은 어떠신지요? 만약 선생님께서도 동의하신다면 연락 주십시오, 저도 그런 시도가 현실성이 있는지를 선생님께 알려 드리겠습니다.

　그리고 마지막으로, 제가 볼 때, 가장 중요한 것을 말씀 드리고자 합니다. 필로페이와의 연락이 왜 필요할까요, 단지 화면을 통해 그를 보고 인사를 나누기 위해서만은 아니겠지요?! 저는 그가 대답을 해야 한다고 생각합니다. 그리고 저는 그가 어떤 방법으로 카산드라의 낙인을 발견했는지, 그리고 어떤 증거로 이 낙인이 미래 생에 대한 태아의 부정적 태도를 나타낸다고 보는 것인지를 그가 대답해 주리라 믿습니다. 로마 교황에게 보낸 그의 편지에는 그것이 분명하게 드러나 있지 않습니다. 아마 선생님께서도 그런 의미에서 그가 뭔가 말을 끝맺지 않았다는 데 주목하셨을 것입니다. 저는 다른 사람들도, 특히 생물학자들이 그에게 이런 질문을 할 것이라고 생각합니다. 따라서 저는 필로페이가 불명확한 점을 설명하고 질문에 대답하도록 하는 것이 중요하다고 생각합니다.

저에게 필로페이와 연락을 취하도록 해주십시오. 선생님께서는, 제가 선생님께 이래라 저래라 하는 것은 아닙니다만, 필요한 철학적 논증을 조속히 준비해 주십시오.

우리는 올리버 오오독이 거리의 지성들에게 한 짓거리의 결과와 충돌하게 되어 있습니다. 싫어도 어쩔 수 없는 운명입니다. 우리는 승리해야 합니다. 바로 그 거리를 위해서 말이지요!

앤토니 웅거 올림.

추신. 만약 저의 연락처, 집 팩스, 전화 번호, 주소가 필요하시면 이 종이에 있습니다. 근무처 전화 번호는 필요 없겠지요. 저는 더 이상 그곳에 나가지 않을 겁니다…."

9

 벌써 새벽 4시 반이었다. 로버트 보오크는 책상 위의 팩스를 읽은 뒤 잠자코 앉아 있었다. 제시도 함께 그것을 읽었다.
 "맙소사, 이럴 수가, 이럴 수개" 그녀는 이미 몇 번이나 반복하고 있었다.
 "당신 좀 눕는 게 어떻겠소." 남편이 그녀에게 충고했다.
 "당신 혼자 계시고 싶으면 지금 갈게요. 그러나 잠이 올 것 같지 않아요. 저는 지금 제정신이 아니에요. 저는 이 모든 일이 무척 심각하다는 것은 이해했지만 그래도 그 정도로 복잡하게 될 줄은 생각도 못했어요. 뭐라고 말해야 할지 모르겠어요."
 "그렇소, 제시. 앤토니 웅거가 옳아요. 절대적으로 옳아." 보오크가 생각에 잠긴 채 대꾸했다. "그는 자기 운명에 의해 우리에게 보내졌소. 그러나 그의 접근 방식은, 그건 이미 신세대식 접근 방식이오. 세계관이 달라요. 일 솜씨가 대단하군. 금방 느낄 수 있어요. 난 글

외에는, 아마 신문 한 면을 차지할 정도로 방대한 양이지만, 그것 말고는 다른 뭔가를 할 수 있다고는 생각도 못했소. 당신과 나는 귀를 막고 집안에만 틀어박혀 있었소. 그러나 지금 벌어지고 있는 일에서 완전히 고립되는 것은 불가능하오. 오오독이 선동한 것도….”

"차라리 말하는 것이 나아요. 그러면 사슬을 풀 수 있어요."

"그렇소, 사슬을 풀 수 있겠지. 그러나 지금 풀려는 그 사슬의 힘은 무서운 것이라오. 오오독이 대중을 의식적으로 필로페이와 내게로 내몰고 있소."

"하지만 당신은 혼자서 이미 반감을 가지고 있는 그 많은 사람들의 마음을 돌릴 수 있다고 확신하세요?"

"나는 물러서지 않을 것이오. 증명해 보이겠소. 그러나 일이 어떻게 될지 말하긴 어렵소. 카산드라 태아 현상의 발견은 기존의 관념에, 기존의 생활 양식에, 기존의 상투적 사고에 엄청난 충격을 줄 것이오. 카산드라 태아의 종말론적 반응을 인정하는 것은 정치, 사회 조직, 도덕 원칙 등 모든 것을 처음부터 끝까지 의심한다는 것을 의미하오. 케케묵은 모든 것들이 그런 식으로 부서지는 것은 임산부로부터 오오독과 같은 인물에 이르기까지 그런 사람들이 원하는 것은 분명 아닐거요. 그래서 적대적이고 공격적으로 반응해 오는 거요."

"그러나 그들은 필로페이야 말로 공격자라고 하잖아요."

"그렇지, 그들은 그를 공격자로 보지, 내게는 그가 예언자이지만, 다른 사람들에겐 악마라오. 그래서 딜레마가 발생하지. 우리는 이전처럼 총체적인 자기 기만 속에서 그렇게 살아온 것과 같이 앞으로도 그렇게 살아갈 것인가, 아니면 카산드라 태아의 수가 늘어나는 원인을 생각하고 불가피한 묵시론적 붕괴를 과감히 경고할 것인가 말이오. 이게 바로 인류 앞에 놓인 선택이오."

"필로페이도 썼잖아요. 그의 발견은 마치 하늘에 두 번째 태양이 나타난 것처럼 사람들에게 너무나 뜻밖일 거라고. 그런데 이 두 번째 태양은 오랜 생활 습관을 파괴할지도 몰라요. 게다가 당신의 적들은 필로페이의 실험이 인권 유린이라고 비난하고 있잖아요. 정말 가관이죠?! 당신은 그것에 대해 뭐라고 말할 건가요?"

"아니오. 그건 인권 유린이 아니오! 내가 보기엔 아니오. 나는 그것에 관해 쓰고 있소. 당신도 읽어볼 수 있을 거요. 카산드라의 낙인에 대해 아는 것은 우리의 의무요, 사회의 의무요, 개인의 의무이며 또 무엇보다도 임신한 여성의 의무요. 만약 아기를 잉태했다면 그녀는 태아가 모태에서 종말론적 신호를 보내는 것은 아닌지 관심을 가지고 그것을 확인해야 하오. 카산드라 태아와 관련된 통계 자료는 세월이 지나면 사회 상태와 발전을 판단하는 가장 우선적인 사회적 지표의 하나가 될 것이오."

"로버트, 가령 내가 당신 말에 동의한다고 해요. 그러나 다른 사람들이 이 모든 것을 받아들이려 하지 않으면 어떻게 하지요? 만약 당신이 아무도 설득할 수 없으면 말이죠?…"

"많은 것이 상황에, 전반적인 상황에 달려 있소. 앤토니 융거가 전적으로 옳아요. 필로페이와 직접 연결할 필요가 있소. 그가 생각한 이 싸움의 주승부처는 카산드라 태아의 반응이 지니는 종말론적 성격을 규정한 과학적인 관찰 자료요. 그가 이 자료를 공개하는 것이 필요하오. 생물학적 요소로부터 그리고 그로부터 얻은 철학적 결론에 이르기까지, 취합된 모든 것을 기자 회견에서 다시 한번 공개적으로 진술할 필요가 있소. 그리고 중요한 것은 필로페이가 직접 방송에 나오는 것이오! 융거가 자기의 아이디어를 실현할 수 있으면 좋을 텐데. 나는 전적으로 찬성이오. 이제 그에게 팩스를 보내야겠소. 그리고 두고 봅시다. 어떻게 되는지….”

그들은 아무 말도 없이 잠자코 있었다. 둘 다 가운을 입은 채였고 밤새 머리는 헝클어지고 얼굴은 야위었으며 정신은 다른 곳에 가 있는 듯했다. 일상적 근심거리와 다른 무서운 뭔가가 그들을 엄습하고 있다는 생각에 계속 불안해 하며 온 밤을 지새운 것은 그들 평생 처음 있는 일이었다. 우주는 그처럼 고통과 고난을 통해 확장되는 법이다.

이미 창 밖이 훤했다. 아침이 온 것이다.

그날도 지나간 날처럼 맑고, 가을다운 선명한 날씨를 약속하는 듯했다. 새들이 지저귀는 소리가 들려왔다. 아침 일찍부터 멀리 떠날 준비를 하는 철새 떼들이 모여 있었다. 보오크는 숲이 우거진 언덕과 골프장 위로 새들이 하늘을 맴도는 모습을, 또 먼길을 떠나며 해안을 따라 밑에서 하얗게 부서지는 거친 파도 위를 날아가는 모습을 그려 보았다. 새들과 함께 이곳을 떠나 날아가고 싶다는 생각이 들었다. 그러나 갑작스럽게 온 생애가 걸린 확고한 임무로 변해 버린 일을 계속해야만 했다.

세상이 그들을 그냥 내버려두지 않을 것이고, 잊지도, 잊으려 하지도 않는다는 것이 아침이 되자 분명해졌다. 모든 것은 시카고의 딸이 보내온 팩스와 함께 시작되었다. 에리카는 오해와 불안에 사로잡혀 다음과 같이 쓰고 있었다. “밤새 통화하지 못했어요. 전화가 모두 끊겨 있고 팩스는 계속 통화중이고, 아빠 도대체 무슨 일이에요? 왜 그런 일을 계획했어요? 시카고가 들끓고 있어요. 모두 반대하고 있어요. 저와 존은 충격을 받았어요. 부탁이니 제발 그만두세요. 엄마는 뭘 하시는 거예요?!”

제시는 당연히 흥분하였다.

"어떻게 할 건가요, 로버트? 당신은 아버지에요. 딸이 매우 걱정하고 있어요. 게다가 임신중이잖아요. 사위도 역시 기쁘지만은 않을 거예요. 존을 이해할 수 있어요. 그는 회사 중역이고 그곳의 행동 노선을 따라야 하니까요. 우리는 그 점도 생각하지 않을 수 없어요."

"옳아요, 전부 옳아요." 보오크는 할 수 없이 동의해야 했다. "그러나 이 상황에서 무슨 말을 할 수 있겠소? 문제는 가족 범위에서 끝나지 않는다는 거요. 만약 그렇다면 얼마나 좋겠소!… 진정해요, 제시. 에리카에게 편지를 쓰고 전화도 하고 좌우간 알아듣게 설명해 보겠소, 진정시켜 보겠소. 나중에는 젊은이들도 자기 머리로 생각해야 할 거요. 물론 그들에게는, 특히 존에겐 회사의 번영이 무엇보다 중요하겠지. 그러나 자동차 회사 밖에도 삶은 존재하고, 그 문제는 모든 사람들에게 똑같이 중요하다오. 전혀 이의가 없소. 좋은 한 쌍이고 행복하다는데. 그러나 당신도 알다시피 이기주의는, 특히 사회적 이기주의에는 어떤 한계가 있어야 하오."

"이봐요 로버트, 당신은 강의만 하려는군요. 좋아요, 그러나 잊지 마세요, 한가해지면 에리카에게 팩스 보내세요." 제시는 그 말과 함께 어깨 위로 얇은 비단 재킷을 휙 걸치고 나선, 융거의 충고에 따라 일찌감치 밀려들 방문객들에게 방해하지 말라는 부탁과 사과 공고를 내걸기 위해 자리를 떴다. 그녀는 '고양이 개'라고 불리는 털이 무성한 고양이를 데리고 나갔다. 그렇게 하는 것이 집주인들 생각에 가장 편할 것 같았기 때문이다.

제시가 머리를 매만지며, 옆에서 달려가는 '고양이 개'에게 뭔가 말하며 문을 쾅 닫고 나가자 로버트 보오크는 편집국 직원들이 도착할 때쯤 자료가 그들 책상 위에 놓여질 수 있도록, 그래서 곧바로 작업에 들어갈 수 있도록 밤새 완성한 글을 <트리뷴>지에 보내기 위해 팩스 앞에 앉았다. 그는 자신의 글이 긴급히 인쇄될 것이라는 것을 믿어 의심치 않았다. 그는 심지어 저자가 쓴 대로만 글을 실을 수 있으며 그 어떤 수정도 용납하지 않는다는 요구를 덧붙이기도 했다. 글이 기사화되는 것을 의심하지 않은 것은 아주 단순한 이유, 즉 <트리뷴>지로서도 달리 방도가 없다는 이유 때문이었다. 우주에서 온 필로페이의 편지를 과감히 인쇄한 그 신문이 이제 와서 입장을 바꿀 수는 없을 것이다. 무엇보다 신문은 자신의 노선을 유지하려 할 것이다. 그것은 신문사로서 절대절명의, 생사가 걸린 유례없는 사건이기 때문이다….

팩스는 한 장씩 삽입되는 텍스트를 삼키며 신호음과 함께 정확하게 작동했다. 전부 보낼 수 있어서 다행이었다. 그런데 잠시 후 로버트 보오크는 밖에서 뭔가 좋지 않은 일이 일어나고 있다는 것을 감지했다. 그들의 고양이가 갑자기 매우 적대적이고 때때로 오랫동안 벌벌 떨게 만들기도 했던 그 떠돌이 개를 만난 것처럼, 온통 털을 곤두세운 채 집안으로 뛰어들어왔다. 그리고 나서 보오크는 창가에서 제시가 손에 종이와 골판지 더미를 움켜쥐고 테라스를 통해 황급히 집으로 들어오는 것을 보았다. 그녀는 제정신이 아닌 듯 창백한 얼굴에 숨을 헐떡이며 뛰어들어왔다. 아마 밖에서 그녀를 위협하는 누군가의 손을 온몸으로 뿌리치고 빠져 나온 것 같았다.

"무슨 일이오, 당신?" 남편은 급히 그녀에게 달려갔다.

"로버트! 무서워요, 믿기 어려워요! 밖에 나가니 무뢰한들이 있었어요. 그들은 저쪽 길모퉁이 뒤에 차를 세워두고 거기 서 있어요. 보세요 그들이 붙여놓은 것을!"

제시는 신문과 함께 벽에서 뜯어 가져온, 물감으로 아무렇게나 휘갈겨 쓴 파렴치하고도 모욕적인 문구를 책상 위에 던졌다. 그것을 훑어본 보오크는 자신도 모르게 온몸이 굳어지는 것을 느꼈다. "우리는 보오크가 같은 거리에 산다는 것이 창피하다!" 이것은 아마 이웃에 사는 누군가가 쓴 듯했다. 또한 "여성 증오자, 복부 훼손자 보오크는 우리 뉴베리에서 떠나라!" "뉴베리의 페미니스트들은 보오크를 경멸한다!"는 문구도 있었고 훨씬 과격한 글들도 있었다. "보오크는 비겁자다!" "보오크는 KGB의 첩자다!" "보오크의 이마에 총알을!" "걸리기만 해봐라, 숨통을 끊어 놓을 테다!" "태아의 성은 카산드라."

"아마 아침 일찍부터 시작하기로 한 것 같군!" 보오크가 당황해 하며 중얼거렸다.

"아침부터요! 보세요 아침부터라고요! 이제 또 어떤 일이 일어날까요, 로버트?! 대체 무슨 일이 일어날까요? 이해할 수가 없어요!"

로버트 보오크는 통증을 느꼈고 뒷짐을 진 채 방안을 걸어다니기 시작했다.

"우리는 만일의 사태에 대해 준비해 두어야겠소." 그는 고함이 터져 나오려는 것을 애써 참으며 아내에게 엄한 어조로 말했다. 그러나 그것은 무척 어려운 일이었다. "피가 끓어오르더라도 참아야 하오. 일단 일이 이렇게 시작된 이상 더 나쁜 일도 예상해야만 하오. 만약 어제 있었던 집회만 아니라면 모든 것이 좀더 문명적인 형태를 띨 수도 있었을 텐데. 오오독이 사건의 고삐를 풀어버린 거야. 저주받을 자!"

"만약 당신이 보았다면!" 제시가 거리 쪽으로 고갯짓을 했다. "그 자들이 얼마나 야비한 모습으로 모퉁이에 서 있는지 말이에요. 온갖 작자들이 다 있었어요. 자기들 자동차 옆에서 담배를 피우고 있어요. 제가 이 추악한 것들을 벽에서 떼어내려고 하자 그자들은 내게 휘파람을 불며 웃어댔다고요."

"어떤 사람처럼 보였소? 이 지방 사람들이었소?"

"어디서 왔는지도 모르겠어요. 평상시처럼 청바지에 점퍼를 입고 있었어요. 제가 보기엔 그들 가운데 여자들도 있어요."

"음, 알겠소." 비록 분명한 것은 아니지만, 보오크가 중얼거렸다.

"경찰에 신고해야겠어요. 로버트, 경찰에 전화하세요. 조치를 취하게 해요."

"서두르지 말아요. 전화할 시간은 충분히 있소. 좀더 기다려봅시다. 뭔가 이상한 조짐이 보이면 그때 신고합시다."

"이게 추락의 마지막 단계겠지요! 정말 이럴 줄 몰랐어요! 그런데도 당신은 좀더 기다리겠다니!" 제시가 의자 위로 무너져 내리더니 울음을 터뜨렸다.

"이봐요, 제시, 왜 또 그러는 거요. 여보! 제발 좀 자제해요." 보오크가 그녀에게 몸을 기울이며 절망적으로 말했지만, 그녀는 아무 말도 못하고 그저 흐느낄 뿐이었다.

"당신이 봤다면! 당신이 봤다면!"

"당신에게 진정제를 갖다 주겠소. 지금 당장, 제시, 그만해요, 지금 당장 갖다 줄 테니."

그는 물약을 가지러 그녀의 침실로 달려가다 문에 걸려 넘어지면서 모서리에 부딪혔다. 바로 그 순간 그는 바닥 위에 나뒹구는 종이뭉치를 보았다. 그는 그것이 제시가 오면서 던져 버린 것임을 알았다. 대체 무슨 말이 쓰여 있기에 그녀는 거의 반쯤 정신이 나간 상태에서도 남편이 그것을 보지 못하도록 멀리 던져 버렸을까? 그는 그것들을 읽고 나서야 영문을 알았다. 정말 불쾌해졌다. "보오크, 필로페이에게 엉덩이를 대줘, 우주에는 여자가 없으니까!" 그리고 그에 관한 그림도 있었다. 서명은 '안녕, 카산드라 태아'로 되어 있었다.

그는 자신이 어떻게 안마당에 있는 돌 정원으로 나갔는지도 기억나지 않았다. 그는 도덕적 테러에 굴복하지 말자고 스스로 맹세하면서 맹목과 정신적 빈곤 때문에 자기들이 무슨 일을 저지르는지도 모르는 사람들을 용서해야 한다는 생각이 들었다. 그리고 자신은 이 모든 저열한 행위를 초월하여 높은 곳에 있어야 한다고 확신했다. 그럼에도 불구하고 속이 편해지지는 않았다. 그가 자주 깊은 사고에 빠져들었고, 자신의 내면에서 어렴풋이 보이던 영원성의 윤곽을 말로 설명할 수 없어 아내가 웃어대던 그 이상한 기호를 모래 위에 그려가며 열심히 표현하려고 애썼던 그곳에서 그는 이제 짐승처럼 멸시 당하고 모욕당한 모습으로 앉아 있어야 하는 일이 발생하였다. 이것은 엘리트주의나 그의 나이에는 용납되지 않는 감상주의에 대한 운명의 장난이요 조롱은 아닐까? 그는 정말 철부지였다. 그래서 세상이 얼마나 가혹하고 복수심이 강한지를 몰랐다. 그래서 인생 말기에 이런 비천한 욕설을 듣게 된 것이다.

지평선 위로 떠오른 태양이 공허하고 무의미하게 보였다. 아무것도 보고 듣고 싶은 생각이 없었다.

그는 집에서 나올 때 무의식적으로 들고 나온 신문을 기계적으로 뒤적거렸다. 그것은 뉴베리 지방 신문의 호외판이었다. 그는 다시 자신이 사냥꾼에 둘러싸인 늑대와 같다는 사실을 확인하였다. 1면의 큰 제목 밑에 예비 선거 집회를 끝내고 행한 올리버 오오독의 기자회견 기사가 실려 있었다. 오오독의 사진은 하나만이 아니었다. 연단에서 격렬한 제스처를 취하고 있는 오오독의 모습이 클로즈업되어 있었다. 그리고 지면을 가로질러 그의 말이 쓰여 있었다. "볼셰비키식 유전자 숙청은 안될 것이다!"

그는 이제 그쪽으로 창을 겨누고 있었다. 왜냐하면 필로페이는 러시아인이고 이는 곧 볼셰비키를 의미했기 때문이다. 터무니없는 소리지만 그러나 효과적이었다! 이제 종이에 보오크를 KGB의 첩자라고 쓴 이유를 알게 되었다. 모든 것이 한결같이 그 더러운 곳에 근원을 두고 있었다. 그것을 말하고도, 생각하고도 싶지 않았다. 맥이 풀리며 정신이 멍해졌다.

그는 옆에서 제시의 목소리를 듣고 몸을 돌렸다. 울어서 눈이 부어오른 제시가 자신을 억제하려고 애쓰고 있었다.

"방금 앤토니에게서 급한 팩스가 왔어요." 그녀가 옆에 앉으며 말했다.

"미스터 보오크," 앤토니 융거는 쓰고 있었다. "우리는 조속히 전화 통화를 해야 합니다. 제발 선을 연결하시고 응답해 주십시오. 용건은 우주 TV 중계에 관한 것입니다. 만약 그것을 할 수만 있다면 우리는 사람들의 눈을 뜨게 할 수 있을 것입니다. 우리가 장비를 선생님 댁에 설치할 수 있을지 판단해 보십시오. 미스터 보오크 지금 사방에서 우리를 공격하고 있습니다만 절대로 실망하지 마십시오. 저는 10분 후에 전화를 드리도록 하겠습니다. 당신의 앤토니 융거."

"벌써 일이 벌어졌군, 앤토니가 움직이고 있어!" 보오크가 생기를 되찾았다. "전화를 연결해야겠소, 제시. 전화하게 합시다. 전화를 피해 다른 데 가 있지 맙시다. 세상과 벽을 쌓고 앉아 있을 수만은 없어요."

"그래요, 당신이 옳아요. 그리고 여기 편지가 또 하나 왔어요." 제시가 말했다. 그것은 대학 총장에게서 온 팩스였다. 그는 다음과 같이 쓰고 있었다. "미스터 보오크, 우리의 안전을 위해 대학에 출강하지 말기를 바랍니다."

"잘 알겠소." 보오크가 내뱉듯 말했다. "자 우린 전화 있는 데로 갑시다."

앤토니 융거의 전화는 그 무서운 아침에 한 줄기 서광과도 같았다.

"미스터 보오크, 선생님의 목소리를 듣게 되어 기쁩니다. 팩스도 좋습니다만 목소리를 듣는 게 훨씬 더 좋죠."

"훨씬 좋지! 그렇고 말고!" 보오크는 확신에 찬 어조로 대답했다. "나의 아내 제시도 자네에게 인사를 전하고 있네, 앤토니."

"정말 잘됐군요, 그녀에게 감사 드립니다. 저는 오늘 우리가 모두 만나야 한다고 생각합니다. 매우 필요하거든요."

"앤토니, 자네를 위해 한마디하는데, 어젯밤 자네가 보내준 팩스는 상아탑에 유폐되어 있던 우리를 구출해 주었네. 스스로 자신을 비웃는 것 같지만. 그건 그렇고 앞으로 어떻게 될 것 같은가? 뭔가 전망이 있다고 기대해도 좋을까?"

"완전한 행동 계획이 있습니다. 그러나 선생님께서 먼저 알고 계시도록 말씀 드릴 게 있습니다. 미스터 보오크, 편집부가 받은 선생님의 글은 아마 우주의 필로페이에게도 이미 전해졌을 것입니다. 제가 조금 뒤 확인해 보겠습니다만, 이러한 조치는 필로페이에게 지상에 있는 그의 첫 번째 우주 유전학 파트너, 바로 선생님을 소개하기 위한 것만은 아닙니다. 필로페이는 이미 선생님의 글을 알고 있을 겁니다. 우리는 우주 중계를 통해 필로페이와 선생님이 참석하는 기자 회견을 개최하고자 합니다."

"앤토니, 그건 아주 매력적인 계획일세. 하지만 그게 전부 가능하다고는 생각되지 않네. 더구나 이렇게 짧은 시간 내에 말일세."

"걱정하지 마십시오, 미스터 보오크! 저는 혼자가 아닙니다. 저에겐 성실한 친구들과 아는 곳이 많습니다. <트리뷴>지만 해도 완전히 우리편이지요. 그 신문은 자신의 생존을 위해 행동할 것입니다. 그리고 가장 중요한 것은 모든 TV 방송국이 세계적 쇼가 될 이번 기획에 관심을 가지고 있다는 겁니다. 뿐만 아니라 그들은 속으로 얼음판 위를 뛰어다니는 자들에게서 뜻밖의 적지 않은 이익을 올릴 수 있을 것으로 계산하고 있습니다. 그래서 전력을 다해 일하고 있지요."

"그런가? 그런데 얼음판 위를 뛰어다니는 자들이 누군가?"

"죄송합니다. 제가 바보 같은 비유를 한 것 같군요. 실은 우리가 미끄러운 얼음판 위에 있습니다. 그러나 지금은 그런 생각을 할 여유가 없습니다. 죄송합니다. 전화를 끊겠습니다. 시간이 꽉 짜여져 있거든요. 차에서 계속 말씀 드리지요. 우리는 뉴베리의 선생님 댁으로 갈 겁니다. 저와 NASA에서 온 우수한 우주 통신 기술자 3명, 모두 4명입니다. 차는 2대이고 그중 한 대는 기술 장비를 실은 지프형 트럭입니다. 나머지 사항은 도중에 설명해 드리겠습니다. 우리는 약 40분 후에, 혹은 좀 빨리 뉴베리에 도착할 수 있을 것으로 생각됩니다. 지도상으로 선생님 댁은 슈퍼마켓 "컨퍼런스"에서 반 마일 지점에 있는 것 같은데 맞습니까?"

"그렇다네. 3/4마일 지점이지."

"오케이, 이제 출발할 겁니다. 웃지 마십시오. 이제 제가 중계 팀장이고 필로페이는 우주의 원수이고 그리고 선생님은…"

"나는 제시 휘하의 부연대장일세." 보오크가 재빨리 대답했다.

"잠깐, 앤토니, 시간이 없는 줄 알지만 자넨 아직 젊으니, 그런 걸 감안해서 내 집과의 우주 통신에 드는 비용은 내가 부담하겠네."

"늦었습니다. 미스터 보오크, 관심 있는 TV 방송사들이 전부 돈을 대고 있습니다. 그들에게도 나름대로의 계산이 있죠. 걱정하지 마십시오. 더구나 저 역시 뭔가 할 수 있답니다. 저의 부친은 유명한 변호사이고… 그러니 그런 일은 생각하지 마시고 카산드라 태아와 필로페이에 관해 생각하십시오."

"오오독에 대해서도 생각해야겠지." 보오크가 덧붙였다.

"제일 먼저 하셔야 되겠지요. 그도 역시 모종의 행동을 전개하고 있습니다. 그것에 대해서는 가면서 말씀 드리지요. 미스터 보오크, 죄송합니다만 선생님께서는 절대로 집 밖으로 나가지 마십시오. 사모님도 마찬가집니다. 슈퍼마켓에도 가지 마십시오. 조심하십시오. 오늘은 필요 없습니다. 우리가 전부 가져가니까요. 출발합니다."

그는 곧바로 차에서 전화를 걸어왔다. 통화와 통화 사이의 그 짧은 시간이 보오크 부부에게는 무한히 긴 것처럼 생각되었다. 마치 짐을 들고 기차에 올라탔고 또 그때까지 함께 있었던 모든 것이 지평선 너머로 사라져버린 것 같은데도 기차는 여전히 꿈쩍도 하지 않고 있는 것과 같은 기분이었다. 그들은 문득 자신들의 생활이 지금까지와는 판이하게 다르게, 분 단위로 이 사건에서 저 사건으로 매우 엄격하게 진행되고 있으며 이제 자신들의 운명에서 가장 결정적인 순간이 다가오고 있다는 것을 깨달았다. 수수께끼와도 같은 미지의 운명이 아니라 그들을 향해 빽빽이 다가오는 적대 세력의 선동과 폭력으로 이루어진 운명 말이다.

"우린 이미 고속도로로 나왔습니다." 앤토니 융거가 전해 왔다. "교통은 정상이고 막힌 곳도 없습니다. 정시에 도착할 수 있을 것 같습니다. 이제 잠시 일에 관해 말씀 드리지요."

"말하게, 앤토니. 나는 지금 어떤 일이 일어나고 있는지 알고 싶네. 나와 제시는 자네도 알다시피 얼마 동안 스스로 고립되었었네. TV나 라디오도 틀지 않았지."

"미스터 보오크, 있는 그대로 말씀 드리면 상황은 매우 심각합니다. 나라마다 어디건 상황은 똑같습니다. 집단적 거부입니다. 이것을 아셔야 할 겁니다."

"음, 그런가." 보오크가 수화기에 대고 말했다. "앤토니, 내가 알기론 사람들은 카산드라 태아를 객관적으로 존재하는 엄연한 사실로서 받아들일 준비가 되어 있지 않네. 물론 그것은 고통스런 심리적 충격이고, 또 모든 삶의 토대를 재검토해야 할 필요성을 제기하지. 그래서 차라리 반박해 버리는 편이, 뱀 같은 의심이 고개를 쳐들기 전에 짓밟아버리는 편이 더 좋다고 생각하는 건 아닐까."

"바로 그겁니다." 앤토니가 대답했다. "저는 이것을 다리에 빗대어 설명하고 싶습니다. 예를 들어 샌프란시스코 만에 건설된 다리에 결함이 발견되었지만 차들은 여전히 그 다리를 건너다닐 수 있는 상황과 같은 셈이지요. 왜 그런 생각을 하느냐고요? 더 빨리, 더 빨리 그리고 더 많이 짐을 운반하고자 할 뿐 다리가 어떻게 될지는 나중에 다른 사람들이나 생각하라는 식이지요. 미스터 보오크, 도착하기까지 아직 시간이 좀 있고, 자동차는 기술자 한 명이 운전하고 있으므로 잠시 선생님과 차분히 대화를 나눌 수 있어 드리는 말씀인데, 이제 선생님께서 매우 흥미를 가지실 만한 사실 한 가지를 말씀 드리겠습니다. 결론은 선생님께서 내리셔야 됩니다. 제가 신문들을 훑어보고 라디오, TV를 들어본 결과 필로페이의 발견과 관련하여 부정적이고 전투적인 2가지 경향을 발견할 수 있었습니다. 우선 민족주의적 주장이 매우 큰 상처를 입고 있었습니다. 이스라엘에서는 이것을 마치 이스라엘인의 유전자를 그런 방법으로 근절하려는 시도로 인식하고 있습니다. 시험 광선을 막을 수 있는 방패를 발견하고 필로페이의 광선을 중화시킬 수 있는 장치를 발명해야 한다는 격문이 뿌려지고 있습니다. 러시아에서도 강력한 항의 운동이 일어나 필로페이를 우주에서 즉시 귀환시킬 것을 요구하는 시위로 발전하였습니다. 그는 수도사도 아니고 또 자기들에겐 한번의 페레스트로이카만으로, 가이다르의 개혁만으로 충분하기 때문에 러시아 국민의 유전적 페레스트로이카는 용납하지 않겠다는 거지요. 필로페이는 우주의 고르바쵸프다! 그는 미국을 위해 일한다! 그는 러시아를 굴복시키려 한다!는 등의 이야기가 나오고 있습니다."

"그런가, 정말 슬픈 일이군, 듣기에도 무척 괴롭네, 그저 마음만 아플 뿐이네. 어떻게 그럴 수가?" 로버트 보오크가 흥분했다.

"하지만 좀더 들어 보십시오. 중국에서는 전혀 다른 각도에서 위험성을 보고 있습니다. 즉 이것은 그들의 인구적 우월성이 가지는 중요성을 무효화시키는 방법이라는 거죠. 그곳의 슬로건은 "인간의 재배를 허용하지 않겠다!"입니다. 또 인도에서는 카산드라의 낙인을 종교 의식의 반점으로 지워 버리자고 호소하고 있습니다."

"저런, 저런," 보오크는 놀랐다. "무슨 짓들인가, 앤토니!"

"그러나 저를 더 놀라게 한 소식도 있습니다. 미스터 보오크, 선생님께서 그것에 대해 무슨 말씀을 하실지 흥미롭군요. 함부르크에서는 그 유명한 부둣가 매춘부들과 그들의 기둥서방들이 발작적으로 항의하고 나섰답니다. 시실리에서는 마피아들이 팔레르모의 해안 도로를 따라 전국민적 시위 행진을 조직했고요. 라틴 아메리카에서도 수많은 시위들이, 특히 불법 마약 재배 지역에서 걷잡을 수 없는 시위들이 발생하고 있습니다. 심지어 포르노 산업 쪽에서도 방관하지 않고 역시 항의하고 있습니다. 그리고 테러 조직들, 모든 혁명가들도 격렬히 반대하고 있습니다. 만약 필로페이가 그들의 손길이 미치는 곳에 있었다면 그들은 그를 어떻게 했을 겁니다… 또한 각국의 군부들 역시 매우 불만스러워하고 있습니다. 게다가 전혀 이해할 수 없는 것은 롱런한 영화의 감독들도 목청을 높이고 있다는 겁니다."

"여보게, 앤토니," 로버트 보오크가 말했다. "내가 보기에 지금 온갖 직종 단체들이 직종별로 떼지어 뭔가 본때를 보여 주려는 것 같네. 어떤 패거리든 살아서 번성하고 싶을 테니까. 나는 그렇게 말하고 싶네. 그런데 그들의 앞길에 생각지도 못했던 카산드라의 낙인이라는 커다란 장애물이 위협을 하고 있거든. 그로 인해 이들 그룹 중 상당수는 사회에서 그 필요성이 현저히 약화될 게 틀림없네. 카산드라의 낙인이 사실이라면 누가 기둥서방짓을 하려고 들겠나. 그에 대한 수요가 없는걸. 이전처럼 매춘부가 널리 필요하지도 않을 그런 사회에서 말일세. 함부르크뿐만이 아니겠지. 그리고 마피아들도 마찬가지일세. 갱들과 범죄는 서로 연관되어 있지 않는가. 그런데 카산드라의 낙인은 치욕이 아니라 경고이고 또 인간의 항시적 자기 완성을 위한 자극이기 때문에 여러 세대에 걸쳐 이를 예방하기 위해 노력하고, 그 결과 유전자에 의한 각 개인의 부정적 자기 실현 성향이 사라지게 된다면 지금 겪고 있는 이 위기도 정당화될 걸세. 그러니 어쩔 수 없이 이 문제를 잘 해결해야 되겠지…."

"미스터 보오크, 우주 중계 때 그런 생각을 말씀하시지 않겠습니까?"

"못할 이유가 어디 있겠나? 그러나 문제는 다른 곳에 있네. 과연 사람들이 내 말을 듣고 싶어할 것인가, 아니 들으려 할 것인가가 문제라네. 자네가 말한 항의 군중들도 자기 눈앞에서 기존 질서가 무너지는 것을, 안정을 잃는 걸 두려워하고 있지. 하지만 앞으로 어떤 근본적인 생각의 변화가 일어나면 그들도 카산드라 태아들이 본능적으로 두려워하는 일상 속의 모든 부도덕한 것과 파멸을 초래할 것들을 떨쳐버리려 할걸세. 더욱이 이러한 자기 인식의 변화가 발생하는 것은 어떤 선의의 도덕적 희망 때문이 아니라 그것이 생존과 진보를 위한 유일한 현실적 조건이기 때문이지. 그러나 지금은 이 모든 것을 생각조차 하기 싫어할 것이네."

"미스터 보오크, 각 종교계에서 항의한 것에 관한 정보도 많습니다."

"이해가 가네. 카산드라의 낙인은 그 성격상 모든 사람, 모든 집단과 똑같이 연관되어 있지. 카산드라 태아의 반응은 그런 의미에서 보편적인 걸세. 인류가 온갖 집단, 블록, 성향으로 분열되도록, 자기편과 남의 편으로 분열되도록 획책하는 세력들, 또한 이러한 분열과 반목에 정신적으로 기생하는 세력들에게 카산드라 태아는 아무 소용도 없겠지. 그들에게 카산드라 태아는 방해물이요 전체적인 불안일 뿐 종파의 문제가 아닐세. 그런 세력들은 필로페이와 그의 발견을 온갖 언어와 방언으로 상처를 주려고 하겠지. 내겐 하나도 놀라울 게 없네…."

"저도 선생님 의견에 완전히 동의합니다. 미스터 보오크, 이번 대화로 저에게는 훨씬 더 많은 것이 명확해졌습니다. 죄송합니다만 잠시 통화를 중단해야겠습니다. 누가 코드 전화로 저를 급하게 찾고 있거든요. 아니, 선생님께서는 수화기를 들고 계십시오. 무슨 일인지 지금 알아 보겠습니다. 그 다음에 이야기를 계속하지요. (여보세요, 뭔가 새로운 소식은? 뭐라고? 그게 무슨 말인가! 상황이 매우 나쁘군. 그래, 잘 알았네. 우리가 움직여 보겠네.) 미스터 보오크 죄송합니다. 지금까지 입수한 바로는 상황이 계속 복잡해지고 있습니다. 선생님께 부탁 드립니다만 곧바로 그곳 경찰에 전화하셔서 지금 슈퍼마켓 옆 정류장에서 선생님 댁 방향으로 대규모 시위대가 향하고 있다고 신고하십시오. 선생님 댁 창 밑에서 소동을 일으킬 것이 틀림없습니다."

"알았네, 앤토니, 지금 경찰에 전화하지. 아내도 이미 오래 전부터 그렇게 하자고 제안했지만 나는 왠지 서두르고 싶지 않았네. 이른 아침부터 벽에다 온갖 해괴망칙한 말들을 적은 종이를 붙여 놓았는데도 말이지. 제시가 지금 경찰에 전화하러 갈 걸세."

"네, 미스터 보오크, 미리 조심해 두시는 것도 괜찮을 겁니다. 더욱이 제가 들은 바로는 방금 선생님의 글이 실린 <트리뷴>지가 독자들에게 배포되었답니다. 호외판으로요."

"그런가?" 로버트 보오크가 흥분해서 소리쳤다. "신문쟁이들이 좀 서둔 모양이군."

"당연하지요. 선생님은 거물 미래학자이시고 선생님의 말씀은 금덩이만큼이나 무게가 나가니까요. 물론 글을 둘러싸고 당장 격한 여론이 들끓을 겁니다. 그것은 포위 당한 요새로부터의 첫 번째 포격이죠. 그러나 오오독에 대한 유일한 사격이기도 합니다. 솔직히 말씀 드리면 저는 그러한 현실이 무척 슬픕니다. 저는 선생님 의견에 동조하는 사람들도 있고, 그 숫자도 적지 않다고 생각합니다. 독창적인 사고를 하는 지성인이라면 카산드라 태아 현상에 대해 생각하지 않을 수 없습니다. 그것은 우리들의 자기 이해의 전환점이기도 하니까요. 역사상 언제 그런 일이 있었던가요?! 아마 이 현상의 의미를 파악한 사람들은 모두 가지 위에 앉은 봄날의 새처럼 노래할 것입니다. 그러나 제가 확신하는 바로는 유감스럽게도 압도적 다수의 지식인들이 자신들의 발목을 잡고 있는 대세의 흐름에 감히 반대하여 일어나진 못할 것입니다. 엘리트 지식인들은 대중에 대항하여 한마디 말도 못하고 한 구석에 물러나 있을 거라고 확신합니다. 그 동안 오오독은 횃불을 들고 뛰어다니며 전세계의 모든 평범한 사람들의 머리와 마음속에 분노의 불길을 지필 것이고, 그들을 자기 밑에 종속시키고 또 선동하겠지요. 주변의 모든 사람들이 고함를 질러댈 것입니다. 모두들 떼지어 행동하고 싶어서 안달일 것입니다. 매춘부들도 조직적으로 시위를 하는 판인데 나머지 사람들이야 말할 나위도 없겠죠?!"

"앤토니, 미안하네, 말을 가로막아서, 연장자로서 한마디하겠네. 자네는 아직 젊고 그래서 매춘부 이야기를 할 때 좀 웃기기도 하겠지. 나도 이해하네. 하지만 나는 무척 슬픈 생각이 드네. 물론 그들은 항상 원래의 자기 일에 맞게 행동해 왔지. 매춘부들이 공개적인 항의 집회를 위해 떼지어 나오다니, 미안하지만 그런 일은 금시초문일세. 그들 고유의 직업적 냉소주의나 자부심에도 불구하고 그 불쌍한 매춘부들은 이제 자신들이 삶의 환경에 종속되어 있다는 것을 느끼게 된 거지. 카산드라의 낙인은 유전자의 밀림 속에서 멸종된 꽃에 대한 울음이네."

"... 저는 지금 오오독 자신도 자신이 쏟아 부은 것을 어찌지 못하는 상태에 있다고 생각하고 있습니다. 실례를 찾기 위해 멀리 갈 필요도 없습니다. 지금 길 위에서 벌어지고 있는 일을 보고 있습니다만 수많은 차들이 우리를 앞질러 아마 뉴베리의 선생님 댁으로 달려가고 있는 것 같습니다. 차에 탄 사람들 거의 모두가 저처럼 전화로 뭔가 소리치고 있습니다. 얼굴 표정으로 보아 전혀 좋은 일이 아닌 것 같습니다. 차마다 사람들이 가득 타고 있습니다. 그들은 슈퍼마켓 옆 정류소에 모일 거라고 저에게 이야기하는군요."

"그런가, 앤토니, 그곳은 그런 종류의 집회를 하기에는 매우 편리한 장소이지."

"그곳만이라면 얼마나 좋겠습니까! 죄송합니다. 또 호출이군요. (여보세요, 네, 제가 앤토니 융거입니다. 여보세요, 알겠습니다. 네, 말씀하세요, 듣고 있으니까, 저도 그렇게 생각했습니다. 좋습니다.

계속 알려 주세요. 잘 알겠습니다. 오케이!) 미스터 보오크 방금 전해 온 바로는 뉴욕 거리에도 시위 군중이 있답니다. 특히 유엔 건물 앞에 많은 군중이 모여 있답니다. 경찰이 겨우 통제하고 있고요. 시위대는 필로페이를 우주에서 제거하는 제재 조치를 요구하고 있습니다. 이것은 이미 국제적 행동입니다. 특이한 것은 최근 카산드라의 낙인이 나타난 임부들이 앞장서서 걸어가고 있다는 겁니다. 그들은 이마에 색칠을 하고 "보세요, 우리에게 카산드라의 낙인을 찍었어요. 우리를 구해 주세요!"란 플래카드를 들고 있답니다. 그리고 많은 남성과 여성들이 연대의 표시로 십자가를 그려놓고 함께 행진하고 있답니다. 지금 그런 상황입니다."

"알았네, 앤토니. 이미 나도 집 근처에서 그런 목소리들을 들었네. 제시가 차고를 닫으려고 뛰어나갔지. 어떤 작자들이 풀장에 돌을 던지는 것이 창문으로 보이는군. 부랑자들 같아. 경찰이 곧 도착할 거라고 생각하네. 기다리지. 그런데 앤토니. 필로페이와 연락하는 데 얼마나 시간이 걸릴 것 같은가?"

"이 친구들 말로는 대강 1시간 혹은 좀더 걸릴지도 모른답니다. 그 곳에서도 선생님이 보이겠지요. 그러니 선생님께서는 필로페이와 서로 마주보며 이야기를 하실 수 있을 겁니다. 제가 들은 바로는 그는 벌써 선생님 글을 받아 보았답니다. 기자 회견을 어떻게 할건지 전략, 전술을 협의할 필요가 있을 것입니다. 그건 도착한 후에 말씀 드리지요. 우리는 곧 도착합니다. 기다리세요!"

길거리의 소음이 점점 커졌다. 차에서 내린 사람들과 슈퍼마켓 옆 정류장에서 걸어온 사람들이 서둘러 움직이는 것이 창문으로 보였다. 모인 사람들은 울타리 옆의 나무 밑에 서서 뭔가 활발하게 이야기하고 있었고, 이미 물감으로 마구 휘갈겨쓴 플래카드와 구호들을 잘 보이게 들고 있었다. 모두 한 가지 테마로 노골적인 협박을 담고 있었다. "보오크 당신을 용서할 수 없다!" "엉터리 학문을 하는 괴물을 굴 속에서 압살시키자!" "교수의 이마에 카산드라의 낙인을 지져 넣자!" "인권을 짓밟는 자는 자신도 그것을 잃을 것이다!" "우리는 학계의 테러 분자를 용인할 의무가 없다!" "보오크는 사탄의 조수이다!" "필로페이와 보오크를 교수대로 보내자!" 등등….

보오크는 등골이 오싹해지는 느낌이었다. 그들은 누구일까? 그들은 왜, 무엇을 위해 한꺼번에 이곳에 나타났을까? 한번도 만난 적이 없고, 소개 받은 적도, 서로의 존재에 대해 의심해 본 적도 없는데 말이다. 그런데 때가 되자 모인 것이다. 지금 그들은 거리에서 어떤 행동을 하기 위해 준비하고 있다. 백인, 흑인, 남녀노소 할 것 없이, 어떤 자는 확성기를, 어떤 자는 사진기와 캠코더까지 가져왔고, 많은 사람이 핸드폰을 들고 다른 곳에 있는 누군가와 활발히 이야기를 나누고 있었다. 그는 이전에 역사 연구나 이론적 논문을 통해서 판단하던 그 힘이, 또 군중을 그리며, 그들의 예측 불가능한 행동을 무엇으로 설명해야 할지 이해하려고 애썼던 작가들이 자신의 화폭이나 연극, 영화 속에서 묘사하는 대로 보았던 그 힘이 바로 이러한 자들이라는 사실이 너무 이상하고 믿기지 않았다.

그런데 지금 그들이 이곳에 무리를 지어 나타나 있었다. 그들은 울타리를 따라 빽빽이 서 있었고 창에서는 그들의 얼굴이 보였다. 그들은 무엇을 얻으려는 것일까, 무엇을 갈구하고 있는 것일까? 무슨 근거로? 그들의 손에는 1572년 파리에서 벌어졌던 신교도들의 대학살(위그노의 난 — 옮긴이) 이래 전해 내려온 보이지 않는 횃불이 불타고 있고, 그들의 발길은 거듭된 봉기로 피가 흥건히 고인 로마 포도의 둥근 돌 뿌리에 걸려 넘어지고, 그들의 머리 위에는 독을 내뿜기 위해 출구를 찾아 헤매는 거대한 벌떼들이 긴장된 소음을 웅웅 울리고 있다. 그것은 그들의 죄일까? 어떤 재앙이, 혹은 역병과도 같은 초월적인 힘이 벌을 내리기 위해 그들을 이곳으로 내몬 것은 아닐까? 어떻게 해야 할까? 불과 얼마 전 인간의 혼을 농락하던 총통이 지켜보는 가운데 광장에서 엄청난 열광과 충성의 외침으로 하늘마저 떨게 했던, 또 그 총통의 손짓 하나에 무릎이 피투성이가 되도록 서로 동으로, 남으로, 북으로 나아간 그들에게 대체 무슨 말을 해야 하는가? 불과 얼마 전에 스탈린의 관 앞에서 오줌을 지릴 정도로 존경하고 사랑하던 자의 마지막 모습을 망막의 한 구석에라도 담아 두려다 서로 짓밟혀 죽기까지 한, 또 총살과 사형으로 죽은 영혼들로 가득 찬 땅에서 그자와 함께 저 세상으로 떠나려고 한 그들에게 대체 무슨 말을 해야 한다는 말인가? 불과 얼마 전 망명하는 이란 국왕을 태운 비행기가 테헤란 비행장에서 바퀴라도 잡으려고 애쓰던 자들의 머리 위로 간신히 이륙하는 데 성공하였을 때, 그 비행기를 향해 마주보며 활주로를 달려오던 그들에게 무슨 말을 해야 한단 말인가? 미쳐 버린 군중은 한동안 활주로를 따라 더 달렸고 비행기는 신호등을 깜박이며 하늘 높이 멀어져 갔다. 하늘에는 사람들이 지배할 수 없는 별들이 반짝이고 있었다. 그런데 군중들은 이루지 못한 복수의 열망에 불타올라 발광하며 알라에게 그 비행기를 즉시 되돌려달라고 호소하고 있었다….

그런데 이제 그 군중이 이곳, 그의 집 대문 옆에 새로 난 갈림길 위에 있는 것이다. 그는 창가에 서 있었고 옆에는 제시도 있었다. 그들의 대화는 뭔가 진공 상태에서의 유영을 연상케 했다.

"들어봐요, 로버트, 그들이 조용해요."

"정말 쥐 죽은 듯 조용하군."

"대체 무슨 짓을 하려는 걸까요?"

"내 생각으론 내가 모습을 보여야 할 것 같소. 그들에게 나가야겠소."

"무슨 말이에요?! 로버트, 당신 제정신이에요?"

"물론이오. 그들은 내가 그들을 피해 숨어 있는 것이 아니라는 것을 알아야 하오. 나는 그들이 알기를 원하오. 이런 시위가 유전적 퇴화를 중단시킬 수 없다는 것을, 폭력은 단지 묵시론적 종말을 더욱 앞당길 뿐이라는 것을 말이오. 나는 카산드라의 낙인이 운명에 의해 우리에게 던져진 도전이라고 그들에게 말하고 싶소. 카산드라 태아가 보내는 모든 신호는 우리 모두와 연관되어 있소. 만약 우리가 그것을 이해한다면 출구도 있고 기회도 있소. 앞으로 무슨 일이 일어날지 보려면 주위를 둘러보아야 하오."

"훌륭하군요. 그러나 먼저 생각해 보세요. 로버트, 당신이 누구에게 그 모든 것을 설명하려고 하는지. 이건 대학 강의가 아니라고요. 누가 당신 말을 듣겠어요? 그들이 온 건 다른 목적 때문이에요!"

"나로서는 달리 방도가 없소."

"왜요? 당신 스스로 말했잖아요. 이제 앤토니가 우주와 교신하게 되면 당신은 필로페이를 만나 그와 모든 것을 논의하고 저녁에 함께 기자 회견을 하면서 이 문제에 대해 당신이 이해한 것을 말 거라고요. 그러면 사람들도 결국은 당신이 그들에게 나쁜 것이 아니라 좋은 것을 원하고 있다는 것을 이해하리라 기대해요."

"당신 얘기를 듣고 있는 동안은 나도 당신에게 동의하오. 제시 그러나 그것은 당신 이야기를 듣고 있는 동안뿐이오. 그러나 지금 여기 모여 있는 사람들은 아마도 기자 회견 때까지 기다리지 못할 거요. 직접 봐요. 그들은 계속해서 모여들고 있소. 그들은 많이 모이면 모일수록 더 공격적으로 될 거요. 늦기 전에 나는 그들과 공개적으로 이야기를 해야겠소."

"난 몰라요, 로버트, 당신은 위험을 자초하고 있어요."

"위험을 자초한다는 것은 무슨 의미요? 나는 필로페이의 발견에 관해 생각하는 바를 그들에게 설명해야 하오."

"당신은 이미 글로 그것을 설명했잖아요."

"그것으론 부족하오. 아니면 아무것도 아닐 거요. 이 사람들은 글을 읽지 않으니까."

"로버트, 보세요, 그들이 무슨 짓을 하고 있는지. 그들이 당신 사진을 태우고 있어요!"

"내 사진을? 내가 무슨 정치 지도자라도 된다는 말이오?"

"보세요! 당신 사진을 제록스로 확대한 거예요."

"할말이 없군. 종이를 태우다니 가엾지 않소."

"경찰은 대체 어디 있지요?"

"경찰이 여기서 무엇을 할 수 있겠소? 경찰은 이미 도착했다오. 저기 3명이 입구 옆에 서 있군. 지금껏 그들을 못 봤소?

"3명밖이에요? 그들은 왜 잠자코 있는 거지요?"

"그들이 무엇을 할 수 있겠소? 어떤 자는 나의 사진을 태우는 것이 오히려 고소하겠지."

"TV로 비슷한 걸 여러 번 본 적 있지만, 이건 실제 상황이에요. 마치 인도의 무슨 광경 같아요. 정말 그곳과 똑같아요! 아아 앤토니가 빨리 도착했으면 좋겠어요! 왜 아직 도착하지 않을까?"

"모르겠소. 지금은 길이 자주 막히는 시간이니까. 당신도 알지 않소."

그들은 침묵을 지키기 시작했다. 앉아 있고 싶은 생각도, 서 있고 싶은 생각도, 말하고 싶은 생각도, 그렇다고 잠자코 있고 싶은 생각도 없었다.

그때 군중들이 웅성대며 움직이기 시작하면서 마치 지시를 받은 듯 소동을 부리기 시작했다. 보오크는 대답하라! 보오크는 대답하라!

고함소리가 점차 커지면서 악의를 드러내기 시작했다. 더 이상 기다릴 수 없게 되었다. 사람들은 로버트 보오크가 그들 앞에 나타나기를 요구하고 있었다. 어딘가에서 이마를 색칠한 일단의 여자들이 나타나더니 새로 나온 <트리뷴>지를 손에 들고 흔들며 외치기 시작했다. "보오크는 비겁자다! 보오크에게 카산드라의 낙인을 지져라! 카산드라의 낙인에 찬성하는 자를 때려 죽여라! 보오크는 비겁자다!" 다른 사람들은 다음과 같이 소리쳤다. "오오독이 옳다!, 오오독이 옳다!"

상황이 점차 가열되면서 사람들은 광적으로 흥분하기 시작하였다. 질서를 호소하는 경찰도 전혀 손쓸 수가 없었다. 그들 중 한 명이 군중 속에서 힘들게 빠져 나가 차에서 어딘가로 전화하고 있었다. 아마도 지원을 요청하는 듯했다.

주위를 전부 메운 군중들이 집 쪽으로 다가왔다. 더 이상 피할 수 없었다. 몸뚱이에 떠밀려 벤치가 부서졌고 작은 길 위의 가로등들이 땅위로 넘어졌다. 목청껏 외쳐댔고 심한 비명소리가 울렸다.

남편이 재킷을 입는 것을 보고 제시가 외쳤다.

"당신 어디 가요? 나가지 말아요!"

그러나 그는 그녀를 밀어냈다. 그 순간부터 세계는 순식간에 어두워진 그의 눈동자의 지각 영역을 벗어나 어딘가 밖으로 옮겨간 것 같았다. 그 눈동자가 제시와 만나며 고통스런 시선을 주고받았다. 그는 마치 어딘가 먼 곳에서 울리는 듯한 목소리로 말했다.

"날 막지 말아요. 나는 이 고배를 마셔야 하오."

제시의 얼굴이 절망으로 일그러졌다.
"당신은 죽으러 가는 거예요!"
"설사 그렇다 하더라도," 보오크가 나지막한 목소리로 대답했다. "어쨌든 나는 가야 하오."

그는 옷걸이에서 모자를 집더니 결연히 출구 쪽으로 다가갔다. 밖으로 나가자 그는 자기를 기다리며 날뛰던 군중들의 격한 열기와 노도와 같은 광기가 휘몰아치는 것을 느꼈다. 그가 모습을 나타내자 터져 나온 고함소리로 대기가 뒤흔들렸다. 피켓과 플래카드가 올려지고 모두들 그의 얼굴에 자신의 플래카드를 들이밀려고 버둥거렸다. 그는 문 옆에 서서 개개인의 얼굴은 보지 못하지만 모든 사람들을 쳐다보며 멍하니 미소를 지었다. 그리고는 단호한 몸짓으로 모자를 쓰고 잠시 동안 평상시와 같이 새하얀 머리와 굵은 뼈대, 거대하고 표정이 풍부한 얼굴 윤곽, 주름 사이로 가늘게 뜬 검고 깊은 두 눈, 그리고 건장한 목과 건장한 입술을 가진 노인의 모습으로 서 있었다. 그는 언젠가 프랑크푸르트의 기자들이 말했던 것처럼 바로 그 '오래된 절벽'이었다.

잠시 찾아온 정적을 이용하여 보오크는 흥분으로 카랑카랑해진 목소리로 몇 마디 하는 데 성공했다.

"카산드라의 태아는 우리의 불행이요, 우리의 과오입니다. 우리는 그들에 대해 책임을 져야 합니다!"

어떤 여자가 고양이처럼 그를 향해 깡충 뛰어나왔다.

"당신은 이것이 보입니까?!" 그녀는 낙인이 찍힌 자신의 이마를 가리켰다. "그 우주의 악마가 찍은 낙인이 당신에게 보이느냔 말예요?! 이것 좀 읽어 보라고요! 사탄이 사탄을 위해 노래 부르고 있어요!" 그리고는 화가 나 미래학자의 글이 실린 신문으로 그의 얼굴을 때리기 시작했다. 신문이 조각나 흩어졌고 모자가 땅위로 굴러 떨어졌다. 모자는 순식간에 짓밟혔고 그 여자는 계속해서 마치 자기 집 부엌에서 울부짖듯 가슴이 터져라 울부짖었다. "당신 또 한번 그렇게 써봐! 내가 우주 끝까지 쫓아갈 테니! 나는 그 필로페이란 자의 숨통도 끊어 버릴 거야"

"그를 때려라! 때려!" 주위에 서 있던 자들이 그녀의 광란 때문에 다시 불이 붙어 소리쳤다. "그를 끌어내라! 이리로 끌어내!" 뒤에 있던 자들이 소리치며 주먹을 쥐고 그를 향해 다가왔다. 수십 개의 손이 그를 끌어당겼고 모두들 뒤엉켰다. 제시가 그 혼란 속에 나타나 눈물을 흘리며 애원했지만 누구도 신경 쓰지 않았다.

이 야만스런 광경을 찍으려고 애쓰던 TV 촬영팀도 역시 마구 짓밟혔다. 기구들이 발밑에 나뒹굴었다. 뭔가 해보려고 헛되이 노력하던 얼마 안 되는 경찰들도 소용돌이 속의 나뭇조각이나 다름없었다. 사람들은 로버트 보오크를 어딘가로, 막연히 어딘가로 끌고 갔다. 모두들 그의 목을 휘감고, 그의 머리카락을 움켜쥐고, 입가를 잡아 째고, 노인의 얼굴을 피범벅으로 만들며 각자 자기 쪽으로 끌고 갔다. 발광한 군중들은 자기들끼리도 짓밟았다. 너나 할 것없이 서로를 짓밟고 또 짓밟았다. 이것은 악의와 증오심에 한층 더 불을 질렀다. 이 흉폭한 움직임 속에서 일단의 발광한 사람들이, 미래학자가 모래 위에 어떤 비밀스런 기호를 그리며 세계 정신의 비밀을 파헤쳐 보려고 애썼던 수영장 옆의 돌 정원에 나타났고, 바로 그곳에서 피할 수 없는 일이 일어나고야 말았다. 기회를 엿보아 오던 누군가가 넝쿨을 받치고 있던 홈이 파진 쇠막대기를 화단에서 뽑아 보오크의 머리에 분노의 일격을 가했다. 보오크는 외마디 비명과 함께 머리를 감싼 채 피를 흘리며 경련하듯 나자빠졌다. 사람들은 그래도 그를 계속 때렸다.

이 순간 군중 속에서 뭔가 새로운 움직임이 느껴졌고 어떤 힘센 사람들이 보오크 쪽으로 뚫고 나오며 모든 사람들을 한 옆으로 밀치기 시작했다. 그들은 이제 누구에게도 필요 없는 우주 중계를 하기 위해 도착한 앤토니 융거와 그의 동료들이었다. 그들은 치명타를 입은 보오크 쪽으로 재빨리 뚫고 나가는 데 성공했다.

"누가 이런 짓을 했소?! 누가?!" 앤토니 융거가 모든 사람들을 차례로 움켜 쥐고 사방으로 밀쳤다. "범죄자들이야, 당신들은 모두 범죄자들이야!"

거리에는 경찰 헬기가 착륙하고 있었다. 헬기의 프로펠라 소리가 고함소리를 무력하게 만들었고 심한 바람을 일으켰다. 갑자기 벙어리가 된 광란의 군중들, 그것은 무성 영화의 한 장면 같았다. 헬기가 착륙하자 그 속에서 곤봉을 든 경찰들이 뛰어나오기 시작했다. 그제서야 군중들은 제정신을 차리고 사방으로 도망치기 시작했다. 많은 사람들이 슈퍼마켓 쪽의 자기 자동차로 달려갔다. 많은 사람들이 성공적으로 차를 빼내 미친 듯이 저 멀리로 도망쳐 갔다. 불과 몇 분만에 모두가 사라져 버렸다.

앤토니 융거와 두 명의 동료가 로버트 보오크의 축 늘어진 몸을 운반했고, 또 한 명이 정신이 나간 채 발걸음도 제대로 못 가누는 제시를 부축했다.

그들은 일단 경찰들과 함께 헬기에 탔다가 융거의 동료들은 다시 내려 우주 통신 장비가 실린 그들의 차로 옮겨 탔다. 헬기가 고도를 높이기 시작했고, 집과 거의 수직으로 날아가 버렸다. 그리고 모든 것이 잠잠해졌다.

주위에는 한 사람도 남아 있지 않았다. 보오크의 집 근처에도 사람 하나 없었다. 집은 문과 창문이 부서져 있었고, 조명등들도 여기저기

쓰러진 채 있었고, 미래학자의 다소 유별난 돌 정원도 온통 짓밟혀 있었다. 그것은 약탈과 폭력이 휩쓸고 지나간 후의 황무지 같았다.

잠시 후 헬기는 로버트 보오크가 즐겨 다녔던, 불과 얼마 전 꿈속에서 그 밝고 푸른 광활한 풀밭을 보았고 또 죽은 친구 맥스 프라이드가 그를 달나라의 골프장으로 불렀던 바로 그 골프장 위를 날고 있었다.

헬기는 시립 병원으로 방향을 잡았다…

앤토니 융거는 로버트 보오크 위로 몸을 숙이고 있었다. 그는 상의를 벗어 보오크의 머리를 동여매고 출혈을 멈추게 하려고 노력했다. 그는 상의로 동여맨 보오크의 머리를 무릎 위에 올려놓고 살 가망이 있는지 살피면서 기적이 일어나기를 간절히 빌고 있었다. 어느 순간 미래학자의 얼굴에 화색이 도는 것 같았고 눈꺼풀이 보일락 말락 떨렸다. 융거는 그를 쳐다보았다. 그들의 눈이 마주쳤다. 보오크는 융거를 알아본 듯했다. 그들은 난생 처음으로 만나 그 자리에서 헤어졌다. 영원히, 그리고 마지막으로. 로버트 보오크의 머리가 뒤로 힘없이 젖혀졌다….

융거는 오열하기 시작했고 제시는 믿어지지 않는다는 표정으로 숨진 남편을 바라보고 있었다. 경찰들도 슬픈 듯 고개를 절레절레 흔들며 애도의 뜻을 표하려 했다.

헬기가 병원 한가운데로 내리고 있었지만 이미 때는 늦었다….

* * *

그때 대양에서는 강한 폭풍이 불고 있었다. 기상청에서는 컴퓨터망을 통해 대서양 연안에 엄청난 폭풍이 불어올 것이라는 경고 메시지를 곧바로 내보냈다. 대서양 위를 날던 비행기들이 강한 난기류를 만났다. 객실 담당 책임자들은 승객들에게 좌석 벨트를 매고 자리에서 일어나지 말라고 계속 부탁하면서 지상 관제소에 비행의 어려움을 보고했다. 스튜어디스들이 애써 미소를 지었지만 아무런 소용이 없었다. 대서양은 농담하고 있는 것이 아니었다….

그러나 우주의 레이더인 고래들만큼은 여느 때와 마찬가지로 그들이 겪은 모든 것을, 또한 그들이 지각하는 모든 것을, 다시 말해 우주의 메아리를 자신 속에 간직하고 있었다. 고래들은 그것을 간직한 채 학처럼 쐐기 대형을 이루어 헤엄치고 있었다. 대양이 그들의 쐐기 대형을 흩뜨려 놓으려고, 그들을 뒤로 되돌리려고 애썼다. 그러나 그들은 바다와 싸우며 엄청난 파도에 묻혔다가도 다시 올라오고 또다시 잠기면서 헤엄쳐 갔다….

대체 어떤 힘이 작용하여 그들을 내몰고 있었을까? 또 그들은 왜, 어디로 헤엄쳐 가고 있었을까?

모스크바의 붉은 광장에도 이미 밤이 깊어 있었다. 그리고 부엉이의 시간이 다가오고 있었다. 부엉이는 아직 스빠스탑의 시계 밑에서 꼼짝도 않고 졸고 있었다. 탑 밑으로 날아갈 시간이 오기를 기다리고 있었다. 불안이 여느 때보다 더 부엉이의 마음을 괴롭히고 있었다. 세상에 뭔가가 일어나고 있었다. 부엉이는 그것을 느끼고 있었다… 뭔가가 일어나고 있었다.

10

긴급 발표된 '우주-지구'간 기자 회견은 그날 예정된 시간에 개최되었고 모든 채널을 통해 중계되었다.

그러나 TV 방송사들은 사전에 소위 '방송 전 폭풍'을 겪어야만 했었다. 미래학자 로버트 보오크의 사망 소식이 알려지기가 무섭게 세계 각지에서 문의 전화가 빗발쳤다. 특히 이 센세이셔널한 기자 회견의 재중계를 계획하고 있던 국영 방송사에 많은 전화가 걸려왔다. 모두들 이 비극의 결과가 어떻게 나타날지, 필로페이와의 회견이 성공할지, 누가 그와 대담할 것인지, 또 지금 기자 회견을 준비하는 것이 현실적인지를 즉시 밝혀내려고 애썼다.

지구는 변함없이 자신의 궤도를 돌고 있었고, 시간은 계속 다가오고 있었다… 모든 사람들이 기다리고 있었다….

마침내 TV 화면에 오랫동안 기다려 왔던 자막이 나타났다. 그 뒤를 이어 여자 아나운서가 기자 회견에 앞서 로버트 보오크의 살해 사건에 대한 전세계의 반응과 그와 관련된 언론의 해설을 전하는 것이 TV 방송의 의무라는 성명을 발표했다.

그러나 그 해설은 지극히 의도적인 것이었다고 말하지 않을 수 없다. 그들은 지극히 평범한 애도와 슬픔의 표현으로 시작했고, 그 후에도 여자 아나운서는 한눈에 악의적인 속셈이 느껴지는 웃음을 배시시 지으면서, 그녀의 표현을 그대로 빌리자면, 카산드라 태아와 필로페이 관련 학설의 옹호자인 로버트 보오크의 '린치 재판'에 대한 설문 조사 결과를 다음과 같이 발표하였다: "결과는 곤혹스럽고도 동시에 충격적입니다. 존경하는 시청자 여러분, 직접 판단하시기 바랍니다." 결과를 종합한 도표는 서로 명확하게 구별되도록 다른 색깔의 기둥으로 표시되어 있었는데, 응답자의 83.7%가 미래학자에 대한 처벌을 전적으로 지지했다. 더구나 응답자의 대부분인 76%가, 만약 자신들도 뉴베리에 있었다면 분명히 그 저주받을 우주의 악마의 내통자를 처벌하는 데 가담했을 것이라고 대답했다. 응답자의 11%만이 군중의 그 야만적 범죄 행위에서 사회 도덕의 악랄한 타락의 징후를 보고 그것을 비난하였을 뿐이다. 그리고 나머지 얼마 안 되는 응답자들은 이 사건에 대해 완전한 무관심을 나타냈다.

이어 시청자들에게 그날 있었던 집단 시위를 사회학적으로 분석한 결과가 제시되었다. 그것은 국가, 도시, 지역, 각종 사회 계층 등의 기나긴 목록이었다. 거기에도 역시 사실상 전세계가, 모든 집단 계층이 카산드라의 낙인이 나타나도록 우주의 수도사가 지구에 시험 광선을 계속 발사하는 것에 대해 온갖 형태로 반대하고 항의하고 있는 것으로 나타났다. 여기서 특히 눈에 띈 것은, 민족주의적 요소가 인간의 사고 경향이나 행동에 얼마나 결정적 역할을 하는가였다.

그러나 실제로 가장 무서운 일은 바로 감옥에서 일어나고 있었다.

카산드라 태아였지만 어쩔 수 없이 태어나야만 했던 자들 속에서 몰래 자라나 만연되어 있던 그들의 무의식적 반응으로써, 그것은 바로 폭동이었다. 이제 세상에 대한 그들의 혐오감의 비밀이 갑자기 필로페이에 의해 밝혀진 것이다. 한쪽에는 헬멧에 방패와 곤봉을 든 경비대와 보조 경찰 대원들이, 다른 쪽에는 성난 늑대처럼 악의에 찬 재소자들이 맨주먹으로 맞서면서 굉음이 울리고 불길이 치솟는 가운데 서로 치고 박는 이 야만적인 전투 장면을 달리 설명할 길이 없었다. 각국의 각 도시에 수감된 재소자들이 일으킨 폭동의 외적 원인이 무엇이든 간에 그 내막은 형을 살고 있는 자들이 그토록 병적으로 받아들이는 불길한 카산드라의 낙인 속에 감추어져 있었다.

기자들은 또한 그날 있었던 수많은 과격 시위 등에 대해서도 보도하였는데, 예를 들어 어느 항구에서는 선원들이 항의의 표시로 승선하기를 거부했다는 소식도 있었다. 선박들이 마치 주민들이 버리고 떠난 텅 빈 집들처럼 부두에 정박하고 있었다.

궐기한 모든 자들이 요구하는 것은 단 한 가지, 우주의 도발자 필로페이를 미사일로 격추하라는 것이었다. 우주 정거장을 파괴하여 시험 광선의 근원을 제거하라는 것이었다.

지구 각지에서 일어난 이런 저런 종류의 사건들을 정리한 뒤 마침내 기자 회견이 시작될 홀이 화면에 비쳐졌다. 곧장 눈에 들어온 것은 홀을 가득 메운 군중의 모습이었다. 사람들은 벽에까지 기대 서 있었고 복도와 통로에도 꽉 차 있었다. 모든 시선이 중계에 필요한 장비가 설치된 무대에 고정되어 있었다. 무대에는 필로페이의 모습이 비칠 대형 화면이 정면에서 약간 벗어난 곳에 서 있었다. 무대에는 두 사람, 즉 앤토니 융거와 유명한 TV 사회자 월터 셀미트가 각자 마이크를 앞에 두고 앉아 있었다. 홀 안의 모든 사람들은 매우 흥분되어 있었다. 그것은 굳어 있는 얼굴이나 조심스레 반짝이는 두 눈, 길게 내민 목 등을 보아도 완연했다. 뿔이 달린 악마도 주저 없이 촬영해 버릴 만한 베테랑 사진 기자들도 사진기를 든 손이 가볍게 떨리고 있었다. 그들은 마치 강을 건너다 옅은 여울 앞에서 겁에 질려 머뭇거리고 있는 염소 떼처럼 서 있었다.

이마가 약간 벗겨진, 평소 수다스럽고 허세를 잘 부리는 월터 셀미트도 매우 부자연스럽게 직업적인 미소를 지으려고 애쓰고 있었다. 그의 우아함이나 억지로 가장한 무관심도 이번에는 전혀 도움이 되지 않았고, 또 그 상황에 어울리지도 않았다. 한편 앤토니 융거는 그와 반대로 매우 자신감에 차 있었다. 그러나 그가 슬픔 때문에 마음이 크게 동요되고 있고, 로버트 보오크를 대신해 수백만 명의 시청자들이 보는 앞에서 우주의 필로페이와 대화를 나누어야 하기 때문에 자신의 의지력으로 겨우 버티고 있다는 사실을 알아차리는 사람은 적었다. 더욱이 그날 저녁 그의 약혼자인 캐티가 어머니와 함께 비행기 편으로 더블린에서 이곳으로 오기로 되어 있었지만 그는 기자 회견 때문에 그들을 마중하러 공항에 나가지 못하고 있었는데 그 사실이 그를 매우 괴롭혔다. 그는 긴장되었지만 어금니를 힘껏 깨물었다. 앤토니는 운명이 자신을 이 사건의 무대 전면으로 내던졌다는 것을 깨달았다. 그는 이제 자기가 보는 앞에서 죽어간 로버트 보오크의 선택이 정당했다는 것을 확신하고 그것을 주장하든가, 아니면 거리의 야유소리와 돌팔매질 그리고 어제까지만 해도 오오독의 팀에서 함께 일했던, 자기들에 의해 선동되어 미쳐 날뛰는 군중을 바라보며 융거도 보오크와 똑같은 운명을 맞이할 수도 있다고 생각하는, 옛 동료들의 비웃음과 오해에 찬 몸짓에 굴복하든가 해야 했다.

선동된 군중들의 열기는 어느덧 최고조에 달해 있었다. 해설자 중한 사람이 말한 것처럼 모두들 필로페이를 세계적 증오의 불길 속으로 몰아 넣기 위해 TV 방송에 그가 나타나는 결정적 순간을 일제히 기다리고 있었다. 발사를 앞두고 카운트 다운이 시작되듯 이제 모든 것이 그 순간을 향해 달려가고 있었다.

낮에 병원에서 로버트 보오크가 폭력으로 인해 사망했다는 진단이 내려지자 제시는 애써 눈물을 억누르며 말했다
"앤토니, 만약 당신에게 로버트와 같은 운명이 기다린다면 나는 아무 할말도 없어요. 진실은 그에게 무엇보다도 숭고했고 그것 때문에 자신을 바쳤지요. 그러나 자기 생각도 해야 해요. 당신은 아직 젊으니까. 당신은 살아야만 해요. 로버트의 뒤를 이어 자기 생명을 걸 생각은 아니겠지요?"
그때는 대화를 계속하기가 괴로웠기 때문에 그는 짧게 대답했다.
"당신을 이해합니다, 제시. 그러나 저는 로버크 보오크가 피하려고 하지 않았던 것을 피하고 싶은 생각은 없습니다."
그들은 병실과 떨어져 있는 병원 홀의 큰 창문 가에 서 있었다. 맑은 햇살이 유리를 통해 조용한 그곳을 한가롭게 넘실대고 있었고, 창밖의 푸른 하늘도 더없이 한가롭게 보였다. 가까운 곳의 단풍잎들이 가지 위에서 조용히 황금빛으로 물들어가고 있었다… 미래학자의 미망인은 슬픔으로 수척해지고 기력을 잃어 가고 있었다. 그녀는 왠지 골짜기를 헤매며 구성지게 울고 있는 매맞은 떠돌이 개를 연상시켰다. 제시는 어떻게 해야 할지 몰랐다. 눈물이 계속 흘러내렸다. 자신을 억제하기 위해서 생각나는 것은 뭐든지 말하였다.
"로버트는 항상 말했지요, 사랑은 두 개의 강물이 합쳐지는 것과 같다고. 나는 언제나 '봅, 당신은 그 큰 강물에 빠질 거예요'라고 말하

며 웃었답니다. 확신하지만 이제 내게는 그 강물이 없어졌어요. 그 강물은 멈추고 말라 버렸어요. 나는 텅 빈 강가에 버려졌고요…."
그녀는 계속해서 이상한 수수께끼 같은 말을 했다.
"오 불쌍한 고래들, 내가 첼로를 연주할 때 이제 누가 너희들을 회상할까…."
앤토니는 그 말을 듣고 너무 놀랐다. 그녀에게 무슨 이야기인지 물어 보고 싶었지만 그렇게 하지 못했다. 아마도 슬픔 때문에 그런 말이 나왔는지도 모른다고 생각했기 때문이다.
그들은 헤어져야 했다. 앤토니는 TV 중계를 준비해야 했기 때문이다. 시간이 얼마 남지 않았다. 제시는 시카고에서 딸과 사위가 도착하기를 기다리며 병원에 남았다.
그들은 다음날 만나기로 하고 작별했다. 한 가지 앤토니에게 운이 좋았던 것은 캐티가 더블린을 출발하기 직전에 병원에서 그녀와 전화 통화를 하는 데 성공한 것이었다. 그는 흥분되어 있었고, 결혼에 대한 얘기는 그들이 도착한 후에 하기로 했다.
그 모든 것이 한 시간 사이에 일어난 일이었다. 누가 예상할 수 있었겠는가. 마치 시공간을 뚫고 서로 마주보며 날아온 운석들이 충돌한 것 같았다.
캐티와의 대화는 순탄치 않았다. 캐티는 그의 전화를 기다리고 있었다. 그녀의 맑은 목소리는 그를 잠시 행복했던 순간으로 되돌려놓았다. 그에게는 그녀의 모든 것이 행복이었다. 속눈썹의 떨림, 숨결, 걸음걸이 그 모두가 증명도 확인도 필요 없는 행복 그 자체였다.
"아, 이제서야 통화가 되었군요, 앤토니!" 캐티가 소리쳤다. "당신의 전화를 얼마나 기다렸는지 몰라요." 그는 수화기를 통해 전해지는 낯익은 숨결에 몸이 뜨거워짐을 느꼈다. "나와 엄마는 15분 후에 출발할 거예요. 앤토니 당신은 어때요? 마중 나오실 거예요?"
 "미안해, 캐티. 나는 당신과 전화 통화가 안될까봐 무척 신경이 쓰였었소."
 "괜찮아요. 아무 걱정 마세요. 이제 곧 만날 건데요. 나는 당신 목소리가 듣고 싶었을 뿐이에요."
 "그런데 문제가 하나 생겼소. 지금은 설명할 시간이 없고 나중에 전부 이야기하겠소. 당신 어머니에 대한 나의 실례를 용서해 주기 바라오. 유감스럽게도 나는 공항에 마중하러 나갈 수가 없을 것 같소. 그러니 택시를 타고…."
 "무슨 일이에요, 앤토니? 뭔가 심각한 일인가요?"
 "그렇소, 무척 심각한 일이오. 이건 긴 이야기지만 간략히 말하면, 오늘 저녁 나는 죽은 미래학자 로버트 보오크를 대신해 기자 회견에 나가야 하오."
 "왜요? 라디오에선 그가 분개한 시위 군중에게 살해되었다고 보도하던데. 당신이 그와 무슨 상관이에요?"
 "실은 필로페이와의 우주 회견을 주선한 것이 바로 나였소."
 "필로페이하고요? 바로 그 사람과 말인가요?"
 "그렇소. 그와 로버트 보오크가 나오기로 되어 있었소."
 "무슨 영문인지 전혀 알 수 없어요, 앤토니! 전혀요!"
 "나중에 전부 이야기해 주겠소. 지금 상황으론 내가 필로페이의 대담자가 안 되면 안 되게 되어 있어요. 나중에 당신과 어머니에게 모두 설명하겠소. 달리 방도가 없소…."
 캐티가 목소리를 낮추었다. 그는 그녀가 손바닥으로 수화기를 가린 것을 알아차렸다.
 "좋아요, 앤토니. 나중에 이야기해 주세요. 엄마에게는 당분간 아무런 얘기도 안 할게요. 엄마는 어떤 우주의 미치광이가 온 세상을 뒤집어 놓았다고 무척 흥분하고 있어요. 나도 썩 좋은 기분은 아니에요."

"어머니도, 당신도 이해할 수 있소." 앤토니는 대답했다. "그러나 부탁이니 제발 어머니가 쓸데없이 흥분하지 않도록 해줘요. 나중에 모든 것을 자세히 설명하겠소. 당신을 무척 기다리고 있소, 캐티. 당신을 사랑하오. 공항에서 택시를 타고 곧장 와요. 기자 회견이 끝나자마자 전화하겠소. 그때 만나도록 합시다. 자, 지체하지 말기를. 비행기 시간에 늦지 않도록 하시오. 안녕, 키스를 보내오."

"안녕, 앤토니, 안녕, 당신의 모든 일이 잘되기를 바래요… 나는 당신과 함께 있어요."

"나도 마찬가지요. 기다리겠소…."

무대 위에 앉아 앤토니 융거는 캐티와 그녀의 모친이 아일랜드에서 타고 오는 비행기가 지금쯤 대서양 연안에 접근하고 있을 거라고 생각했다.

한편 홀에는 우주 회견 중계가 시작될 시간이 점점 다가오고 있었다. 이제 인류를 세계적 혼란으로 몰아넣은 필로페이란 자가 심판을 받으러 나타날 것이다. 그는 모든 것에 대답하고 모든 것에 대해 대가를 치러야 할 것이다.

그날 앤토니 융거는 몇 번이나 순간적으로 다음과 같은 생각에 사로잡혔다. "만약 우리 가족에게 그러한 불행이 일어난다면, 즉 캐티에게 카산드라의 낙인이 나타나면 어떻게 할 것인가? 그땐 어떻게 할 것인가? 그땐 어떻게 해야 하는가? 누구도 예외일 수 없다. 그 누구도, 그 누구도 유전자 속에 숨겨진 삶에 대한 공포로부터 안전을 보장 받을 수 없다."

홀 전체가 긴장 속에서 우주와 연결되기를 기다리는 가운데 신호가 울리고 화면이 밝아지자 많은 사람들은 불시에 허를 찔린 듯 전율했다. 죽음과 같은 적막이 찾아왔다. 사회자가 서둘러 대중을 향해 몸을 돌렸다.

"이제 우주 정거장에 있는 생물학자이자 자칭 우주의 수도사인 필로페이와의 기자 회견 중계를 시작하겠습니다. 모든 사람들이 알고 있는 사실들, 즉 필로페이가 로마 교황에게 보낸 긴급 서한이나 그 뒤를 이어 일어난 불행한 사건을 새삼 거론하지는 않겠습니다. 자, 이제 그를 주목해 주시기 바랍니다…."

전자기파 폭풍으로 화면이 몇 번 지워졌다가 이윽고 화상이 분명해지면서 화면 위에, 이미 모든 사람들에게 알려졌지만 시청자들의 눈앞에 처음으로 모습을 드러내는, 그 사람의 얼굴이 나타났다. 아직 누구도 말 한마디 할 겨를이 없었지만, 사진 기자들은 일제히 자리에서 일어나 화면에 나타난 필로페이의 모습을 촬영하기 시작했다.

월터 셸미트는 쏟아지는 플래시 세례에 대해 항의하지 않을 수 없었다.

"질서를 지켜 주시기 바랍니다. 플래시를 그만 터뜨려 주십시오. 회견을 시작해야 하니까요."

플래시 세례가 좀 줄어들자 필로페이의 얼굴이 클로즈업되며 우주로부터 생생하게 다가왔다. 그것은 충격적인 순간이었다. 그가 위대한 예언자이건, 위대한 미치광이이건, 혹은 사악한 악마이건, 그는 원래 인간이었던 것이다! 그는 히스테리와 불행을 불러일으킨 장본인이기도 했다! 우주로부터 여성들에게 시험 광선을 발사한 것도 바로 그였다! 카산드라의 낙인에 관한 불행한 학설의 주인공도 바로 그였다!

필로페이는 외모로 보아 오십을 약간 넘긴 듯했다. 약간 길쭉한 얼굴에 엷은 갈색 머리를 넓은 어깨까지 기르고 있었다. 하얀 털이 섞인 약간 불그스레한 턱수염도 기르고 있었다. 화면 속에서 그는 마치 갑자기 길에서 만난, 봇짐과 지팡이를 들고 걸어가다가 자신이 가야 할 곳으로 길을 제대로 잡았는지 확인하기 위해 걸음을 멈춘 나그네처럼 홀에 있는 사람들의 얼굴을 바라보고 있었다. 벌써 해가 저물고 있는데 시간 내에 도착할 수 있을까? 그의 시선 속에는 그러한 근심에 가득 찬 우려와 집요함이 있었다. 앤토니 융거는 대체로 그러한 모습을 상상하고 있었기 때문에 내심 자신이 생각한 것과 일치하는 그의 모습을 보고 기쁘기도 하였다. 가능하다면 오래된 판화 같다고 표현하고 싶은 우주의 수도사의 모습이 어쨌든 우주 정거장의 실내와 잘 어울렸다. 필로페이는 확신에 찬, 실무적인 태도를 취하고 있었다. 그의 그러한 모습은 아마 지구로부터 엄청나게 멀리 떨어져 있고, 또 완전히 고립된 상태에서 오로지 일에만 몰두해 왔기 때문인 것 같았다. 깊은 주름살, 두터운 눈꺼풀, 뚫어지게 바라보는 잿빛 눈에는 뭔가 마음을 끌어당기는 우수가 감춰져 있었다.

중계가 시작된 지 처음 몇 초 동안 앤토니 융거는 필로페이가 영어로 어느 정도 말할 수 있을지 매우 불안했다. 외국어로 글을 잘 쓰는 사람은 자주 보았지만 능숙하게 말하는 것은, 더구나 대중들 앞에서 그렇게 말하는 사람은 매우 드물기 때문이다. 그러나 필로페이의 처음 몇 마디를 듣고 앤토니는 마음이 놓였다. 러시아 태생의 우주의 수도사는 약간의 가벼운 액센트가 있지만 완전히 정상적인 영어를 구사했기 때문이다.

월터 셸미트가 짐짓 한껏 풀어진, 심지어 점잔을 빼는 듯한 어조로 입을 열자 대화는 곧장 빠르게 진행되었다.

"안녕하십니까. 필로페이 형제! 죄송합니다만 우리가 당신을 이렇게 불러도 괜찮겠습니까?"

"물론이요." 우주의 수도사가 대답하고는 다음과 같이 덧붙였다. "마음을 열고 있는 모든 사람들에게 나는 형제요."

"만약 형제가 되는 것에 모든 사람이 마음 내켜하지 않는다면 어떻게 할 것입니까?" 월터 셸미트가 비꼬듯 말했다.

"그때는 각자의 분별 있는 판단에 따라야겠지요. 그건 큰 문제가 아닙니다. 나를 받아들지 않는 사람에 대해서도 나는 정신적으로 형제이니까요."

"당신이 어떻게 그렇게 자신 있게 말할 수 있습니까? 당신은 그런 식으로 우리의 죄 많은 세상 위에 군림하려는 것은 아닙니까?"

"내가 말하고 싶은 것은 사람들이 내게 어떤 태도를 취하건 모든 사람들을 가엾게 여긴다는 것이오."

"그렇다고 해두지요. 좋습니다. 그러나 우리는 이 회견을 그런 차원의 상호 관계를 규명하는 것에서 출발하고 싶지 않습니다." 월터 셸미트가 계속 재치를 발휘했다. "당신도 알고 있겠지만 지금 매우 심각하고도 무서운, 더구나 필로페이 형제, 바로 당신과, 또 당신이 우주 정거장에서 행하고 있는 그 과학 활동과 직접 연관이 있는 문제가 일어나고 있습니다. 오늘의 기자 회견도 그것 때문에 열리게 된 것입니다. 그럼 우선 당신에게 청중들을 소개할까 합니다. 홀에는 중요한 언론 매체들이 모두 모여 있고 중계도 되고 있습니다. 나는 사회자인 월터 셸미트이고, 내 옆에 있는 사람은 앤토니 융거입니다. 그는 오늘 아침 군중들의 소요로 죽은 미래학자 로버트 보오크 대신 이 TV회견에 참석하였지요. 죄송합니다. 사물은 원래 제 이름으로 불러야 하지만, 바로 당신이 이 비극적 사건의 원인입니다. 이제 앤토니 융거가 직접 자신을 소개하고 자기의 의견을 말할 것입니다."
"고맙소, 월터 셀미트. 나는 앤토니 융거를 알고 있소." 필로페이가 시선을 융거쪽으로 돌리며 그의 말을 막았다. "나는 선거 집회를 통해 앤토니 융거를 알게 되었소. 그 중계를 보았지. 본의 아니게 당신 말을 막았지만 하던 말을 계속하겠소. 나는 기다리고 있었소. 이 순간을, 이 회견을 그리고 당신이 이미 언급한 것에 관해, 즉 수많은 머리와 마음속에 타오르는 그 불길이 우주에 있는 나에게 어떻게 도달하고 있는지 말할 수 있는 이 기회를 말이오. 그렇소, 그 불은 내가 지른 것이오. 그건 사실이지. 그러나 나는 화형대 위의 이단자를 태우기 위해 횃불을 든 것은 아니었소. 인간의 정신을 깨우치기 위해서라고 생각했소. 그러나 그렇게 되지 않았소. 모든 게 암흑으로 뒤덮였지. 나는 두렵소, 절망적이오. 나는 이 나이에 순진하게도, 정말 순진하게도 진리가 승리를 거둘 것이라고 기대했소. 실수였소. 사람의 마음속에 빛을 비추는 대신 도처에서 혼란과 소요를 불러일으켰을 뿐이오. 나는 그 모든 광경을 TV화면을 통해 지켜보았소. 오늘 뉴베리에서 일어난 일도 보았소. 나는 로버트 보오크와의 TV회견을 기다리고 있었고 그것을 미리 통보받고는 그와 이야기를 나눌 것에 한껏 마음이 들떠 있었소. 그런데 그의 집에서 일어난 그 야만적인 폭력을 보게 된 거요. 그런 폭력은 러시아인들의 말처럼 무의미하고 무자비하기만 하지. 그러나 그 또한 내 탓이오! 나는 우주에 있는데도 신이 나에게 보내준 동지의 죽음에 직접적인 원인이 되어 버렸소. 사람들이여, 나는 여러분들 앞에 무릎을 꿇고 있소! 지금 후회해도 아무 소용이 없고, 내 목숨을 바치더라도 죽은 로버트 보오크를 되살릴 수 없지만, 나는 당장 이 한 목숨 바칠 준비가 되어 있소, 만약 그렇게만 될 수 있다면…

이것이 당신들의 질문에 대답하기에 앞서 내가 말하고 싶은 것이오. 아마 나는 홀의 모든 질문에 일일이 대답하지 못할 것이니 미리 양해를 구하는 바이오. 나는 떠나야 하고 여러분들은 살아야 하오. 산다는 것은 직접 대답을 구해야 한다는 것을 의미하지. 만약 그럴 수 있다면 나를 이해하고 용서해 주기 바라오. 마지막으로 한 가지 하고 싶은 말은 나의 발견이 허사가 되어 우리의 세계가 이전처럼 아무것도 모르는 가운데 행복하게 살아갈 수도 있겠지만, 그럼에도 불구하고 이 발견을 우리 공동의 자산으로 만들고자 한 것은 어떤 요란한 명예를 위한 것도, 야망을 위한 것도, 다른 인간에 대한 자신의 우월감을 위한 것도 아니라는 거요. 그러나 우리는 영원성의 의미와 내용으로써 창조되었으며, 그 목적은 끊임없이 향상되는 우리의 인식을 통해 우리가 살아가는 이 세계의 의미를 명확히 밝혀내기 위한 것이라고 생각하오. 그렇지 않다면 이 세계가 무슨 소용이 있으며, 영원성 또한 우리가 그것을 전혀 요구하지도 않고 인식하지도 않는다면, 그리고 진실을 아는 것이 우리에게 꼭 필요한데도 우리의 나약함과 변덕 때문에 이를 거부한다면, 이것들이 존재해야 할 이유가 있을까요. 우리는 이성적 존재로서의 지위를 낮추어야 할 것이오. 신들도 우리가 없으면 신이 아니고, 온갖 이야기도 우리가 없으면 공허할 뿐이오. 만약 우리가 정보를 진보의 길이라고 확신한다면, 끊임없이 흘러나오고 기존의 모든 것들을 포괄할 수 있는 새로운 정보 속에 바로 영원성의 본질이 있는 것이 아닐까요? 문명의 영원성은 바로 인식의 영원성에 있는 것이오. 그러나 그것이 우리 마음에 들지 않는다고 인식을 회피하거나 진리를 외면한다면 그로 인해 우리는 그토록 바라던 영원성도 회피하게 되는 것이 아닐까요?

　구체적인 상황에 대해 내가 이러한 추상적 판단을 내린 것에 대해 그 자리에 계신 여러분들이 용서해 주길 바랄 뿐이오. 그러나 오늘 우리가 로버트 보오크를 죽였을 때, 우리는 그와 함께 우리의 영원성도 죽인 셈이오. 나를 용서해 주기 바라오. 내가 원하는 것은…."

"잠깐, 잠깐만. 필로페이 형제!" 월트 셸미트가 가까스로 자신을 억제하고는 그의 말을 가로막았다. "그 고차원적 화제에 대한 판단, 물론 훌륭합니다. 영원성의 철학도 매우 흥미롭고요. 그러나 당신은 탄생의 비밀에 간섭했소. 임산부에게 카산드라의 낙인이 나타나도록 한 당신의 바로 그 우주 실험을 두고 말하는 거요. 당신은 우리의 자아에 용납할 수 없는 압력을 가하고 있소. 당신은 우리를 당신의 그 우주 통제하에 두려고 온힘을 기울이고 있단 말이오. 그리고 그것을 순수하게 받아들일 사람은 이 지구상에 얼마 안 된다는 것을 당신에게 말해 두겠소! 격분한 사람, 전적으로 정당하게 격분한 사람들의 손길이 미치지 않는다고 해서 이 지구상의, 이 죄 많은 지구상의 모든 일을 그 우주 높은 곳에서 마음대로 판단하지 말라고 말해 두고 싶소. 나의 입장을 밝혀서 미안하오. 그러나 이번은 사회자의 제약이나 에티켓을 따질 계제가 아닌 것 같소. 나는 당신의 행위에 항의하지 않을 수 없소. 당신이 아무리 선의에서 그렇게 했다 하더라도 대체 누구의 허락을 받고, 대체 무슨 생각으로 당신의 그 과학적 발견을 위해, 나는 차라리 당신의 오만 때문이라고 말하고 싶지만, 어쨌든 지구의 주민을 대규모 혼란으로 몰아넣었는지 알 수가 없소?! 성서에서 말하길 '낳아라, 번성하라'고 했소. 논란의 여지가 없소. 당신은 누구든 간에 통제해서는 안될 것을 통제하기로 결정한 거요. 당신의 행위는 신의 법칙에 위배되는 것이 아니오?! 당신은 사탄을 위해 탄생의 비밀을 희생시킨 것이 아니오? 내가 보기엔 바로 그렇소. 오오독씨가 정치가로서 그렇게 말했다면, 나는 수백만 청중의 의견을 존중하

언론인으로서 그렇게 말하고자 하오."
 그러자 홀 안에 소동이 벌어졌다. 그것은 이상하고도 야만스런 광경이었다. 기자들이 자리를 박차고 일어나 마이크를 향해 달려갔고, 마치 그들 앞에는 우주에서 중계되는 TV화면이 아니라 필로페이 자신이 무대 위에 있는 것처럼 손을 휘둘러 댔다. 필로페이는 입술을 굳게 다물고 얼굴을 찡그린 채 평정을 유지하려고 노력하면서 화면을 통해 그들의 말을 듣고 있었다.
 그의 얼굴에 고통스러운 경련이 일어나는 것이 보였다. 이 회견은 기자 회견이라고 부를 수가 없었다. 여기저기서 터져 나오는 격정의 소음으로 그것은 집단 시위와 조금도 다를 바 없었다. 마이크까지 뛰어간 자들은 모두 겨우 자기의 이름이나 신문의 이름을 밝혔을 뿐이고 통신사는 즉석에서 우주의 수도사에게 대답을 요구하기도 하였다. 철학도 아무런 필요가 없었고, 오로지 실제의 삶이 모든 것보다 높이 있었다! 필로페이가 이야기할 틈도 주지 않았다. 그는 불쾌해진 것 같았다. 그는 갑자기 화면에서 사라졌다. 홀 안에 대소동이 일어났다. 화면이 텅 비어 버린 것이다.
 "어디에 있소? 무슨 일이오?" 월터 셸미트가 소리쳤다.
 그러자 그는 손에 우주복을 들고 곧바로 나타났다.
 순식간에 홀 안이 잠잠해졌다. 모두들 놀랐다. 뭘 하려는 것일까? 필로페이는 묵묵히 우주복을 입기 시작했다. 앤토니 융거가 그 틈을 이용했다. 그는 자리에서 일어나 홀을 향해 말하기 시작했다.
 "이 자리에 계신 여러분께 제 말을 들어주시길 부탁 드리는 바입니다. 왜냐하면 저는 이 TV회견을 주선한 사람 중 하나이기 때문입니다. 따라서 저에게도 자신의 의무와 권리가 있습니다. 먼저 월터 셸미트씨에게 말씀 드립니다만, 앞으로 이 기자 회견의 진행을 저에게 양보해 달라고 부탁 드리고자 합니다. 당신은 자신의 의견을 말했습니다. 월터 셸미트씨. 그런데 지금 홀 안에서 일어나고 있는 일들은 유감스럽게도 전혀 효율적인 기자 회견이라고 할 수 없군요. 기자 회견은 질문과 대답을 전제로 합니다. 그런데 아직 실질적인 질문도 나오지 않았습니다. 감정이 논리를 어둡게 만들고 있습니다. 나는 기자 회견에 여러 번 참석한 바 있지만 이런 적은 한번도 없었습니다! 심지어 걸프전이 한창일 때 질문이 조리에 안 맞고 서로 다른 여러 가지 입장을 반영했을 때도 이렇지는 않았습니다. 그런데 지금은 각자가 마치 합창을 하듯 똑같은 목소리를 내려고 한단 말이죠. 모두들 사이 좋게 똑같은 판결문에 서명하듯 말입니다."

"잠깐, 앤토니 웅거," 월터 셸미트가 참지 못하고 나섰다. "왜 당신은 지금 청중들에게, 아니, 전세계의 청중들에게 자신의 생각을 강요하려는 거요? 그리고 이 회견의 다른 참석자들이 자신의 견해를 피력할 수 있는 권리를 무엇 때문에 빼앗는 거요?"

"존경하는 월터 셸미트씨. 나는 지금 이러한 상황에서 TV를 통해 국민 대중에 대한 자신의 헌신을 증명하고 사회의 옹호자로 나서면 순식간에 엄청난 정치적 점수를 딸 수 있다는 것을 잘 알고 있습니다. 그렇지 않습니까? 그러나 그것으로 진실이 밝혀지는 것은 아닙니다. 지금은 그럴 때가 아닙니다. 그래서 나는 더 늦기 전에 정치나 그 어떤 유혹도 떨쳐 버리자고 호소하는 바입니다. 만약 우리가 할 수만 있다면, 어떤 형태로건 우리가 좋아하는 그 정치로부터 멀리 떨어지자는 것입니다. 그렇지 않으면 우리는 문제의 핵심에 접근하지 못할 것입니다. 진실을 이해하기 위해서는 용기와 현실주의가 요구되는 법입니다."

"그러면 당신의 그 진실과 용기라는 것은 어디에 있소?" 홀의 누군가가 소리쳤다.

　월터 셸미트는 만족스러운 듯 도전적으로 미소를 지으며 머리를 끄떡였다. 홀 안이 잔뜩 긴장하며 조용해졌다.

　"용기에 관해서는," 앤토니 웅거가 다시 찾아온 적막 속에서 잠깐 뜸을 들인 뒤 입을 열었다. "내가 그것을 얼마나 가지고 있는지 스스로 판단할 수는 없습니다. 그러니 기자 회견으로 돌아갑시다. 지금 우리 앞의 화면에는 역사상 전례가 없는 위대한 과학적 발견을 이룩한 사람이 있습니다. 나는 진심으로 그렇게 말하고 싶습니다. 그 발견의 정신이 우리를 위한 것이건 아니건 그것은 별개의 문제입니다. 그것은 과학이니까요. 필로페이 형제, 아니 나에게 그는 신부님, 필로페이 신부님입니다만, 그는 카산드라 태아의 문제가 인류에게 갖는 중요성에 대해 우리들이 눈을 뜨도록 노력하고 있습니다. 그리고 또 한 사람, 우리들의 탁월한 동시대인이자 오늘 군중의 손에 무참히 죽은 미래학자 로버트 보오크는 필로페이의 발견을 인류 정신의 발전에 새로운 일보를 내디딘 것으로 평가한 바 있습니다. 그는 신문에 글을 발표하였지만 결국 그것이 그의 마지막 말이자 유언이 되고 말았습니다. 나는 내 자신의 평가나 결론을 주장하지 않겠습니다. 그러나 나는 말씀 드리고 싶습니다. 우리는 자신의 눈앞의 이익에 의거하여 카산드라 태아의 문제를 간과해서는 안 된다고 말이지요. 지금 이야기되는 것도 바로 그것에 관한 것입니다. 이제 자신에게 그러한 질문을 던져 보고, 그 명확한 원인에 대해 필로페이 신부님께 직접 물어봅시다. 사람들에게 카산드라 태아의 존재가 알려진 이상 이제부터 어떻게 해야 할까요?"

　"미스터 웅거," 좌석에서 여성의 목소리가 울렸다. "미안합니다만 당신은 문제 설정에 너무 정력적인 것이 아닌가요? 태아에 대해 어떻게 그런 이야기를 할 수 있단 말이에요? 당신이 원하는 것은 실질적인 질문이었어요. 자 언론을 위해, 당신이 계속 충격과 절망 속으로 던져 넣고 있는 수백만 독자와 시청자를 위해 대답해 보세요. 당신이 필요로 하는 것이 결국 뭔지, 아무도, 어느 누구도 당신에게 그런 부탁을 하지 않았는데 왜 당신은 필로페이와 함께 이 숙명의 문제를 사회에 강요하려고 애쓰는지 그 이유를 명확하게, 확실하게 듣고 싶어요."

"실은 그런 부탁을 하고 있답니다. 부인, 그것도 하나가 아닌 셀 수 없이 수많은 영혼들이 그런 부탁을 하고 있지요. 태아들의 목소리가 우리들에게 호소하고, 우리 모두에게 그들의 목소리를 들어주기를, 또 그들보다는 우리 자신에 대해 생각하기를 부탁하고 있습니다. 그런데 우리는 그들에 대한 대답을, 자신에 대한 대답을 회피하고 있습니다. 우리는 소심합니다. 그러나 자기 자신을 속이기만 하면 이 불행한 태아들을 피하는 것은 아주 쉬운 일입니다. 저와 부인, 당신을 포함하여 우리 모두가, 그리고 우리의 이전 세대들도 그런 죄를 지었습니다. 다시 말씀 드립니다만 모든 사람들을 향한 이 목소리가 필요로 하는 것은 그것을 듣고 이해하고 해석하는 것이며, 그것을 위대한 필로페이가 해낸 것입니다. 나는 그가 있는 데서 그의 위대함을 이야기하지 않을 수 없습니다. 그가 이제 우리 앞의 화면에 있습니다. 다른 방법이 없습니다. 그는 정말 위대합니다. 그런데 당신들은 무엇이 우리로 하여금, 당신들의 표현대로, 이 숙명적 문제를 사회에 강요하게 하는지 내게 설명하라고 주장합니다. 예를 들어 아인슈타인은 강요에 의해 어쩔 수 없이 상대성 이론을 발표하게 되었을까요? 필로페이도 마찬가지입니다. 그는 학자이고, 그것은 과학이고, 사명입니다. 그것은 또한 천부적 통찰력이자 경험과 발견이며, 지적 연구입니다. 나는 그렇게 이해하고 있습니다. 산 너머에서 해가 떠오르는 것을 막을 수 없듯이 그러한 발견에 저항할 수는 없는 법입니다. 우리들 인간과 사회는 자신의 위치를 알아야 합니다. 지금 이야기하는 것도 바로 그것에 관한 겁니다… 우리는 자신에게 말해야 합니다. 인류는 지금부터 새로운 삶의 전략이 필요합니다…."

그때 월터 셸미트가 갑자기 앞에 놓인 전화 수화기를 들더니 누군가에게 내뱉듯 짤막하게 말했다.

"교환, 준비됐소?" 그리곤 수화기를 놓지 않고 신경질적으로 앤토니 융거쪽으로 몸을 돌렸다. "당신, 당신과 필로페이의 연설에 대한 국제 사회의 반응을 듣고 싶지 않소? 확인하고 싶지 않소?"

"무슨 말입니까?"

"지금 우리의 기자 회견은 세계 곳곳의 여러 도시 광장에서 생중계되고 있소. 동시 통역으로 말이오. 이 자리에 계신 모든 분들과 함께 지구상에 어떤 일이 일어나고 있는지, 수도사 필로페이와 그의 동조자들의 판단에 대한 대중의 반응이 어떤지 보기로 합시다. 다시 한 번 말씀 드립니다만 장소도 세계 여러 곳이고, 시간대도 다르고 언어도 다릅니다. 그러니 주목해 주시기 바랍니다!" 그는 전화 수화기에 지시를 내렸다. "중앙 모니터의 스위치를 올려 주세요. 먼저 천안문 광장을 보여 주십시오. 가장 많은 사람들이 살고 있는 국가의 수도, 북경에 무슨 일이 일어나고 있는지 보도록 하지요."

무대 한가운데 환하게 밝혀진 대형 화면에 회색 여름 제복을 입고 돌처럼 굳은 표정을 한 모택동의 초상이 희미하게 정면에 걸려 있는, 수많은 사람이 모여 있는 천안문 광장이 비쳐졌다. 광장의 무시무시한 대 혼란 상태는 모택동의 돌처럼 굳은 시선 밑에서 광란하는 인간의 바다를 연상시켰다. 중국인들은 마치 화재라도 난 듯 날뛰고 소리치고 있었다. 해설자는 천안문 광장에 이런 혼란이 일어난 것은 학생 시위가 일어난 1989년뿐이었다고 전했다. "천안문 광장의 한결같은 외침을 들어 보십시오." 해설자가 계속 말했다. "인용하면, 필로페이에게 죽음을! 사회주의의 적을 미사일로 격추시키자!라는 내용입니다."

홀 안의 모든 사람들이, 심지어 화면을 통해서도 알아볼 수 있을 만큼 창백해진 필로페이의 얼굴과, 또 긴장감으로 마이크 앞에 얼어붙은 듯 꼼짝 않고 앉아 있는 앤토니 웅거와 계속 지시를 내리고 있는 월터 셸미트를 바라보고 있었다.

"자 이제 모스크바의 붉은 광장을 보여 드리겠습니다! 주의 바랍니다!"

붉은 광장에도 똑같은 일이 벌어지고 있었다. 아직 새벽이 오기 전이라 모닥불이 타오르고 있었다. 군중들이 소리치고 있었다. "자칭 필로페이란 자에게 죽음을! 미사일로 도발자를 격추시켜라!" 그런데 이상하게도 그 흥분하여 고함치는 군중 위로 부엉이와 매우 흡사한 야행성 조류가 몇 번인가 화면에 힐끗 비치는 것이 눈에 띄었고 모든 사람들은 자신도 모르게 그것에 주의를 돌리지 않을 수 없었다. 그 새는 마치 보이지 않는 사슬에 매인 것처럼 둥트는 레닌 묘와 크렘린 성벽 위를, 그리고 고함치는 사람들의 무리 위를 몸부림치듯 날고 있었다.

월터 셸미트는 기회를 놓칠세라 지구상의 다른 곳을 중계하도록 새로운 지시를 내렸다. 베를린, 바르샤바, 몬트리올, 리오 데 자네이로 등 가는 곳마다 그러한 현상이 지배적이었고 똑같은 비명과 함성이 울렸고 모든 곳에서 똑같은 선고가 내려지고 있었다. "필로페이에게 죽음을!" "그 혐오스런 작자를 미사일로 격추하라!"

"그만 됐소! 이제 내 말을 들어주기 바라오!" 왼쪽 화면에서 필로페이의 목소리가 울렸다.

"물론이오. 우리는 당신의 말을 듣고 있소, 필로페이 형제." 월트 셸미트가 거드름을 피우며 유들유들한 말투로 활발하게 반응했다. 그가 그렇게 말할 때 그의 벗겨진 머리가 승리한 듯 반짝였다. "대중들의 움직임을 보았을 텐데 이제 무슨 말을 할 겁니까?"

"그 전부터 내가 말하고자 했던 것을 말하려 하오." 필로페이가 대답했다. 그의 얼굴 표정을 보건대 그는 주저하다가 뭔가를 결정한 것이 분명했다. "월터 셸미트씨, 세계 여러 곳의 보도를 주선한 것에 대해 당신에게 감사 드립니다. 그것을 보니 의심의 여지가 없어졌소. 상황은 확실하오. 내가 완전히 패배했소. 나의 과제는 인류의 파멸을 피할 수 있는 가능성과, 나아가 새로운 진화적 발전 쪽으로 사람들의 관심을 돌리는 것이었소. 그 방법은 단 하나, 오로지 카산드라 태아의 종말론적 신호에 귀를 기울이고 사회 전체와, 특히 우리들 각 개인을 완전하게 만들 필요가 있다는 것이 나의 결론이었소. 그런데 그러한 나의 의도에도 불구하고 아무것도 얻은 것이 없소. 나의 호소에 대한 현대인의 태도는 근본적으로 부정적이오. 내가 패배한 것을 인정하오. 그러니 토론을 계속할 필요도 없소. 끝난 일이오. 이제 선을 그을 때가 왔소."

"필로페이 형제, 지금 당신의 이야기는 객관적 상황을 고려할 때 사람들을 진정시키고, 사회를 진정시킬 필요가 있다는 것이지요, 그렇지 않습니까?" 월트 셸미트가 말을 거들었다.

"그렇소, 그런 셈이오." 필로페이가 동의했다. "로버트 보오크를 죽음으로 몰고간 이 전대미문의 대소동에 내가 책임이 있는 한, 나는 신과 인간들에 대해서도 책임을 져야 하오. 이제 그 시간, 그 행동에 대한 심판의 시간이 다가온 것 같소. 이 운명의 시간에 모든 사람들이 나를 지켜보고 있고 또 나의 참회의 진실성을 사람들이 믿어줄 수 있다는 것이 기쁘기만 하오."

"필로페이 형제," 전세계가 자신을 지켜보고 있고 또 자신의 말 한마디 한마디가 백 배로 보상 받을 수 있다는 것을 잘 알고 있는 월터 셸미트가 또다시 거들었다. "필로페이 형제," 그가 연이어 필로페이의 이름을 부른 뒤 말했다. "우리는 개인적으로 당신에게 어떤 행동을 요구하는 것이 아닙니다. 물론 대다수 대중의 감정이 매우 날카롭지만, 그것은 당신이 사람들에게 강요한…"

"알았소, 알았소, 나도 이해하오." 필로페이가 대답했다. "선의의 말에 감사하오. 그러나 나의 행동은 단순한 오해에서 비롯된 것이 아니오. 나는 그 책임을 져야 하오. 나는 세계가 나의 발견을 나의 이상을 정신의 새로운 자기 이해로서 받아들여 내 목적이 달성되거나, 아니면 내가 파멸적인 패배를 당해 자기 발견의 희생자가 되어 그 파편 밑에서 죽게 될 거라고 인식했소. 다른 것은 있을 수 없었소. 나는 내가 가야 할 바를 알았소. 이제 나의 결론을 말할까 하오. 나는 사람들에게 해를 끼치려는 생각이 조금도 없었소. 그러나 실제로는 모든 것이 의도와 다르게 되어 버렸소. 선의가 악의로 되어 버린 거요. 그런데 지금 우리 모두는 그 악의 앞에서 무력하기만 하오. 그러나 나는 발견 자체를, 카산드라 태아 현상을, 그리고 그들의 종말론적 관념을 거부할 생각은 없소. 사람들은 알아야 하오. 세상의 종말은 우리 자신 속에, 우리의 행위나 생각 속에 끊임없이 쌓여 가는 악 속에 있다는 것을, 그리고 그것은 위기를 재촉하며 인간의 유전자 코드에 반영된다는 것을 말이오. 천둥소리가 울릴 때는 이미 늦었을 거요…."

홀이 웅성거리기 시작했다. 분개한 목소리가 울렸다. 참석자 중 한 명이 격분하여 마이크에다 외치기 시작했다.

"협박은 그만두시오! 나는 사회에 대한 그 같은 협박을 즉각 그만두기를 요구합니다. 나는 모든 사람이 듣는 데서 선언하는 바입니다. 우리가 지금 상대하고 있는 것은 우주로부터 인간의 지배를 획책하는 악마입니다. 그렇습니다. 과거 독재자들의 눈에는 오직 그런 전능만이 보였을 것입니다. 그들은 단지 전세계의 지배만을 꿈꾸었지요. 바로 히틀러가, 바로 스탈린이 그러했습니다. 그들이 등장하거나 떠나갈 때는 언제나 피가 강물처럼 흘렀지요. 그런데 이 자도 우주에서 협박하며 세계 지배를 꿈꾸고 있습니다. 지금 그는 분노한 민중의 사정권 밖에 있습니다. 그는 이것을 이용하여 인류를 마음대로 학대하고 있는 겁니다."

앤토니 융거가 참지 못하고 역시 마이크를 향해 뛰어나갔다.

"미스터, 나는 당신이 누군지도 모릅니다. 마이크에 소리치기 전에 자기 소개라도 해야 하는 것이 아닐까요."

"나의 이름은 매우 평범합니다. 스미스, 존 스미스라고 하지요."

"그렇군요, 존 스미스! 의도적이건 아니건 당신은 문제의 본질을 왜곡하고 있소. 누구도 당신의 자유와 권리를 짓밟지 않았소. 당신은 당신의 판단대로 살 권리가 있소. 그러나 인류 역사상 가장 위대한 과학적 발견을 이룩한 학자는 단지 당신의 정신적 평안을 빼앗지 않기 위해 자신의 연구 결과를 사회에 숨길 수는 없고, 또 그래서도 안 되는 법입니다. 필로페이로 하여금 진실을, 자기 자신을 거부하게 할 수도 있겠지만 그러나 사실은 사실로서 남아 있을 것입니다. 카산드라 태아가 존재한다는 거지요. 카산드라의 낙인은 지금부터 우리들 속에 감추어진 피할 수 없는 악의 신호가 될 것입니다. 우리는 자신을 속이거나 현실을 감추어서도 안될 것입니다. 반대로 나는, 보다 정확히 표현하자면 군대에도 그런 개념이 존재하는 것처럼, 우리가 사격의 표적이 되도록 도발해야 한다고 생각합니다…."

"이봐요! 당신 어떻게 감히 그런 제안을 할 수 있어요, 자신이 사격의 표적이 되도록 도발한다니?! 누구에게 사격을 퍼붓도록 한단 말이에요? 결국 그 표적은 여성이 되잖아요." 홀 전체에 여성의 절규가 울렸다. "당신 속에서 말하는 것은 바로 남성의 에고이즘이에요! 그 빌어먹을 가부장제가 여기에서도 한 가닥 하는군요! 나는 사격의 표적이 되고 싶지 않아요! 나는 내 이마에 카산드라의 낙인이 나타나는 것을 원치 않아요. 그것은 혐오스럽고 모욕적이에요!"

"미안하오!" 화면에서 필로페이의 목소리가 울렸다. "제발 용서해 주시오. 나는 당신의 말을 중단시키고 싶지 않지만 카산드라의 낙인은 죄악도, 수치도 아니라는 것을 말씀 드리지 않을 수 없소. 전혀 그렇지 않소. 내가 이미 설명한 것처럼 이것은 우리들 내부에 대대로 축적된 악을 경고하는 카산드라 태아의 반응이오. 세상의 종말은 바로 우리들 자신 속에 감추어져 있단 말이오. 낙인이 우리들에게 알려 주고자 하는 것은 바로 그것이오. 부탁이니 진정하기 바랍니다. 지금 나의 말에 귀를 기울이고 있는 모든 사람들에게 부탁하니 제발 나에게 마지막 작별의 말을 하도록 해주시오. 최근 며칠 동안 내가 보고 들은 모든 것은 나의 발견이 확실히 시기상조란 것을, 나의 동시대인들에게 이해되기 어렵다는 것을 말해 주고 있소. 따라서 나는 확고한 결정을 내렸소. 삶을 떠나 사라져 버리겠다고, 평화롭게, 선한 마음을 가지고 떠나 버리겠다고 말이오. 다행스럽게도 우주에서는 누구의 제지도 받지 않기 때문에 나는 그것을 결행할 수 있소. 이 마지막 순간에 내 말을 듣거나 보고 있는, 혹은 나중에 나를 알게 될 모든 사람들에게 용서를 빌고 싶은 마음이오. 나는 비록 선한 동기에서 출발했지만 여러분들에게 고통을 주었소. 나는 곧 생을 마감할 것이오. 나는 이제 광활한 우주로 나가 그곳에서 나의 삶의 여정을 끝낼 것이오. 이것은 운명이오. 나는 이미 이를 위한 준비를 마쳤고 이제 헬멧을 쓰는 일만 남았소. 그러나 나의 이 우주 수도원을 버리고 뻐쉬긴이 명령한 것처럼 '구름 저 너머의 암자로, 하나님 곁으로 은거하기' 전에, 나의 마지막 행동을 결행하기 전에 지금 나를 보고 있는 모든 사람에게 확인하고 싶은 것이 있소. 우선 지구로 시험 광선을 쏘기 위해 사용했던 모든 장비가 나에 의해 제거되고 파괴되었다는 것이오. 또 연구와 관련된 모든 기록과 계산이, 카산드라의 낙인 현상의 발견과 관련된 모든 것이 파괴되었다는 것이오. 그 모든 것이 나와 함께 사라져 버릴 거요. 그러니 앞으로는 마음을 편하게 가져도 될 거요. 마치 전혀 아무 일도 없었던 것처럼… 아마도 인간의 사유가 언젠가는 다시 이 현상으로 향하게 되겠지만 그것은 이미 우리 이후의, 미래의 일이오. 짧은 시간 안에 모든 것이 제자리로 돌아갈 거요. 아무런 흔적도 없이. 만약 누군가가 내가 떠난 후 이 우주 정거장을 둘러보게 되면 오직 눈에 띄는 것은 나의 삶의 기록과 운명, 시간, 그리고 내가 어떻게 해서, 왜 카산드라 태아의 비밀을 발견하게 되었는지에 관한 우주 수도사의 회고록뿐일 것이오. 이것이 내가 뒤에 남길 유일한 것이오. 앤토니 웅거, 내 아들, 만약 자네가 진심으로 받아들인다면 이 기록을 기꺼이 자네에게 유언으로 남기겠네.

 사랑하는 앤토니, 자네를 아들처럼 대하는 것을 용서해 주게. 이것은 영적인 호칭이네. 나는 사람들이 보는 데서 자네에게 그렇게 대할 수 있는 기회를 준 운명에 감사하고 있네. 나는 자식이 없는 인생을 보내라는 운명을 타고났지만 생의 마지막 순간에 앤토니 웅거라는 영적 자식을 두었다고 생각하겠네."
　홀이 잠잠해졌다. 그러자 필로페이의 목소리가 다시 울렸다.
　"나를 용서해 주시오. 여러분! 떠나는 마당에 모든 것을 다 말할 수는 없지만 이 한 가지만은 말해야겠소. 사람들은 줄곧 나를 수도사를 사칭한 자, 위칭자 필로페이라고 불러왔는데 그것은 사실이오. 누구도 나를 수도사로 출가시킨 적이 없고 누구도 나에게 필로페이라는 이름을 지어준 적이 없소. 하지만 교회의 절차가 중요한 것은 아니오. 중요한 것은 이상에 대한 신념의 정당성이지. 나는 그 점에서 정당하게 이해되기를 바라오.
　시간이 다가왔소. 이제 여러분들과 작별해야겠소. 그리고 우리의 지구와도 작별을 고해야겠소. 나는 화면을 통해 지구 전체를, 그것이 우주 공간을 유영하는 모습 전체를 보고 있소. 다른 화면에는 나무와 풀, 돌 등 작은 것도 자세히 볼 수 있도록 확대된 경치가 비치고 있소. 그런데 지금 뭔가 이상한 광경이, 뭔가 전혀 이해할 수 없는, 상상하기 어려운 광경이 보이고 있소. 만약 모니터에 비친 이 화면을 지구로 전송하는 것이 기술적으로 가능하다면 여러분들도 직접 확인해 보기 바라오. 보시오, 나와 나란히 있는 오른쪽 화면을 보시오. 거기에는 바다가 있고, 대양의 연안이 있소. 대서양 연안이오! 보시오 얼마나 엄청난 파도가 경사진 연안으로 밀려오고 있는지, 지금 어떤 일이 일어나고 있는지 여러분들에게도 보이겠지요?! 고래들도 보이겠지요?! 자 여기 그것들이 있소. 거대한 무리요! 그것들이 마치 산더미처럼 대양에서 헤엄쳐 나오고 있소. 오 맙소사, 하늘의 벌인지 고래들이 달려와 해안에 몸을 던지고 있소! 보시오 그것들에게 무슨 일이 일어나고 있는지! 자살하는 고래들이오! 대체 그것들에게 무슨 일이 일어났을까요? 왜 물에서 나와 뭍으로 몸을 던지고 있는 건지?! 왜 자살하기로 결정했는지?! 그 의미가 무엇이겠소? 무엇이 그들에게 그런 행동을 강요하고 있겠소? 뭔가 좋지 않은, 참을 수 없는 것이 그것들을 죽음으로 내몰고 있소! 아니면 이것은 우리의 마지막 생각과 합치하는 것이 아닐까요? 같은 날, 같은 시간에 말이오! 나는 스스로 죽음을 택하는 이 고래들을 움직이는 힘이 무엇인지 이해할 수 있을 것 같소. 이 현상의 본질을 좀더 깊이 파고들지 못하는 것이, 이 놀라운 삶의 수수께끼를 이해할 시간이 없는 것이 애석할 뿐이오. 로버트 보오크도 마찬가지였소. 나는 그의 논문을 읽고 그의 사유가 얼마나 깊은지 이해하기 시작했소. 그러나 쓰여진 글의 이면에는 끝까지 말 못한 뭔가가 숨겨져 있었소. 나는 우리가 서로를 발견하고 정신에 대한 새로운 이해에 도달할 수 있기를 갈망했소. 그러나 우리는 그러지 못했소. 그럴 운명이 아니었던 것 같소. 고래도 마찬가지라오. 그것들이 말을 가지고 있다면 우리는 많이 알 수 있었을 텐데… 그러나 나는 이미 늦었소. 나는 그것들의 말이 들리는 것 같소. 고래들이 나를 부르고 있소. 나도 고래들과 함께 떠나겠소… 나도 해안에 몸을 던져 자신을 죽이는 고래가 되겠소. 마지막으로 로버트 보오크에게 말하고 싶소. 나는 당신에게 죄를 지었소. 이제 나도 고래들과 함께 당신에게 가고자 하오… 안녕….”

뒤이어 일어난 모든 일은 관객들에게 거부할 수 없을 정도로 뚜렷하고 강렬한 인상을 주었다. 필로페이는 전세계가 보고 있는 가운데, 그 순간 TV화면 앞에 있던 모든 사람들이 보고 있는 가운데 삶을 마감하고 있었다. 우주의 수도사가 하는 모든 동작이 그의 확고한 결의를 보여 주고 있었다. 모두들 자신이 공개 자살을 보고 있다는 사실을 이해하고 있었다. 그러나 누구도 필로페이를 불러 그가 생각한 일을 막거나 멈추게 할 수가 없었다…

홀 안에 극도로 긴장된 적막감이 감돌았다. 누구도 꼼짝하지 않았고 누구도 목소리를 내지 않았다. 모든 시선이 우주 수도사의 생의 마지막 순간이 비쳐지는 화면에 고정되어 있었다. 앤토니 융거는 갑자기 죽음의 자유가 그 무엇에 의해서도 보상되지 않고 그 무엇으로도 측정할 수 없는 거대한 정신적 비극이라는 사실을 깨달았다. 그사이 필로페이는 머리에 육중한 우주 헬멧을 착용했고 이제 우주복과의 연결 단추를 채우는 모습이 보였다. 그때부터 그의 얼굴 표정은 알 수 없게 되었다. 모든 준비가 끝났다. 남은 것은 우주선 출구로 가는 일뿐이었다. 필로페이가 몸을 돌렸다. 아마도 뭔가 말하는 것 같았지만 이미 말은 들리지 않았다. 작별하듯 손을 흔든 뒤 그는 광활한 우주로 몸을 던지기 위해 승강구로 향했다. 승강구 개폐 장치가 움직였고 필로페이가 텅 빈 공간으로 한 걸음 내딛었다.

그는 성간 공간에 걸음을 내딛었고 갑자기 위도, 밑도, 사방도, 지평선도, 경계도, 차원도 없는 무한과 일대일이 되었다.

그는 공중으로 날아올라 잠시 한 곳에 머물러 있다가 어디라고도 할 수 없는 곳으로 헤엄치기 시작했고 우주선에서 점점 멀어졌다. 그는 무중력 속을 떠돌며 헤엄쳤고 곧 시야에서 사라졌다…

11

　해안에 몸을 던진 고래들이 물 얕은 모래 사장 위에서 고통스럽게 불거져 나온 두 눈을 무섭게 부릅뜬 채 숨을 거두고 있었다. 그들의 몸뚱이가 마치 불타버린 산처럼 여기저기 널려 있었다.
　그러나 지구는 여전히 태양 주위를 돌았다….
　다음날 아침 세계의 모든 신문이 일면 톱에 입을 모아 소리쳤다. '최초의 우주 자살 행위!' '우주의 수도사 필로페이, 인류를 카산드라의 낙인의 시련에서 해방시키다!' '그에게 하늘의 왕국이 있기를!' 그 외에도 신문, TV, 라디오마다 똑같이 센세이셔널한 성향의 보도가 많았다….
　<트리뷴>지에는 앤토니 융거의 짧막한 특별 기고문이 실렸다. "나는 앞으로 나의 아버지 필로페이와 로버트 보오크가 남겨 놓은 자취를 따라 걸어갈 것이다…."
　그러나 악의에 찬 의기양양한 소리도 있었다. "자칭 수도사에겐 승

천이 필요 없다. 그는 이미 우주에 등을 깔고 있으니까!"

다른 기사들 중에는 이미 여러 번 보도되었지만 또다시 불가사의한 소식이 보도되었다: "대서양 서부 연안에 큰 고래 떼가 몸을 던져 모두 죽었음."

또 한 가지 이상하고 엉뚱한 뉴스가 러시아 신문에 보도되었다: "지난 밤 붉은 광장에 알 수 없는 인물에 의해 죽은 새 — 부엉이 한 마리가 레닌 묘에 던져졌음. 새에게서 화약은 발견되지 않았음."

이틀 뒤 로버트 보오크의 장례식이 있었다. 묘지는 조용했다. 가을. 맑은 하늘. 영결 기도를 할 때 앤토니 융거는 하늘 저 높은 곳을 바라보며 진리의 길을 선택한 그 두 사람이 각각 자신에게 예정된 장소를 차지했다는 생각이 들었다. 한 사람은 우주 공간의 흘러가는 영원성 속에서, 다른 한 사람은 지하의 응고된 영원성 속에서….

그리고 그들에게는 진리가 함께 있는 것이다….

에필로그

 "나의 시간의 도화선에는 불이 당겨져 있다. 나는 서둘러 컴퓨터에 나의 작별 편지를 쓴다. 놀랍게도 나에게 마침내 기회가 생겼다. 나는 지금 지구상의 어느 이름모를 곳을 바라보고 있다. 그곳은 지금 낮이 지나고 어두운 밤으로 바뀌어 가고 있다. 그리고 또다시 밤이 낮으로 바뀌는 것을 본다. 이것이야말로 명백한 영원의 흐름이요, 시간의 가시적인 무한함이다. 그러나 궤도에서 이를 관조하는 주체에게 이제 한계가 찾아왔다.
 광대한 우주 속에서 인간의 일생은 파리의 일생과 같다. 그러나 인간에게는 사유의 재능이 부여되어 있고 그것이 그의 생을 연장시킨다. 그러나 반대로 삶을 급격히 줄이는 경우도 있다. 나는 밤과 낮이 바뀌는 신비로움을 두 눈으로 수없이 관찰해 왔지만 여기서 내 삶의 종지부를 스스로 찍게 될 줄은 예상도 하지 못했다. 왜냐하면 이제 나의 심판의 날이, 나의 죄 많은 인생의 마지막 날이 다가왔기 때문이다. 그리고 그 심판의 날은 나와 함께 떠날 것이다. 인간의 삶과 관련된 모든 것과 마찬가지로. 나는 직접 자신의 심판의 날을 결정했다. 그것은 나의 특권이자 숙명이기도 하다.

이 글을 다 쓴 후, 만약 성사가 되면 나는 우주 기자 회견에 나갈 것이다. 그리고 나서 나는 내 인생을 결산하고 목숨을 끊어야 할 것이다. 그것이 나에 대한 선고이다. 나는 사회의 자기 인식을 파괴하였다. 나는 수많은 사람들의 증오를 받고 있다. 나는 로버트 보오크의 죽음에 대해 죄가 있다. 나는 궁지에 몰려 있다. 나는 사라지고 없어지지 않으면 안 된다. 다른 출구는 없다.

죽음을 앞두면 숨도 제대로 쉴 수 없다고들 하지만 나는 이야기를 끝맺지 않으면 안 된다. 이 지겨운 세상이 어떻게 되건 지구의 모든 사람들의 저주를 받은 자에게는 마찬가지가 아닐까? 풀이 안 자라게 되더라도! 모든 것이 지옥으로 변해 버린다 해도! 나는 자신을 위해 준비한 죽음의 문턱에 있지만 불안감을 숨길 수 없다. 인간은 어떻게 될까? 카산드라의 낙인의 이야기는 내일 사람들의 머리와 마음속에 어떤 반향을 불러일으킬까? 그러나 저주받은 진리라 할지라도 그것은 여전히 진리로 남는다. 오늘 반박된 문제라 할지라도 내일이면 또 다시 발생하게 된다. 그것을 피할 곳은 어디에도 없다.

나의 심판의 날이 도래했다. 그것은 돌이킬 수 없다. 내게는 돌아갈 길이 없다. 나는 여러분들에게 나의 참회록을 남길 것이다. 그것을 통해 나중에 자신을 우주의 수도사로 부르게 된 내가 누군지, 출생은 어떤지, 어떠한 삶을 살았는지, 무슨 공부를 했는지, 카산드라의 낙인의 운명적 발견이 어떻게 이루어졌는지 여러분들에게 밝혀질 것이다…

작별을 고하면서 조금만 더 이야기할까 한다. 가장 뜻밖의 체험과 생각이 나를 찾아온 것은 바로 우주에서였다. 나는 그것을 어떻게 설명해야 할지 알 수 없다. 우주에서 엷은 구름에 둘러싸인 지구를 바라볼 때마다 나는 그것에 매료되어 생각하곤 했다. 오, 하느님, 지구는 얼마나 위대한 창조물인가! 태양조차 인간들이 살고 있는 지구를 위해 존재할 것이다. 그렇지 않다면 그 모든 것이 다 무슨 소용이란 말인가? 인간에겐 세계가 필요하고 세계는 바로 그것 때문에 존재하는 것이다. 인간이 인식할 수 있도록 하기 위해 세계가 존재하고 있는 것이다. 그렇지 않다면 이 모든 은하계는 무엇을 위한 것이며 무슨 의미가 있단 말인가? 하느님도 마찬가지이다!! 하느님이 인간에게 필요하기 때문에 그는 하느님이고 그 때문에 그가 존재하는 것이다! 그러나 과연 인간은 이러한 세계적 토대에 어울리는 가치를 지니고 있는가? 이 원대한 세계 구조에 어울리는 가치를 지니고 있는가? 바로 그것이 우주의 수수께끼이다!

자, 이제 떠날 시간이다. 시간이 거의 남지 않았다. 나는 곧 정거장에서 나가 광활한 우주 공간으로 도약할 것이다. 지구에서 멀리, 아주 멀리, 이제 그만.

날 용서하기를.
필로페이."

러시아어로 쓰여진 필로페이의 편지와 참회록은 그가 이전에 살았던 우주 정거장에 탐사팀이 도착한 후 며칠 안 되어 우주에서 지구상으로 직접 전달되었다. 우주선 지휘관은 업무 보고에서 개인용 컴퓨터 기억 장치에 필로페이가 남긴 유언이 저장되어 있었다고 전했다. 필로페이는 유언장에서 우주 정거장에 도착할 요원에게 컴퓨터에 입력된 자신의 참회록을 앤토니 웁거에게 전해 달라고 부탁하였다. "앤토니 웁거는 나의 기록을 필요하다고 생각하는 대로 취급할 권리가 있음."

텍스트에는 "너와 함께, 그리고 그후 겪은 것에 관하여"라는 제목이 붙어 있었다.

이야기는 다음과 같이 계속되고 있었다.

이전에 내가 우주 궤도 정거장에 가게 되리라고 생각해 본 적은 한번도 없었다. 나를 이곳에 보낸 것은 과학이었다. 그러나 내가 단지 과학적 목적만을 위해 이곳으로 온 것은 아니라는 사실을, 또한 내가 유형자라는 사실을, 그것도 자신을 스스로 지구의 영역 밖으로 추방했고, 나중에 자신을 우주의 수도사라고 공포한 자라는 사실을 아는 사람은 아무도 없을 것이다. 아마도 나를 미귀환자로 부를 수도 있을 것이다. 과거에 정치적 혹은 기타 이유로 외국에서 조국인 소련으로 돌아가기를 거부함으로써 전세계가 보는 가운데 초강대국 정권에 도전장을 던졌던 자들이 자신을 그렇게 부른 것처럼 말이다.

그러나 이것은 아마도 경우가 다를 것이다. 나는 유형자도 아니고 미귀환자도 아니다. 이것은 설명하기 어려운 자신 속으로의 칩거, 우주를 통한 자신 속으로의 칩거이다. 이것은 너무 과장되게 들릴지 모르지만, 영혼과 우주의 결합이기도 하다. 그러나 우주에 체재하게 된 것은 나의 전 인생의 논리적 귀결이요, 나의 발전의 정점이자 종점이다. 나의 필요성과 원래 예정된 운명은 바로 거기에 있었을 것이다. 보통 현세에 존재하지 않는 것이 있을 수 있다는 것을 믿기란 어려운 일이지만⋯.

그런데 나의 운명이란 것도 모든 사람들과는 다르게 시작되었다. 그 때문에 나는 내가 영원한 어둠 속으로 감추어 버린 나의 신원, 더 정확하게는 출생의 비밀을 건드리지 않으려고 평생 동안 애써 왔다.
 나는 담요 자루에 싸여 고아원 현관에 버려진 아기였다. 고아원에서 지어준 나의 성 끄릴리쪼프도 여기서 비롯되었다. 나는 안드레이로 불리웠고, 부칭 안드레예비치는 여기서 따왔다. 따라서 나의 본명은 안드레이 안드레예비치 끄릴리쪼프이다. 이 비극적 사건은, 사람들 이야기로는 1942년 말 어느 눈오는 겨울날 새벽에 일어났다. 나는 그날 아침을 희미하게 기억하고 있다. 물론 누구도 그것을 믿지 않겠지만. 그러나 어떻게 하겠는가, 나는 있는 그대로를 이야기할 뿐이다. 나는 엄마의 발 밑에서 뽀드득거리던 눈 소리를 지금도 기억하고 있다. 나는 그녀가 그 겨울날 아침 서둘러 걸어가던 것을 기억한다. 나는 그녀가 부들부들 떨며 나를 가슴에 꼭 껴안고 계속 놀란 듯 몸서리치던 것을, 그리고 우리 몸 사이에서 들리던 그녀의 둔중한, 고통스런 심장소리를 기억한다. 그녀는 걸으며 숨을 몰아쉬고 있었고, 울면서도 애써 눈물을 억누르며 나에게 계속 뭔가 급하게 중얼거리듯 속삭이고 있었다. 그녀가 나를 고아원 현관에 버리려고 안고 가던 그 때 나는 담요 틈 사이로 그녀의 얼굴과 눈이 하얗게 덮인 눈썹과 눈동자, 그 위로 눈송이가 떨어지는 잿빛 하늘을 보았다. 아마도 그녀는 나에게 계속해서 이렇게 속삭였던 것 같다: "아가 울어야 한다, 큰 소리로 울어야 해, 사람들이 금방 들을 수 있도록!"
 그녀가 나를 현관에 내려놓았을 때 나는 그것이 무엇을 의미하는지 당장 이해가 가지 않았다. 나는 추웠고 꽁꽁 얼어 있었다. 나는 그녀가 돌아와 나를 다시 안기를 기다리고 있었다. 그러나 그녀는 숲 뒤 눈더미에 몸을 숨긴 채 더 이상 오지 않았다. 그제서야 나는 울기 시작했다. 큰 소리로 울기 시작했다. 이윽고 문이 열리고 누군가 다가오더니 나를 손에 들어올리곤 그 자리를 떴다…

내가 눈더미 이야기를 하는 것은 내가 나중에 들은 유일한 것이기 때문이다. 사람들 이야기로는 눈더미에서 어머니의 흔적을 발견했지만 더 이상의 흔적은 없었다고 한다….

나는 그녀가 자기 아기의 부름에도 가까이 오지 못하고 그곳 숲 뒤에 서 있었을 때 어떤 심정이었을지 이제 상상이 간다… 나는 똑같은 꿈을 자주 꾼다. 나는 깊은 눈 속을 따라 걸으며 어머니의 흔적을 찾는다. 어머니의 흔적이 시커먼 숲 속으로 사라진다. 나는 무섭고 춥다. 눈이 쌓인다. 나는 엄마! 엄마! 하고 소리친다. 그러면서 나는 잠을 깬다….

그런데 그 무서운 아침 무엇이 나의 어머니로 하여금 그런 소름 끼치는 행동을 결심하도록 만든 것일까? 만약 알 수만 있다면! 나의 아버지는 누구였을까? 그녀 자신은 알고 있었을까? 아직도 그러한 많은 질문들이 나에게 해답도 없이 평생 수수께끼로 남아 있다.

고아원에서는 누구도 나와 그런 주제로 이야기를 나누려 하지 않았고, 가끔씩 누군가와 내 자신의 경험을 나누고 싶을 때가 있었지만, 나도 적극적으로 그렇게 하지는 않았다. 사실 그 눈오는 겨울날 아침 어머니가 나를 두 손에 안고 왔다는 기억 외에는 아무것도 이야기할 것이 없었기 때문이다. 게다가 내가 뭔가 기억하고 있다는 것을 누구도 믿지 않았을 것이다.

그런데 이 세상에는 아무런 의심도 없이 내 이야기를 귀담아 들어주는 유일한 여성이 있었다. 그녀의 이름은 발레리야 발렌찌노바였는데 같이 일하는 여자들은 그녀를 바바라고 불렀다. 우리들도 그녀를 바바, 바바 아줌마로 불렀는데 그러한 호칭에는 뭔가 가정적인 것, 가족적인 것이 담겨 있었다. 바바 아줌마는 물론 고아원 아이들이 가장 좋아하는 보모였다.

우리 고아원은 루자시 교외의 말레예프카 마을과 나란히 위치하고 있었다. 모스크바로부터 약 100킬로미터 떨어진 지점이었다. 우리의 제157호 고아원은 포드모스코비예에서 독일군이 철수하자 곧 전선 주변 지역의 고아들을 수용하기 위해 개설된 것이었다. 당시 바바는 이웃 루자시의 산림 공원에 위치한 작곡가 창작의 집에서 일하고 있었다. 그것은 사실상 소련 작곡가들의 양성소였다. 그곳에는 각 지방과, 공화국에서 온 작곡가들이 정부 생활비로 각자의 별장에 살면서 모든 시대의 가장 위대한 지도자이자 인민의 아버지인 스탈린 동지를 찬양하는 장엄한 칸타타와 합창곡 등, 세기의 음악을 작곡하고 있었다… 그곳에는 가끔 당 고위 간부들이 제화공의 아들에서 20세기의 명령자가 된 그 사람에게 바쳐진 작품의 초연을 듣기 위해 오곤 했다. 가끔 그곳에는 자선 연주회가 개최되기도 했고, 거기에는 우리들 고아원생들도 입장이 허용되었다. 바바 아줌마는 창작의 집 관리인이었지만 그녀 자신 괜찮은 피아니스트이기도 했다. 그렇기 때문에 전쟁이 끝난 후 그녀는 고아원에 음악 지도자로 오게 되었다.

41년 가을부터 42년 봄까지 루자시와 그 주변에는 독일군 탱크 부대가 주둔하고 있었다. 나는 물론 그 사건과 아무런 관계도 없었지만 나의 출생 시기와 버려진 아이가 된 나의 운명적 시기 사이에는 아마도 어떤 관계가 있는 것처럼 보였고, 나는 바바 아줌마가 항상 그것을 염두에 두고 있으면서 이미 성년이 다 된 나와의 대화에서 그것을 자주 암시한다는 것을 알고 있었다. 그녀 자신도 루자시에서 거의 반 년간 독일군의 점령을 경험했고, 많은 것을 기억하고 있었다. 내가 그녀와 단 둘이 음악실에 있을 때면 그녀는 나에게 악보 읽는 법을 가르쳐 주었다. 그러나 우리의 대화는 음악 연구를 벗어나는 경우도 자주 있었다.

아 바바 아줌마, 바바 아줌마! 나는 정말 그런 엄마를, 눈앞에서 자신도 모르게 늙어 가는 친숙하고 다정한 그런 영혼을 가지고 싶었다. 그런데 재미있는 것은 나의 곁에 한번도 어머니가 없었던 것처럼 바바에게는 단 한번도 자식이 없었다는 점이다. 그 여인의 인생이 왜 그렇게 되었는지, 무엇이 그녀가 아이를 가지는 것을 방해했는지 말하기는 어렵지만 그녀의 외로움이 그녀가 고아들에게 따뜻하게 대한 이유가 아닐까?

"안드류샤," 그녀는 나에게 말하곤 했다. "너는 물론 자신이 버려진 아이라는 것 때문에 괴로워하겠지. 난 너를 이해할 수 있단다. 어떻게 그것을 생각하지 않을 수 있겠니. 그러나 그런 생각을 하면 마음이 편하지 않을 거야. 자신을 객관적으로 보려고 시도해 보렴. 그럼 너는 다른 것을 볼 수 있을 거란다. 안드류샤, 내가 틀리지 않았다면 하느님께서는 너에게 큰 재능을 내리셨어. 이건 정말이야! 언젠가 내가 한 말이 생각날 거야. 너는 명석한 머리를 가지고 있어, 너는 아주 뛰어난 아이란다. 음악만 하더라도 너는 아마 훌륭한 음악가가 될 수 있을 거야. 그러나 무엇이 될 건지는 너 자신이 결정하렴. 음악은 너 자신을 위해 공부하고 다른 사람을 위해서는 다른 것을 공부해도 되겠지. 이제 학교를 마치면 상급 학교에 진학하게 되고 너는 자신의 인생을 직접 설계하게 될 거란다. 안드류샤, 넌 천부적 재능을 타고났으니 모든 길이 너의 앞에 훤히 열리겠지. 아무것도 너를 방해하지 못할 거야. 비록 너의 어머니에 관해서 아무것도 모르고, 또 너의 아버지가 누구인지 전혀 모른다 하더라도. 무엇이 너의 어머니로 하여금 자신의 갓난애를 포기하고 사라지도록 했는지 말하기는 어렵단다. 그렇지만 내 생각으론 어머니를 비난해서는 안돼. 안 되고 말고, 설사 그녀가 잘못했다고 해도 그녀를 미워해선 안 된단다. 네가 그녀에게 감사해야 한다고 말해도 화내지 말렴. 정말 그렇단다! 너는 그것이 이상하게 생각될지도 모르지만 그러나 생각해 보렴. 안드류샤, 너의 그 뛰어난 능력은 바로 그녀에게서, 너의 부모에게서 온 거란다. 너는 그것을 유산으로 물려받았고 어머니에게서, 어머니를 통해서 받았단다. 그녀가 왜 너를 버렸는지 아무도 알 수 없지만 그녀가 일단 그렇게 했다는 것은 그녀에게 다른 방도가 없었다는 것을 의미하겠지. 아마 그것이 너의 생명을 보존할 수 있는 유일한 가능성이었을지도 몰라. 이유는 말할 수 없단다. 그건 나도 모르고 또 그 누구도 모르기 때문이지. 그러나 나는 너의 어머니에게 다른 방법이 없었다는 것을, 그렇게 해야만 너를 살릴 수 있었다는 것을 확신한단다. 물론 위험 부담도 컸겠지. 그러나 보다시피 너는 살아 있고 건강하지 않니. 누가 뭐라 해도 우리 나라의 고아원이 헛된 것은 아니란다. 너 자신을 놓고 판단해도 그렇지. 또 어머니 덕택에, 너는 얼굴도 괜찮게 생기고 키도 창피할 정도는 아니고 몸도 약하지 않지. 너의 많은 것이 자연에서, 즉 어머니에게서 받은 거란다. 내가 너에게 하고 싶은 충고는 너의 어머니에게 다른 방법이 없었을 거라는 데서 출발하라는 거야. 그러면 나중에 자라서 더 많은 것을 이해하게 되겠지."

세월이 지남에 따라 나는 바바 아줌마가 예외적인, 공개적으로 논의할 수 없는 어떤 상황을 염두에 두고 있었다는 결론에 도달하게 되었다. 그녀가 자신의 예상을 얼마나 확신하고 있었는지 말하기는 어렵다. 수년 뒤 내가 모스크바의 대학에서 공부하고 있을 때 바바 아줌마는 세상을 떠났다. 그리고 내게는 바바 아줌마가 무심코 흘린 말만이, 그것을 확인하거나 반박할 아무런 근거도 없는 가설만이 남게 되었다.

내가 9학년 과정을 공부하고 있었을 때 우리 이웃인 말레예프카 마을에서 큰 비극이 발생하였다. 한 여인과 17살 난 그녀의 딸이 목숨을 끊은 것이다. 어머니가 목을 매달았고 딸도 그 뒤를 따라 똑같이 목을 매달았다. 그들은 외롭게 살았다. 어머니는 작곡가 창작의 집에서 청소부로 일했고 딸은 자라 학교에 다니고 있었지만 모두들 그 여자가 독일 군대가 포드모스코비예에서 철수한 지 반년 후에 자신의 딸을 낳았다는 것을 알고 있었다. 그리고 그녀가 독일 병사, 즉 점령군이나 파시스트 혹은 그와 비슷한 자의 딸을 낳았다는 것은 누구에게도 비밀이 아니었다… 이웃들은 그녀에게 집을 빌려 주지도 않았고 딸은 학교에서 아무런 기쁨도 누릴 수 없었다…. 그날 그 비극적 사건에 심하게 동요된 바바 아줌마는 자신도 모르게 뭔가 이상한 말을 하였다. 그렇지만 나는 지금도 그녀의 말을 고통스럽게 기억하고 있다. "나는 정신을 차릴 수 없어, 나탈리야," 그녀가 한 보모에게 말했다. "정말 무서운 일이야! 모녀가 함께 자살하다니… 무자비한 죽음이야! 사람들을 그 지경까지 몰고 가다니! 생각 좀 해봐. 무엇 때문에 그러는지?! 그래 전쟁에는 전쟁으로, 거기에는 나름대로의 계산법이 있지. 싸우고 죽이고 하는 것도 그 때문이야. 하지만 대체 얼마나 많은 악이 사람을 모욕하고 두 눈을 찌를까?! 이번 일만 해도 그 불쌍한 여자가 안타깝게도 독일인의 아이를 낳았기 때문이잖아. 이루 말할 수 없는 고생을 했을 거야. 그렇지만 무엇 때문에 그녀에게 복수를 해야 하는지, 정말 야만스러워! 또 그 딸은 무슨 죄가 있다는 거야?! 누구도 자신의 아버지나 어머니를 선택할 수는 없잖아. 모두들 부모는 하느님께서 정해 주시지. 집은 왜 안 주었을까?! 차라리 어머니가 자기 아이를 문간에 버리고 자신은 사람들 눈에서 멀리 사라지는 편이 더 나았을지도 몰라. 자신에 대한 소문이 전혀 안 나도록, 죽지는 않았지만 죽은 셈치고 이 세상에서 완전히 사라지기 위해서 말이야, 오로지 자기 아이가 다른 아이들처럼 클 수 있도록 말이지…."

그때 이후 마치 병아리가 정해진 시간에 껍질을 깨고 나오듯 어떤 생각이 내 속에서 껍질을 깨고 나왔다. 그것은 나의 아버지도 그런 사람이 아니었을까 하는 생각이었다. 그래서 어머니도 나를 문 밑에 버리고 자신은 재빨리 저 멀리 도망칠 수밖에 없지 않았을까, 영원히, 돌아올 수도 없이, 끝없이….

나는 어떻게, 어떤 상황에서 그런 일이 일어날 수 있는지 생각해 보려고, 상상해 보려고 애썼다. 온갖 생각을 해보았고 별의별 추측을 다 해보았다. 공허하고 단절되고 버려진 상태였다. 아마도 그런 상황은 배를 타지 못하고 무인도에 홀로 버려진 자만이 경험하는 것일지도 모른다… 배는 사라져 가고 아무리 불러도 전혀 반응을 보이지 않는다. 주위에는 아무도 없고 파도와 바다뿐이다. 해안도 없다… 그런데 대체 누가 그를 그 섬에 던져 버린 것일까? 대체 누가?

나는 알고 싶었고 이 질문에 대해 자신에게 대답하고 싶었다. 그러나 무엇 때문에 내가 그것을 알아야 하는지, 그것이 무슨 의미가 있는지 나는 모른다. 사실 그것이 내게 무엇을 가져다 줄 것인가? 아무 것도 없을 것이다. 그렇지만 나는 무척 알고 싶었다. 만약 나의 아버지가 정말로 독일 병사였다면, 그러면 그는 나중에 어떻게 되었을까? 머리 속에 갑자기 순진하고 엉뚱하기 그지없는 생각이 떠올랐다 — 그는 왜 나의 아버지가 되어야 했을까, 누가 그에게 그것을 부탁했을까, 누가 그로 하여금 유럽을 가로질러 와서 나를 낳고는 종적을 감추도록 만든 것일까? 그렇다. 너는 자신의 신원이 알고 싶은 것이다. 알고 싶지만 알 수 없고 계속 생각만 할 뿐이다. 나를 낳은 어머니가 어디로 자취를 감추었는지도 알고 싶었다. 그렇다. 나의 아버지인 그 독일군 병사가 그후 어떻게 되었는지, 살아남았는지, 혹은 죽었는지 알고 싶었다. 그런데 돌연 그가 살아 있고, 건강하고, 독일의 어딘가에 있으면서도 이 세상에 자신의 아들이, 1942년에 고아원 현관에 버려진 아들이 있다는 사실을 전혀 모르고 있다면… 나는 바로 그의 아들이다. 그러나 그에게는 상관없는 일이다… 그런데 갑자기 어떤 기적이 일어나 그가 그 사실을 알게 되어 나를 찾아 나선다면?! 만약 그가 '자 나는 여기 있단다, 그런데 내 아들은 어디에 있지?' 하고 말한다면? 그러면 어떻게 될까? 그 다음에는? 그러나 그 모든 환상이 무슨 소용 있겠는가? 만약 그 모든 것이 실제로 사실이라고 해도, 마치 가래침처럼 지금은 새까맣게 잊혀진 그 모든 이야기가 그에게, 그 독일인에게 무슨 의미가 있으며, 무엇 때문에 그가 괴로워하겠는가?…

나는 이처럼 무척 야만스럽고 어리석은 생각을 하곤 했다. 그러나 그와 관련하여 어떤 생각을 하건 인간 운명의 교차로로서 맨 먼저 떠오르는 것은 바로 전쟁이었다. 그리고 전쟁이 뿌린 씨앗에서 태어난 아이들, 그 부모들이 뻥 뚫린 생의 심연 속으로 사라져 버린 아이들의 비극도 속속 드러났다. 그 심연에서 흘러나오는 것은 추위와 소외, 단절, 증오였다. 그래서 내 마음속에는 나와 달리 '정상적으로 출생한' 모든 인간에 대한, 세상에 대한 내적인 적개심이 일어났고 이 세상에 행복하게 태어난 그들에게 내 자신의 절대적 우수성을 증명하고 싶은 생각이 들었다. 사회가 나의 비범한 인격과 천재성을 보고 그것을 인정하지 않을 수 없게 되기를 바랬다. 힘에는 힘으로, 악에는 악으로 대답할 수 있는 준비가 항상 되어 있기를 원했다….

'나'라는 배는 그런 바람을 돛에 안고, 큰 사회로 나아갔다. 나는 항상 이 세상에 나 혼자뿐이라는 사실을 잊지 않고 있었다. 내게는 아버지도, 어머니도, 형제도, 누이도, 숙모도, 조카도, 사촌도, 육촌도 아무도 없었다. 나는 마치 달나라에서 온 것 같았다. 아마 그런 상황이 도움을 주었는지도 모른다. 그렇다. 나는 학계에서 눈부신 출세를 하였다. 나는 자신을 온통 학문에 바쳤고, 이것은 내가 선택한 분야에서, 감히 말하지만 천재적 발견을 하도록 허용했다. 사실 그러했다! 나는 학문을 위해 봉사했고 학문도 나를 위해, 나의 지명도와 야망을 위해, 나의 입장과 획일주의에 봉사했다….

이 모든 것은 결국 나를 우주 정거장으로 가게 만든 운명으로 발전하였고 그곳에서 나는 자신을 멋대로 우주의 수도사라고 선언하였다. 그것은 극히 역설적이긴 하지만 나의 무한한 절정이 되었다. 내게는 지상에 설 땅이 없다는 것을 알고 있었다….

나는 이곳 우주에 와서야 운명이 내가 우주로 도피할 때까지 살면서 겪어온 것을 공개적으로 기술할 수 있는 좋은 기회를 제공해 주었다는 것을 깨달았다. 나는 자신에게 말했다. 너는 자신에게 있었던 모든 일을 용감히 인식하고 자신과 다른 사람들에게 모든 것을 인정할 의무가 있다고… 이 참회의 본질은 바로 자신에 대한 일말의 동정도 없이 모든 것을 끝까지 이야기하는 데 있다.

이야기의 발단은 아주 사소한 데서, 즉 의과 대학의 세미나에서 비롯되었다고 생각된다. 나는 그곳에서 인간 수태의 기적과 이 세상으로의 탄생의 비밀을 연구하는 데 몰두하고 있었다. 나는 살아가면서 한번도 나의 출생에 관한 고통스런 이야기를 누구에게도 털어놓은 적이 없었고 또 내 주변에서도 한번도 그런 대화가 오간 적이 없었는데, 이것은 아마도 나의 잠재의식 속에 있던 버려진 아이라는 콤플렉스가 작용하였기 때문일 것이다.

나는 무엇보다도 과학 지도자로서, 가혹한 우두머리로서, 상부의 변함없는 지지를 누리는, 전혀 예측 불가능한 권위의 소유자로서 나와 함께 일하는 사람들에게 중요했다고 생각한다. 그리고 솔직히 말해 나는, 내가 인간들의 빌어먹을 수수께끼라고 생각한 허영심과 권력욕에 대해서도 무심하지는 않았다. 나는 항상 누구에게나 나의 확고한 위치를 보이기 위해, 나의 권위를 강화하기 위해 전력을 기울였다. 그래서 사람들이 내 등뒤에서 '우리의 총수'라고 수군거릴 때 그것은 '우리의 소장'이 아닌 '우리의 천재적 독재자'를 의미했다. 그것은 나를 조금도 당혹스럽게 만들지 않았다. 오히려 그 반대였다. 설명하기 어렵지만 만족을 모르는, 끝없는 권력욕은 사실 인류의 불가사의한 수수께끼 중 하나이며 나 역시 명령하는 것을 갈망했고 자신의 '폐쇄적인' 실험실 동료들에게 규율과 절대적 복종을 요구하였다. 나중에 실험실에 이어 연구소 소장이 된 후에도 재능과 규율은 간부를 선발하는 데 있어서 나의 기준이 되었다.

그 덕분에 생물학 분야에서 전혀 예상치 못했던 새로운 경향의 대담한 창시자로서, 실험자로서 가장 주목을 받게 되었을 때 나는 이미 과학 분야에서 거물이 되었음은 물론 입안자로서, 지도자로서의 권위도 함께 누리고 있었다. 나의 경력은 극히 성공적으로 쌓여 갔지만, 나중에 내가 알게 된 바와 같이 거기에는 관심 있는 기관들의 협조도 없지 않았다. 그러나 그것은 특별한 이야기이다. 왜냐하면 나는 성공에 고무되어 마치 온힘을 모아 맹렬한 기세로 날아가는 땅벌처럼 과학 분야의 상공을 날아갔다. 나는 이전에 그 누구도 하지 못했던 발상을 귀가 멀 정도로 웅웅 울리며, 영원성의 저작권자인 신을 그 분야에서 몰아낼 각오로 이 발견에서 저 발견으로 날아다녔다. 심지어 나는 비록 과학 실험의 테두리 내이기는 하지만 누가 이 세상에 태어날지, 어떤 부모에게서 어떤 아이들이 태어날지 마음대로 결정할 수 있었다. 내가 그들의 씨앗으로 무슨 일을 할 수 있는지 그들이 안다고 해도, 또한 그들이 원하건 원하지 않건 그것에 상관없이 결정할 수 있었던 것이다….

지금 내가 자신에게 "너의 자만심은 거기에서 비롯되었다!"고 말해도 놀랄 일은 아니다. 뭐라고 말하건 나는 정말로 인간의 수태와 탄생을 관리하는 능력에 눈이 멀어 있었다.

인공 수정을 통해 익명으로 태어나는 인간을 육성할 수 있다는 생각은 맨 처음 농업용 가축의 인공 수정과 유추해서 떠올렸다. 동물 공학에서는 그것이 실질적인 문제였다. 인간은 동물의 품종을 자신의 경제적 이익을 위하여 바꾸고 있었다.

그러나 실험 생물학은 인간의 인공 육성 문제를 단순히 과학적 인식을 위해서뿐만 아니라 인간의 탄생을 관리하기 위해, 더 정확하게 말하면 그것을 조작하기 위해 맡게 되면서 얼마나 변해 버리고 말았던가!…

그렇다. 나는 지금 내가 자신의 귀를 막은 상태에서 어떻게 과학의 그 어두운 심연 속에서, 본질을 제외하면 모든 것이 똑같은 그 심연 속에서 벗어날 수 있었는지 이해하려고 애쓰고 있다. 그러나 당시 나는 인류에게 위험하고 도덕의 범위를 훨씬 벗어난 그 일에 얼마나 무의식적으로 몰두하고 있는지 생각해 본 적도, 의심해 본 적도 없었다. 당시 소장파 학자였던 나에게 존재하는 유일한 기준은 학문적 성취였다. 과학의 승리를 위해 나는 나 이전의 선배들 중 누구도 감히 발을 내디디려 하지 않았던, 모든 종교에 의해 금지된 영역 속으로 돌진해 들어갔다. 그 문 앞에서는 누구나 신에게 복종해야만 했지만 나는 도전적으로 그 문짝을 발로 차고 들어갔다.

그런데 운명은 너를 어디로 데려갔는가! 어느 날 연구소 당 위원회가 너를 소환했을 때만 해도, 그리고 매우 존경스럽게, 우호적으로, 심지어 비굴하게 사과하면서 너의 업적은 지금부터 비밀로 취급된다고, 너의 귀중한 연구 논문은 공개 출판물, 특히 외국의 출판물에 게재되어서는 안 된다고 통고했을 때 너는 그것에 별 의미를 부여하지 않았다. 그러나 그것은 너의 영혼과의 갑작스런 첫 접촉이었다. 미래의 주문자들은 너를 그들에게 필요한 실행자로 만들고 있었다. 그러나 너에게 중요한 것은 다른 것, 즉 "연구를 하고 과학을 진보시키는 것"이었다.

인정하라, 너는 바로 생물학의 메피스토텔레스였다. 냉철한 지성과 분석적 통찰력, 그것은 네가 무엇보다도 높이 설정한 학자의 자질이었다. 너는 자신의 역할을 정당화하려 하지 않았고, 무엇이 너로 하여금 그 저주받을 길에 그토록 맹렬한 에너지를 쏟아 붓도록 하는지 알아보려고도 하지 않았다. 버려진 아이가 누구보다도 우수한 이 시대의 천재가 되기를 원한 것을 누가 알 수 있었겠는가?! 과학 문제에 완전히 열중하다 보니 너는 자신도 모르게 선과 악을 초월해 있었고, 자기 계율의 창조자이자 포로이기도 한 인간들의 영원한 고통을 깊이 탐구하려는 수고도 하지 않았다. 너는 오랜 세월 동안 삶의 의미를 찾으며 고난을 겪어온 그들을 무시했다. 너는 그럴 형편도 아니었다. 인류 역사에 있어서 과학의 역할에 대해 사색하면서 특히 너에게 매우 특별하고 중요한 생각을 무심코 말해 준 너의 동포이자 동시대인인 위대한 철학자 로세프의 발언을 너는 의식적으로 네게서 멀리 밀어내 버렸다. 로세프는 어쨌든 사회와 문화의 무한한 진보에 관한 신유럽 학설의 허무주의에 관해 다음과 같이 썼다. 즉 유럽식 패러다임에 따르면 그 어느 시대도 그 자체가 의미를 가지는 법이 없으며, 그것은 단지 다른 시대를 위한 준비와 비료에 불과하다는 것이다. 다시 말해 그것은 다가오는 시대, 혹은 가능한 모든 시대를 위한 거름이요 토양이라는 것이다. 목적은 끊임없이 불가피하게 무한한 시간 속으로 멀어져 갔고, 그렇게 하여 모든 새로운 에덴의 주창자들은 한결같이 정당화되었다. 너는 로세프의 이런 심오한 생각을 자신의 양손에 자유를 부여하고 자신의 책임을 후세에 전가하려는 열망에 맞게 해석했다. 너는 자신의 임무가 '과학을 진보시키고' 발견을 이룩하는 데 있으며 그 결과가 어떻게 될지는 다른 사람들이 결정하도록 해야 한다고 확신하고 있었다. 너의 일은 인큐베이터 속의 육체가 성장하도록 하는 것이며, 인공적으로 육성된 인간이 어떻게 될 것인지는 너와 관련이 없다는 식이었다.

오늘날 널리 회자되는 냉소주의로 가득 찬 말 중에 '그건 당신의 문제다'라는 것이 있다. 너는 이미 그 당시부터 이러한 원칙을 지지했고, 자신의 반대자들에게 인공적으로 수정된 인간의 운명과 관련된 문제는 바로 그들이 괴로워해야 할 문제이며 그들의 개인 문제로 남겨두어야 한다고 대답했다. 사회적 상황으로 볼 때 다른 사람들과 동등한 조건 속에서 태어난 그들 X인간들은 자신에 대해서도 다른 모든 사람들과 똑같이 생각해야 한다. 너는 그 모든 것이 과학 자체와는 직접적인 관계가 없다고 생각했다. 너는 인공 출산 기술의 테두리 밖에 있는 것에 대해서는 전혀 걱정하지 않았다.

그렇다. 너는 그런 인간이었다. 너의 학문 분야에서 너는 실제로 세계적인 발견을 이룩하고 앞으로의 과학 발전을 진단할 능력이 있는 천재였을 것이다. 그러나 너의 모든 행동 방향을 결정한 것은 바로 그 버려진 아이였다. 너는 그것을 인정하지 않지만, 자신은 불가능한 것을 할 수 있다고, 즉 너 자신은 사전에 계획된 인간의 탄생을 명령할 수 있다고 세상에 증명하려고 노력한 것은 언젠가 현관에 버려졌던 바로 그 아이였다. 너는 실험실에서 그러한 운명을 결정했고 너는 자신의 의도와 일정표에 따라 인공적으로 설계된 인간의 탄생을 명령한다는, 감히 그 누구도 엄두를 내거나 할 수 없었던 일을 했던 것이다. 너는 자신의 눈에 보이지 않는 인간에 대한 권력에 도취되고 빠져 있었다.

모든 경우에 대비하여 너는 전세계가 지정학적 규모로 겪고 인식한 것 속에서, 즉 20세기의 묵시론적 예감 속에서 자신을 정당화하려고 하였다. 사실 인류를 멸망시킬 수도 있는 무서운 핵반응이 발견되었을 때 그 누구도 질주하는 말처럼 급속도로 발전하는 과학을 멈추게 하려 하지 않았고, 그 분야에서 활동하는 과학자 중 누구도 존재에 대한 세계적 위협이 된 이 우주 파멸의 원리를 되돌려 놓거나 혹은 그것에 개입하지 않으려고 자신을 강제하지도 않았다. 과학은 그 전략적 판단에 따라, 생의 종말이 다가올수록 더 이상 세상에 이름이 알려지지 않은 채 죽을 수 없다고 몸부림친 무명의 과학자들에게 세월이 지난 뒤 원자 폭탄의 아버지란 칭호와 함께 세계적 명예를 부여하기도 하면서 천재적 발견과 범죄적 행위 사이에서 냉정한 균형을 유지했다. 그래서 그들의 과학은 진보했다. 과학자들은 무조건 아무것도 뒤돌아보지 않고 원자 속으로 침투해 들어가는 것이 중요했다. 중요한 것은 인간이 물리적으로 사소한 존재임에도 불구하고 그들에게 우주적 전능함을 주장할 수 있는 가능성을 부여한 그 악마적 힘을 빨리 소유하는 것이었다. 이러한 광신적 과학 사상에서 발생하는 파멸적 위험성이나 이 핵물리학자들의 발견이 가져올 필연적 결과와 관련된 부담은 후손의 몫으로 남겨져 있었다. 그들이 해야 할 일은 사부들이 이룩한 발견에 대해 괴로워하고, 그것을 어떻게 해야 할지, 향후 자신들의 필요를 위해 그것을 어떻게 변형시켜야 할지를 생각하고 결정하는 것이었다. 아직은 모든 것이 무사히 지나가고 있었다… 그리고 너 또한 그것을 기대하고 있었다….

그래 너는 자연이 인간에 대해 전혀 책임지지 않는 것과 마찬가지로 과학자도 자신의 연구 결과에 대해 책임지지 않는다고 굳게 확신하고 있었다. 그 어느 것도 너를 당혹스럽게 만들 수 없었고 어떤 것도 자신의 사명에 대한 너의 메시아적 신념을 흔들어 놓을 힘이 없었다.

그래 너는 거울의 뒷면처럼 시선이 차단된 과학 세계의 떠오르는 별이었다. 심지어 너의 아내 예브게니야가 순식간에 너를 버리고 마치 역병을 피하듯 멀리 달아나 지방 극장을 떠돌기 시작한 후에도, 그녀는 너를 알고 그 모든 일을 함께 겪은 후 너무도 순식간에 늙어 버려 그녀에게 주어지는 무대 배역은 고뇌에 찬 노파역뿐이었지만, 어쨌든 그녀가 도망친 후에도 너는 갑자기 말문이 막히거나 떨지도 않았고, 주변을 둘러보지도 그녀를 뒤쫓아가지도 않았다. 더욱이 가장 중요한 것은 그녀의 눈에 그토록 무시무시하게 비친 것에 대해 비판적 의미를 부여하려고 하지 않았다는 것이다. 예브게니야는 네가 찾으려는 것의 의미를 깊이 이해하려고 하지도 않았고 또 너의 실험의 핵심이 어디에 있는지도 생각하려 하지 않았다. 그녀는 과학적 관심사와는 관계가 먼 다른 세계, 즉 예술의 세계에 살고 있었다. 그러나 그녀는 너에게 친근했고 너는 그녀와 오랜 세월을 살았다. 그녀는 네가 일에만 관심을 보이는 것에 대해, 심지어 네가 그녀에게 직접 낙태 수술을 한 것에 대해서도 관용을 보였다. 너는 그토록 성실한 아내가 너에 대해 혐오감을 느낄 정도로 가정 생활을 파탄으로 몰고 갔고, 나중에 그 사실을 깨닫고 매우 애석해 했지만, 그 모든 일도 너의 생각을 돌리게 할 수는 없었다. 과학에 미쳐 다른 사람들, 특히 너를 사랑하는 아내의 감정과 생각도 고려하지 않는 네가 과연 옳은지 어떤지 너는 잠시라도 생각해 본 적이 없었고 그것에 답하려고도 하지 않았다. 네가 무슨 연구를 하고 있는지 수년 동안 무엇을 위해 어떤 목적의 일을 추구해 왔는지 예브게니야가 알게 되었을 때 그녀는 너의 앞에 무릎 꿇고 울면서 모든 것을 팽개치고 모스크바를 떠나 저 멀리 극동 어딘가로, 과학 센터마다 일자리가 가득하고 교수직도 큰 존경을 받으며 보수도 모스크바 못지 않게 지불되는, 그녀도 현지 극장에서 자기 자리를 찾을 수 있는 그런 곳으로 가자고 애원했다. 그녀는 너에게 새로운 생활을 시작하자고, 아이를 갖자고 애원했지만 너는 아내의 설득에 꼼짝도 하지 않았다. 너의 실험에 대한 그녀의 순진하기 짝이 없는 공포와 감상은 너에게 아무런 효과도 없었고, 너는 자신에게 맡겨진 일과 결별하기를 원하지도 않았다. 나중에 아무리 그것을 후회해도, 아무리 뉘우쳐도 늦은 일이었다… 인생은 돌고 도는 것이니….

너의 허영심은 멈출 줄 몰랐다. 예브게니야는 그렇게 떠나 버렸지만 너는 전혀 슬퍼할 이유가 없는 것처럼 보였다. 다른 여자를 찾을 수 있지. 일에서 좀 벗어나 눈여겨보면 주변에는 온통 여자들뿐이니까. 틀림없이 자신의 취향에 맞는, 무엇보다 도덕적으로 복잡하지도 않고 네가 하는 일의 도덕성에 쓸데없이 의심도 하지 않는 여자를 골라서 그녀를 너의 저택으로 데려갈 수 있을 것이다. 가로수 길가에 위치한 그것은 봉건 영주처럼 소위 '선택 받은 자'들을 위한 것으로 옆에는 핵물리학자들의 저택이 나란히 있었다. 그러나 너는 새로운 사건들이 닥쳐왔기 때문에 그럴 겨를이 없었다. 바로 그 사건들은 앞으로의 너의 모든 삶과, 너로 하여금 우주 정거장에 은거하고 자신을 우주의 수도사로 선언하도록 만드는 등 그 모든 것을 결정지었다.

그 무렵 너는 학계에도 상당히 알려져 있었으며 이미 과학을 관리하는 정치 기관의 특별한 관심을 받고 있었다. 그 기관들은 공정할 필요가 있었고, 그런 의미에서 소련 공산당 중앙위는 적당한 수준에 있었다. 어느 정도 그런지 너는 자신의 경험을 통해 여러 번 확인할 수 있었다. 중앙위의 배려 덕분에 쉽게, 거의 아무런 수고나 '특별한 공작' 없이도 너의 연구소, 특히 너의 그 유명한 실험실에 대한 모든 지원금과 특권이 제공되었다. 아아, 인간은 상부의 호의나 궁중의 총애, 주인의 동정심에 너무도 빨리 익숙해져 버린다. 너는 지금 세상 만사가 항상 그래 왔고 앞으로도 항상 그럴 것인지를 자신에게 묻고 있지만 그 예를 찾으러 멀리 달려갈 필요도 없을 것이다. 수석 핵물리학자인 학술원 원장은 전화나 사적인 대화에서 "안드레이 안드레이치, 제발 아무것에도 구애 받지 마시오, 확신을 가지고 일하시오, 국가는 당신의 계획에 필요한 모든 것을 제공할 준비가 되어 있소. 필요한 모든 것, 즉 수입 장비건, 약제건, 직원용 주택이건, 자동차건, 단적으로 말해 필요한 모든 것을 사양 말고 요청하시오. 당신은 극히 중요한 일을 하고 있소…"라고 말하는 것을 잊지 않았다.

너는 마치 세계의 절반을 차지하는 이 나라 전체가 보내고 있는 듯한 찬사와 선심 때문에 심기가 불편해졌다. 너는 특히 과학 실험에 참여하는 연구원들의 숫자가 점점 더 늘어나는 것에 혐오감을 느꼈다. 그들은 맹금류처럼 너의 주위를 빙 둘러싸고 있었다. 그러나 너는 반발하지도 않았고 너를 마치 최고 지도부가 매우 매력적인 것으로 보고 있는 어떤 센세이셔널한 프로젝트의 기계적 수행자로 생각해서는 안 된다고 말하려고도 하지 않았다. 그래 적절한 시기에 스스로 중단할 필요가 있었다. 나중에 분명해진 것처럼 너의 확고한 충성심을 신뢰할 수 있는 근거를 주지 말았어야 했다… 그러나 일이 그렇게 된 것은 네가 나약했고 무원칙적이었기 때문은 아닐까. 혹은 마음속으로 출세주의나 최고 권력자들과 끈끈한 유대 관계를 가지려는 노력과 전혀 무관하지 않았고 또 극히 이중적인 의도를 가진 그 과학 계획을 다름 아닌 바로 네가 맡도록 제안했기 때문은 아니었을까. 그 계획은 비록 '태아의 성 조절'이란 이름으로 불리웠지만 그 기본 목적은 익명으로 태어나는 개체의 육성 수단을 개발하는 것이었다.

아직 그런 것은 이 세상에 없었다. 너는 자연의 움직임보다 앞서 달려나가는 악당처럼 그 계획에 가담했다. 익명으로 생산되는 X-종족의 육성, 다시 말해 익명의 여성을 통해 태어나는 부모를 알 수 없는 아이들의 육성이 너의 그 비밀에 붙여진 실험실의 주요 과제였다.

'X-종족'이란 용어는 네가 아니라 온갖 종류의 약어에 능숙한 당의 과학 후견인들이 고안한 것이었지만 곧 거의 혁명적인, 독특한 암호가 되었다. 왜냐하면 실험실에서의 X-종족의 육성은 완전히 새로운 타입의 인간, 즉 미래의 이데올로기 기사의 형성을 목적으로 하고 있었기 때문이다. X-종족은 21세기의 헌신적 혁명가가 되어야 했다. 바로 그 점이 고려되고 있었다. 당 고위층은 숨이 끊어져 가는 세계 공산주의 이데올로기의 활성화와 재건을 위한 새로운 방법을 거기서 발견한 것이다. 그리고 너 자신도 인정하지만 너의 귀는 곧 이 신조어에, 또 마음은 네가 맡은 일에 익숙해지기 시작했다. 너는 자신의 실험이 단지 과학이라고, 그 실험으로 야기되는 것은 너의 문제가 아니라고 자신을 확신시켰다.

잠깐! 서둘지 마라. 이제 모든 것을 자세히 설명할 필요가 있다.

물론 알다시피 'X-종족'이란 용어는 당이 새로운 인간형을 육성하려는 원대한 계획을 염두에 두고 제안한 것이었다. 그러나 계획의 전략적 목적에 관한 최초의 언급이 있었을 때 너는 반박하지도 거부하지도 않았고, 그만두려는 시도도 하지 않았다. 그리고 너를 새로운 다윈으로 추켜세운 것도, 문명사에 있어서 그 전대미문의 계획이 너의 이론적, 실제적 연구와 그것에 대한 너의 예측에서 출발했다는 사실도 너를 그다지 당황하게 하지 않았다. X-종족의 육성 계획에 대한 과학 지도자가 되어달라는 제안에 금방 동의하지 않고 좀 생각해 보겠다고 약속한 것도 매우 자연스럽게 보였다. 물론 거부한 것은 아니었다! 과연 거부해야만 했을까, 또 감히 거부할 수 있었을까? 들판에 혼자 있는 자는 전사가 아니다. 당시 너는 이미 최고 권력자들에게서 나오는 어떤 것을 단호하게 거부할 수 없는 공적인 신분이 되어 있었다. 그것은 확인되었다. 학술원 원장의 제안에 대해 생각해 보겠다고 약속했던 그날 너는 정치국원이자 소련 공산당 중앙위원회의 이념 문제 및 국제 공산주의 운동 담당 서기인 꼬뉴하노프 바짐 뻬뜨로비치에 의해 스따라야 광장으로 소환되었다.

너는 스따라야 광장에 거의 규칙적으로 가곤 했다. 물론 그렇게 자주는 아니고 1년에 모두 합쳐 몇 번 꼴로 너는 여러 가지 일 때문에 그곳에 가곤 했다. 이번에도 너는 연구 소장에게 배당된 검은색 볼가 승용차를 타고 양옆을 지나가는 자동차들과 모스크바 거리의 군중들을 바라보고 있었다. 만약 그들이 네가 어디로 무슨 목적으로 가는지 알았다면 그들이 인간 사슬이 되어 거리를 가로막고 너의 자동차를 박살내고 너를 돌로 때려도 전혀 이상하지 않을 것이다. 하느님은 아마 그들의 무자비함을 용서해 주셨을 것이다.

여느 때와 마찬가지로 정오가 지난 모스크바는, 특히 도심지는 사람들로 가득 차 있었다. 그들이 인식하건 아니건 그 시각 모든 일상 문제는 아마도 그들이 뭔가를 구하는 데서, 뭔가를 얻으려는 수많은 음모와 그와 관련된 끝없는 행동 속에서 구현되고 있었을 것이다. 그러나 그들 중 누구도 자신들과 멀리 떨어져 있지도 않은 곳에서 자연과 역사, 신, 인간, 그리고 모든 것에 총체적으로 도전하는 어떤 일을 획책하고 있다는 생각은 전혀 하지 못했을 것이다. 그런 일이 일어나면 세계는 마치 다시 창조된 것처럼 전혀 다르게 될 것이었다. 이러한 구상을 잠재적으로 실현할 수 있는 장본인이 호화로운 자동차를 타고 그들 옆을 지나가고 있었지만 누구도 이 사람이 가족, 가계도 및 유전 개념이 케케묵은 이야기가 되도록, 그 결과 모든 사람이 누구에게서 태어났는지, 누구를 낳았는지 전혀 모른 채 모두가 시작이자 종말일 수 있는 시대를 만들기 위해서 일하고 있는 것을 당연히 짐작도 하지 못했다. 가족을 대신하는 그 기능은 어버이 국가가 수행해야 했다.

   그것은 물론 너의 개인적인 세계 계획이 아니었다. 이념적 영감을 받은 것은 네가 아니라 다른 사람들이었다. 설사 그렇다 하더라도 너는 그것을 위해 봉사했고, 너의 과학도 역시 마찬가지였다. 너의 실험은 전체주의 국가의 검은 세력으로 하여금 그것을 자신의 목적을 위해 이용하도록 충동질했다. 너는 모든 일이 발생한 지금에서야 그 사실을 이야기한다. 그러나 너는 당시에도 너의 발견에서 어떠한 실제적 결론을 얻을 수 있는지에 관해 어렴풋이나마 짐작하고 있었지만 너와는 직접 관계없는 일이라고 생각했고 그것을 직접 생각하거나 성찰하지 않으려고 노력했다. 그러나 원대한 구상이 존재한다고 해도, 그것은 결코 유토피아가 아니며 네가 하는 일도 이미 당국에 의해 장려되는 실험자의 단순한 과학 놀음이 아니라는 사실이 밝혀졌다. 너는 중앙위에 도착한 후에야 그것을 깨달았다.

이번에는 꼬뉴하노프의 비서가 입구 옆 접수처에서 너를 맞아 주었고, 검색대를 통과하지 않고 개인용 엘리베터로 곧장 7층으로 안내했다. 꼬뉴하노프는 너를 기다리고 있었고 직접 문을 열어 너를 사무실로 들어오게 했다.

"안드레이 안드레이치, 당신을 만나 반갑소!" 안경 너머로 재빠르게 시선을 번뜩이며 그가 너에게 인사했다. 그의 기쁨에는 전혀 과장이 없었다. "잘 오셨소. 당신과는 자주 못 만나는군요. 좀 이야기라도 하며 정분을 나눕시다. 나는 당신을 기다리고 있었소. 그 때문에 오늘 지긋지긋한 일상 잡무는 미뤄 버렸소. 당신이 옳아요. 더 자주 어울려야 하는데, 안드레이 안드레이치. 하지만 시간이 소요되는 일이 많아서 문제요, 그놈의 시간 말이오! 자, 들어갑시다!" 그리고는 비서에게 경고했다. "어떤 전화도 받지 않겠네. 나는 지금 자리에 없는 걸세."

이 만남에는 어떤 특별한 의미가 부여되어 있다고 이해하지 않으면 안 되었다. 또한 결과적으로도 그렇다는 것이 나중에 밝혀졌다.

꼬뉴하노프는 어떻게 행동해야 하는지를 알았고, 상대방을 자기 쪽으로 끌어들일 줄도 알았다. 그는 사려가 깊었고 주의 깊게 이야기를 들었으며 주도면밀하게 말했다. 빳빳한 양복과 잘 어울리는 색깔의 넥타이, 좋은 구두 등 옷차림도 단정했다. 아마도 과식이나 과음을 하지 않고 자신의 체격을 잘 유지하는 것 같았다. 유난히 투명한 안경도 금욕주의자 같은 그의 길쭉한 얼굴과 잘 어울렸다. '염소 수염만 붙이면 제르진스키(구 소련의 KGB 창설자 — 옮긴이) 역을 해도 되겠군!' 너는 왠지 그런 생각이 들었다.

이 중앙위 서기에 대한 평판은 전혀 나쁘지 않았다. 오히려 많은 사람들이 그에 대해 생각이 넓은 사람이라고 좋게 평가하고 있었다. 정치국원들 중에서 그는 가장 젊은 사람들 축에 들었다. 그는 50살 가량이었고 가장 업무 능력이 있다고 평가되었다. 그는 외교 무대에서 매우 용의주도하게, 확고한 목적을 가지고 우리에게, 특히 정치적으로 우선적인 국가를 돌며 경력을 쌓았다. 북한 주재 참사관과 대사를 역임했고 베트남, 쿠바, 중국에서도 대사를 역임했다. 그의 공헌은 높이 평가되었고 그가 요직을 두루 거치며 승진한 것은 매우 당연하고도 정당하다는 것이 일반적인 평가였다. 그후 그야말로 외교의 올림픽 무대와도 같은 유엔 상임 대표로 떠나기 직전에 꼬뉴하노프는 갑자기 당 최고 기구로 전보되었고 이후 국제 공산주의 운동 분야에서 모든 이데올로기 및 대외 정책 활동을 계속 관리해 왔다.

　이것이 네가 꼬뉴하노프에 관해 알고 있는 전부였지만 이제 네가 그를 약간 다른 각도에서 보게 된 사건이 일어난 것이다.

　일반적인 이야기를 나눈 후 그는 대화의 서두에 다음과 같이 말했다:

　"안드레이 안드레이치, 이야기를 우회적으로 시작하겠소. 만약 내가 인류의 역사는 한 순간에, 예를 들어 어떤 사람의 머리 속에 전광석화와도 같이 어떤 생각이 떠오른 순간 말이오, 아시겠소, 사람들이 말하듯 어떤 그런 멋진 순간에 이루어진다고 말한다면, 그것은 지나친 말이겠지. 확실한 것은, 삶에 있어서 모든 것은 어느 시기까지는 진화적으로 발전한다는 것이오. 그러나 가끔 갑자기, 말하자면 혁명적인 상황이, 충돌이 발생하기도 한다오. 어떤 생각이나, 어떤 사상이 정말로 한꺼번에 세계를 뒤엎을 수 있는 그런 능력을 가지고 있을 때 말이오. 지금이 바로 그런 순간이라고 할 수 있소. 단 그러한 사상의 근원이 이 미천한 사람이라고는 부디 생각지 마시오. 나는 단지 동반자에 지나지 않으니까."

"그렇다면 저는 뭐지요?" 너는 상대방이 무슨 이야기를 하려는지 파악하려다 참지 못하고 이렇게 말했다.

"잠깐 참아주기 바라오. 이것은 단지 서론에 불과하오. 그것 없이는 본론에 들어갈 수가 없거든. 그러니 서론을 계속하겠소. 나는 지금 혁명적 성격을 띤 역사적 사건들을 생각하고 있소. 이를테면 프랑스 혁명의 불꽃이나, 우리의 10월 혁명의 불길 같은 것 말이오. 나는 이러한 사건들이 사고의 절대적 자유, 케케묵은 생각과 완전히 결별한 결과로써 발생했다고 생각하오. 또한 이것은 이미 플라톤이 생각했던 것, 즉 물질에 대한 사상의 작용, 물질의 사회적·정치적 이상으로의 변형 바로 그것이기도 하오. 안드레이 안드레이치, 당신은 전혀 이해가 안 되리라 생각되지만 내가 지금 이런 강의를 하는 걸 용서하시오. 하지만 이 문제는 당신과, 당신의 과학과도 직접적인 관계가 있는 것이오. 그건 사실이오! 놀라지 마시오!"

너는 그와 커다란 회의용 테이블에 앉아 있었다. 여비서가 차를 따른 가느다란 컵을 이상한 무늬가 새겨진 받침 쟁반에 얹어서 가져왔다. 너는 매우 특별하고 중요한 일로 이곳에 소환되었다는 것을 이해했다. 그렇지 않다면 본론에 들어가기에 앞서 이렇게 장황하게 말을 늘어놓을 리가 없었다. 너는 당 중앙위원회가 너의 그 특별한 과학 실험이 가지는 실제적 의미를 어디에 두고 있는지 알아차리려고 애썼다. 그러자 점차 그림이 그려졌다. 너는 그 엄청난 규모에 놀라고 말았고, 당돌함에 바짝 긴장되면서도 마음이 강하게 끌렸다.

"그런데, 안드레이 안드레이치, 내가 원래 얘기하고자 하는 것은 이런 것이오." 꼬뉴하노프는 이야기를 계속했다. 그는 깊은 생각에 잠겨 다 피운 꽁초를 수정 재떨이에 부벼 끄고는 고개를 들었다. "내가 이야기를 너무 복잡하게 하는 것 같소." 그는 쓴웃음을 지었다. "나는 사실 온갖 종류의 서두에 익숙해져 있거든요. 하지만 나와 당신은 한편이오. 안드레이 안드레이치. 우린 한편이란 말이오. 그러니 앞으로 최대한 솔직하게, 가능하다면 친하게 지냈으면 하는 게 내 생각이오. 내가 시간을 내는 게 좀 힘들겠지만. 그러나… 우선 중요한 것은 당이 당신을 신뢰한다는 거요, 안드레이 안드레이치. 신뢰하고 있소. 그리고 역사가 우리들 앞에 제시한 과제는 우리들이 공동으로 수행해야 할 과제요. 물론 과학과 정치가 다르다는 것은 알고 있소. 그러나 계급적 접근은 모든 것에 대해, 어디에서건 필요하오. 우리 마르크스 레닌주의자들도 바로 그 기초 위에 서 있고 우리의 역사적 우수성도 의심할 바 없이 거기에 있소. 이번 경우에도 당신의 발견은, 그렇게 표현할 수 있다면, 인간의 손에 의한 생물학적 발견이지만 그것은 인간의 본성에 깊숙이 침투해 들어가는 것으로써 인간의 개성, 즉 그 출생이나, 장소, 사회적 역할을 재구성하는 것이기도 하오. 앞으로는 인위적으로 탄생하는 자들의 모델을 따라 모든 인류를 재구성할 수도 있을 거요. 사람들이 말하는 것처럼 시작할 때 어려움이 많겠지만. 그 분야야말로 바로 20세기의 수레바퀴가 굴러가야 할 곳이라오.

내가 당신에게 설명할 필요도 없겠지만, 그런 의미에서 인간 시대 이후 이런 일은 없었다는 우리 과학부의 평가에 나는 완전히 동감하고 있소. 과학은 당신의 얼굴을 통해 지금까지 본 적도 없는 위력을 곧바로 얻게 되었소. 말하자면 당신은 명예와 영광을 마음대로 가질 수 있게 된 거요. 포착하기 어려운 수태와 탄생의 본질을 통제할 수 있게 되었는데, 여기서 만약 그 방법을 대량으로 도입하려고 시도한다면 어떻게 될까 하는 생각이 들었소. 이것은 아직 이름도 없는 혁명이지만 종으로서의 인간을 재생산하는 진짜 혁명이오! 만약 그렇다면, 만약 그 과정이 관리, 통제되고 그 자체가 사회 생활의 새로운 요소, 역사의 새로운 지렛대가 된다면 그건 이미 정치적 사건이라는 데 동의할 수 있을 것이오. 그 때문에 지금 우리도, 안드레이 안드레이치, 파트너로서 만나고 있는 거요. 우리는 당이 단지 호기심만 있는 관찰자로서 방관해서는 안 되며, 반대로 시간을 놓치지 말고 그 과정의 선두에 서서 그것을 우리 사회, 우리의 이데올로기의 목적과 이익을 위한 방향으로 유도해야 한다는 데서 출발하고 있소. 용서하시오, 안드레이 안드레이치, 내가 말이 너무 많은 것 같소. 어떻소, 무슨 이야기인지 당신은 이해하겠지요. 당신은 나중에 모든 것을 이해할 거요. 당신은 천재적인 인간이니까. 그런데 내가 덧붙이고 싶은 이야기는 바로 이거요. 우주의 발견에서부터 실험 생물학의 발견에 이르기까지 어떤 것이건 결코 우리의 궁극적 목적을, 우리의 세계적·역사적 역할을 잊어서는 안 된다는 거요. 그게 중요하오. 유감스러운 일이지만 어떤 수정주의적 풍조가 심지어 우리 당 중앙위원회와 기구들에도 상존하고 있소. 나는 당신에게 숨길 것이 전혀 없소. 우리는 한편이오. 어떤 동지들은 별도로 격리된 국가의 사회주의 체제하에서 쉽게, 편하게 살기를 원하지. 우리들이 만국의 노동자들을 생각해야 한다는 것은 망각한 채 말이오! 자본주의와의 경쟁에서 우리는 승리해야 하오. 세계 혁명의 슬로건이 지금 당장 선언되지 않는다 해도 공산주의는 이 지구상에서 승리할 거요! 이것이 우리의 목적이오. 우리는 가능한 모든 방법과 수단을 동원하여 그것에 접근해야 하오. 거기에는 과학의 최신 성과를 이용하는 것도 포함되지. 안드레이 안드레이치, 당신은 자신의 과학 실험에 몰두해 실험 생물학 분야에 있어서의 당신의 그 독창적 성과가 인류의 삶과 관련된 어떤 세계적인 것을 예고한다는 사실을 거의 의심하지 않았을 거요. 물론 그랬겠지! 그러나 내 말은 진담이오. 처음에는 상상하기가 어려울 거요. 모든 것의 시작은 바로 실험실에서 수정된 태아, 다시 말해 시험관에서 발생한 태아가 전부이니까. 그러나 모든 것은 그 결과로서 탄생하는 인간에게 있소. 내가 이해하는 한 그것은 불법적인 것도 아니고 누구의 소유도 아닌 인공적으로 육성된 주체로서 우리는 그것을 X-종족이라고 부를 것이오. 내가 왜 당신도 잘 아는 사실을 설명하려고 애쓰고 있다고 생각하오? 왜냐하면 당신에게는 그것이 당신의 마음을 온통 사로잡는 실험 대상이겠지만 우리에게는 X-종족이 바로 새로운 인간형이기 때문이오. 우리의 예견대로라면 노동자 계급을 구원하고 구시대를 전복시키는 일은 바로 X-종족의 몫이오! 이야기의 핵심은 거기에 있소. 바로 그 X-종족만이 역사 과정의 주역이 될 수 있다는 거요!

내가 그것에 관해 너무 지나친 열변을 늘어놓는다고 보일 수도 있겠지요. 사실 그럴지도 모르지만 나름대로 이유가 있소. X-종족은 정치적 측면에서 놀랄 만큼 많은 것을 약속하기 때문이오. 그것은 우리들과 달리 망설임이나 두려움, 의혹도 없이 전세계에서의 공산주의의 승리를 위해 투쟁할 역군이 될 것이오. 가족이나 친족 관계 같은 구시대 폭력 세계의 낡은 제도는 바로 이들 X-종족에 의해 쓰레기장에 버려질 것이오. 인격적으로 정신적으로 완전히 자유로운 X-종족들이 우리의 혁명 교훈에 의해 오래 전부터 예견되어 온 인류의 새로운 시대로 나아가는 길을 닦을 것이오. X-종족은 장차 낡고 숨이 끊어진 세계의 청산자일 뿐만 아니라 새로운 세계의 창조자가 될 것이오. X-종족의 환경 속에서 위대한 인간이나 천재가 옛날의 통상적인 환경 속에서보다 훨씬 자주 나타나리라는 것은 의심의 여지가 없소.

당신도 이해할 수 있을 것이오. 그들은 가족이나 기타 케케묵은 족쇄와 염려에서 완전히 해방되어 있소. 아이들은 인공적으로 생산되고 개성없이 체계적으로 길러질 것이오. 내친김에 말하지만 우리 부의 몇몇 친구들은 익명으로 태어난 이들을 '스바끼뜨'로 부르자고 제안하기도 했소. 근원이 불분명한 귀중한 종자를 보통 그렇게 부르고 있지만 나는 'X-종족' 쪽이 더 낫고 더 정확하다고 생각했소.

우리는 우리를 흥미롭게 하는 이 테마를 이론화하고 판단하고, 이 전대미문의 신인간 현상이 어떤 결과를 가져올지 분석하고 있는데, 이러한 분석은 꼭 필요한 것이오. 현대 문명은 새로운 물결과 사건, 문제를 하나하나 뒤쫓아가고 있는데, 우리는 팔짱만 끼고 앉아 있을 수만은 없는 노릇이오. 역사가 우리의 그런 태도를 용서해 주지 않을 거요. 그와 관련하여 내가 말하고 싶은 것은, 미래는 대부분 국가들 간의 전면 투쟁에서 누가 우선권을 장악하는가에 달려 있다는 거요. 바로 새로운 인간인 X-종족에게 사회적 문호를 널리 개방하는 자가 승리자가 될 것이오. 그들의 명백한 우수성은 익명으로 태어난 그들의 존재가 가족이나 친족, 족벌 등 가능한 모든 족쇄로부터 또 가부장적인 관계 혹은 기타 관계로부터 완전히 자유로우며, 따라서 낡아빠진 윤리의 오랜 짐에서 해방되어 있다는 데 있소. 정치적 측면에서 그것은 가치를 평가할 수 없을 만큼 큰 승리요. X-종족은 집단주의와 국제주의의 기준이 될 것이오. 그들은 국제 공산주의의 돌격대가 될 것이고, 바로 그들이 서방에 결정적인 정치적 타격을 가할 것이오

당신도 알다시피 이 모든 것이 예정되어 있소. 그러나 전체적 개념이 작성되고 가동되어야 하오. 안드레이 안드레이치, 당은 당신과 같은 과학자가 이 문제에 대한 우리의 입장에 동조해 주는 데 깊은 관심을 가지고 있소. 원래 우리의 만남의 의미는 여기에 있소. 나는 우

리가 공통의 언어를 가질 수 있다고 생각하오. 실제로 중요한 것은 바로 당신에게 달려 있소. 안드레이 안드레이치. 당신이 X-종족 생산 기술의 창조자이니까요. 우리는 그저 그런 축이지. 이데올로기는 돛을 미는 바람, 움직이게 하는 힘찬 바람이지 돛은 아니란 말이오… 그렇지 않소? 그리고 내친김에 말하자면 유력한 기관에서도 당신의 작업에 커다란 관심을 보이고 있소. 그들은 구체적 제안도 가지고 있지."

　대화는 계속되었다. 다름 아닌 당 중앙위원회 서기의 입에서 나온 이야기에 정신이 멍해진 나는 그 순간 나를 괴롭히고 아프게 하던 것을 자신 속에 감추려고 무척 애썼다. 나는 여기에 그 대화 과정에서 내가 한 말이나 반응을 인용하지 않겠다. 사실상 그것은 그렇게 중요하지 않다. 왜냐하면 그것은 당 중앙위원회의 입장과 다른, 예를 들어 꼬뉴하노프의 의견에 반박하는 그 어떤 것도 그 속에 담고 있지 않았고, 또 내가 발언한다고 해도 아마 그것은 기껏 해봐야 상대방의 조심스런 의혹만을 살 뿐이었기 때문이다.

　이 무슨 일인가. 지금 나는 이 대화를 왜 무섭게 회상하고 있는 것일까?! 왜 나중까지도, 왜 우주에 나와 있는 지금까지도 X-종족을 둘러싸고 어떤 일이 획책되었고, 어떤 일이 꾸며졌다는 등, 어떤 일이 준비되었다는 등 말하고 있는 것일까?! 그 기념할 만한 만남을 객관적으로 재현하기 위해 애쓰면서 나는 모든 것을 있었던 그대로, 자신에 대해서도 당시의 모습 그대로 진술하고자 한다. 다르게 행동했다고 해도 나를 명예롭게 만들지는 못했을 것이다. 그러나 당시 스따라야 광장에서 나는 다르게 행동하는 것이 거의 불가능했다. 이것은 변명이 아니다. 나는 영웅이 아니고 그렇게 되고 싶지도 않았다. 그러나 솔직히 말해 나는 달리 행동할 수가 없었다. 그렇지 않으면 장차 나는 상처를 입고 나의 주요 테마의 연구에서도 점차 배제되며 대신 당의 충실한 맹종자인 나의 동료들이 그것을 장악하게 되는 모험을 감수해야만 하는 것이다. 지도적 위치와 영향력의 상실은 자주 학문적 위치의 상실보다 더 무서운 재난으로 나타나기도 했다. 그렇다. 그때 내 속에서 말하던 것은 당시의 압도적 다수의 지식인들이, 나중에 자신을 어떻게 변명하건, 그랬던 것처럼 권력의 시녀요 고전적 순응주의자였다.

그리고 또 한 가지, 매우 개인적이지만 못지 않게 중요한 요소가 그때 나를 방해하고 있었다… 이것도 변명이 될 수 없다는 것을 잘 알고 있지만 어쨌든… 체내 기관에 산소를 공급해 주는 췌장처럼 혹시 꼬뉴하노프가 나의 출생의 비밀도 같이 고려한 것은 아닐까 하는 병적인 생각이 나를 줄곧 괴롭히고 있었다. 그러한 생각은 나로 하여금 자신을 정상적으로 느낄 수 없게 만들었다. 그가 그것을 알고 있었는지 아닌지, 그가 자신의 추론과 생각에 빠져 내가 누구인지, 내가 어떤 출생인지를 완전히 잊어버리고 그것을 관심 밖으로 밀어내 버렸거나 혹은 반대로 내 이력상의 사실, 언젠가 포대에 싸여 루자의 고아원 현관에 버려진 아이였다는 그 사실을 교묘히 이용하고 있었는지 나는 모른다. 따지고 보면 나 자신이, 비록 자연적으로 태어났지만 가족도 친척도 없이, 나의 행동 또한 무자비하다고까지 말할 순 없어도 확고하고 냉정하며, 또 목적에 맞는 활동을 제외한 다른 것에는 일체 자신의 능력과 시간을 분산하는 법이 없는 나름대로 가혹한 전문가로서 명성을 떨쳤던 바로 그 X-종족이 아니었던가. 모든 것을 판단할 때 바로 그런 점이 당의 사상가들을 만족시켰고 또 그들이 보고 싶어했던 실제 X-종족의 모습도 바로 그런 것이었다. 나는 운명의 의지에 따라 X-종족의 유사형이 되었다. 비록 공공연히 언급되지는 않았지만 나는 본의 아니게 살아 있는 예로서, 일종의 전형으로서 비쳐졌다… 나는 그것을 알고 있었다… 아마도 그것은 그날 스따라야 광장의 그 사무실 중 한 곳에서 나를 사로잡았던 그 이상한 느낌으로도 설명할 수 있을 것이다.

나는 자신이 우유부단하게 느껴졌다. 불안하고, 정신이 멍하고, 온갖 생각이 다 들었다. 정신이 올가미에 걸려 찢어지는 듯했다. 그 사무실 벽 속에서 마치 내가 가담한 음모가 발생한 것 같았다. 과학 실험과 범죄 사이의 경계는 어디에 있는지, 누가 그 경계선을 제시할 수 있는지?! 머릿속에 의혹이 몰래 일었다. 혹시 이 음모는 수많은 세대에 걸친 오랜 고통 끝에 얻게 된 인류의 영원한 법칙에 위배되는 것은 아닐까 하고 말이다. 인류는 비록 자신의 삶이 구차하고 두렵더라도 대대로 변함없이 완전함을 갈구하며, 또한 자신들은 성공하지 못했지만 자식이나 손자들은 바라던 행복을 얻게 될 것이라는 조상들의 소망에 따라 유토피아에 대한 기대를 간직하며 살아오지 않았던가… X-종족의 당면 과제는 그런 역사의 수레바퀴의 움직임을 중단시키고 '부성'과 '모성'에, 또 이 세상의 모든 사람들이 수많은 세대에 걸쳐 연속적으로 경험해 온 모든 것에 종지부를 찍는 것이었다… 그런 상황은 수 세기 동안 예견하지도 생각하지도 못했던 것이었다. 아담과 이브의 뒤를 이어 또다시 '아버지'와 '어머니'가 이 세계에서 추방되려 하고 있었다. 더욱이 저 하늘 높은 곳에서 천둥처럼 울리는 분노의 소리나 영원한 저주의 울부짖음도 없이 부모의 의무의 배제라는 극히 세속적 수단을 통해 쫓겨날 순간에 있었다. 태아의 조작을 통해 교활하게, 서서히 쫓겨나려 하고 있었다. 또한 쫓겨나도 갈 곳이 없었다… 그 모든 이야기 속에서 나는 본의 아니게 주인공의, '부성'과 '모성'의 박해자, 보이지 않는 학대자의 복장을 하고 있었던 것이다….

그러나 바로 그때 나는 나의 역할이, 나의 의미가 얼마나 증대될지를, 이런 상황 하에서 나의 위치가 얼마나 중요하게 될지를 알았다. 이 세계의 강자들이 그 원대한 행위의 실행자로 나를 필요로 하고 있었다.

나는 이제 버려진 아이를 본격적으로 수확하려 하고 있었다. 그것은 마치 악마가 짜놓은 어떤 각본에 따른 것처럼 운명에 의해 그렇게 예정되어 있었다. 마치 나로 하여금 그런 믿기 어려운 방법으로 세상에 복수하도록 교묘히 충동질하는 것 같았다. 원래 X-종족으로 태어난 내가 자신이 개발한 기술을 이용해 익명으로 태어나는 X-종족의 무리를 생산하라는 소명을 받은 것 같았다. 나는 그런 역사적 전환기에 때맞추어 매우 적당한 시기에 누군가의 눈에 있게 된 것 같았다….

문간에서 작별하면서 꼬뉴하노프가 말했다.

"안드레이 안드레이치, 당신은 어떤지 모르지만 나는 우리의 만남에서 거대한 만족감을 얻었소…."

나도 그에게 대충 같은 내용으로 친절하게 대답했다. 그러자 그때 그가 뜻하지 않게 이야기를 계속했다.

"그런데, 안드레이 안드레이치, 당신에게 한 가지 설명하고 싶은 것이 있소. 기관에서 동지들이 당신을 찾아갈 거요. 그들의 부서는…" 그는 끝까지 말하지 않고 말을 이었다. "그들은 당신의 과제에 협조하기 위해 자신들의 제안을 제시할 것이오. 그것은 물론 기술적·조직적 절차 문제이니 염려하지 않아도 될 거요. 그들은 언제나처럼 이번에도 본사업에 대해 잘 알고 있으며 모든 것을 이미 생각하고 계산해 두었다는 것을 이야기하고 싶소…."

솔직히 말해 그 정보는 나를 약간 불안하게 만들었다.
"바짐 뻬뜨로비치," 나는 꼬뉴하노프에게 말했다. "당신이 그런 귀띔을 해주신 것에 대해 진심으로 감사 드립니다. 하지만 아까 말씀하신 동지들의 협조가 어떤 것인지 당신에게 사적으로 듣는 편이 더 좋지 않을까요. 그들과의 접촉에 대비하기 위해서도 말이지요."
"좋소." 꼬뉴하노프가 이해할 수 있다는 듯 미소를 지었다. "안드레이 안드레이치, 대비를 하겠다는 당신의 의견에 공감하오. 그게 옳겠지, 찬성이오. 내가 가진 정보는 우리 부서에서 얻은 것이오, 나머지는 사업을 추진하면서 직접 알아보도록 하시오."
그렇게 해서 듣게 된 정보는 실로 순수한 실무적 관점에서 보면 극히, 극히 합리적인 것이었다. 동지들은 무엇을 원하는지를 알고 있었고, 모든 것을 고려하고 예측하고 있었다.
나는 이미 차 안에서 그 생각에 빠져 있었다. 사람들로 혼잡한 모스크바의 거리를 다시 바라보며 나의 실험실 작업이 어떻게 해서 갑자기 국가 규모의 거대한 극비 계획으로 커져 버렸는지 충격을 받은 채 꼬뉴하노프와의 대화를 하나하나 되새기고 있었다.
권력 기관의 계획에 따르면 X-종족의 생산에는 두 단계가 예정되어 있었다. 첫 번째 단계는 인큐베이터 태아 생산으로서 내가 해당 권한과 자금을 받아 순전히 나의 전적인 책임하에서 수행하도록 나의 연구소에 부과되어 있었다. 이 단계에서 가장 복잡한 것은 실험실에서 배양된 익명의 태아를 인큐브, 즉 이식된 태아를 키우기 위해, 9개월간의 통상적 임신을 하기 위해 자신의 기관을 제공하는 여자의 뱃속에 이식하는 것이었다. 출산 후에는 임시로 수유 단계로 명명한 2단계가 시작된다. 이 부분은 이미 우리와 무관했다. X-종족의 육아와 육성은 특수 기숙 학교가 담당하게 되어 있었다. 'X-종족 산업'의

전체적 윤곽은 대충 그러했다

　문제점은 없었을까? 다른 것들과 마찬가지로 여기에도 역시 문제점이 발생하고 있었다. 이 기술의 가장 취약한 부분은, 역설적이긴 하지만 태아를 자원 여성의 자궁에 이식하여 그곳에서 키우는 것이 아니라 인큐브로 불리는 이들 여성들의 심리와 관련된 순수한 주관적 요소, 즉 도덕적·윤리적 요소였다. 실험실에서 인공적으로 배양된 X-종족은 유전적으로 인큐브와 아무런 관계가 없었다. 결코 모든 여성이 허구적 모성을 위해 자신의 자궁을 '빌려주거나' '임대'하여 사용하도록 하는 데 동의하지 않으리라는 것은 말할 필요도 없을 것이다. 이 문제를 둘러싸고 당장 사회적 스캔들이 일어날 수도 있었다. 그땐 어떻게 될까? 외국에서도 엄청난 소동이 벌어질 것이고, 그 소동은 유엔이나 어떤 거창한 일이 일어나기를 갈망하는 다른 인권 조직에까지 번질 것이다!… 그럴 경우 필요한 모든 일은 우리의 전지전능한 "3문자" KGB의 통찰력과 기지에 맡겨야 한다. 나를 문간까지 바래다준 꼬뉴하노프가 권력 기관의 조직적 구상을 말해 주었을 때 나는 자신이 출구가 하나뿐인 동굴 속에 갇힌 새와 같다는 것을, 우리의 실험실과 연구소 그리고 나 자신이 오래 전부터 권력 기관의 주시를 받고 있었다는 것을 깨달았다. 문제의 핵심이 너무도 정확하게 포착되어 있었기 때문이다. KGB측은 자기네 식의 방법론과 과제 해결에 대한 협조를 제안하고 있었다. 제안은 다음과 같았다. 인큐브는 형을 선고받았거나 형기를 치르고 있는 여자들 중에서 비밀리에 모집될 것이다. 그런 여자들은 항상 국내에 넘치도록 있었다. 온갖 범죄와 온갖 죄목으로 형을 선고받은 수만, 수십 만명의 여자 죄수들이 수많은 여자 집단 거류지와 촌락에 있었다. 이들 여자 죄수 중에서 거의 무제한 인큐브를 선택할 수 있었다. 나의 동의가 요구되었다. 나는 생각해 보겠다고 약속했다.

나중에 나는 당 조직의 세부적인 제안 내용을 알게 되었고, 다시 한번 그 사업 내용과 설정된 수행 과제의 치밀함에 놀라고 말았다. 10-25년의 장기형을 선고받은 여죄수들이 인큐브로 선발되어야 했다. 의료 검진 후 여죄수에게는 다음과 같은 조건으로 역할이 제안되었다. 첫째) X-인간 1명을 출산하면 형기가 절반으로 줄어든다. X-인간 2명을 출산하면 완전히 자유가 될 수 있는 권리를 부여한다. 둘째) 여죄수 인큐브는 자신이 낳은 X-인간에게 생후 3개월까지 젖을 먹이고 그후 그를 무조건 국가의 양육에 맡겨야 한다. 셋째) 산후 기간이 종료되면 여죄수 인큐브는 수용소나 특별 격리 지역의 마을로 옮겨진다. 넷째) 여죄수 인큐브는 그녀의 역할, 거주지, 근무 요원에 대한 정보를 공개하지 않는다고 서명한다. 이러한 서명 조건을 위반할 때 여죄수 인큐브는 재차 형을 선고받는다. 여죄수 인큐브를 선발하기 위해 당 조직이 계획한 안의 윤곽은 대충 그런 것이었다. 나는 오랫동안 생각했다. 나 자신 그 계획에 열광했다고 말할 수는 없지만 그렇다고 다른 방도도 없었다. 나는 승낙하고 말았다. 나는 당 조직원 한 명과 이야기를 나눈 적이 있었다. 그는 나와 대화하기 위해 연구소로 왔고, 상당히 영리한 사람이었다. 내가 죄수들 중에서 인큐브를 모집하는 것의 도덕성에 대해 의문을 제기하자 그는 아직 다른 대안이 없으며, 시간이 지나면 수감자를 이용할 필요성이 없어질 거라고 대답했다. 왜냐하면 인큐브 봉사에 대해서도, 말하자면 창녀들의 봉사에 대해 돈을 지불하는 것과 마찬가지로 돈이 지불될 것이기 때문이었다. 따라서 익명으로 태어나는 아이들의 인큐베이터 배양은 어떤 부류의 여성들에게 직업이, 그것도 상당히 수입이 좋은 직업이 될 것이라는 것이었다. 우리의 대화는 매우 단도직입적이고 솔직했으며 아무런 제약도 없었다. 그는 인공 출산이 합법적으로 될 뿐만 아니라 장차 이런 식의 출산이 가장 선호되는 시대가 올 것이라고 장담했다. 그렇게 되면 '어머니'나 '아버지' 같은 개념은 완전히 전설의 영역으로 사라지거나 순전히 제한적 의미를 가지게 된다는 것이었다. 그런 식으로 당 조직의 계획은 눈에 띄지 않는 원대한 의도 속에서 이후 그 모습을 드러내었고, 뿌리가 없는 새로운 인간형의 도입을 조절하려는 그들의 특별한 관심도 더욱더 분명해져 갔다. 시간이 지남에 따라 점차 전문 출산부에 의해 태어나는 익명의 아이들의 수를 늘리고 이들 X-종족을 조직적으로 키워 출산의 필요성에서 해방된 주민들이 생산 노동이나 다른 실제적 과제, 무엇보다도 필연적인 세계 혁명 사업에 자신을 완전히 바칠 수 있도록, 공산주의자들이 이 목적에서 후퇴하지 않도록 이 사업의 대대적인 추진이 예정되었다. X-종족들은 세계사에 종지부를 찍을 것이고 새로운 기원이 시작될 것이다….

나와 대화하던, 나의 후견인이기도 한 그가 주저없이 말했다: "X-종족은 오래 전부터 우리가 추구하던 과업에 (최종적인) 종지부를 찍을 것이오. 전세계에서 일어나고 있는 모든 빌어먹을 소동, 평화 투쟁, 그리고 겉만 번지르르한 모든 것은 감상적인 넋두리일 뿐이오. 만약 핵 공격에 대한 최종 단안을 내려야 할 때 그것을 할 수 있는 것은 바로 X-종족일 거요. 그는 잃을 것도 없고, 누구와도 관계가 없으며 개성도 무시되고 없으니까, 게다가 그의 조국은 바로 시험관 속에서 그에게 생명을 부여한 그 체제이니까 말이요. 스위치를 눌러야 할 때 그는 손도 떨지 않을 거요. 그러니 문제는 누가 첫 번째가 될 것인가, 어떤 X-종족이 나중에 커서 맨 처음 핵 공격을 가할 것인가에 있소!"

모스크바 교외에 있는, 과거 직업 동맹에 속했던 조그만 요양소가 곧 우리의 과학 연구 기지로 배당되었다. 연구실, 병실, 감시 및 기타 서비스용 장소의 수리, 시설 준비에 반년 가량이 소모되었다.

나는 특별히 서두르지 않았다. 그러나 움직여야 할 때가 다가왔다. 미리 말해 두지만 나는 마지못해 따라가는 편이었고, 그래서 인큐브 후보들의 신상에 대해서도 부속 서류로 통보되는 내용 이상의 특별한 관심을 보이지 않는 편이었다. 나는 그들에게 매우 공적으로 대했고 사무적으로 간결하게 이야기했다. 그들은 병원에 1명씩, 각자 지정된 시간에 덮개로 가려진 자동차로 호송되어 왔고 사복이 입혀져 있었다. 그들은 모두 X-종족의 이식 대상으로서 내게 똑같이 보였다. 나는 그들의 개성을 무시한 채 그냥 여자라고 불렀다. "안녕하시오, 여자. 기분이 어떻소, 여자. 조심하시오, 여자, 당신을 진찰해야 하오, 움직이지 마시오." 모든 것이 그런 식이었다. 그에 대응해서 나는 '교수'로 불렸다. 그 외 다른 별도의 호칭은 없었다. 모든 인큐브들은 단지 임대 자궁으로서만 중요했을 뿐이다. 나는 그들 중 누구의 얼굴도 기억하지 않았다. 일을 하는 데 그럴 필요가 없었기 때문이다. 그런데 한 여자만은 예외였다… 그러나 그 이야기는 나중에 하겠다. 그 일은 나중에 하는 편이 나을 것이다.

자, 너는 강가에 왔지만 피안은 저 멀리 있다… 너는 그 생각을, 그 기억을 뒤로 미루기 위해 온갖 구실을 찾으며 괴로워하고 있군. 하지만 그게 다 무슨 소용이란 말인가? 네가 아무리 자신에게서 도망치려고 해도 그것은 부질없는 망상에 불과하다는 것을 모른단 말인가? 아마 죽을 수는 있어도 자신을 떠날 수는 없을 것이다. 그런 의미에서 인간은 죽어도 영원하다고 할 수 있다. 오, 맙소사, 너는 왜 설명할 수 없는 것을 설명하려고 애쓰는가, 왜 너는 말로써, 최소한 너의 말로는 표현할 수 없는 것을 이야기하기 위해 너의 그 끝없는 정신적 심연 속으로 빠져들고 있는가?! 너는 항상 자신을 매우 강한 인간이라고 생각하지 않았던가. 그럼에도 막상 그 점이 가장 필요한 시점에 자기 자신을 다스리지 못했다면 그것은 이상한 일일 것이다. 그런데 너는 그때 자신을 극복하지 못했다… 우주 공간을 헤매다 다른 별과 충돌하는 혜성처럼 네가 그 어떤 것과 충돌하게 되리라고 예고해 준 것은 아무것도 없었다. 모든 것이 정해진 순서대로 진행되고 있었다. 그 일은 이듬해 봄 첫 번째 여죄수 인큐브 그룹에게 이미 태아가 이식되고 그들에 대한 의학적 관찰이 이루어지고 있을 때 일어났다. 그녀는 그날 보통 다른 여자들을 데려올 때처럼 '의료 조수'와 함께 — 우리는 인큐브 감시원을 옛날 식으로 그렇게 불렀다 — 검진을 위해 왔다. 조수와 간호사가 그녀를 나의 서재로 데리고 왔을 때 나는 그녀의 예비 검진 서류를 건성으로 훑어보고 있었다. 건강 지수를 비롯해 모든 것이 정상이었다. 그러나 내게 관심이 있는 것은 산부인과 분야로 환자가 이식된 태아를 정상 분만하기에 적당한지 여부뿐이었다. 나머지 사항은 모두 특수 서비스 부서의 일이고, 그들의 관심거리였다. 그런 의미에서 업무는 명확하게 설정되어 있었고, 전혀 완벽하다고는 말할 수 없지만 아직 아무런 문제도 발생하지 않았다. 어떻게 문제가 발생할 수 있겠는가. 더구나 인큐브 후보는 특별 감호 구역이나 감옥에서 유능한 직원들이 그 목적에 부합되는지 정밀하게 조사한 끝에 선발한 여죄수들이 아닌가. 태아 분만을 승낙한 여죄수들 역시 주된 관심은 무엇보다도 아무 일 없이, 형기를 줄일 수 있는 그 믿지 못할 기회를 놓치지 않는 데 있었다. 참고 아기를 낳으면 오랜 감옥 생활을 피할 수 있지 않는가! 그것은 아무나 꿈꿀 수 있는 일은 아니었다! 그들이 나의 집무실에 나타날 때 두려움과 기대감으로 몸을 떨면서 그들의 암담한 앞날에 비치기 시작한 서광을 그 어떤 것도 방해하지 않도록 하늘에 기도하는 것도 이해할 수 있는 일이었다. 마지막 예비 진료 단계에서 결격 판정을 받는 일도 일어날 수 있었기 때문이다. 인큐브로 부적당하다는 이유로. 여자들이 불안해 하는 것도 당연했다. 집무실로 인도된 새로운 여죄수는 문 옆 의자에 앉아 있었다. 그녀의 짤막한 인사에 역시 짧게 대답한 나는 그녀의 관련 자료, 즉 그녀의 개인 수감 번호와 수감 장소 코드 등을 다시 들여다보았다. 그녀의 성을 다시 들여다보았지만 금방 잊어버리고 말았다. 아마도 로빠찌나가 아니었던가 싶다. 보통 성은 기억나지 않았다. 그것은 너무 복잡하거나 혹은 너무 단순하였기 때문이다. 그러나 그 여자 환자의 이름은 내게 기이하게 느껴졌다. "루나라니, 무슨 이름이 이래, 고대 북유럽인과 관련이 있나." 나는 속으로 냉소를 짓고는 머리를 들었다. 맨 처음 눈에 들어온 것은 그 여자가 안경을 끼고 있다는 것이었다. 인큐브 중에는 안경을 낀 여자들도 있었을 것이다. 그녀는 지적인 얼굴을 하고 있었다. 나는 그녀가 쉽지 않았을 거라는 생각이 들었다. 특별 감호 구역에는 알다시피 심한 욕설과 머리채를 쥐어 뜯으며 싸우는 것이 더 어울리기 때문이다… 용모도 괜찮았다. 바깥 세상에서는 아마도 훨씬 더 나았고 상당한 미인이었을 것이다. 그러나 그녀가 나를 바라보는 모습은 왠지 그녀의 입장에 어울리는 것이 아니었다. 시선 속에 어색한 미소나 애써 잘 보이려는 표정이 전혀 없었기 때문이다. 안경 너머의 갈색 눈동자가 가까스로 억제하고 있는 듯한 호기심을 담고 있었다. 그녀는 자유로웠을 때 자신에게 신경을 썼을 것이라고, 눈썹도 가꾸고, 속눈썹도 칠하고 거울 앞에서 화장도 했을 거라는 생각이 들었다. 그러나 그것은 겉모습이나 말투가 그렇다는 것이고, 그녀는 어떤 중대한 범죄를 저지른 것 같았다. 공연히 10년형을 선고받거나, 죄수가 되지는 않았을 것이다. 그런데 지금 형기를 줄이기 위해 X-종족을 낳겠다고 결심한 것이다.

"자, 그런데, 여자," 나는 말했다. "검사를 다시 한번 해야겠소. 그러면 앞으로 어떻게 될지 분명해질 거요." 그녀는 잠자코 있었다.

"뭔가 불편한 것은?"

"무슨 말인가요?"

"건강 상태 말이지, 다른 뜻은 없소."

"아니, 아직은 없어요."

"준비 기간 동안 지시를 엄격히 따르시오. 그것에 관해서는 당신에게 이야기해 주겠지. 모든 것이 순조로우면 다음주 초, 화요일이나 수요일 경에 이식이 이루어질 거요. 그러니 좀 기다리시오."

"나도 서두르지 않아요. 나는 전혀 상관하지 않아요."

그녀의 당돌한 대답이 나를 놀라게 했다. 그런 일은 이곳에서 아직 한번도 일어나지 않았기 때문이다. 안경을 낀 여자를 좀더 주의 깊게 살펴보며 나는 책상에서 일어나 그녀에게 다가갔다. 그녀도 일어났다. 나는 그녀가 내게 그런 투로 말하는 것이 좋지 않다는 것을 보여 주기 위해 엄중하게 말했다.

"만약 서두르지 않는다면, 더욱이 이 일이 당신에게 전혀 상관이 없다면 차라리 채소밭에나 가는 게 어때? 당신 무슨 생각으로 이곳에 온 거요? 당신이 어디로, 무슨 목적으로 왔는지 모른단 말이오?"

"알고 있어요, 물론 알고 있지요."

"그렇다면 이유가 뭐요? 당신에게 묻겠소, 여자, 대체 당신은 왜 이곳에 온 거요?"

"왜냐구요? 교수, 당신을 만나서 이 모든 것이 결코 어린애 장난 같은 얘기가 아니라는 걸 확인시켜 주기 위해서예요."

"단지 그게 전부라고?"

"믿으세요. 그게 전부예요. 당신을 만나 당신의 눈앞에서 모든 진실을 말하기 위해서예요."

"아하 그래요?!" 내 입에서 무심코 그런 말이 튀어나왔다. 나는 짧고 냉혹하게 말했다.

"당신은 서면 동의서를 제출했겠지?"

"네, 제출했어요."

"당신은 당신의 행동이 서약서 위반으로 간주되어 새로운 형기를 받게 된다는 걸 알고 있소?"

"알고 있어요."

"꼭 그렇게 해야 할 필요가 있을까?"

"있어요. 이 대화도 절실하게 필요해요. 당신을 위해서도 말이지요."

"날 위해서라니? 내가 뭐, 당신과 어떤 문제라도 해결해야 한다는 건가?"

"해결해야 해요. 사람들이 자연과 신이 명한 대로 번성할 것인지, 아니면 악마의 부추김을 따를 것인지, 그것이 문제잖아요?"

나는 침묵을 지키기 시작했고 마치 달려가다 갑자기 벽에 부딪힌 기분이었다. 이윽고 나는 미쳐버릴 듯한 기분을 간신히 억제하며 말했다.

"내게도 그런 문제를 생각하기 위한 머리가 어깨 위에 달려 있지. 마담, 우리는 헤어져야 할 것 같아. 당신의 형기가 줄지 않고 오히려 늘어나는 것이 유감스럽군. 그것에 대해서는 당신 자신을 원망하라고."

"나는 이야기해야 할 것을 다했어요."

"그 대가가 너무 크지 않을까? 극한 감정이 당신을 곤경에 빠뜨리고 있지는 않을까?"

"나는 죄수예요. 안드레이 안드레이치." 그녀는 뜻밖에도 나를 이름과 부칭으로 불렀다. 하루에 수백 번씩 기계적으로 들리던 것이 그녀의 입을 통해서는 이상하게 울렸다. "나는 죄수에 불과해요." 그녀가 반복해서 말했다. "나는 내가 뭘 하러 가는지 알고 있었어요. 이제 목적을 달성했어요. 나는 그것을 의무로 생각했어요. 그리고 최대한 그것을 이행했어요. 아마 이 대화는 당신 속의 뭔가를 일깨워 주고 생각하게 할 거예요. 이제 됐어요."

"지금 내게 도덕을 가르칠 셈인가!" 나는 뜻밖의, 그러나 인큐브와 일을 하면서 언젠가 한번은 치러야 할 일이라는 것을 잘 알고 있었지만 격노하고 말았다. "당신 자리에는 지원자가 수십 명이나 있단 말이야!"

"가장 무서운 것은," 그녀가 말했다. "바로 당신의 양심에 있어요. 전적으로, 완전히 당신의 양심 속에 있어요."

"양심도 양심 나름이겠지!" 나는 잘라 말했다.

"그런 말은 처음 들어요."

"철학 논쟁은 한가한 사람이나 하도록 하지. 그것 때문에 당신을 여기 데려온 것도 아니니까. 돌아가시오. 나는 당신과 더 이상 이야기할 게 없어."

나는 호출 벨을 눌렀다. 그녀를 데리러 왔다.

"안녕히 계셔요." 떠나면서 그녀가 말했다.

나는 아무 대답도 하지 않았다. 문이 쾅 닫혔다. 나는 책상에 돌아와 앉았다. 곧 다른 일이, 다른 걱정거리가 시작되었지만 그 기분 나쁜 일은 내내 머리 속을 떠나지 않았다. '진실을 추구한다는 그 여자'를 원래 그녀가 있었던 곳으로, 아마 꼬스뜨마 부근의 특별 감호 구역으로 되돌려 보내라는 지시를 내려야 했다. 그곳에서 자신에 대해 마음대로 생각하라지 뭐. 그러나 나중으로 미루고 말았다. 그 여죄수는 일하는 중에도, 전화를 하거나 대화를 하는 도중에도 계속 생각났고 아무리 해도 잊을 수가 없었다. 그러나 누구에게도, 비교적 가까운 그 어떤 동료들에게도 내가 평정심을 잃고 계속 마음의 고통을 받고 있다는 사실을 이야기할 수 없었다.

나는 이상한, 매우 이상한 상태에 있었지만 나 자신도 영문을 알 수 없었다. 나는 왠지 그녀의 신상을 좀더 자세히 알아보기로 결심했다. 어디서 그런 여자가 온 것일까? 그녀는 대체 누구일까? 무엇 때문에 투옥된 걸까? 무슨 죄목으로? 정신이상자라면 필경 특별 감호 구역에 억류시킬 리가 없다. 그렇다면 이 길들여지지 않은 여자는 대체 뭐란 말인가? 어떤 절망적인 바람이 그녀를 이리로 내몰았고 그녀는 어떤 생각과 말로 채워져 있을까. 만약 그녀에게 자유를 준다면 그녀는 더 많은 말을 지껄여대며 나의 양심을 아프게 매질하고, 나에게 극도의 불쾌감을 느끼게 하고, 또 피로 얼룩진 고통의 자국을 남기며 엉금엉금 기어가도록 만들었을 것이다. 양심의 강요자는 오로지 자신의 절대적 관점만을 가지며 바로 거기에 그들의 공격력이 있는 것이다. 그러나 양심은 무엇보다도 내적인 독립심을 필요로 한다. 그렇지 않으면 그것은 마치 중고 시장의 물건처럼 사거나 팔리게 된다. 그런데 이 세상에 양심의 개념보다 더 진부한 것이 있을까? 이 여죄수는 아마 신대륙을 발견하려고 이곳에 나타났을 것이다! 그녀가 양심에 관해 이야기하는 것은 어울리지 않는다. 범죄자인데다 더구나 형사 피고인이 아닌가?! 그렇게 생각하면서도 나는 자신을 증오하기 시작했다. 너는 왜 자신을 정당화시키려 하는가, 누구에 대해, 무엇을 위해서 말인가?! 마음이 약해졌군. 왜 계속 그녀 생각을 하는 거지?…

　나는 그녀의 신상을 다시 조사해 보았다. 로빠찌나, 루나 페둘로브나, 158조에 따라 반소비에트 자료의 보관, 배포죄로 형을 선고받음… 그러면 그렇지, 이제야 알겠군. 말하는 것을 듣고 당장 알아봤어야 하는건데?! 대체 왜, 무엇 때문에 그런 작자들은 항상 가만히 있지를 못하는 거지. 그들은 언제나 자신을 알리기 위해 나서서 항의해야 하니까, 그러니 그녀는 이번에도 한몫 나설 수 있는 좋은 곳을 발견한 셈이군… 미혼이라, 이혼했군. 누가 그런 몹쓸 여자와 같이 살려고 할까. 놀랄 것도 없어.

　나중에 나는 다른 일에 정신이 팔렸고, 사무실 금고에만 보관하도록 되어 있는 그 서류를 집으로 가져가지 않기 위해 일과 후에도 사무실에 남아 있었다. 루나 로빠찌나와 관련된 것은 모두 끝까지 읽었다. 그런데 나의 최종 생각은 어떤 것이었을까? 전체적으로 말해, 그녀는 독특한 여자로서 삶에 대해 확고한 견해를 가지고 있었다. 원래 그런 인격체는 어느 시대에나 과격한 그룹, 즉 종교적·정치적·국가적 반대파에서 나타나는 법이다. 그들 가운데는 온갖 종류의 인간들이 있다. 자신을 메시아로 간주하고 사상을 위해 자신을, 다른 모든 사람을 제물로 바치는 자들도 있다… 그러나 루나의 경우는 어떠한가? 모든 상황을 판단해 볼 때 그녀는 외로운 이상주의자였다. 그러나 누가 그녀를 알 수 있겠는가. 나 또한 그녀를 한번만 보고, 고작 그녀의 몇 마디 말밖에 듣지 못했는데 어떻게 판단할 수 있겠는가. 그녀는 정말 쉽지 않은, 결코 쉽지 않은 운명의 소유자였다. 처음에는 교직에 있다가 나중에 기록 영화 일을 하며 소련 학교에 관한 기록 영화 시나리오를 썼다. 학교 문제는 우리에게 있어 사회적으로 항상 심각한 문제였다.

나는 여기서 갑자기 잊을 수 없는 바바, 발레리야 발렌찌노브나 생각이 났다. 만약 그녀가 자신의 천재적 제자가 지금 무슨 일을 하고 있는지 안다면! 그러나 그것은 잠시 지나가는 생각일 뿐이었다. 다시 루나에 관해 이야기하자면, 그녀는 모든 정황에서 볼 때 자기 오빠인 로빠찐, 이고리 페둘로비치 때문에 재판을 받게 된 것 같았다. 그는 전문 영화인으로서, 유명한 국립 영화 대학을 졸업했고 루나가 학교 단편 영화 일을 하게 된 것도 필경 그의 영향이나 도움 때문이었다. 후속 자료에 언급된 것처럼 고리키 영화 제작소 산하 아마추어 분과에서 활약한 전직 교사 루나 로빠찌나는 아마추어 영화인 사이에 사상적 의미에서 의심스러운 지적 성향의 확산을 조장하였다. 루나가 예술에 있어서 경향파를 지지하고, 또한 소비에트인들과 그들의 일상 생활을 부정적으로 소개하는 단편 기록 영화를 지지했다고 증언한 증인들이 있었다. 그것이 기소 내용의 서두였다.

본 건의 주요 피고인은 그 오빠인 이고리 로빠찐이었다. 그는 "정식 영화 기사이면서 국가 소유의 장비와 자재를 사용하여 형사 처벌을 받을 행위를 했다는 혐의로 기소되었다. 즉 소비에트의 현실을 왜곡하고 소비에트의 사회, 국가 체제를 비난, 중상하는 기록 영화를 만들었고 그런 거짓 정보로 서방 사회를 혼란시키려 했다는 것이다." 더욱이 "피고는 이런 범죄 행위를 사심 없이 한 것이 아니라 서방에 외화를 받고 소비에트 국가를 비난하는 이 영화 자료를 팔아 넘겼다. 영화관이나 TV 채널을 통해 이들 자료가 선전되는 바로 그 외국에서 우리의 특수 정보원이 이 영화 필름의 출처를 밝혀낸 것이다."

그런 경우 흔히들 말하는 것처럼, 모두 귀에 익은 곡조와 이야기여서 정말로 모든 것이 사실인지 어떤지는 누구도 알 수 없지만 어쨌든 루나 로빠지나는 결국 형사 범죄로 기소되었다. 그녀는 오빠를 직접 도운 죄로 기소되었다. 즉 오빠가 '허가 없이 촬영한' 필름을 그녀에게 넘겼고 그녀는 이것을 가까운 여자 친구 집에 보관했다는 것이다. 이러한 관계가 밝혀져 누군가가 뒷조사를 했고 이고리는 체포되었다. 루나가 여자 친구 아파트에 경고하러 달려갔을 때 그곳에는 이미 보안 당국 요원이 그녀를 기다리고 있었다. 그녀는 물적 증거와 함께 체포되었다. 그런데 그후 의외의 사건이 일어난다. 심리 과정에서 루나가 오빠의 형량을 어떻게든 가볍게 해보려고 필사적으로 시도하며, 소비에트인의 생활과 일상 무대를 촬영한다는 것은 그녀의 발상이었고 무엇을 찍을 것인지, 어떻게 찍을 것인지 지시를 내린 것도 그녀였고, 찍은 필름을 외국 기자들에게 외화를 받고 판 것도 그녀 자신이었다고, 따라서 그녀의 오빠는 사실상 그녀의 계획의 수행자에 불과했다고 밝힌 것이다.

그런 이야기였군. 그런데 또 한 가지 흥미로운 이야기가 있었다. 재판에서 루나는 미국 기자와 친밀한 관계에 있었다고 기소되었는데, 그 기자는 나중에 미국에 돌아가 자신의 연인에 대해서는 높이 평가하면서도 반대로 소비에트 사회에 대해서는 매우 적대적인 태도를 취하는 기사를 마치 대단한 것인 양 썼고, 그것은 당시 그녀가 체포된 것에 대한 복수 같다는 것이었다. 루나는 그와 함께 단지 러시아어를 공부했을 뿐이라고 주장하면서 미국 기자의 연인이라는 것을 부정했… 전체적으로 석연치 않은 구석이 많았다. 누가 그들을 알고 있으며 그들 사이에 무슨 일이 있었는지… 어쨌든 모든 것이 루나에게 극히 불리하게 끝났다….

그날 나는 직장에서 늦게 떠났다. 업무도 있었지만 루나 로빠찌나의 과거를 좀더 잘 알고 싶다는 이상한 열망 역시 나를 상당히 지체시켰다. 경비에게 습관적으로 목례를 한 다음 나는 자동차를 타고 골목길로 해서 이미 황혼이 진 우스뻰스끄 대로로 나갔다. 서둘러 모스크바로 가는 자동차의 물결에 휩쓸렸다.

그곳은 아름다운 곳이다. 숲과 작은 언덕이 꿈속처럼 하얀 눈으로 덮여 있는 겨울에도, 파란 꽃이 절정에 달하고, 갑자기 숲 뒤에서 예기치 않게 반짝이며 구비치는 모스크바강의 풍경이 몇 초 동안 보이는 여름에도. 물, 하늘, 숲이 어우러져 펼치는 매혹적인 그 마술의 순간을, 나는 언제나 놓치지 않으려고 애썼다. 차창으로 그것을 바라보고 뒤에 남은 것을 망막에 보존한 채 저 멀리 질주하기 위해.

이렇게 자세한 이야기를 하는 것은 우연이 아니다. 나는 정말 셀 수도 없이 그 장소의 이편, 저편을 오고갔지만, 그러나 나의 인생이 그 도로변의 공간과 밀접하게 연관될 줄은 어떻게 알 수 있었겠는가?… 언젠가 이 길을 따라 달릴 힘이 없어서 다른 길로 돌아가게 될 때가 오겠지….

그때 나는 모스크바로 다가가면서 이 말 안 듣는 인큐브 후보인 루나 로빠찌나를 다음날 병원에 다시 데려오라는 지시를 내릴 필요가 있었을까 하는 생각을 하고 있었다. 사실 나는 이미 그런 지시를 내린 터였다. 내가 왜 그렇게 했을까? 또 그녀에게 무슨 이야기를 할 것인가? 그녀가 인큐브가 되겠다고 승낙했을 때 그녀의 목적이 전혀 다른 데 있었다는 것을 과연 몰랐단 말인가. 어쨌든 이 루나란 여자는 제정신이 아니야. 그녀는 아마 억지로 꾸며낸 정의와 예외적 양심, 그리고 이 세상과 동떨어진 엉뚱한 선행 등 온갖 망상에 빠져 그런 말을 했을 거야. 왜 그녀 때문에 시간을 허비해야 하지?! 그래 그런 여자는 목덜미를 잡고 멀리 쫓아내야 해. 자신의 특별 감호 구역에서 죽게 해야 해. 양심에 호소해 후회하도록 만들 누군가를 발견했단 말이지. 그렇다면 그녀 자신은 누구란 말인가?! "그래 너 자신은 어때?

너 말이야?!" 나는 그때 자신에게 말하고 있었다. "내게도 좋은 표적이 발견된 셈이군! 유죄를 선고받은, 권리도 없는 여죄수, 더욱이 너는 그녀와 창을 겨누고 있잖아! 좋아, 더할 나위 없군, 좋다고!"

코너에서 두 번 가량 브레이크가 거의 파열할 듯했다. 바퀴가 비명을 지르기 시작했고 통행인들이 양쪽으로 피했다. 운전을 하면서도 깊은 생각에 빠져 있었고 집요하게 떠오르는 잡념을 뿌리칠 수 없었다. 나는 루나를 고작 한번 만났을 뿐인데 내 마음이 왜 그렇게 흔들린단 말인가? 내가 책상에서 일어나 그녀에게 다가갈 때 그녀도 의자에서 일어서던 것이 머리 속에 떠올랐다. 이제 내 앞에는 그녀가, 도시 근교의 병원으로, 교수의 눈앞으로 데려가기 위해 어디서 짰는지도 모를 회색 상의에 자루 같은 긴치마를 입고 거친 반장화를 신은 특별히 치장한 여죄수가 서 있다. 언젠가 장신구들이 그녀의 아름다움과 취향을 위해 봉사하고 있었을 때 그녀는 멋진 여성이었을 것이다. 나는 불안해 하면서도 단호하게, 용감하게 나를 주시하던 그녀의 눈을 생각했다. 눈은 바로 마음의 거울이라고 하지만 그것은 옳지 않다. 눈은 마음 그 자체로 마음의 살아 있는 표현이기도 하다. 어린아이처럼 앙상하고 연약한 그녀의 어깨는 본능적으로 움츠러져 있었고, 가늘고 부드러운 두 팔은 서로 포개져 있었다. 아 그녀는 몸을 꼿꼿이 펴야 하는 건데, 격의 없이 굴고, 미소를 짓고, 현란한 인파에 섞여 길거리를 걸어가야 하는 건데. 그녀는 반체제 운동이나 이 따위 시대를 위해 태어나지 말았어야 했어. 그녀에겐 19세기 복장이 더 어울려! 그녀가 어떤 모습일지 상상이 가는군… 하지만 정말 뚱딴지 같은 소리야! 양심의 힘을 빌어 과학을 중단시키겠다니?! 하긴 항상 그렇지, 인간은 가는 곳마다 자신의 양심에 부딪히니까. 어떤 일이건, 어떤 일이 일어나건 그에게 대답을 시켜보면 그건 양심에 따른 것이라고 하든가 혹은 그렇지 않다고 하지! 모두들 그놈의 양심이란 걸 자기 편한 식으로 가슴속에 지니곤 저마다 그것을 뽐내고 있지. 모두가 신의 이름으로 양심을 팔고 있잖아!… 그러나 어떤 양심도 오래 가지 못하는 법이야. 자신의 양심을 우리 모두에게 나누어주어 우리를 억제하면서도 자신은 신에 대항해서 일어설 수 있는 사람은 그다지 많지 않지. 그리고 탄생에 대한 신의 권한처럼 언제나 신이 독점해 왔던 것을 자기 손에 넣을 필요가 있을 때 신을 길 저쪽으로 내쫓을 수 있는 사람도 많지 않아. 신에게는 죽음에 대한 독점적 권한만으로 충분해. 그것만은 아무도 그에게서 빼앗지 않을 거니까! 탄생에 관한 한 나는 이제 그와 경쟁을 할 거야. 나는 양심 따위는 생각할 겨를이 없어… 루나가 그런 것을 아는지, 모르는지, 아마 그녀는 이해할 수 없을 거야. 그러니까 영웅인 양 나타나 양심에 대해 소리치고 있지… 그녀는 자기 신세를 생각하는 편이 나을 거야. 이제 어디로 보내지게 될지, 어떻게 될 건지….

그날 밤 나는 과학원 소속의 내 저택에서 안절부절 갈피를 못 잡고 있었다. 그 저택은 원래 스탈린이 자신의 원폭 과학자 팀에게 선사한 것이지만, 그들의 파이 중에서 내게도 충실한 조각이 주어지는 바람에 얻게 된 것이었다. 이 두터운 벽과 거대한 창문, 높은 천장. 그러나 나는 무엇을 위해 여기에 있단 말인가? 대체 나는 무엇을 위해 존재하며 왜 살고 있단 말인가? 그날 밤 버려진 아기가 다시 내 마음속에서 이야기하기 시작했다. 나는 여분의 인간이야. 나야말로 X-종족이 아닌가. 나는 사람들 사이의 '블랙 홀'이지. 누가 이 세상에서 나로 인해 더 행복하게 되고 누가 나를 만난 것에 대해 열렬히 감사하였겠는가. 어떤 여자가 말인가? 뒤도 안 보고 도망가 버린 예브게니야가 그렇게 했겠는가? 훌륭한 여배우인 그녀는 나와 살면서 무엇을 알게 되었는가? 차가운 사고와 무감정, 냉혹함, 남편이 손수 시술한 낙태 등이 아닌가? 더욱이 도중에 스치고 지나간 여자들도 나중에 그 덧없는 만남을 우연히 타오른 행복의 불꽃으로 머리 속에 떠올릴 리가 없어. 나와 관련된 모든 것은 황량하고 우울하게 그 앙상한 모습을 드러내고 있었다….

    나의 생각은 여기서 자신도 모르게 또다시 오늘 만났던 여죄수 루나에게로, 이름이 고대 룬족의 시대에 기원을 두고 있는 그 여자에게로 달려갔다. 나는 왜 그 여자 생각을 하고 있는 걸까? 이 시간 그 여자는 무엇을 하고 있을까? 아마 괴로워하고 있을지도 모른다. 아마 지금은 머리를 빗어 치렁치렁 늘어뜨렸을지도 모른다. 머리 속에서 그녀를 조이며 학대하는 어두운 생각에서 벗어나 머리카락이 휴식을 취할 수 있도록. 교수를 '눈뜨게' 하겠다는 생각에 그녀는 자신을 더욱 나쁜 상황으로 몰아 넣었고 자신의 삶을 더욱 복잡하게 만들었다. 그녀는 정말로 그렇게 마음먹었던 것일까? 그녀는 오늘 우리의 만남에 대해 어떤 생각을 하고 있을까? 아마 어떤 점에선 그녀가 옳을지 모른다. 그러나 양심 하나만으로, 선한 의지 하나만으로 이 세상을 가득 채우고 선하게 만들거나, 태양 아래서 좀더 많은 것을 차지하고자 갈망하는 허기진 인간의 야수적 본질을 바꿀 수는 없을 것이다. 그렇게 먹어 치우다간 조만간 태양조차 모든 사람에게 부족해질 것이다. 그러나 더 무서운 것은 그 인간이 만족을 모르고 더욱더 동족을 지배하지 못해 괴로워한다는 사실이다. 그 때문에 새로운 인간인 X-종족도 필요한 것이다… 그런데 그녀가 그들의 앞길에 서서 그들이 생명과 권력을 얻는 것을 가로막으려 하고 있다. 이해는 할 수 있지만 그녀의 힘은 극복할 수 없는 것을 극복하기엔 턱없이 부족하다….

나중에 나는 매우 자주 거의 무의미한 질문을 던지곤 했다: 그날 저녁 나는 왜 자기 생각에만 완전히 몰두해 있었을까? 다른 날 같으면 그로 인해 생활을 망치기 일쑤였던 모임이나 회의, 만남, 기타 세속적·정치적 일들이 왜 유독 그날만은 없었을까….

나는 그날 밤 괴로워했고 마음이 전혀 진정되지 않았다. 여죄수 루나가 갑자기 습격하여 나를 당황하게 만들었던 것이다. 주위의 어느 누구도 우리 일에 의심을 품은 자는 없었겠지, 아니면 나 혼자만 그렇게 생각했던 것일까?…

그녀는 자기 자신도 아까워하지 않고 보란듯이 희생하지 않았는가! 어떻게 그럴 수 있을까?! 그녀는 왜 내가 추악한 박해자나 고발자의 역할을 수행하도록 강요하는 걸까? 그녀는 정말로 단지 내 얼굴에 대고 직접 비난을 퍼붓기 위해 그렇게 오랜 세월 동안 자신의 자유를 박탈하겠다고 결심한 것일까?! 자신의 입장을, 진실을 말하겠다고 목적을 세운 이상 그것은 그녀가 취할 수 있는 유일한 행동이었고, 따라서 그녀의 그러한 행동에 이해가 가긴 하지만. 그러나 그녀는 거리에서건, 집회에서건, 공개적으로 대중 앞에 그 사실을 밝힐 수 있는 기회가 없다. 더욱이 외국 기자에 대해서는 말할 것도 없다. 그녀는 특별 감호 구역에 유폐되어 있으니… 더욱이 이제 새로운 형벌이 그녀를 위협하고 있다… 다행히 우리 사이에 일어난 일은 누구도 모른다. 나는 누구에게도 말하지 않았다. 그녀를 다시 불러달라는 지시를 내린 것도 잘한 일이었다. 그래, 내일 2시까지 그녀를 데리고 올 것이다. 아직 모든 것을 잃지 않았고 또 모든 다리가 다 불타버린 것도 아니다. 아마 그녀를 새 재판으로부터 보호할 수 있을지 모른다….

나는 점점 더 그런 생각에 빠져 들어갔고 그녀를 떼어놓아 천벌을 면하게 하고 싶은 바람이 점점 커져만 갔다. 이러한 열망 속에서 나는 자신의 영혼이 처음으로 인식하는 그 어떤 것을 발견했고 자기도 모르게 자기 자신을 발견해 나갔다. 대체 내게 무슨 일이 일어난 것일까? 한 여인을 이해하고 보호하고 싶은 열망에 마음이 동해서 나는 점차 다음과 같은 결론에 도달하게 되었다. 루나 로빠찌나는 자신을 고난의 운명에 처하게 하면서까지 나에게 항의해 왔지만 이것은 더 높은 곳으로부터의 명령이 아닐까, 자애롭기 그지없는 하느님의 자기 방어가 아닐까?… 나는 이전에 하느님의 자비로움이 뭔지, 그것이 원래 어디에 있으며 어디에서 나타나는지를 깨닫지 못했다. 그런데 이제서야 갑자기 느끼게 된 것이다. 만약 내가 태아를 조작하며 자기만족에 도취되어 하느님조차 밀어내려고 하는 인간이라면 여죄수 루나는 하느님의 관대함과 너그러움을 나타내는 사도로서 나타난 것이 아닐까?… 거기에는 내 마음속의 선함을 시험해 보려는 의도가 있는 것이 아닐까?!

이러한 생각에 나는 슬퍼지기도 행복해지기도 했다. 나는 내가 정신을 차리도록, 자신의 오만함과 건방짐을 깨닫도록 해준 그녀, 그 여죄수에 대한 감사의 감정이 밀려오는 것을 느꼈다. 나는 그녀 앞에 다른 인간으로 서 있기를 원하는 것을 느꼈다. 루나에게 그녀를 임시 수용하고 있는 특별 격리소로 당장 전화를 걸 수 없는 것이 얼마나 안타까웠는지. 그녀에게 할 이야기가 얼마나 많으며, 대답으로 듣고 싶은 이야기 또한 얼마나 많은가. 운전대에 앉아 한밤중에 격리소로 달려가서 그녀를 찾아내 이야기를 나눌 수 있다면! 그러나 그것 역시 꿈에 불과했다. 내가 할 수 있는 것은 오직 내일의 만남을 기다리는 것뿐이었다. 나는 속으로 내일의 만남이 어떨지 그려보았다. 루나가 집무실로 인도되어 대화를 위해 남겨지면 나는 그녀에게 다가가 손을 잡고 인사할 것이다. "부디 용서해 주오, 루나, 우리는 우리가 나누었던 대화로 돌아갈 필요가 있소. 나는 당신의 생각을 진지하게 들을 준비가 되어 있소. 그리고 당신에게도 부탁하고 싶소. 나의 결론도 들어주시오." "좋아요!" 그녀는 그렇게 대답하고 순수한 마음으로 그것을 인정할 것이다. "나는 생각했어요, 교수, 당신을 다시 만나지 못할 거라고요. 나는 아침에 나를 원래 있던 곳으로 되돌려 보낼 거라고, 마치 저주받은 여자처럼 특별 감호 구역으로 다시 내쫓아버리고 새로운 재판을 받게 하여 더 멀리 시베리아나 알타이로 추방할 거라고 생각했어요. 그런데 갑자기 당직 감시인이 오더니 끄릴리쪼프 안드레이 안드레이치 교수가 나를 다시 부른다고 통고하더군요. 그래서 지금 여기에 있는 거예요…."

"아 정의로우신 하느님! 당신은 나에게 얼마나 많은 어리석음을 내려주셨는지요?" 나는 절망에 빠져 속삭였다. "얼마나 어린 아이 같은지, 제발 저를 멈추게 해주소서. 저는 다시 어린아이가 된 것 같습니다!"

물론 위대한 일과 바보 같은 일 사이의 거리는 한 발자국에 불과하다. 그러나 비록 바보 같더라도 나는 가벼운 마음으로 모든 것이 그날 밤 내가 꿈꾼 그대로 되도록 준비하고 있었다. 그렇다 하더라도 이 자발적인 엉뚱한 행동에 거는 기대감은 얼마나 행복한가!

나의 영혼을 감싼 그 모든 충동 너머로 갑자기 마치 지평선 위에 발생한 먹구름처럼 내게 너무나도 괴로운 의혹이 일어났다. 정말 나는 인큐브의 모태 속에서 X-종족을 생산할 도덕적 권리를 가지고 있었을까? 어떤 최상의 목적이 나의 행동을 정당화할 수 있겠는가? 거짓말을 할 생각은 없지만 내 마음속에는 언제나 그런 종류의 의혹이 숨어 있었다. 과학의 성과는 우리뿐만 아니라 사회 전체의 관점에서 보아도 우리들 자신을 너무 높이 올려놓았다. 그러나 과학과 양심이

때로 얼마나 공존할 수 없는지, 과학과 범죄가 서로 얼마나 얽혀 있는지 20세기에서 그 예를 찾아보려면 멀리 갈 필요도 없을 것이다.

자 이제 나의 양심이 말문을 여는 순간이 도래했고 그 양심을 일깨워준 것은 다름 아닌 감옥의 여죄수였다. 익명의 부모에게서 익명의 아이를 생산하고 그들을 인큐브의 도움을 빌어 배양하는 것의 반인류성을 인정하는 것, 바로 그것이 루나가 나에게 일깨워준 것이었다.

무엇이 그녀를 나에게 보내온 건지, 또 우리를 죽음의 문턱에 이르게까지 인연을 맺도록 해준 것이 무엇인지, 그것은 운명이 알 일이다… 내가 판단할 일이 아니다….

그날 밤 전환기가 찾아왔다. 나는 놀랄 만한 자기 헌신으로, 생각하기 어려운 행동으로 나를 놀라게 한 그 여인에게 용서를 구할 각오가 되어 있었다. 나는 자신이 인류에게 가져온 해악을 몰아내기 위해 그녀 앞에 무릎을 꿇을 준비가 되어 있었다. 그리고 만약 그녀가 나의 사랑을 받아준다면, 화답해 준다면 나는 그녀에게 구혼할 것이다… 그래, 그렇게 해야지!

나는 어떻게 해서 그런 일이 일어날 수 있었는지 자신에게 설명할 수 없었다. 그녀는 많은 형기를 선고받은 터였다. 그러나 만약 그녀가 '네'라고 대답한다면 나는 그녀와 함께 어디라도, 숲이건, 산이건, 바다건, 함께 있을 수만 있다면 어디에라도 도망가기 위해 행동에 나설 것이다. 비록 정처 없는 떠돌이 인생이겠지만 새 인생을 시작하는 것은 불행한 나의 과거에 대한 속죄이기도 하다….

일단 그렇게 생각하자 나는 이미 자신을 멈출 수가 없었다. 나의 상상은 끝이 없었다. 나는 속으로 무자비하고도 맹목적인 혁명을 일으키고 있었다. 나는 공상에 몸을 맡겼다. 나의 새 인생은 내일 루나를 내게 데려오고 우리 둘만 남게 될 그 시간부터 시작될 것이다. 나는 내 마음속에 일어난 일을 그녀에게 설명하고, 내가 겪은 카타르시스를 이야기하고, 나는 모든 것이 준비되어 있다는 것을 그녀에게 확신시키려고 시도할 것이다. 그녀가 '네'라고 말해 주기만 해도, 그녀가 내게서 자신이 사랑할 만한 것이 있다는 것을 발견만 해줘도, 그녀가 나의 진실을 확인만 해줘도, 우리가 함께 있어야 한다는 것을 믿어주기만 해도….

내가 소파 위에서 불안한 선잠에 빠진 것은 이미 자정을 훨씬 넘은 시간이었다. 새벽에 나는 하늘에서 쏟아지는 소나기 소리를 들었다. 지붕 위에서 천둥 소리가 울렸고 창 밖에서 강한 빗줄기가 퍼부었다. 눈을 뜨지 않았지만 나는 자연에서 일어나고 있는 일을 보았고, 마치 바로 나 자신이 그 소나기를 내리게 한 것 같았다. 나는 번개가 온 하늘을 불태우는 것을 보았고 쏟아지는 빗줄기 아래서 나뭇가지가 휘는 것을, 또 놀란 새들이 피난처를 찾아 소나기가 퍼붓는 하늘을 이리저리 날아다니는 것을 보았다….

나 자신도 소나기가 퍼붓는 하늘을 날고 있었다. 나는 창문의 통풍구를 통해 밖으로 나갔고 지붕 위로, 거리와 공원 위로 날아올랐다. 나는 맹목적으로 무턱대고 번개와 구름 사이를 날았다. 지상 어딘가에 감옥이 있고 인큐브가 되기를 거부한 그 여인도 그곳에서 소나기 소리를 듣고 있을 터였다… "루나! 루나!" 나는 소리쳤다. "나요! 내가 당신을 찾고 있소!" 하늘에서 그녀에게 외치던 바로 그 소나기가 오던 시각 그녀는 무슨 생각을 하고 있었을까?….

다음날 나는 병원의 모든 업무가 여느 때와 마찬가지로 정확하게 이루어지도록 자신을 통제하면서 일하기 위해 적지 않은 노력이 필요했다. 모든 것이 보통 때처럼 진행되었다. 동료나 직원들 중 누구도 내가 이미 예전의 내가 아니라는 것을 눈치 채지 못하고 있었다.

나는 자신의 시간을 기다리고 있었다. 시간은 무척이나 천천히 지나갔다.

나는 겉보기엔 평상시처럼 내 자신의 직무를 수행하고 있었다. 그러나 그것은 이미 내가 아니었다…

시간이 너무 천천히 지나가고 있었다…

예정된 시간이 다가왔다. 나는 이제나저제나 하며 루나를 기다렸다… 자, 이제 곧, 이제 곧… 그러나 여전히 그녀를 데려오지 않았다.

15분이 더 지나갔다. 그러나 오지 않았다. 나는 자동차가 언제 떠났는지 전화를 걸어 확인해 보라고 지시했다… 비서가 전화했다. 자동차는 예정된 대로 정시에 출발했다는 회답이었다.

나는 불안해지기 시작했다. 무슨 일이 일어난 걸까? 갑자기 교통사고라도 난 것일까?

시계 바늘이 3시에 가까워지고 있다. 대체 언제 올 거지? 내가 직접 전화를 걸어본다. 자동차에 무슨 일이 일어났다는 대답이다. 그때 여비서가 뛰어 들어온다. 그녀의 얼굴이 말이 아니다.

"무슨 일이오?" 나는 소리쳤다.

"환자가 죽었어요!"

"누가 죽었다는 거요? 어떤 환자가 말이오?"

"우리가 기다리는 그 환자 말이에요. 방금 차에서 전화했어요."

"사고요?"

"아니오. 사고가 아니에요. 그녀는 도망치려 했어요…"

"도망치려 했다니?… 그래서요?…"

"그녀를 죽였대요."

"이해할 수가 없군!"

"이제 곧 와서 이야기하겠다고 말했어요."

투옥중인 로빠찌나 에르, 에프, A-6-87호는 어젯밤 내가 내린 지시에 따라 지정된 시간에 병원에 도착하도록 자동차로 이송하고 있었다.

이미 교외로 빠져 나와, 모스크바강 부근의 숲을 지나던 중 그녀는 심한 구토 증세를 느낀다고, 더 이상 차를 못 타겠다고 호소하기 시작했고, 차를 세워 숲 근처에서 토할 수 있도록 해달라고 떼를 쓰기 시작했다.

차를 세워야만 했다. 여죄수는 차에서 내려 길에서 몇 발자국 옮기더니 갑자기 숲의 녹음 사이로 몸을 숨기며 도망치기 시작했다. 동행하던 여호송원이 그녀를 붙잡으려고 뛰어갔다. 그녀는 여죄수에게 멈추라고 지시했다. 그러나 여죄수는 계속 도주했다. 여호송원은 그녀의 등뒤에 대고 사격하겠다고 소리쳤다. 경고하기 위해 공중에 2발을 발사했다. 그리고는 그녀를 생포하려고 계속 뒤를 쫓았다. 그때 앞으로 굽이치는 모스크바강 기슭이 나타났다. 여죄수는 멈추지 않고 강기슭에서 물 속으로 뛰어들었다. 여호송원은 사격하는 것 외에 달리 방도가 없었다. 여죄수는 죽었다. 그녀의 사체는 물 속에서 인양되었다…

나중에 나는 수없이 자신에게 물어보았다. 그녀는 왜 그런 행동을 했을까? 왜? 무슨 이유로? 그게 뭔가? 절망의 결과인가? 공포 때문인가? 혐오 때문인가? 증오 때문인가? 아니면 그것도 항의의 일종인가?

누구도 대답할 수 없다… 그녀는 왔을 때처럼 그렇게 떠나가 버렸다. 그녀는 우리 실험의 첫 희생자였다.

저녁 늦게까지 나는 집무실을 나가지 않았다. 방문을 잠근 채 앉아 있었다. 내게 무슨 일이 일어났는지 아무도 알지 못했다. 아 만약 그녀가 내가 준비한 것을 그토록 무섭게 방해하지 않았더라면! 그녀가 죽은 것이 너무도 슬펐다. 내가 그녀에게 진리는 그녀 편에 있다고, 또 과학의 성과는 일시적인 것일 뿐, 그것이 아무리 머리가 어지러울 정도로 높이 올라가도, 아무리 과학의 발전이 끝이 없어도 그것은 양심에 비하면 아무것도 아니라고 말하려 한 것을 전혀 모른 채 그녀가 가버렸다는 것이 너무도 슬펐다. 영원성의 의미를 이해하고 그것을 발전시켜 나가는 인간의 영혼과 비교되는 것은 아무것도 없었다.

나는 서재에 앉아 오열했다. 단 한번밖에 만난 적이 없는 여인을 생각하며 오열했다… 나는 그녀가 없는 앞으로의 나의 삶은 불행하다는 것을 알았다. 저녁에 차를 타고 고속도로로 나와 그 모든 일이 일어난, 숲 너머 굽이치는 모스크바강 쪽으로 다가갔을 때 나는 차를 유턴시켰다. 그곳은 그녀가 죽은 장소였다. 그 숲을 통해 그녀는 도망갔고 강물에 뛰어들었던 것이다… 우회도로로 그곳을 떠났다….

만약 절망에도 한계가 있다면 집에서 절망의 모든 한계를 느끼고 알게 되었다. 그것은 나에 대한 벌이 아니었을까?! 한밤중에 나는 목청껏 소리치고 통곡했다… 이제 그녀는 없다. 그녀는 내가 말하려 했던 것을, 내가 참회하려 했던 것을 결코 알지 못할 것이다. 그녀는 마지막 순간까지 내가 X-종족의 배양을 위해 자신의 과학적 발견을 이용하려는 괴물이라고 생각했을 것이다. 위스키를 병째 마시고 마셨지만 아무 소용이 없었다. 마음을 달래줄 음악이 듣고 싶었지만 그런 음악도 없었다.

나는 수년 전 아마도 언제나 내 마음속에서 졸고 있었을 그 음악을 우연히 들은 적이 있었다. 나는 여객선을 타고 한국의 동해를 항해하고 있었다. 저녁이었다. 별이 반짝이는 하늘 아래 얼어붙은 듯한 섬들의 기암괴석이 바다 속 여기저기에서 시간과 물질의 응고체처럼 신비로운 모습을 드러내고 있었다. 정적이 깔려 있었고 추웠으며 보이지 않는 파도 소리가 희미하게 들리고 있었다. 우리 일행은 나고야의 학술 회의에 참가한 소련 학자 몇 명이었다. 나의 동료들과 통역들은 밖에 남았다. 나는 갑판을 걷고 있었다. 그 신비롭고 인적 없는 섬들이 아무리 보아도 싫증 나지 않았다. 해안의 등불은 무척 멀었고 거의 보이지도 않았다. 우리는 그쪽을 향해 항로를 잡고 있었다. 여객선에는 쉴새없이 록 음악이 울리며 사람들이 몸을 비틀고 흔들도록 부추기고 있었다. 그런데 갑자기 록 음악이 잠잠해졌다. 대신 마음을 뒤흔드는 노래 소리가 들렸다. 그것은 애인에 대한 슬픔, 저주, 오해, 기다림, 이별을 노래한 일본의 서정적 유행가였다… 나는 그녀가 어딘가 바로 옆에, 아마도 저 조그만 섬에 있고 이 노래를 듣고 있으며 또 내가 그녀 생각을 하고 있는 것을 알고 있다고 생각했다….

나는 모든 것에서, 모든 사람에게서 멀리 떠날 필요가 있다는 것을 깨달았다….

페레스트로이카 시대가 진행되던 시절 X-종족의 배양에도 종지부가 찍혀졌다. 고르바쵸프 때의 일이었다. 반년 뒤 나는 우주의 궤도 정거장으로 출발했다. 여기서 나는 우주의 수도사 필로페이가 되었다. 옆에서 보면 엉뚱한 짓으로 생각될 것이다. 그러나 나로서는 결코 기행이 아니다….

나의 과거는 내게 평안을 주지 않고 나를 괴롭힌다. 마치 목에 걸린 가시처럼, 늘 풀리지 않는 질문이 있다. 성공적으로 태어나 지금도 자라고 있을 X-종족들은 어떻게 될 것인가?… 그들의 신원이 비밀로 남아 있는 한, 아무도 그 사실을 모를 것이다. 사실 몇 명은 알고 있다. 과거의 내 동료들이다. 그들이 나에 대해 어떻게 생각할지 상상할 수 있다. 배교자이며 우주로 가버렸다고, 도망쳤다고… 그들의 태도는 나를 화나게 하지 않고 전혀 나를 괴롭히지도 않는다. 아무도 내가 자신을 저주하고 있는 것을, 자신을 불쌍한 마조히스트라고, 개새끼라고 부르는 것을 모르고 있다! 나는 지금 지구에 가서 우리 실험실의 실험 결과로 탄생한 어린아이들의 눈을 바라보고 싶다!… 내가 왜 이런 것을 쓰고 있는 걸까? 그것은 우리가 저지른 일을 돌이킬 수 없기 때문이다. 태어날 때부터 국가 재산인 이들 인간은 어떻게 될까? 당장 내일 그들은 자신이 어떤 인간인지 알게 될지도 모른다. 그들은 사회에 대해 어떻게 앙갚음을 할까? 시간이 지남에 따라 X-종족들에게는 인류에게 복수하고 싶은, 온 세상을 송두리째 끝내고 싶은, 억제하기 힘든 소망을 갖고 있는 것은 아닐까?! 내가 여기, 우주에 있고 그들, X-종족들이 그곳에서 자라고 있다는 것은 소름끼치는 일이다. 달리 말할 수 없다. 나는 결코 그들의 미래를 책임지지 않았고, 단지 그들의 탄생과 관련된 과학 문제를 해결했을 뿐이라고 자신에게 말할 수도 있다. 그러나 과연 그것으로 정당화될 수 있을까?! 그들은 어디에서 이 일을 꾸민 죄인들을 찾아야 할 것인가, 나중에 모든 것이 뒤집어져 다르게 돌아간다면 죄인들도 뿔뿔이 흩어질 것이 아닌가. KGB조차 없어진 마당에. 아마 안 없어졌는지도 모르지… KGB 놈들 저주나 받아라….

필로페이의 참회는 여기서 끝이 나 있었다.

참회록을, 필로페이로부터의 마지막 소식을 앤토니 융거는 초겨울에 받았다.

아주 특별한 이야기군, 누구도 그런 생각은 해본 적이 없을 거야. 그 겨울날 아침 그는 운전대에 앉아 차창 너머로 맴돌며 떨어지는 하얀 눈송이를 바라보면서 생각했다. 그는 밤새 필로페이의 참회록을 읽고 받은 인상이 아직도 생생했다.

아무도 그런 식으로 죽지 않은 것이 이상하게 생각되었다. 지구 밖에서 독특하게 자살한 유일한 인간인 필로페이는 지금쯤 이 세상 위 어딘가를 우주의 미라가 되어 날고 있을 것이다. 그는 말없이 그렇게 적대자와 화해했다. 그런데 지금 그는 자신을 다시 상기시키고 있는 것이다….

단도직입적으로 말해서 그의 운명이 우리에게 교훈으로 된 것에는 어떤 지고한 뜻이 담겨 있다고 생각할 수 있다. 그렇다. 하지만 얼마나 큰 희생을 치렀는가?

그런 길 위의 희생은 언제나 매우 큰 법이다. 과거에도 언젠가 모든 시대를 위한 위대한 교훈이 있었다. 그 교훈의 대가로 인간들은 골고다의 희생을 치러야만 했다. 누구에게나 자기 희생이 있는 법. 필로페이는 우주에서 자신을 희생한 것이다.

그를 안고 고아원 현관으로 가는 어머니 발 밑에서 바삭대는 눈 소리가 우주에서도 그의 귀에 들리는 것은 아닐까? 그를 가슴에 안고 마지막 길을 가고 있는 어머니의 심장의 둔탁한 고동소리가 우주에서도 그의 귀에 들리는 것은 아닐까?…

작가 소개

칭기스 아이뜨마또프(Chingiz, Aitmatov)는 러시아 문단의 원로로서 현재 가장 존경 받는 작가의 한 사람이지만 원래 러시아인이 아닌 키르기즈인이다. 그는 1928년 12월 12일 소련의 16개 공화국 중 하나인 키르기즈 공화국의 셰께르 마을에서 태어났고 마을의 전통에 따라 7대에 이르는 조상의 행적을 알아야 하는 환경 속에서 어린 시절을 보냈다. 그의 가족은 매우 빈곤했지만 단란했으며, 특히 할머니는 어린 아이뜨마또프에게 키르기즈인의 전통적 유목 생활과 결혼식, 장례 식사 등 풍속을 가르쳐주고 키르기즈 전래의 신화나 전설을 들려줌으로써 아이뜨마또프가 장차 문학 활동을 수행하는데 큰 영향을 끼친 것으로 알려져 있다.

어린 시절 아이뜨마또프의 가장 큰 불행은 스탈린이 주도한 대숙청기인 1937년에 찾아왔다. 지구당 서기로 일하던 아버지가 부르주아 민족주의자라는 죄목으로 체포되어 처형되었고 아이뜨마또프는 장남으로서 어릴 때부터 굴욕을 참으며 온 가족을 이끌어 나가야만 했다. 또한 제2차 세계대전이 한창이던 14살이 되던 해에는 전시 노력 동원을 위해 학업도 포기해야만 했었다.

1943년-52년 아이뜨마또프는 셰께르 마을 소비에트의 서기보로 일했으며, 그후 1956년까지 프룬제의 키르기즈 농업 연구소에서 낙농 전문가로서 일하다가 모스크바의 고리끼 문학 대학에 입학, 본격적인 문학 수업을 쌓았다. 1958년 졸업과 동시에 문예 잡지『신세계』에 발표한 단편「자밀랴」가 큰 성공을 거둠으로써 아이뜨마또프의 이름은 국내외에 알려지게 되었다. 이후 64년까지 당 기관지『프라우다』의 키르기즈 순회 특파원으로 활약했고, 1966년 최고회의 대의원이 되었으며, 전술한 문예 잡지『신세계』와『문학 신문』등의 편집진에 포함되었다. 1985년부터는 키르기즈 작가동맹 의장을, 1988년 이후는 모스크바의 외국 문학 잡지 편집장을 역임했으며, 고르바쵸프 대통령 재임시에는 대통령 평의회 문화 부문 위원으로 발탁되기도 하였다. 현재는 EU, NATO, 벨기에, 룩셈부르크 주재 키르기즈 대사로서 브뤼셀에 거주하고 있다.

아이뜨마또프는 원래 러시아어와 키르기즈어로 문학 작품을 썼지만 지금은 주로 러시아어로 작품 활동을 하고 있다. 이것은 아마 그의 문학적, 철학적 지평이 더 이상 키르기즈인 독자만으로는 부족할 정도로 넓어졌기 때문일 것이다. 아이뜨마또프는 첫 작품「자밀랴」로 유명 작가가 된 이후 정치적으로도 가파른 출세를 계속하지만 그의 작품 세계는 기본적으로 매우 비정치적인 색채를 띠고 있다는 평가를 받고 있다. 「자밀랴」는 키르기즈의 전통적인 삶이 소비에트화의 영향으로 변질되는 과정 속에서 벌어지는 남녀간의 순수한 사랑을 그린 이야기이다. 그의 두 번째 작품인 『안녕, 굴사르이!』(1966)는 소비에트화가 몰고 온 부정적인 측면과 죄 없이 박해받는 키르기즈인들을 그렸으며, 그의 가장 뛰어난 작품의 하나로 꼽히는 중편 「하얀 배」(1970)에는 물고기가 되기를 갈망하는 고아 소년의 이야기와 '뿔 달린 엄마 사슴'에 관한 키르기즈 전래 신화가 두 개의 중요한 모티프를 이루며, 동화와 물질 만능주의에 빠진 소련 사회의 현실, 선과 악의 세계가 서로 대비, 교차되고 있다. 「하얀 배」는 사회주의 리얼리즘의 원칙을 무시했다는 이유로 출간 직후 발매 금지 처분을 받았지만 그해 12월 부분적 수정을 거쳐 단행본으로 간행되는 곡절을 겪기도 하였다. 1980년대 이후 아이뜨마또프는 『백년보다 긴 하루』(1980), 『교수대』(1986), 『징키스칸의 하얀 구름』(1990), 『카산드라의 낙인』(1994) 등 주로 장편 소설을 집필하며 선과 악의 투쟁, 종교간의 갈등, 전쟁, 핵무기, 환경 공해 등 인류의 생존과 직결된 현실적 문제를 다루면서 인간의 도덕적 재생과 인간성 회복에 관한 강렬한 메시지를 전달하고 있다.

아이뜨마또프는 1966년 단편집 『산과 초원 이야기』로 레닌 문학상을 받았고, 1968년에는 첫 장편 『안녕, 굴사르이!』로 국가상을, 1988년에는 지중해문화연구센터의 황금 올리브가지상, 일본 동양철학연구소의 학술상 등 많은 수상 경력이 있다.

역자 후기

최근 생명 공학의 급속한 발달로 지금까지 신비의 베일에 싸여 있던 인간의 유전자 지도가 완성되었고, 인간의 복제는 물론, 앞으로는 유전자 조작을 통해 새로 태어날 인간의 형질을 마음대로 선택할 수 있는 날도 멀지 않았다고 한다. 더욱이 인간의 유전자 배열 구조를 분석하면 인간이 태어나 보내게 될 일생이나 운명까지도 예측할 수 있다는 연구 결과가 발표되기도 했다. 지금까지 신의 전유물로 간주되었던 생명 창조의 비밀이 인간에 의해 하나하나 밝혀지면서 신의 입지가 점점 좁아지고 있는 셈이다.

그러나 이와 같은 과학 기술의 발전에 대해 우려하는 시각도 많다. 오늘날과 같이 인류의 생존 자체를 위협하는 온갖 요소가 곳곳에 산재해 있는 상황하에서 과연 미래 사회가 인류에게 살만한 가치가 있는 세상일지 어떨지는 속단하기 어려울 것이다. 그럼에도 인간은 누구나 자신의 의사와는 관계없이 태어나고 또한 자신들의 자손이 장차 어떤 환경에서 어떤 인생을 보내게 될지 충분히 생각해 보지도 않은 채 본능적으로 종족을 번식시킨다. 그렇다면 인간의 삶을 결정하는 요인은 무엇일까?

사회 생물학의 아버지로 불리는 하버드 대학의 에드워드 윌슨 박사는 '닭은 더 많은 달걀을 만들기 위해 한시적으로 만들어낸 매체(생존 기계)에 불과하다"라는 말로써 인간에 대한 자신의 핵심적 견해를 밝혔다. 다시 말해 인간(닭)은 유전자(달걀)의 꼭두각시이며, 인간의 행위는 그 유전자의 명령일 뿐이라는 것이다. 또한 유전자로 하여금 더 많은 복사체를 만들 수 있도록 도와준 형질, 즉 생명체의 특성은 성공적으로 살아 남아 지금 우리와 함께 있고 그렇지 못했던 것들은 모두 사라지고 없는 것이다. 윌슨은 이러한 논리에 입각하여 생명의 다양성은 물론 인간의 특성 모두가 필연적으로 진화의 산물일 수밖에 없다고 결론 짓는다.

윌슨 박사가 『사회생물학』을 펴낸 후 세계 생물학계는 격렬한 논쟁에 휩싸였다. "유전적 요인과 환경-문화적 요인 중 어느 것이 인간의 본질을 더 잘 설명할 수 있는가"란 주제를 놓고 생물학주의자 혹은 유전자 결정론자와 문화주의자, 혹은 환경 결정론자들 사이에 벌어진 '사회 생물학 논쟁'이 바로 그것이다. 에드워드 윌슨과 『이기적 유전자』(1976)를 저술한 영국 옥스퍼드 대학의 리처드 도킨스 등으로 대표되는 유전자 결정론자들은 전술한 것처럼 인간은 유전자의 꼭두각시이며, 개체로서의 인간은 유전자에 입력된 대로 먹고 살고 사랑하면서 유전자를 후대에 전달하는 임무를 수행한다고 주장한다.

반면 하버드 대학 생물학과 교수인 리처드 르완틴, 스티븐 굴드 등으로 대표되는 환경 결정론자들은 유전자 결정론에 반대하면서 "인간은 어디까지나 사회적·문화적 존재이며 문화, 도덕, 인간 관계에는 유전을 뛰어넘는 그 어떤 것이 있다"고 주장한다. 또한 환경 결정론자들은 유전자 결정론이 지니는 이데올로기적 함의 속에서 더 큰 위험성을 발견한다. 다시 말해 이 세상이 유전자 결정론자들의 주장처럼 온갖 유전자들의 각축장이라면 "유전적으로 열등한 여성이 남성에게, 흑인이 백인에게 뒤지는 것은 당연하다"든지 "범죄는 사회적 불평등 같은 환경보다는 유전적 결함에서 기인하는 것"이라는 '과학적' 주장도 가능하기 때문이다. 더욱이 인간의 범죄는 유전적 특성이므로 교화나 학습으로는 고칠 수 없다는 결론이 나온다. 따라서 사회 일각에서는 생물학을 인종적 우월주의에 이용했던 나치의 망령이 부활하는 것이 아니냐고 강하게 반발했고, 환경 결정론자들은 윌슨의 학설이 계급주의, 인종 차별, 남녀 불평등, 제국주의 등 오늘날의 사회가 안고 있는 모든 정치적 부조리를 합리화하려는 이론이라고 비난하기도 했다.

한때 뜨겁게 달아올랐던 사회 생물학 논쟁은 지금은 어느 정도 한풀 꺾인 상태이며 생물학자들도 이제는 단순하게 자연과 문화, 유전과 환경 사이의 '양자택일'을 강요하지는 않는다. 예를 들어 프란츠 부케티츠와 같은 학자는 "인간을 유전적 경향에 따라서, 혹은 사회 문화적 영향력에 따라서 일방적으로 규정하려는 모든 시도는 인간상을 분열시키거나 인간상을 보는 관점을 '반쪽 인간'으로 축소시키고 만다"고 지적하고 있다.

키르기즈 출신의 러시아 작가 칭기스 아이뜨마또프가 오랜만에 발표한 장편 『카산드라의 낙인』에는 이와 같은 사회 생물학 논쟁을 상기시켜 주는 부분이 있다. 아이뜨마또프는 이 작품에서도 자신이 지금까지 일관적으로 추구해 온 테마들을 그대로 계승하여 다루고 있다. 예를 들어 선과 악, 개인과 집단, 윤리와 과학과 같은 스케일이 큰 개념의 대립을 작품 속에 도입하는 실험적 태도나, 환경 문제, 종교간의 갈등, 최첨단 과학 기술이 안고 있는 위험성 등과 같은 현실적 테마를 다루는 현실 지향적 태도, 또한 테마 전개를 위해 일상적이고 현실적인 세계 외에 다른 동물계, 신화, 전설, 고대사적 세계, SF에 등장하는 가상적, 환상적인 세계와 같은 서로 다른 성격의 공간을 결합한 소설 구조 등이 그러하다.

이 작품의 스토리는 소련 붕괴 후 우주 정거장에 혼자 남은, 자칭 '우주의 수도사 필로페이'라는 러시아 생명 공학자가 미국 신문 <트리뷴>지를 통해 로마 교황에게 공개 서한을 보내는 것으로 시작된다. 필로페이의 주장에 의하면, 수정 직후의 태아는 자신의 미래를 예견하여 탄생의 적부를 판단하는 직관력을 가지고 있으며, 자신의 미래의 삶이 온갖 악으로 점철되어 있는 것을 예견하고 태어나기를 거부하는 태아, 소위 카산드라 태아는 임신 초기의 수 주일 동안 모친의 얼굴에 작은 기미와 유사한 카산드라의 낙인이 나타나게 함으로써 자신의 의지를 표현한다. 보통 이런 징후는 임신 초기의 일반적 현상으로 무시되고 말지만 생명 공학의 부산물로써 태아의 사고를 알 수 있는 기술을 개발한 필로페이는 탄생을 거부하는 태아의 숫자가 해마다 증가하는 것을 발견하고 그것을 인류가 그 동안 축적해 온 악이 포화 상태에 이르고 있다는 경고로서 받아들인다. 인간이 자손에게 물려주는 유전자에는 날로 심해지는 악의 요소가 함께 축적된다는 것이다. 태아의 탄생 거부 의사를 무시하면 그 태아는 태어나 흉악한 범죄자가 될 것이고 유전자는 더욱 악에 물든 채 후손에게 전해져 이러한 악의 축적은 결국 인류를 멸망의 길로 내몰 것이라고 생각하는 것이다. 필로페이는 인류의 정신적 지주인 로마 교황에게 카산드라 태아의 경고를 받아들여 '인류의 진화가 올바른 방향으로 이루어지게 할 것'과 '그것을 위해선 낙태가 불가피하므로 이를 허가해 줄 것'을 요청한다. 아이뜨마또프는 이처럼 생명의 윤리와 인류의 진화 방향의 선택이란 큰 테마를 놓고 우주 공간의 생명 공학자, 지상의 미래학자, 대통령직을 노리는 정치가, 대중, 매스컴, 나아가 고래와 부엉이 등 다양한 시각을 통해 스토리를 전개하며, 결국 인류의 생존과 올바른 진화의 길로 되돌아가기 위해서는 인간 각자가 회개하여 악에 물든 생활을 청산하고 참다운 인간성을 회복하는 것 외에는 다른 길이 없다고 역설하고 있다. 그것만이 인간의 유전자 속에 축적된 악의 요소를 제거하는 유일한 방법이기 때문이다.

1994년에 발표된 『카산드라의 낙인』은 20세기 말 인류가 당면하고 있는 여러 문제를 심도 있게 다루고 있으며 이 작품을 현대 문명의 비판, 토론장으로 만들었다는 점에서 러시아 국내에 큰 반향을 불러 일으켰고 문명 비판론자, 경세가로서의 아이뜨마또프의 명망을 한층 높여준 작품으로 평가되고 있다. 또한 이 작품은 영화화하기로 결정되어 우주정거장 미르호에서의 직접 촬영이 계획되기도 했지만 미르호의 폐기로 실현되지 못한 에피소드도 갖고 있다. 아무튼 이 작품이 새로운 세기를 맞이한 국내 독자들에게도 우리뿐만 아니라 우리 자손들의 삶도 위협하고 있는 주변의 온갖 문제들을 다시 한번 거시적으로 생각해 볼 수 있는 계기를 제공하게 되기를 기대한다.

끝으로 이 책의 출간을 허락해 주시고 보다 나은 번역이 되도록 온갖 조언을 아끼지 않으신 울력 출판사의 강동호 사장께 깊은 감사를 드린다.

2001년 5월

역자